La vieille laide

-1-

LUCY-FRANCE DUTREMBLE

La vieille laide

- 1 -

Tome 1
suivi de
Tome 2
Le chemin des aveux
(première partie)

Guy Saint-Jean Éditeur
3440, boul. Industriel
Laval (Québec) Canada H7L 4R9
450 663-1777
info@saint-jeanediteur.com
www.saint-jeanediteur.com

••••••••••••

Données de catalogage avant publication disponibles à Bibliothèque et Archives nationales du Québec et à Bibliothèque et Archives Canada

••••••••••••

Nous reconnaissons l'aide financière du gouvernement du Canada par l'entremise du Fonds du livre du Canada (FLC) ainsi que celle de la SODEC pour nos activités d'édition. Nous remercions le Conseil des Arts du Canada de l'aide accordée à notre programme de publication.

SODEC
Québec

Conseil des Arts du Canada
Canada Council for the Arts

Gouvernement du Québec — Programme de crédit d'impôt pour l'édition de livres — Gestion SODEC

Cette édition est une compilation intégrale des ouvrages suivants: *La vieille laide, tome 1*, publié originalement en 2008 et d'une partie de *La vieille laide, tome 2: Le chemin des aveux*, publié originalement en 2009.

Infographie: Olivier Lasser
Correction d'épreuves: Audrey Faille
Photo de la page couverture : iStock/kodachrome25
Dépôt légal — Bibliothèque et Archives nationales du Québec, Bibliothèque et Archives Canada, 2016

ISBN: 978-2-89758-143-5

Imprimé et relié au Canada
2e impression, février 2017

Guy Saint-Jean Éditeur est membre de
l'Association nationale des éditeurs de livres (ANEL).

Tome 1

Observe un nuage dans le firmament
et installe-toi confortablement
sur son duvet blanc.

Agrippe une étoile et elle te mènera
au bout de tes rêves les plus fous.

Chapitre 1

Anne-Marie

À l'aube du mois d'octobre où les roses cédaient leur place aux couleurs chaudes de l'automne, le huit octobre mille neuf cent quarante-deux, à l'hôpital Comtois de Louiseville, Madeleine, épouse de Delphis Jolicœur, donnait naissance à leur fille Marie-Anne.

Louiseville, autrefois La Seigneurie de la Rivière-du-Loup, a été fondée en 1665 par Charles du Jay de Manereuil. C'est ainsi que la rivière du Loup devint le berceau de cette ville.

Immédiatement après avoir été baptisée à l'église Saint-Antoine de Padoue, Marie-Anne fut déposée dans les bras de ses parents adoptifs. Il n'y avait rien à comprendre, Delphis possédait pourtant une terre de quatre-vingt-dix arpents, cent bêtes à cornes et un grand poulailler.

Il est vrai que les temps étaient durs comme se plaisaient à répéter les fermiers, mais de là à se séparer d'un enfant, il y avait toute une marge !

Marie-Anne fut accueillie dans la ville de Trois-Rivières sous le nom d'Anne-Marie Sirois dans une modeste maison campagnarde, celle de Françoise et de Jean-Paul Sirois. Elle grandit dans un climat très sévère auprès d'une mère draconienne et d'un père indifférent qui ne possédait en rien la fibre paternelle. À six ans lorsqu'elle fut en âge de fréquenter les bancs d'école, elle perdit tous ses loisirs d'enfant. Cinq heures trente sonnaient, Anne-Marie sortait du lit et enfilait ses vêtements pour préparer le déjeuner de son père. Jean-Paul Sirois travaillait depuis toujours à l'usine de coton Wabasso. Anne-Marie vaquait à ses tâches pendant que sa soi-disant mère dormait. Elle ne se levait que pour écouter ses émissions du matin, sa tasse de café à la main, sans se soucier des miettes et de la vaisselle crasseuse qu'elle laissait traînailler dans l'évier toute la journée. Françoise Sirois ne cuisinait jamais les repas. Elle attendait tout simplement le retour de sa fille qui se débrouillait du mieux qu'elle pouvait pour cuire la viande du souper. Anne-Marie ne récoltait que des insultes sur la cuisson des repas. Tous les jours, elle promettait à ses parents de faire son possible pour ne pas brûler le repas du soir.

Parfois, la petite Anne-Marie éclatait en sanglots, fatiguée de toutes ses journées interminables. Jean-Paul Sirois ne pouvait tolérer ses pleurs, il lui disait qu'elle était laide et qu'elle avait le visage comme une galette de sarrasin. *La vieille laide,* c'est le surnom que Françoise et Jean-Paul lui avaient attribué sans se soucier de la tristesse qui s'accumulait petit à petit au plus profond de son âme.

À sept ans, Anne-Marie était devenue chétive et elle ne respirait pas la santé. Il était hors de question que ses parents dépensent un sou pour elle. Elle n'avait droit qu'aux vieux vêtements octroyés au sous-sol de l'église. Lorsqu'elle se présentait à l'école, les élèves lui disaient qu'elle puait la naphtaline. Elle faisait de son mieux pour soigner son apparence. Elle ne pouvait utiliser le shampoing Halo de sa mère. Anne-Marie se nettoyait les cheveux avec du savon à vaisselle. Ses cheveux bruns mi-longs étaient toujours propres, mais elle ne se coiffait jamais. Tout autour de ses grands yeux verts, des taches de son s'étalaient jusque sur ses pommettes émaciées.

***

Au mois de novembre mille neuf cent soixante-douze, à l'aube de ses trente ans, Anne-Marie habitait un minuscule appartement sur la rue des Forges au centre-ville de Trois-Rivières juste au-dessus du magasin Pollack, elle reçut la visite d'un policier lui annonçant la terrible nouvelle que ses parents venaient d'avoir un accident de la route et que la collision avait été fatale. Peu de temps après, elle vendit la maison de ceux-ci et quitta son loyer pour aller vivre dans la belle ville de Contrecœur pour enfin oublier à tout jamais cette sombre période de sa vie.

Anne-Marie avait déniché une petite maison centenaire dans le rang du Ruisseau et elle travaillait comme cuisinière trois avant-midi par semaine au presbytère Sainte-Trinité, et le samedi elle guidait les gens dans leur démarche littéraire à la bibliothèque de Tracy située Place des Loisirs. Jamais un homme n'avait encore possédé son cœur et, pour elle, la Providence ne serait jamais de son côté. Elle n'avait pas encore visité ses voisins non plus, malgré les nombreuses invitations. Elle se vouait à ses fleurs ainsi qu'à son jardin durant tout l'été et parfois, le dimanche matin, elle se rendait à la Colonie des Grèves pour assister le bon curé Forcier dans la distribution de la communion aux jeunes vacanciers.

***

Mois de mai 1973

— Bonjour mademoiselle…

— Monsieur ! Puis-je vous être utile ? Vous cherchez un livre ? lui demanda Anne-Marie.

— En fait, si je veux être honnête avec vous, le seul livre que j'ai pu lire dans ma vie, c'est *Les petites filles modèles* de la Comtesse de Ségur quand j'étais à la petite école, vous comprenez ?

— Oh ! Je vois… Je pourrais vous conseiller dans votre choix si vous voulez. Quel genre aimez-vous ? Policier, biographie, philosophie ou peut-être un bon roman québécois ? Nous venons justement de recevoir celui de Claude Jasmin, *La Petite Patrie.* Connaissez-vous ?

— Non pas vraiment. Écoutez, je suis venu de la Mauricie pour vous rencontrer, je ne suis pas du coin. Vous êtes bien Marie-Anne Jolicœur ?

Anne-Marie lui sourit.

— Vous n'êtes pas loin, vous avez seulement inversé mon prénom ! C'est Anne-Marie, puis mon nom de famille, c'est Sirois.

— Oh ! Pardonnez-moi, pourtant dans la lettre c'est bien écrit Marie-Anne !

— Une lettre ? De quelle lettre me parlez-vous ?

— La lettre que ma tante Rosalie m'a donnée après le décès de ma mère.

— Mais de quoi parlez-vous ? Vous vous trompez de personne, c'est certain ! Quel est votre nom ?

— Désolée, j'aurais dû me présenter en premier madame ou mademoiselle ?

Mais qui est cet homme ? se demanda-t-elle. D'un ton sec, elle finit par lui répondre :

— Ce n'est pas de vos affaires si je suis une madame ou bien une mademoiselle ! Puis, quel est votre nom ? Si vous ne voulez pas me le dire, c'est votre choix ! J'ai aussi le choix de ne plus vous adresser la parole !

— Pardonnez-moi ! C'est Charles Jolicœur.

— Cela ne me dit rien du tout et excusez-moi, je dois aller classer les livres abîmés au sous-sol. Solange, te serait-il possible de répondre à monsieur Jolicœur ? Il aimerait se choisir un livre.

— Certainement Anne-Marie, j'allais te le proposer, car ici c'est une bibliothèque, je trouvais que tu montais le ton un peu trop haut.

Elle disparut en direction du sous-sol tout en pensant à cet homme. Quel bel homme, malgré un abord pour le moins insolite ! Quel âge peut-il avoir ? Trente-deux ou bien peut-être trente-trois...

Son teint hâlé se mariait très bien avec ses yeux marron balayés de ses grands cils noirs. Ses cheveux bruns parfaitement coupés étaient entremêlés de filets dorés tout comme le blé. Le complet vert forêt qu'il portait lui allait à la perfection et une chemise blanche au col ouvert lui conférait une allure romantique mêlée de coquetterie masculine troublante.

— Mon Dieu Anne-Marie, tu n'as jamais vu un homme, finit-elle par se dire ?

De son côté, elle ne s'était jamais trouvée jolie du fait que ses parents l'avaient continuellement infériorisée et ne l'avaient jamais interpellée par son prénom. Elle avait vraiment grandi avec ce surnom de « vieille laide ». Pourtant, ses grands yeux de couleur terre dégageaient une luminosité impressionnante et plusieurs hommes se fondaient dans son regard sans qu'elle y prête aucune attention. Quant à sa longue chevelure, elle n'avait jamais su la mettre en valeur.

D'un brun acajou luminescent et retombant en abondance aux creux de ses reins, elle était malheureusement trop souvent dissimulée sous de grosses barrettes ou rehaussée en chignon. Ses petites taches de son maintenant à peine visibles sur le rose de ses pommettes lui rappelaient les bancs d'école où ses compagnes de classe se gaussaient d'elle en lui disant que, chez elle, sa mère achetait du brandy au lieu de se procurer des pains de savon. Une dentition parfaite se cachait derrière des lèvres correctement dessinées, mais un peu trop fermées pour que s'y glisse un sourire. Sa tenue de travail marine lui donnait un air autoritaire et réservé, mais elle était tellement ravissante quand venait le temps de soigner les roses de son jardin, vêtue de son vieux jean délavé et de son grand gilet blanc incrusté de petites torsades bleutées.

***

Un mois s'était écoulé depuis la visite de Charles Jolicœur à la bibliothèque et Anne-Marie ne passait pas une journée sans penser à ce beau visage. Dommage qu'il soit si bizarre comme individu, s'était dit Anne-Marie.

— Hé Solange ! Salut ! C'est ce beau soleil de mai qui te fait sortir de ta vieille piaule ? Viens me retrouver, je vais finir de planter mes pois de senteur et on va aller se faire un bon café.

— Tu n'es vraiment pas gênée Anne-Marie Sirois ! Ma piaule ! Je te signale que ta maison est la seule dans le rang du Ruisseau qui a encore un vieux poêle à bois tout bedonnant ! Je te fais remarquer que moi et tes trois voisins de rang possédons un poêle électrique, tu sauras !

— Eille ! J'ai l'électricité moi aussi, ma belle Solange, mais c'est sûr que je ne me débarrasserai jamais de mon odeur d'érable durant l'hiver !

— Je t'agace moi aussi Anne-Marie, j'aime te voir rire et puis tu as tellement une belle maison !

Au loin, on distinguait la grande véranda entourant la maison. Sur ses planches écaillées reposaient une multitude de fleurs et de plantes d'une grande beauté, libérant un parfum printanier. Des oeillets blancs garnissaient le bas des fenêtres à guillotine et les lilas rappelaient l'odeur de madame Biron, le professeur de première année d'Anne-Marie lorsqu'elle étudiait à l'école primaire Saint-François-d'Assise de Trois-Rivières.

***

Le tambour n'avait toujours pas été libéré de ses antiquités. Les Demers avaient abandonné une partie de leurs souvenirs en quittant leur maison, traînant avec eux un lourd chagrin inconsolable. On dit parfois que le cœur ne vieillit pas, mais quand la force de l'âme n'y est plus et que le temps glisse tout doucement vers le paradis, on doit se faire à l'idée de quitter la maison familiale. Quand il est laborieux de cueillir un bon fruit frais dans son mûrier ou que les muscles raidis ne peuvent plus faire revivre le tapis de fleurs printanier. Quand la neige s'entasse sur la véranda car la pelle est devenue trop lourde, il devient nécessaire de s'installer dans un plus petit nid, dernier gîte avant de quitter la terre.

La cuisine est très fonctionnelle malgré sa petitesse. Au centre, une table en merisier repose sur un tapis grossièrement tressé entouré de chaises capitaines assises sur un sol recouvert d'un linoléum aux motifs de carrelage rectangulaire en imitation de pierres tissées d'osier.

La première fois qu'Anne-Marie alla visiter le grenier, en ouvrant la trappe, un nuage de poussière s'était mis à virevolter. Elle venait de déceler un trésor de souvenirs endormi depuis probablement une centaine d'années. Un grand coffre de cèdre poudreux contenait des vêtements dévorés par les mites et, tout près, elle aperçut une vieille maison de poupée, vestige de l'enfance des Demers. Une poupée de porcelaine aux joues écarlates et aux cheveux manquants, prisonnière de grands fils blancs, reposait sur le rebord de la lucarne souillée.

Plus loin, sur un vieux banc de piano aux pattes branlantes, reposait un écrin rose rempli de lettres ficelées de rubans violets pâlis par le temps. Jamais Anne-Marie n'avait parcouru ces lettres poussiéreuses qui probablement confessaient des histoires d'amour qui ne lui appartenaient aucunement.

La chambre à coucher, faisant face au salon, était de couleur amande et ne contenait qu'une coiffeuse en samba aux grains grossiers, un grand lit coiffé d'une tête cuivrée sur lequel on avait installé une jolie douillette aux teintes turquoise. En regardant vers la droite, on pouvait voir une vieille berceuse servant de lit douillet pour Grison, le chaton grisonnant et paresseux qu'Anne-Marie avait recueilli à la SPCA, il y avait de cela six mois.

Chapitre 2

Le presbytère

— Veux-tu un morceau de tarte aux pommes avec ton café, Solange ?

— Encore des calories, seigneur de la vie ! Tu n'aurais pas des petits biscuits secs ? Il va falloir que je me décide à maigrir moi, je suis à la veille de rouler !

— Voyons Solange, tu n'es pas grosse, tu es juste un peu enrobée !

— Ouin, Jean-Claude ne pense pas la même chose, lui !

— Comment ça ?

— Bien, il ne m'a rien dit, mais je vois bien qu'il ne me regarde plus comme la première journée où l'on s'est rencontrés au club La Pomme D'or ! Tu sais, je ne suis pas aveugle, il va falloir que je me fasse violence car comme on dit : *Ce qu'on laisse sur la table fait plus de bien que ce qu'on y prend.*

— Mais, tu sais bien comme moi que ce n'est pas évident, ça prend une volonté de fer puis une tête dure pour entreprendre un régime, dicta Anne-Marie en lui souriant.

— Facile pour toi, tu n'as jamais eu à prendre une décision semblable, tu es taillée au couteau !

— Arrête donc ! Si tu savais tout ce qui me trotte dans la tête quand je me regarde dans un miroir… des fois je pense assez fort que j'ai peur qu'il éclate en mille morceaux.

— Pauvre petite, elle se plaint le ventre plein !

— Tu penses ? Pourquoi alors suis-je encore célibataire ? J'ai 31 ans et je n'ai jamais fait l'amour avec personne. À part avoir eu des petits rapprochements avec un ou deux garçons quand j'étais adolescente ! Il y a un problème quelque part, tu ne crois pas ?

— Un jour, tu vas le rencontrer ton prince avec son cheval blanc, personne n'a le droit d'être heureux tout seul ! la rassura son amie, attendrie.

— Qui sait si cela n'est pas ma destinée de devenir une vieille fille !

— Oh ! Non, je ne crois pas ça, moi. Puis quand tu vas le rencontrer ton prince… Tu aimes la pluie, Anne-Marie ?

— Quel est le rapport avec le prince ?

— Voilà ! Le jour où tu tomberas amoureuse, étant donné que tu aimes la pluie, bien je te souhaite qu'il mouille à boire debout !

— C'est vrai que j'aime beaucoup la pluie, c'est tellement mélodieux !

***

À l'âge de sept ans, Anne-Marie avait développé une phobie à l'égard du roulement turbulent du tonnerre et des éclairs. Aujourd'hui, elle prenait un grand plaisir à regarder le ciel s'assombrir et à imaginer que tout là-haut, les nuages gonflés se libéreraient de leurs lourdes charges trop longtemps retenues. Une satisfaction l'envahissait lorsqu'elle observait les fleurs et les arbres s'abreuver de cette eau limpide et qu'elle voyait par la suite les rayons dorés se faufiler au travers de ces nuages satisfaits pour assécher le sol rassasié.

— Oh ! Déjà quatre heures et demie ! Jean-Claude est à la veille d'arriver de la Dosco, je vais commencer à préparer le souper.

— Relaxe Solange, ce n'est pas une course ! Que vas-tu mijoter pour le souper ?

— Je pense que je vais faire une sauce aux œufs avec du saumon.

— Hum ! Il est gâté ce Jean-Claude-là !

— Qu'est-ce que tu veux, je l'ai habitué à se laisser servir, mon gros toutou. Tu sais, après treize ans de mariage, je suis certaine qu'il ne saurait même pas se faire cuire une omelette !

— Je comprends donc ! Quand il se lève le matin, ses rôties sont beurrées dans son assiette, tu te lèves avant lui pour le traiter aux petits oignons ! Tu as un emploi à plein temps toi aussi, tu as le ménage à faire, le lavage... Par chance qu'il fait le gazon et qu'il déneige l'hiver ! Sinon, tu aurais le trou-du-cul en dessous des bras, comme on dit !

— Je sais, mais il est fatigué quand il rentre, le défendit Solange en inclinant la tête.

— Certainement, pauvre petit Jean-Claude ! Et toi alors tu travailles à Tracy. Dis-moi, chère Solange qui fait le trajet, matin et soir ? Tu arrives toujours en vitesse afin de préparer le souper et tu prépares aussi les lunchs. Quand est-ce que tu as pensé à toi dans tout ça en treize ans de mariage, ma vieille ?

— Ouf… je ne m'en souviens pas ! Toi aussi tu travailles beaucoup, Anne-Marie. Tu n'as pas d'homme à t'occuper, mais l'ouvrage de la maison, tu l'écopes en double ! Tu as deux emplois, si je me rappelle bien !

— Bien là, pousse mais pousse égal, deux emplois ! Mes deux emplois me donnent seize heures par semaine, sainte mère ! Une sacrée chance que j'ai l'argent de la maison de Trois-Rivières sinon je te dis que je n'aurais pas ma maison aujourd'hui !

— Ouin, quant à cela, si tu avais eu l'emploi à plein temps aussi à la bibliothèque quand Marie-Anne Francœur est partie, tu ne serais pas obligée de faire la queue de veau entre Tracy et le presbytère de Contrecœur !

— Bien oui… Attends un petit peu toi, as-tu dit Marie-Anne Francœur ?

— Bien oui, quand tu as été engagée, cela faisait deux semaines qu'elle avait déjà déménagé à Saint-Lambert.

— Je comprends maintenant…

— Qu'est-ce que tu comprends ?

— L'homme qui est venu hier matin, ce n'est pas moi qu'il cherchait, c'est cette Marie-Anne-là !

— Ah bien oui, probablement… Un maudit beau gars, cet homme-là !

— Beau, mais pas fin fin…

— Pourquoi le traites-tu de pas fin ?

— Ben là ! Un homme que tu n'as jamais vu de ta vie qui te demande si tu es une madame ou une mademoiselle, je trouve cela vraiment effronté, moi !

— Tu n'as pas allumé ? Il voulait probablement juste tâter le terrain pour voir si tu étais mariée parce qu'il te trouvait à son goût…

— Voyons donc, un homme de cette classe-là ne peut pas s'intéresser à une vieille laide comme moi !

— Comme tu n'es pas drôle, Anne-Marie Sirois ! Ce n'est pas parce que tes parents te surnommaient *la vieille laide* que tu es dans l'obligation d'assumer ce nom toute ta vie. Voyons Anne-Marie ! Moi je te dis que tu es une belle femme, il est grand temps d'arrêter de t'enfoncer dans ton passé !

— Ce n'est pas si simple Solange, j'ai grandi dans un climat austère avec des parents qui ne m'aimaient pas. Je ne me souviens pas d'une seule fois où ils m'ont appelée Anne-Marie !

— Oui, je sais ! Cela n'a pas été facile pour toi. Seigneur ! Il est cinq heures et quart, Jean-Claude doit me chercher là !

— Ne crains pas ma vieille, cela va lui faire juste du bien de ne pas savoir où tu es…

— Tu ne l'aimes pas mon Jean-Claude, Anne-Marie ?

— Ce n'est pas cela, c'est un bien bon gars mais je trouve qu'il profite de toi.

— Qu'est-ce que tu veux, je l'aime !

***

Juillet

Une canicule était bien installée depuis deux semaines, et on aurait dit qu'elle voulait durer encore un bon moment. Les Contrecœurois espéraient bien voir les nuages se déverser sur leurs terres, car la sécheresse se faisait menaçante. Les champs étaient assoiffés et les rivières aussi. Le soleil abusait un peu trop de son éclat. Il aurait pu retirer ses rayons lumineux au lieu de repousser les nuages qui essayaient de peine et de misère de se créer un chemin afin d'éclore sur les terres déshydratées.

Au presbytère Sainte-Trinité, les livrets paroissiaux servaient d'éventails aux ecclésiastiques et l'eau bénite rafraîchissait le bedeau Carignan. Ce dernier avançait à pas de tortue pour astiquer les bancs de l'église avant que les fidèles n'arrivent pour leurs prières du matin.

— Bonté ! Madame Sirois, vous n'étiez pas obligée d'allumer le fourneau par une chaleur pareille ! Des sandwichs auraient quand même bien fait l'affaire pour ce midi !

— Voyons mon père, vous savez que je suis payée pour vous faire de bons repas. Je serais gênée de vous faire des sandwichs pour dîner ! La chaleur n'a jamais tué personne, vous savez ! D'ailleurs, j'aime mieux préparer à manger ici que chez nous. On dirait qu'avec toute cette boiserie foncée dans le presbytère, c'est un peu plus frais.

— C'est comme vous voulez. L'abbé Charland est parti chercher de la limonade congelée au marché, nous allons pouvoir nous rafraîchir le gosier ! Le bedeau

Carignan n'est pas encore venu nettoyer mon bureau, mademoiselle Sirois ?

— Non pas encore, vous comprenez avec cette chaleur qui règne, il doit y aller à son rythme. Sinon, il tomberait bien à terre !

— Vous voulez dire qu'il doit travailler au neutre, car sa vitesse normale, c'est au ralenti ! C'est parce qu'il a une femme et cinq enfants que je le tolère comme bedeau de ma paroisse, car ce n'est pas lui qui a inventé la vitesse ! En plus, ce n'est pas lui qui s'use les genoux sur les bancs de notre église… quand il s'agenouille sur les prie-Dieu, c'est tout simplement pour les laver.

Anne-Marie eut un petit sourire.

— Excusez-moi mon père, mais vous avez le don de me faire rire, vous ! C'est vrai qu'il n'est pas trop vaillant notre bedeau, mais il a un cœur grand comme la terre, il pourrait tout donner après s'être assuré que sa famille ne manque de rien.

— C'est un fait ! Mais bonté divine, parfois il me rend impatient. Juste à le regarder travailler, je deviens fatigué ! Cela fait au moins dix fois que je lui demande d'enlever les mauvaises herbes sur le côté du presbytère, il fait cela par petits bouts, lui ! C'est sûr que quand il a fini, au bout d'une semaine, le début de la rocaille est à nouveau envahi ! Tiens, ce n'est pas trop tôt pour la limonade l'abbé !

— On va pouvoir la faire tout de suite, elle a tout dégelé pendant que je revenais avec mon bicycle…

— C'est correct, on va pouvoir la consommer plus vite. Après cela, vous irez voir si le bedeau est à la veille de venir faire le ménage de mon bureau. J'ai assez de poussière sur le dossier de ma chaise que je n'ose pas m'accoter dessus de peur d'avoir une ligne blanche sur ma soutane.

Il prit son souffle et reprit.

— Mademoiselle Sirois, veuillez me faire le plaisir de vous asseoir un peu. Vous avez les cheveux qui frisent, de plus vos yeux sont tout enflés tellement c'est humide ici.

— Oui, mon père. Je vous dis que si je ne vous avais plus, je me chercherais un père, car je ne pourrais plus me passer de votre bonté.

— Vous êtes bien bonne, mon enfant. Croyez bien, je n'ai aucun regret d'être devenu curé, mais sentir que j'ai une fibre paternelle envers vous…

Le cœur gonflé, le père prit un instant avant de poursuivre.

— Cela me réchauffe le cœur et, avec cette canicule qui persiste, votre présence est bien rafraîchissante. Croyez-moi, cela est sans oublier votre aide pour la communion à la Colonie des Grèves le dimanche matin.

— Ça, c'est quand les enfants ne sont pas passés avant nous pour vider le ciboire et qu'on se retrouve sans hosties pour la communion ! Par chance que vous cachez les burettes !

— Vous savez, j'ai bien beau essayer de les réprimander ces enfants-là, mais ils sont tellement attachants que je passe par-dessus. Dimanche dernier, l'un d'eux m'a donné une couronne qu'il avait lui-même tressée.

— Eh bien, c'est gentil !

— Oui, même si je savais qu'il avait tout utilisé les rameaux de la chapelle pour la faire, cette couronne-là.

— Non ! Hé bedeau ! Un bon verre de limonade rose ?

— Croyez-moi, ce n'est pas de refus, mademoiselle Anne-Marie ! Je suis en train de tout ratatiner tellement qu'il n'y a plus d'eau dans mon corps !

— Vous n'en avez plus dans le corps, mais à ce que je vois, vous devez avoir vidé les bénitiers ! On dirait que vous vous êtes trempé la tête dedans !

— Non ! Non ! J'en ai juste pris pour faire mon signe de croix ! Justement, vous savez avec la chaleur qu'il fait, l'eau des bénitiers s'évapore au fur et à mesure ! Sacristie !

— Voyons Bedeau, Sacristie, c'est un blasphème contre l'Église !

— Excusez-moi monsieur le curé, je voulais dire sapristi…

— C'est mieux comme ça, allez-vous nettoyer mon bureau bientôt ?

— Oui ! Oui ! Je finis mon verre de limonade et je m'attaque à lui.

— Attaquez-le pas trop fort bedeau, vous n'êtes pas habitué, vous risqueriez d'avoir une syncope.

***

À 62 ans, le bon curé Forcier était très en forme physiquement. Bien qu'à la suite d'un accident de voiture, à l'âge de vingt ans, qui l'avait privé de sa jambe gauche, il dût se soutenir d'une canne. Costaud et ventru, il se déplaçait malgré tout aisément. De petites lunettes rondes reposaient sur son nez rougi dû à une rosacée avancée, et ses yeux gris étaient de la même couleur que ses cheveux drus parsemés de brins argentés.

L'abbé Charland, qui était âgé de 34 ans, était plus court et beaucoup plus efflanqué que son supérieur. Souvent, les paroissiens lui demandaient s'il n'était pas malade tellement il avait le teint verdâtre. Ses cheveux ondulés étaient d'un brun prononcé et ses paupières tombantes assombrissaient ses yeux bleu clair.

Pour sa part, le bedeau Carignan était de taille moyenne. Son visage creusé de sillons profonds faisait ressortir un nez pointu et de grandes oreilles décollées recouvertes de cheveux grisonnants.

Enfin, en cette fin de matinée, les nuages avaient réussi tant bien que mal à devancer le soleil et par la suite, ce dernier s'était retiré en totalité du firmament. Le tonnerre, tintamarre féerique venu du plus haut des cieux, s'était mis à tambouriner de satisfaction dans ce ciel noirâtre et les éclairs flamboyants se succédaient les uns après les autres. Les ruisseaux et les vergers se laissaient pénétrer de cette pluie chaude et torrentielle et, comme par magie, les fleurs endormies et asséchées dans le jardin d'Anne-Marie se mirent à se déplier lentement et à ouvrir leurs pétales pour recevoir chaque goutte de pluie au fond de leur cœur.

Le chemin de terre du rang du Ruisseau n'était qu'une venelle boueuse qui refusait de laisser grimper son eau sur le rebord des pelouses de peur de ne pas se désaltérer jusqu'à satiété.

Le déluge dura deux longues heures et Anne-Marie avait pu contempler ce spectacle de la lucarne du grenier aux côtés de la poupée de porcelaine aux joues écarlates qu'elle avait surnommée mademoiselle Pétronie. Le temps se calma et elle redescendit non sans caresser au passage les lettres poussiéreuses ficelées de rubans violets.

— Vous ne m'avez pas entendu cogner, madame Sirois ?

— Non, monsieur Hamelin, j'étais au grenier ! Que puis-je pour vous ?

— Ce n'est pas pour moi que je suis venu ici, mais pour votre chat.

— Mon chat !

— Oui, je roulais en voiture dans le rang et j'ai aperçu votre chat. Il était chez Hubert Tessier, il avait l'air bien nerveux et il courait dans tous les sens !

Ce dernier lui remit Grison.

— Oh ! Pauvre Grison, il tremble comme une feuille. Tu es rempli de boue. Merci monsieur Hamelin, je vous remercie énormément de me l'avoir ramené !

— C'est la moindre des choses, madame Sirois, je sais que ça ne doit pas être facile de vivre toute seule. Si vous avez besoin de quoi que ce soit, vous avez juste à nous téléphoner, moi ou ma femme Juliette, ça va nous faire plaisir de pouvoir vous aider si vous êtes dans le trouble.

— Merci mille fois monsieur Hamelin et bonne nuit.

***

Midas Hamelin, un octogénaire de 81 ans, demeurait dans le rang du Ruisseau depuis plus de soixante ans. Lui et sa femme Juliette avaient élevé tendrement cinq beaux enfants : Huguette, Pauline, Rita, Jocelyn et Ludger. Ils étaient grands-parents de sept petits-enfants et de huit arrière-petits-enfants. Que de changements depuis qu'ils s'étaient enracinés dans la ville de Contrecœur : les premières manufactures de chaussures, les usines sidérurgiques… Ils étaient aussi très fiers du patrimoine de leur ville d'adoption et de ses nombreux sites historiques fréquentés par les touristes. Le moulin Chaput construit en 1742, la maison Lenoblet-Duplessis qui fut érigée en 1794 ainsi que l'église Sainte-Trinité et sa façade en murs de pierres, édifiée en 1864, en sont de bons exemples. On dit même qu'un tunnel existerait entre la cave de la maison Lenoblet-Duplessis et le fleuve Saint-Laurent, même si ce n'est probablement qu'une légende.

Chapitre 3

Le temps des réjouissances

— Grison ! Veux-tu cesser de casser mes boules de Noël ? Tu dois arrêter, car je vais devoir retourner au Woolco à Tracy pour aller en acheter d'autres, sainte mère !

Un sapin majestueux qu'Anne-Marie s'était procuré à la pépinière de Verchères occupait une grande partie du petit salon et, à son sommet, scintillait l'étoile de Bethléem. Les cartes de Noël reçues de Solange, du curé Forcier et de madame Bélanger, la responsable de la bibliothèque, étaient disposées sur une étagère fixée sur le mur de plâtre tout près du vieux poêle ventru. De grandes guirlandes multicolores passaient au-dessus de l'arche du salon. Anne-Marie avait déposé sur la table de merisier deux grandes bougies rouges fixées dans de magnifiques couronnes de pin qu'elle avait confectionnées de ses mains adroites.

À l'intérieur de son gros meuble stéréo du salon reposant sur un tapis usé, un tourne-disque émettait *l'Adeste Fidèles* de Fernand Gignac qu'il interprétait divinement.

À minuit, Anne-Marie assista à la grande messe chrétienne avec beaucoup de mélancolie dans le cœur. Après avoir souhaité ses vœux de prospérité et de santé au curé Forcier et à l'abbé Charland, elle se dirigea vers la sortie de l'église, essayant de refouler une nostalgie d'antan.

Sur le grand perron de l'église, la neige scintillante tant espérée s'accumulait sur les beaux vêtements des paroissiens exaucés.

— Mademoiselle Sirois !

— Bonjour madame Hamelin, vous allez bien ? Joyeux Noël à vous et à toute votre famille.

— Merci ma belle fille, justement, en parlant de joyeux Noël, avez-vous quelque chose de prévu ce soir pour le réveillon ?

— Non pas vraiment, pourquoi ?

— Moi et mon mari aimerions vous inviter chez nous. Vous savez Anne-Marie, tous nos enfants, sauf notre petit-fils Bruno, sont partis fêter dans leurs belles-familles, nous aimerions bien vous avoir avec nous.

— Voyons donc madame Hamelin, je ne suis pas pour aller chez vous comme cela à la dernière minute ! Cela ne se fait pas ça !

— On aimerait tellement ça ! Je sais que vous êtes toute seule pour la nuit de Noël, votre amie Solange est partie fêter dans la famille de son mari à Saint-Eustache. Mon mari et moi allons nous sentir tellement seuls juste avec notre Bruno… Dis-lui Midas, bout de bon Dieu !

— Là, on va cesser de se répéter, mademoiselle Sirois ! Voyez-vous, mes pieds sur le frette de même, je commence à avoir la vessie proche des yeux !

Anne-Marie éclata de rire.

— Pauvre vous…

***

Juliette avait revêtu son tablier rouge et elle était déjà postée devant son fourneau pour arroser la dinde de sa sauce dorée. C'était une maison où il y faisait bon de s'y réchauffer. Un arôme de tourtière et de cannelle embaumait la grande cuisine campagnarde vieille de deux cents ans. Midas venait de déposer une énorme bûche dans l'âtre profondément endormi et un halo de buée s'était étalé dans les grandes fenêtres frigorifiées sur lesquelles on avait envie de tracer des cœurs ainsi que de petits bonshommes allumettes pour ensuite les regarder se dissoudre lentement. La neige s'accumulait sur les toits, dégoulinant en perles cristallisées sur la grande galerie de pierres. Cette vieille maison remplie d'enfants avait connu le bonheur, mais ceux-ci l'avaient trop vite quittée pour vivre leurs vies d'adultes tout en laissant derrière eux des parents dans une attente de tous les jours.

— Par chance, vous n'habitez pas loin, mademoiselle Sirois ! Avez-vous vu le temps dehors ? On ne voit plus l'autre bord du rang, sacrebleu !

— Si cela continue, le chemin ne sera plus praticable, une chance que je ne suis pas en voiture !

— Ne soyez pas inquiète, j'irai vous reconduire

après, puis je vais vous faire un petit chemin pour que vous soyez capable de vous rendre jusqu'à votre galerie.

— Ce n'est pas nécessaire Bruno, mais si vous insistez, je vous en serais bien reconnaissante. Que faites-vous dans la vie Bruno, vous travaillez dans quel domaine ?

— Je ne travaille pas, j'étudie à Longueuil à l'ancien Externat classique, aujourd'hui c'est le Collège Édouard-Montpetit. J'étudie pour devenir denturologue. J'habite à Boucherville sur la rue Simon-Saladin.

— Un denturologiste ?

— Oui, je sais que je m'y suis pris tard pour étudier, mais mieux vaut tard que jamais, il ne me reste qu'un an à faire. Pourrais-tu me tutoyer Anne-Marie, s'il te plaît ?

— Bien oui, si tu veux... Mais est-ce que je peux être indiscrète Bruno ? Pourquoi es-tu ici pour la nuit de Noël au lieu d'être avec ta famille ?

— Ce n'est pas vraiment compliqué, je vis seul puis mes parents sont partis pour trois jours à Joliette. Voilà, j'ai décidé de venir réveillonner ici avec mon pépère et ma grand-mère.

— D'accord, je vois.

— Tu ne manges pas mon gars ? Tu n'as pas touché à ton assiette encore !

— Je n'ai pas vraiment faim, pépère...

— Sacrebleu, que tu es difficile ! Il ne mange rien. Pour le contenter, il faudrait lui donner des hosties toastées sur les deux bords !

— Voyons pépère, tu n'exagères pas un peu là ?

— Pas vraiment, mon gars ! Tu es difficile, tu ne manges rien ! La journée que je vais te voir manger jusqu'à ce que les oreilles te frisent, je crois bien que j'vais aller faire brûler un lampion à l'église.

Bruno avait 33 ans. Il mesurait 5 pieds et 6 et il avait les cheveux longs châtains noués en queue de cheval. Il était très beau. Il portait des jeans Levi's, un chandail noir Point Zéro, des *loafers* couleur terre Hush Puppies. De petits yeux bridés laissaient entrevoir une pupille turquoise et de grands cils bruns. Il devait avoir des manières de vieux garçons ou peut-être était-il homosexuel, s'interrogeait Anne-Marie.

— J'ai trop mangé, madame Hamelin, j'ai fait la grosse gourmande ! C'était vraiment délicieux, je vais tourner toute la nuit, moi !

— Bien non ma fille ! Quand on se couche le ventre vide, on ne passe pas une bonne nuit. Il faut chauffer le poêle avant de se coucher, comme disait mon vieux père.

— Moi aussi, ma Juliette, j'ai bien mangé et j'ai bien bu. J'ai la peau du ventre bien tendue. Merci petit Jésus !

— Cré Midas, en plus, c'est moi qui vais en écoper !

— Pourquoi dis-tu ça, ma Juliette ?

— Tu vas ronfler comme un train toute la nuit, bout de bon Dieu !

— Cesse donc de te plaindre ! Depuis tantôt que je te regarde faire ta bataille de paupières ! Je vois bien que ce n'est pas toi qui vas gagner ma vieille !

— Ben oui, j'ai une endormitoire.

— Pauvre vous, avec tout le mal que vous vous êtes donné aussi ! Je vais vous aider à ramasser puis à faire la vaisselle.

— Que je vous voie toucher à ça, vous ! Je vais ramasser le plus gros avec Bruno s'il peut enfin s'enlever les pieds de sur la bavette du poêle. Quand il vient se promener celui-là, on dirait qu'il tombe au neutre !

On distinguait à peine le rang du Ruisseau. Les Hamelin étaient les deuxièmes voisins d'Anne-Marie, juste avant les Tessier. La nuit était noire et Bruno et Anne-Marie restèrent silencieux durant le trajet. Bruno n'avait pas déneigé sa voiture, d'ailleurs il aurait été impossible de la déloger de l'entrée de ses grands-parents. Un vent du nord déménageait les flocons dans tous les sens. Quand Anne-Marie avait perdu pied en essayant d'enjamber une grande lame de neige blanche, Bruno l'avait agrippée à la volée pour la tirer vers lui et, du fait, leurs visages humides et glacés s'étaient presque heurtés.

— Veux-tu entrer Bruno ? On pourrait prendre une boisson chaude avant que tu retournes chez tes grands-parents ?

— Ce n'est pas de refus, tu peux entrer, moi je vais pelleter un chemin jusqu'à ta galerie.

Après avoir déplacé la neige comme il le pouvait pour tracer un sentier étroit, il avait constaté qu'il n'y avait plus aucune trace de son effort et que la bourrasque venait de tout effacer.

— Bon, je reviendrai peut-être pelleter demain matin… C'est chaleureux chez toi.

— Ce n'est pas grand, mais j'y suis très bien. J'ai vraiment passé une belle nuit de Noël, Bruno. Tes grands-parents sont très accueillants et surtout très attachants.

— C'est vrai, pour des personnes de quatre-vingts ans, je les trouve encore bien en forme même si je sais qu'ils s'ennuient bien gros depuis que tous leurs enfants sont partis de leur grande maison. Je vais venir les visiter plus souvent après les fêtes, je trouve qu'ils sont un peu trop délaissés à mon goût.

— Tes oncles et tes tantes n'y vont pas souvent ?

— Je sais qu'ils y vont, mais ils ont tous leurs vies, eux aussi ! Mon père puis ma mère habitent à Montréal-Nord, ma tante Pauline à Rimouski, ma tante Rita à Sherbrooke, Jocelyn, il ne crèche jamais à la même place. Actuellement, il habite à La Pocatière, puis mon oncle Ludger reste à Verchères. C'est lui le plus proche, Ludger, c'est un vieux garçon de quarante-trois ans puis on dirait qu'il a peur de mettre de l'essence dans son vieux Chrysler tellement il est pingre.

— Avoir tant d'enfants et ne presque jamais les voir, ça déchire des parents ça.

— Tu sais, Anne-Marie, quand tu es rendu à cet âge-là puis que tu n'as plus aucun loisir, un moment donné, le temps arrive où tu te couches après les nouvelles du souper. Leurs journées sont longues, il n'y a rien pour les vieux ! Ils écoutent la radio, mais il n'y a presque pas de chansons pour eux. Quand ils vont chez le docteur parce qu'ils sont déprimés, il leur donne des pilules ! Le meilleur médicament pour eux, selon moi, ce serait que leurs enfants les visitent et les appellent de temps en temps. Ce n'est pas parce qu'ils sont vieux qu'ils n'ont plus rien à nous apprendre, au contraire ! Nous aussi, nous allons devenir vieux un jour et nous allons subir le même sort ! Pourquoi tu penses que je ne me suis jamais marié ! Pour que ma femme ne me demande jamais d'avoir des enfants. C'est trop cruel de finir sa vie comme mes grands-parents le font !

— Ouf ! On dirait que tu viens de te libérer d'un fardeau, Bruno ?

— Bien oui, désolé Anne-Marie.

— Je suis cent pour cent d'accord avec toi ! Moi aussi, j'aime beaucoup les personnes âgées… Elles ont beaucoup à nous apprendre et vu leur âge, elles ont un cheminement de vie beaucoup plus enrichissant que le nôtre.

— Exact ! Et quand j'entends la famille dire : « Je vous promets de venir vous voir bientôt. » *Bullshit !* Ils disent qu'ils ont juste une parole, mais bateau, ils n'ont pas de mémoire !

— Est-ce vrai, ce que tu dis ? Moi, si j'avais une grande famille comme la tienne, surtout des grands-parents comme les tiens, je serais toujours rendue là !

— Il n'y a rien qui t'empêche d'aller les voir plus souvent.

— C'est certain que je vais leur rendre visite maintenant que je le sais. J'avais peur de les déranger.

Avant de partir, Bruno avait déposé un baiser sur la joue d'Anne-Marie en lui disant qu'il reviendrait lui rendre visite, car sa mémoire à lui n'était pas défaillante.

***

Le premier janvier 1974, Anne-Marie avait invité les Hamelin pour souper, car ceux-ci avaient reçu leur famille le trente et un au soir. Toutefois, Bruno était absent, il avait festoyé à Montréal-Nord en compagnie de ses parents et de ses deux sœurs, Judith et Jacinthe.

Chapitre 4

Madeleine

Malgré l'abondance de neige, mars 1974 fut clément. L'hiver s'éternisait et les agriculteurs attendaient le dégel avec impatience pour enfin s'activer aux champs. Les bicyclettes dormaient encore dans les remises alors que les pelles demeuraient aux aguets sur les galeries engourdies.

Dans le rang du Ruisseau, les étourneaux et les carouges devenaient de plus en plus fréquents au-dessus des terres agricoles et les hululements des hiboux se faisaient entendre à l'orée des bois. D'ici une semaine, la neige mollirait pour que les érables puissent enfin se gonfler de leur eau sucrée. Alors, les fermiers les entailleraient pour enfin amener à leurs tonneaux le liquide précieux qui fait la joie des amateurs.

Malheureusement, le deuil s'était sournoisement installé chez les Hamelin. Midas avait remis son âme au Seigneur le trois mars et Juliette avait perdu toute son envie de vivre et refusait carrément de vendre la maison familiale. Ses enfants lui rendaient visite à tour de rôle pour tenter de la convaincre de s'installer dans un manoir ou une maison pour les aînés. Aujourd'hui, c'était son ancienne voisine de rang, madame Demers, qui était auprès d'elle pour lui vanter les mérites de la résidence pour retraités de Boucherville.

— Tu sais, quand nous avons vendu notre maison à mademoiselle Sirois, je ne te mentirai pas, Juliette, que nous étions effondrés, André et moi. Mais quand la raison embarque par-dessus le cœur, des fois, c'est elle qui gagne.

— Je comprends bien ça, mais vendre la maison, c'est comme si je faisais un coup de cochon à Midas, bout de bon Dieu !

— Tu penses ça, toi ? Eh bien ! Moi, je pense que Midas est bien plus inquiet de te voir rester ici toute seule !

— Nous avons habité ici soixante ans ! Comment veux-tu que je puisse mettre tout cela de côté ? Cette maison-là, c'était notre vie !

— Tu dois mettre ton cœur de côté pour un petit bout de temps pour que la raison prenne le dessus ! Tu sais, avec tous les souvenirs qu'il y a ici, les plus importants vont probablement s'en aller chez tes cinq enfants puis chez tes petits-enfants.

— Comment les années ont pu passer si vite ? Après nous être mariés, Midas et moi, en 1912, on riait quand on se disait : « Un jour, quand on va être vieux, puis que nos enfants vont être élevés, il va nous rester à gâter nos petits-enfants. » Nous avons huit petits-enfants. Bruno et Gabrielle, la fille de Jocelyn, qu'on voit juste de temps en temps. Quant à Robert, Donald, Benoît, Nicole et j'en passe, je pense que, pour eux, des vieux représentent seulement de vieilles croûtes qui attendent la mort !

— Voyons Juliette, parle pas comme ça !

Quand la vieillesse s'installe, que les cheveux se mêlent de fils argentés, que des sillons se creusent sur les visages fripés, que les membres s'affaiblissent et tremblent et que le cœur se fatigue, on a toujours besoin d'amour. Un peu comme ces vieux bancs de parc effrités par le temps et imprégnés d'histoires d'amour, que l'on continue de fréquenter pour s'échanger des je t'aime.

— Tu as peut-être raison, je ne peux pas vivre les années qu'il me reste dans mes souvenirs, il y en a trop ! Si je commence à conserver dans ma mémoire tout ce qui s'est passé depuis 1912, dans le peu d'années qu'il me reste à vivre, je ne verrai jamais autre chose ! Quand mon Midas est parti, je savais qu'il était prêt. Juste avant de mourir, il m'a dit, écoute Juliette, quand une personne a du mal, elle ne rentre pas à reculons dans le paradis. Je dirais même qu'il avait hâte d'aller se reposer dans l'au-delà en attendant ceux qu'il aime.

— Je pense que tu as tout compris, Juliette. C'est pour cela que tu devrais appeler l'agent d'immeubles. En plus, le mois de mars est le temps idéal pour vendre une maison.

— Ouf ! ça me fend le cœur, même si je sais que c'est cela qu'il faut que je fasse !

***

Le 13 avril 1974

— Bonjour mademoiselle.

— Monsieur Jolicœur !

— Hum ! Écoutez, je suis venu pour m'excuser pour ma maladresse le jour où je suis venu à la bibliothèque au mois de mai, il y a un an.

— Il n'y a aucun problème, vous cherchez un livre ? lui demanda Anne-Marie, mal à l'aise.

— Non, pas vraiment, je venais juste m'excuser. Je vous avais confondue avec une autre personne.

— Justement, lorsque j'ai été engagée ici, la fille que j'ai remplacée s'appelait Marie-Anne Francœur, c'est probablement elle que vous cherchiez ?

— Oui, j'aimerais bien qu'elle soit la personne que je recherche ! D'ailleurs, votre patronne, madame Bélanger, m'a informé qu'elle habitait Saint-Lambert, elle ne pouvait m'en dire plus. Je vais avoir de grosses recherches à faire.

— Bien oui, c'est comme essayer de trouver une aiguille dans une botte de foin. Puis, la Mauricie, ce n'est pas à côté non plus !

— Je vais rester un peu plus près bientôt. Je me suis acheté une maison par ici, je vais en prendre possession à la fin d'avril.

— Ah oui ! Pourquoi Contrecœur ?

— Bien, c'est parce qu'à Trois-Rivières je n'ai plus d'attachement et je trouve que Contrecœur est une ville très accueillante.

— Vous restiez à Trois-Rivières ? Je viens de Trois-Rivières, moi aussi !

— Ah oui ? Le monde est petit ! Mais pour dire vrai, je demeurais à Trois-Rivières depuis plusieurs années, mais je suis né à Louiseville. À Trois-Rivières, j'enseignais à l'école primaire Saint-François-d'Assise.

— Ah bien ! C'est là que j'ai fait mon école primaire !

— Pas vrai ! J'ai peut-être enseigné dans votre ancienne classe ?

— Je n'en reviens pas ! Votre maison à Contrecœur, sur quelle rue l'avez-vous achetée ?

— Je ne déménage pas dans le village, j'ai acheté une vieille maison de deux cents ans dans le rang du Ruisseau.

— Quoi ?

— Anne-Marie Sirois, tu es dans une bibliothèque ! Pourrais-tu baisser le ton un peu ? lui recommanda son amie en lui lançant un clin d'œil.

— Désolée, Solange !

— Vous avez l'air bien surprise, mademoiselle Sirois. Vous avez l'air de connaître le rang du Ruisseau ? Est-ce que j'aurais fait un mauvais choix ?

— Non, non, vous devez avoir acheté la maison des Hamelin, c'est la seule maison qui était à vendre dans le rang !

— Vous êtes bien renseignée !

— C'est sûr, je demeure là dans le rang du Ruisseau !

— Vous demeurez dans le rang du Ruisseau ?

— Oui, ça fait presque trois ans, j'ai acheté la maison des Demers.

— Eh bien ! Donc, vous demeurez dans la maison de ma tante Rosalie ?

— Hein ! Qui avez-vous dit ?

— Rosalie…

— Non, pas du tout ! J'habite la maison des Demers, André Demers.

— Rosalie Belhumeur, la femme d'André Demers. Rosalie est la sœur de ma mère, Madeleine Belhumeur…

— Bien voyons donc, vous !

— Chut ! Anne-Marie, vous dérangez tout le monde !

— Excuse-moi Solange… Je n'en reviens pas, je reste dans la maison de votre tante !

— Je ne l'ai rencontrée qu'une seule fois. Je l'ai vue aux funérailles de ma mère à Louiseville, c'est là qu'elle m'a donné cette fameuse lettre que j'avais dans les mains quand je suis venu vous voir au mois de mai 1973.

— D'accord, et là j'imagine que vous allez aller à Saint-Lambert pour essayer de trouver cette Marie-Anne Jolicœur ? Jolicœur, peut-être est-ce votre cousine ?

— Non, elle serait probablement ma sœur…

— Ah oui !

— Chut !

— Écoutez, mademoiselle Sirois, au lieu de jaser ici, vu que je vais être votre nouveau voisin de rang. Pourquoi ne pas faire connaissance avant que je déménage près de chez vous ? C'est samedi, je pourrais vous inviter à souper ce soir ?

— Je ne sais pas trop.

— Un simple souper d'amis, mademoiselle…

— D'accord, à quel restaurant nous retrouvons-nous ?

— Est-ce que je pourrais passer vous prendre ? Cela me donnerait l'occasion de voir la maison où la sœur de ma mère a vécu.

— Si vous voulez, vous pouvez passer vers cinq heures, on aura le temps de prendre un petit apéritif avant de partir.

— Vous me faites un grand plaisir, mademoiselle Sirois !

— Charles, pouvez-vous m'appeler par mon prénom ? Il me semble que le souper serait plus aisé, non ?

***

Par un temps d'avril bien plus doux que la normale, Rosalie et André Demers furent agréablement surpris de voir arriver leur neveu qu'ils n'avaient côtoyé qu'une seule fois depuis le décès de sa mère. Les premiers instants furent assez embarrassants, mais la rencontre s'était vite animée quand Charles leur avait annoncé qu'il venait d'inviter à souper Anne-Marie, la gentille demoiselle qui avait acheté leur maison de campagne.

Mais le but de la visite de Charles était surtout d'obtenir des renseignements concernant sa famille.

Au moment où Madeleine Belhumeur avait convolé en justes noces avec Delphis Jolicœur, les liens familiaux s'étaient brisés, car Delphis avait interdit tout contact entre les deux sœurs.

Depuis la naissance de Marie-Anne, elles avaient cependant su maintenir leurs liens grâce aux lettres qu'elles continuaient de s'échanger.

Mon cher fils,

Pourras-tu un jour me pardonner ? Je sais la peine que tu auras quand tu liras cette lettre.

Avant ta venue, j'ai donné naissance à une petite fille, nous l'avons appelée Marie-Anne.
Ton père m'avait bien fait comprendre, lorsque je suis tombée enceinte, qu'il ne voulait pas avoir de fille. Ma grossesse fut très difficile, car je ne savais pas si j'aurais une fille ou un garçon.
Ton père, lui, il voulait un garçon pour travailler sur la terre et plus tard en prendre la relève. Tu as grandi sans le savoir en te formant une carapace et tu es parti étudier pour devenir professeur et, Dieu merci, tu as fait le bon choix.
Pourquoi ne t'ai-je jamais avoué que tu avais une sœur ? Sans doute parce que je n'aurais jamais pu supporter que tu me renies à la suite de la décision de ton père.
Après qu'elle fut baptisée à l'église Saint-Antoine de Padoue, ici à Louiseville, dès mon premier pas sur le perron de l'église, ton père me l'a enlevée pour la remettre à ses parents adoptifs de Trois-Rivières. Elle n'est restée que deux jours à la maison.
Cette enfant-là, toute ma vie j'ai espéré la revoir. Et depuis ce temps j'ai le cœur en mille morceaux. C'est toi qui es venu cicatriser une partie de mon cœur de mère et qui as fait que j'ai pu vivre jusqu'à aujourd'hui.
Je sais que mon départ est pour bientôt, car Dieu me l'a signifié. Je vais poster cette lettre à ma sœur Rosalie qui habite à Contrecœur. Ta tante, que tu n'as jamais eu l'occasion de rencontrer, te remettra cette lettre quand je serai rendue au paradis, à condition que Dieu veuille bien m'accepter dans son royaume.

Je ne te demande pas de retrouver ta sœur, même si je sais que tu essaieras de le faire, et si un jour tu te retrouves devant elle, je voudrais que tu lui dises de ma part que je l'aime profondément.
Je t'aime, mon Charles. N'oublie pas Charles, ne te retourne jamais vers ce passé que tu connais à peine et qui pourrait te blesser. La vie qui est devant toi est cent fois plus belle que le chemin que j'ai pu suivre tout au long de ces années pathétiques.
Ta mère qui t'aimera toujours,
Madeleine
XX

— Si j'avais su avant qu'elle parte, j'aurais tout fait pour retrouver ma sœur pour qu'elle ait eu au moins le bonheur de la serrer dans ses bras avant de mourir.

— Regarde Charles, elle est partie en paix en sachant qu'un jour tu dirais à ta petite sœur à quel point sa mère l'aimait.

— Je ne savais pas que tu existais, ma tante. Elle ne m'en avait jamais parlé, sinon…

— Elle m'écrivait à l'insu de ton père parce que s'il avait su, je ne sais pas ce qu'il aurait fait endurer à ta pauvre mère. On ne s'était pas beaucoup écrit, cinq lettres tout au plus.

— Les as-tu encore ces lettres-là ?

— Non, malheureusement, depuis que nous avons déménagé, je ne les trouve plus. Elle avait même écrit une lettre pour ta sœur qui date de 1945 que je n'ai jamais ouverte. C'est peut-être André qui les a jetées dans le déménagement. Ton oncle André n'est pas toujours lucide. Comme tu as pu le remarquer, sa mémoire en a pris un coup depuis cinq ans. Un jour, peut-être, on retrouvera ces lettres-là… on ne sait jamais !

— Par chance que tu as conservé celle-ci près de toi ! Je n'aurais jamais su que j'avais une sœur ! J'espère que je vais la retrouver. Pour l'instant, je sais seulement qu'elle reste à Saint-Lambert. Je n'ai aucune adresse, ma mère ne m'a pas écrit non plus sa date de naissance, et en plus, elle porte le nom de Francœur aujourd'hui.

— Écoute Charles, commence par t'installer dans ta nouvelle maison à Contrecœur, après tu pourras commencer tes recherches. Cela fait trente-deux ans que tu ignorais son existence, ce n'est pas un mois ou une semaine de plus qui va déranger tes recherches. Tu dois aussi te préparer pour ton nouvel emploi de professeur en septembre. Mais il y a une chose que je veux que tu me promettes…

— Quoi ?

— Si tu retrouves ta sœur, ne lui dis jamais que ta mère lui avait écrit une lettre, elle serait trop déçue de ne pas la lire.

— Oui ma tante, je te le promets. Une dernière question si tu veux ?

— Bien sûr…

— Comment as-tu su ?

— Quoi ?

— Bien que Marie-Anne habitait à Contrecœur et qu'elle travaillait à la bibliothèque.

— Ah ! C'est la Providence qui s'est jetée devant moi cette journée-là !

— Comment ça ?

— La journée du service de ta mère, tu étais déjà partie au cimetière. C'est le curé Durand qui m'a donné cette lettre que ta mère lui avait demandé de me remettre en personne après les obsèques. Y avait aussi une vieille femme pas loin de moi. Cette vieille-là était sage-femme.

— Qu'est-ce que c'est une sage-femme ?

— C'est une femme qui accouche les femmes dans leurs maisons.

— Quel est le rapport avec ma mère ?

— Si tu me laissais terminer ma phrase, je pourrais bien t'expliquer, Charles.

— Désolé ma tante.

— Elle m'avait dit qu'elle avait eu beaucoup de peine quand Marie-Anne avait été adoptée en 1942.

— Et qui sont les gens qui l'ont adoptée ?

— Elle n'a jamais voulu me le dire. Elle m'a simplement dit qu'elle avait été adoptée par des gens de Trois-Rivières. Ce que je savais déjà.

— Je comprends bien ma tante, mais comment as-tu fait pour savoir qu'elle habitait à Contrecœur, ma sœur ?

— J'y arrive, Charles… Cette vieille femme avait déménagé à Trois-Rivières à deux maisons des parents adoptifs de Marie-Anne. Elle m'avait dit que Marie-Anne la prenait pour sa grand-mère tellement elles étaient proches toutes les deux. Les liens s'étaient coupés quand le père adoptif de ta sœur avait découvert l'endroit où elle l'attendait à la sortie de son école.

— Et ?

— Après, le temps et les années ont fini par passer et quand Marie-Anne a vendu la maison de ses parents quand ils sont morts, elle a laissé son logement du centre-ville pour déménager à Contrecœur. Elle faisait suivre son courrier par une voisine et c'est comme ça que la vieille femme avait pu avoir son adresse en se faisant passer pour sa grand-mère.

— Eh bien ! C'est elle qui t'a tout raconté ça ?

— Oui, je peux te dire que quand elle prononçait le nom de ta sœur, elle avait le regard d'une vraie grand-maman. Je n'en sais pas plus mon garçon… Dans les années 40, les travailleurs sociaux avaient fait leur apparition avec les familles d'accueil et les orphelinats. Heureusement que la petite n'avait pas été placée dans ces institutions. Ces établissements étaient bourrés d'enfants, jamais ils n'auraient dévoilé quoi que ce soit sur le nom ou les adresses des enfants qui étaient adoptés. C'était confidentiel ! Au début des années 70, avec l'arrivée de la pilule anticonceptionnelle, il y a eu une baisse d'enfants abandonnés. Le temps a commencé à évoluer, les femmes monoparentales pouvaient élever leurs enfants du fait qu'elles travaillaient. C'est cela qui avait fait baisser le nombre des enfants abandonnés dans les crèches et les orphelinats.

— Cela a changé depuis…

— Oui ! Imagine-toi, dans les années 30, il y avait une fenêtre à l'entrée de certaines églises pour déposer les enfants des mères qui ne pouvaient pas en prendre soin.

— Bien voyons donc, ma tante ! Ça n'a pas de bon sens ! Heureusement que Marie-Anne avait été adoptée avant sa sortie de l'hôpital. On ne sait pas sur quelle sorte de famille elle aurait pu tomber ! D'un autre côté, on ne le sait pas plus aujourd'hui, on n'a pas leur nom.

— Bien oui, mon garçon…

— À quelle heure qu'on dîne, Rosalie ?

— Voyons André, il est trois heures ! Tu as mangé des côtelettes de porc à midi, tu ne t'en souviens pas ?

— C'est-tu vrai ça ?

— Bien oui ! Ce soir, je vais te faire une omelette au jambon.

— Restes-tu à dîner avec nous, Charles ?

— Bien non mon oncle, je t'ai dit tout à l'heure que je m'en allais chercher Anne-Marie pour souper. Tu sais, la femme qui a acheté ta maison dans le rang du Ruisseau !

— Hein ! Y a quelqu'un qui reste dans ma maison ?

— Bien oui, mon vieux ! Peut-être qu'un jour on va y retourner dans notre maison ? On ne sait pas l'avenir !

Chapitre 5

Charles

Dans le rang du Ruisseau, des arbres imposants jetaient leur ombre sur le chemin cabossé et certains plus petits, probablement nés dix ans après, essayaient tout simplement de grandir.

Le soleil rayonnait encore quand Charles s'était retrouvé devant la maison des Hamelin qui serait bientôt la sienne. Un grand saule courbé vers le sol versait ses pleurs et, tout près, un peuplier centenaire semblait n'attendre que la venue de ce nouveau propriétaire pour reprendre la vie comme autrefois.

En immobilisant sa voiture près de l'entrée où des pissenlits couraient et couraient jusqu'à la fondation de la maison, l'euphorie s'était soudainement emparée de lui.

La grande galerie fatiguée se reposait des intempéries de l'hiver et les fenêtres craquelées ne demandaient qu'à être restaurées pour survivre à une autre décennie. Une volée d'oiseaux migrateurs, étourdis d'avoir voyagé, nichait sur le rebord de la vieille cheminée de pierres.

Dans la cour arrière de la maison, installé sur une grosse pierre recouverte de mousse verdâtre tout près du vieux puits condamné, Charles rêvait à de nouveaux projets. Une balançoire pour toiser le clair de lune, un jardin rempli de bons fruits et de légumes frais. Après avoir été récolté, celui-ci se métamorphoserait en une grande patinoire comme au temps de sa jeunesse à Louiseville, et, qui sait, Madeleine descendrait de son nuage pour venir lui préparer un bon chocolat chaud.

C'est avec les yeux remplis de larmes qu'il se décida à remonter dans sa voiture.

— Hé monsieur !

— Oui ?

— Qu'est-ce que vous faites sur la terre des Hamelin ?

Charles s'approcha de l'homme.

— Bonjour monsieur ! Je suis le nouveau propriétaire.

— Ah ! Bonjour, je suis votre voisin, Hubert Tessier.

— Ça me fait plaisir, monsieur Tessier. Je suis Charles Jolicœur, cela fait longtemps que vous demeurez dans le rang du Ruisseau ?

— Ça fait trente ans, monsieur ! Et ce n'est pas demain la veille que nous allons déguerpir d'ici, moi et ma Pauline ! Pauline, viens par ici, je vais te présenter notre nouveau voisin !

— Bonjour monsieur, enchantée. Votre femme n'est pas là ?

— Bien non, je ne suis pas marié.

— Et vous pensez que vous allez être capable d'entretenir cette grande maison-là tout seul ?

— Vous savez madame, j'ai été élevé sur une terre, et donc je pense bien pouvoir m'occuper d'une grande maison.

— C'est un fait ça, monsieur… monsieur ?

— Charles Jolicœur.

— Bon bien Charles, est-ce qu'on peut vous inviter pour venir prendre un café chez nous ?

— Voyons, Mémène ! Tu ne vas pas offrir un bubusse à monsieur Jolicœur ! Une bonne bière frette nous rafraîchirait bien plus le gosier.

— Un bubusse ?

— C'est une expression pour faire étriver ma femme quand elle me fait un café clair comme de l'eau de vaisselle.

— Ah d'accord ! Je vous remercie, ce sera pour une autre fois, j'ai rendez-vous chez mademoiselle Sirois.

— La belle Anne-Marie ?

— Bien oui, vous la connaissez ?

— C'est sûr qu'on la connaît, verrat ! Ça fait presque trois ans qu'elle reste dans le rang du Ruisseau, elle a acheté la maison des Demers !

— Je sais tout cela, elle a acheté la maison de ma tante Rosalie.

— Les Demers, c'est parent avec vous ? Ah bien ! Cré maudit ! On aura tout vu ! De quel endroit venez-vous ?

— De Louiseville, je travaillais à Trois-Rivières avant.

— Eh ben ! Puis votre travail, c'était quoi ?

— Enseignant dans une école primaire.

— Eh ben ! Eh ben ! Un professeur.

— Pendant que vous allez faire connaissance, vous deux, moi je vais aller faire une bailler de hardes.

— Une quoi ?

Monsieur Tessier eut un rire moqueur.

— On voit que vous n'êtes pas de la campagne, vous ! Une bailler de hardes, c'est une brassée de lavage, monsieur Charles.

— Ah bon, je vois… Oups ! Déjà cinq heures cinq, il faut que j'y aille, je suis en retard. Ce fut un plaisir de vous rencontrer, on aura sûrement l'occasion de se reparler ?

— Bien sûr, surtout ne comptez pas les tours. Nous ne sommes pas sorteux. Viens Mémène.

Chez Anne-Marie, sur les larges planches de bois de la galerie trônait une vieille chaise en bois défraîchie de couleur d'ambre brûlé. Tout près de la porte, deux jolies jardinières blanches se balançaient au vent, semblant attendre impatiemment les fleurs de mai. Charles n'avait pas encore franchi le seuil qu'une délicate odeur d'eucalyptus et de pin l'envahit.

— Bonjour ! Entrez !

— Bonjour Anne-Marie, c'est très joli ici !

— Ce n'est pas très grand, mais j'adore ma petite maison…

— Voulez-vous bien me dire comment ma tante Rosalie a bien pu faire pour élever cinq enfants ici ? Il n'y a qu'une chambre à coucher !

— Elle m'avait dit, quand j'ai visité la maison, il y a trois ans, que le salon servait de chambre à coucher. Monsieur et madame Demers dormaient dans la chambre et monsieur Demers, votre oncle André, avait construit pour les enfants un lit superposé qu'il avait mis au salon. Les deux autres dormaient au grenier. Aujourd'hui dans ce grenier, il n'y a plus que mademoiselle Pétronie et les souvenirs qu'ils n'ont pu emporter avec eux.

— Mademoiselle Pétronie ?

— Oui, c'est une vieille poupée de porcelaine qui est assise sur le rebord de la lucarne depuis au moins cinquante ans. Aimeriez-vous prendre une bière, un Pineau des Charentes ?

— Si cela ne vous dérange pas, j'aimerais mieux une bière. Tout à l'heure, j'ai fait la connaissance de monsieur et madame Tessier.

— Ah oui ! C'est du bien bon monde, à condition de s'habituer à leur jargon.

— Oui, ils ont de drôles d'expressions ! sourit Charles en prenant le verre qu'Anne-Marie lui offrit.

— Je suis d'accord, lorsque je suis arrivée dans le rang, j'avais été un peu embarrassée par leur approche. Mais avec le temps, j'ai compris que ce sont des gens avec un cœur d'or, même si madame Pauline ne se mêle pas toujours de ses affaires.

— Est-ce qu'ils ont eu des enfants ? Ils ont l'air à vivre seuls dans cette grande maison-là…

— Oui, ils en ont eu deux, Marielle et Nicole. Lorsque la plus vieille vient visiter ses parents, elle ne part pas sans venir prendre un café avec moi. Pour revenir à madame Pauline, cette femme-là n'aurait pas un sou, qu'elle t'en donnerait quand même. Des gens bien serviables. Quand j'ai acheté ma corde à linge, monsieur Tessier s'est offert tout de suite pour venir me l'installer. Vous êtes allé chez votre oncle et votre tante cet après-midi ?

— Oui, quand j'ai quitté la bibliothèque, je suis parti tout de suite à Boucherville. Croyez-moi, j'ai eu pas mal d'explications concernant ma mère et ma sœur, mais je ne suis pas plus avancé dans mes recherches.

— Il est certain que cela peut être long, mais avec du temps et de la patience, comme on dit, vous allez la retrouver votre sœur.

— J'espère bien, avez-vous pensé à un endroit pour le souper, Anne-Marie ?

— Nous pourrions souper ici, si ça vous tente. On pourrait manger des pâtes, j'ai fait une sauce à spaghetti hier.

— Ah ! bien là, je ne voudrais pas vous donner tout ce mal ! Mais si vous insistez, je ne dirais pas non, d'autant plus que le spaghetti est mon plat préféré.

— Pas vrai ?

— Des pâtes, j'en mangerais tous les jours si ce n'était que de moi.

— D'accord pour le spaghetti. Vous aimez la salade César ?

— Eh ! Comment ! Mais je n'ai rien apporté. Si j'avais su, j'aurais pu apporter une bouteille de vin. D'ailleurs, est-ce qu'il y a une épicerie dans le coin ?

— Oui, il y en a une sur la grande route, juste à droite en sortant du rang. Mais vous n'êtes pas obligé, on peut prendre une liqueur et j'ai aussi de l'eau Perrier.

— Attendez-moi, je reviens. Il faut arroser notre premier souper avec une bonne bouteille !

Solange arriva comme un coup de vent quand elle avait vu Charles quitter la maison d'Anne-Marie.

— Il est déjà parti ?

— Tu es donc bien écornifleuse, toi ! Tu nous espionnes ?

— Bien non, je sortais de chez moi et je l'ai vu partir !

— Solange ! Il est seulement parti acheter du vin.

— Et ?

— Et… qu'est-ce que tu veux que je te dise que je ne sais pas moi-même, ma vieille ?

— Ouin, en tout cas, il ne se promène pas à pied ton Charles, une Plymouth Road Runner 1974 !

— Ce n'est pas mon Charles, Solange ! Il est venu ici pour un souper d'amis en tant que nouveau voisin.

— Bien oui ! Bien oui ! Je suppose que j'ai une poignée dans le dos ?

— Tu te fais des idées, ma belle vieille ! Je t'ai déjà dit qu'un homme de cette classe-là ne peut pas s'intéresser à moi.

— Est-ce que tu t'es regardée dans le miroir ? Une belle robe soleil blanc cassé, un maquillage parfait. Tu as même mis des talons hauts, seigneur de Dieu !

— Je n'étais quand même pas pour le recevoir avec mes jeans percés !

— Bien non, bien non… En tout cas, si ton père te voyait aujourd'hui, il regretterait de t'avoir appelée la vieille laide. Parce que tu es belle sans bon sens !

— Voyons Solange, j'ai juste mis une robe.

— Oui, puis tes grands cheveux acajou, je pense que je ne les ai jamais vus autrement qu'avec des barrettes ou de gros élastiques, ils sont magnifiques !

— Mon Dieu ! À t'entendre, j'avais l'air de faire dur sans bon sens avant !

— Non, c'est tout un changement de personnalité. Bon bien, je vais y aller avant qu'il ne revienne ton prince.

— Ce n'est pas mon prince Solange, c'est un ami.

— Ouin, ouin…

Le temps s'était envolé et sur la table, il ne restait que les deux bougies dorées et deux verres de porto. Le soleil s'était couché et la lune tentait de se montrer à travers les nuages. Un vent doux s'était levé et faisait danser les rideaux de dentelle blancs. Une pluie printanière allait bientôt tomber, accompagnée de son murmure habituel sur la toiture d'acier ondulée. Le temps filait, ils discutèrent de tout et de rien.

— J'ai très bien mangé Anne-Marie, c'était délicieux ! Et je peux te dire que cela faisait une éternité que je n'avais pas été en si bonne compagnie. Tu es vraiment intéressante et je ne me lasse pas de t'écouter raconter ton histoire.

— Moi aussi, je te trouve très intéressant Charles. Mais je suis presque gênée, je n'ai pas cessé de parler de moi, j'aimerais bien que tu me racontes, à ton tour, l'enfance que tu as eue à Louiseville.

— Ouf… je ne l'ai pas eu plus facile que toi ma chère ! Ma mère ne cessait pas de me protéger pendant que mon père s'entêtait à vouloir m'initier à la ferme. Quand je rentrais de l'école, je n'avais même pas le temps de déposer mon sac d'école dans la petite cuisinette que mon père criait déjà après moi. Je devais immédiatement le rejoindre dans la grange ou dans l'écurie. Je faisais mes devoirs et mes leçons à la brunante, et le lendemain matin à six heures et demie, il criait encore après moi pour me sortir du lit en me traitant de paresseux.

— Sainte mère ! Mais qu'est-ce qu'un enfant de dix ans pouvait bien faire sur une terre à part d'aider à faire le train et à faire du ménage ?

— Il y avait toujours à faire, Anne-Marie, et je te dis qu'il fallait avoir de bons bras ! Il fallait traire les vaches et les nourrir. À neuf ans, je chauffais déjà le gros tracteur pour faire les foins au mois d'août ! Mon père m'a fait assez suer, comme on pourrait dire, pour que je m'écœure complètement de la vie d'agriculteur. Quand je lui ai annoncé que je partais étudier à Trois-Rivières à l'âge de dix-huit ans, je pense que si la fourche avec laquelle on ramassait les bottes de foin avait été à côté de lui, je suis certain qu'il me l'aurait plantée dans le corps !

— Voyons donc ! À ce point-là ?

— Tu n'as jamais connu mon père, toi ! Regarde ici, tu vois la cicatrice sur mon doigt, là ?

— Oui…

— Un matin où je venais juste de mettre la crème dans la centrifugeuse pour la séparer du lait…

Charles prit une pose et reprit :

— Je me suis entaillé un doigt et si ma mère n'était pas arrivée à temps, je pense qu'il me tuait !

— Je n'en reviens pas ! Ton père n'a rien fait quand il a vu que tu venais de te couper ?

— Tu rêves ! Il avait déjà la pelle dans les mains pour m'en sacrer un coup sur la tête parce qu'il s'était aperçu que j'avais laissé tomber du sang dans sa crème blanche.

— Excuse-moi, mais il était donc bien sans-cœur ton père !

— Oui. Puis quand il est mort, je peux t'assurer qu'il n'avait pas volé la place de personne !

— Comment est-il mort ?

— Il s'est pris le bras dans la faucheuse en essayant de débloquer un blé d'Inde. Je pense que je ne te détaillerai pas la suite, car il n'y a pas juste le bras qui y est passé.

— Non !

— Bien oui... En tout cas, tout ça pour dire que mon père était un homme haineux et c'est pour cela que je n'ai jamais pu l'appeler papa.

— Pauvre toi ! Tu as les yeux pleins d'eau.

— Ce n'est pas grave. Je l'ai assez haï cet homme-là ! Il me prenait pour un bâtard au lieu de me prendre pour son propre fils. Et pour tout ce qu'il faisait subir à ma mère, je n'ai jamais été capable de le regarder dans les yeux tellement il me répugnait. J'espère juste, depuis que ma mère est partie, qu'ils n'ont pas eu à se rencontrer en haut. De toute façon, il doit avoir été envoyé directement en enfer.

— Pauvre toi ! lui dit-elle, en déposant sa main tout doucement sur la sienne. Par chance que tu as eu l'amour de ta mère !

— Pauvre Madeleine, tu ne peux pas savoir comment j'aimerais qu'elle soit là aujourd'hui ! Je l'aurais amenée vivre avec moi dans le rang du Ruisseau. Elle n'aurait pas eu à travailler comme une esclave. Elle aurait eu seulement le plaisir de planter ses fleurs préférées dans le jardin. Elle aurait pu se balancer dans la vieille balançoire que j'aurais toute décapée et que j'aurais peinte en rose pour elle. Toi, ta mère, elle n'était pas plus proche de toi, c'est cela ?

— Ma mère, c'était la reine des paresseuses dans la maison ! Je ne lui donnais pas son bain et c'est tout juste ! Je n'étais pas seulement la vieille laide de mon père, j'étais sa bonne à tout faire et son souffre-douleur. Mais, il y a peut-être un bon côté dans tout ça, cela m'a donné l'occasion d'apprendre à cuisiner.

— Tu faisais les repas en plus ?

— Oui, à sept ans je faisais le déjeuner de mon père avant de partir pour l'école. Quand j'arrivais le soir, après avoir été embrasser ma grand-mère qui, elle, m'aimait sans condition, je devais faire le souper, la vaisselle et tout le tralala... Tiens, on va avoir un orage bientôt !

— Dieu que tu es belle Anne-Marie !

À ces mots si doux, Anne-Marie avait tressailli et son cœur en avait été chaviré. Charles caressa doucement son visage de ses mains chaudes et tremblantes, ce qui la fit frémir. Étonnée, elle n'eut pas le temps de souffler un mot. Il se rapprocha d'elle et les yeux dans les yeux, il lui effleura les tempes et glissa ses mains sur son cou, puis il posa ses lèvres doucement sur les siennes et, comme par magie, l'orage éclata.

C'était savoureux et sauvage à la fois. Elle lui rendit son baiser avec fougue et tout son être brûlait d'un désir qu'elle n'avait jamais ressenti auparavant. Elle aurait voulu arrêter ce moment précieux, mais au même moment, il la souleva comme une princesse et elle se laissa emporter jusque sur le grand lit turquoise. Elle voulait crier que cela était trop pour elle et que le simple baiser aurait suffi à la rendre heureuse.

— J'ai peur de te faire mal Anne-Marie, guide-moi vers tes envies et je suivrai le chemin que tu me traceras.

— J'ai envie de toi Charles.

Tout doucement, il fit glisser les minuscules bretelles de ses épaules et il commença à goûter sa peau qui, selon lui, avait la saveur du ciel. Elle se mit à haleter et il comprit qu'elle était avide de ses caresses.

— Je te veux, mais j'ai peur de te décevoir, Charles.

— C'est moi qui devrais avoir peur de te décevoir, Anne-Marie. Tu es si belle et tellement délicate, j'ai peur de te briser.

Une infinie tendresse l'envahit. Quand il entra en elle, elle se mit à se déhancher et à gémir de plaisir afin d'assouvir un désir incontrôlable. Il lui murmura à l'oreille de suivre la cadence avec lui, pour qu'ils puissent ensemble se retrouver au paradis des merveilles.

— Pendant que je t'embrassais juste avant qu'on fasse l'amour, j'ai essayé de te déshabiller sans te toucher, mais cela a été plus fort que moi et maintenant, j'ai peur de t'avoir brusquée… J'avais tellement envie de toi !

— Écoute Charles, quand tu m'as embrassée, intérieurement, je ne voulais pas aller plus loin. Mais c'était si bon lorsque je suis montée rejoindre les anges que si j'avais pu, je ne serais jamais redescendue !

— Dieu que tu es belle ! Dis-moi que je ne rêve pas, que tu es vraiment là dans mes bras.

— Je suis là Charles et je veux y rester.

Chapitre 6

Le déménagement

— Mais madame Pauline, le livre que vous aviez choisi n'est pas un livre pour vous ! Pour vos premières lectures, il aurait fallu que vous commenciez par lire des livres d'auteurs québécois ! Comme Michel Tremblay, Claude Jasmin ou Marcelyne Claudais peut-être.

— Bien oui, parce que là, je me suis découragée en commençant à lire ce livre-là. Tu sais, des romans où il faut que je sorte le dictionnaire chaque fois que je commence à lire une nouvelle ligne, ça me donne de l'urticaire, cibole !

— Chut…

— Désolée, madame Bélanger.

Une semaine s'était écoulée depuis la visite de Charles chez Anne-Marie et elle continuait de flotter sur un nuage qui avait transformé son quotidien. Et ce sentiment semblait ne plus vouloir la quitter.

Pour Charles, c'était la journée tant espérée. Il déménageait dans le rang du Ruisseau. Le camion de déménagement s'était pointé devant la vieille maison des Hamelin à neuf heures trente sous un soleil radieux. Malheureusement, tous les meubles de style moderne que Charles possédait à Trois-Rivières n'allaient plus du tout avec la vieille maison centenaire.

— Allo, Anne-Marie.

— Hey Solange ! Tu es en retard ce matin, toi !

— Ne m'en parle pas ! Je n'ai pas dormi de la nuit, seigneur de Dieu !

— Comment ça ? Es-tu malade ?

— Non… c'est Jean-Claude, y avait une fête hier soir à la Brasserie de l'Acier, ils fêtaient un collègue qui prenait sa retraite.

— Ne me dis pas que tu ne t'es pas couchée pour l'attendre ?

— C'est cela, puis il est rentré à quatre heures du matin !

— C'est pour cela que tu as les yeux comme des culs de bouteille ?

— Pauvre cocotte… vous êtes cernée jusqu'en dessous des bras ! Ma mère disait toujours : « marie-toi donc devant ta porte avec un gars de ta sorte aussi ! »

— Voyons, madame Pauline ! Mon mari n'est pas un courailleux.

— Moi, si j'avais un homme qui passait toute la nuit dans les clubs, j'aurais besoin d'avoir de bonnes explications parce que de la soutane, moi, je ne digère pas ça !

— Il a juste fêté avec ses chums et quand la brasserie a fermé, ils sont montés à Tracy pour manger du poulet chez Sorel-Tracy BBQ. Il n'a rien fait de mal ! « Eh qu'elle m'énerve elle ! Est-ce qu'elle va se mêler de ses affaires un jour ? » se dit-elle.

— Si vous le croyez, votre mari, bien tant mieux pour vous ! Regardez, ce n'est pas que je veux me mêler de votre vie privée, mais un homme qui sort sans sa femme puis qui rentre à l'heure que les poules se lèvent, dans mon livre à moi, c'est un hypocrite !

— Bien voyons, madame Pauline ! Un homme a bien le droit d'avoir des loisirs, sainte mère !

— Attends Anne-Marie ! Dans quelques mois, tu me donneras des nouvelles de ton beau roman d'amour avec monsieur Jolicœur ! Il ne vient pas de par chez nous, nous ne le connaissons pas pantoute, ce gars-là !

— Tu es amoureuse, Anne-Marie Sirois ? Ah bien christie !

— Bon bien ! Moi je vais y aller, il faut que je passe au presbytère pour donner une boîte de linge à monsieur le curé. Il y en a du monde pauvre sur la terre. Le curé ne fournit pas de leur donner des guenilles puis des cannages !

— Bien oui, je vais dire comme on dit : « Dieu doit aimer les pauvres, sinon il n'en aurait pas créé autant. »

— Oui, exact Anne-Marie, vous avez mis le doigt en plein sur le bobo ! Bon bien, bonne journée mesdemoiselles…

— Serais-tu amoureuse pour vrai ?

— Tu sais comment madame Pauline aime en mettre !

— Une cruche ! Ne me prends pas pour une cruche, toi ! As-tu vu tes yeux ? Ils sont pleins d'étincelles !

— D'accord, quand Charles est venu souper samedi passé, bien il a veillé plus tard que prévu.

— Parle Anne-Marie, je ne me possède plus, moi !

— Bon… il m'a embrassée.

— Non !

— Et tu sais…

— Quoi ?

— Quand il m'a embrassée, il s'est mis à mouiller à boire debout. J'ai pensé à toi, ma vieille.

— Ah ! Ah ! Je t'avais souhaité de la pluie la journée où tu tomberais amoureuse ! Allez-vous vous revoir ?

— Oui, on s'est vus mardi soir, et là, il est à Trois-Rivières pour finaliser son déménagement, car c'est aujourd'hui qu'il déménage dans le rang du Ruisseau.

— Ah ! Je suis passée devant chez lui tantôt et je n'ai vu aucun camion de déménagement.

— Le camion est peut-être en retard, ma Solange !

— Peut-être et puis après qu'il t'a embrassée est-ce que vous avez baisé ?

— Tu es donc bien indiscrète, toi !

— Voyons Anne-Marie, on est des amies, on se confie tout. Je ne veux pas que tu entres dans les détails quand même !

— Bon… Après qu'il m'a embrassée et qu'il se soit mis à mouiller, la pluie a tourné à l'orage… et c'était merveilleux.

— Je le savais, je le savais…

***

Quand Anne-Marie est arrivée devant la maison de Charles, il n'y avait en effet pas de camion. Son auto était là, mais elle eut l'impression que personne n'était dans la maison ni dans la cour arrière tellement c'était silencieux. Elle grimpa les marches branlantes et se décida à frapper à la porte. Charles, sur le seuil de la porte, l'accueillit de son charmant sourire.

— Tu attends encore le camion de déménagement ?

— Bien non ma douce, ils sont venus à dix heures et demie et ils sont repartis avec tous les meubles.

— Qu'est-ce qu'il y a Charles, tu ne veux plus déménager ?

— Ma pauvre chérie ne prends pas cela comme ça ! C'est certain que je déménage ici ! Ce sont les meubles qui n'ont pas voulu entrer ! Ils ne se sont pas sentis à l'aise quand ils ont vu que leur nouvelle maison attendait des meubles de son époque.

— Ouf ! Je suis soulagée. Mais où sont tes meubles ?

— J'ai payé les deux gars et ils sont repartis les livrer dans un comptoir familial à Nicolet. Donc, des gens démunis vont pouvoir en profiter.

— Eh bien ! Que vas-tu faire maintenant ?

— J'avais pensé que si tu voulais m'héberger pour ce soir, demain je pourrais aller faire le tour des encans et des antiquaires pour me trouver des meubles anciens. Et j'aimerais bien si tu pouvais m'accompagner.

— Ce sera un grand plaisir pour moi Charles. Mais chez moi, je n'ai qu'une seule chambre à coucher !

— Je vais dormir au pied du lit avec Grison.

— Viens avec moi, je vais te montrer que mon lit est largement grand pour nous deux et, de toute façon, on sera tellement collés que c'est Grison qui aura toute la place !

Les mois de mai, juin et juillet ne seraient jamais assez longs pour finaliser la restauration que Charles voulait entreprendre chez lui. Le plus important c'était une nouvelle fenestration et de nouvelles gouttières. Repeindre la grande galerie serait aussi nécessaire que le grand nettoyage du terrain envahi de mauvaises herbes et de pissenlits. À l'intérieur, l'élégance des boiseries et le superbe plafond de cèdre garderaient leur charme mais le parquet en bois de chêne naturel devait être reverni. Tous les biens des Hamelin avaient été déménagés à l'exception du poêle en fonte Islet datant de mille neuf cent dix, tout émaillé de blanc et rehaussé de chrome. Dans le salon, un nouveau lustre prendrait la place de l'ancien, au centre d'une jolie rosace enrichie de reliefs dorés. Côte à côte, les chambres à coucher seraient peintes de belles teintes chaudes et la salle de bain conserverait son comptoir de marbre rose et son bain antique de fonte blanche avec ses grosses pattes arrondies.

***

Le dimanche matin à dix heures, ils s'étaient rendus à la Colonie des Grèves afin qu'Anne-Marie assiste le curé Forcier à la communion des vacanciers et Charles fut agréablement ravi de son accueil.

Sur la route de Yamaska, dans une grange joliment décorée, ils dénichèrent un ameublement complet de chambre à coucher. Il était en noyer satiné et il comprenait un bureau triple avec un miroir ovale, une huche et deux tables de nuit. En se dirigeant vers la sortie, ils virent un magnifique banc de quêteux en chêne massif, certifié des années mille huit cent. Pour la chambre secondaire, ils achetèrent un immense secrétaire de style mission en érable, un grand tapis persan bourgogne ainsi qu'une magnifique lampe grand-mère en porcelaine ivoire.

Chez un brocanteur dans le village de Saint-Aimé, ils trouvèrent une grande table ovale en bois de merisier, six chaises dont deux capitaines et un imposant vaisselier en chêne doré orné de deux grands vitraux. Pour le mobilier du salon, hélas, malgré le choix très vaste, rien ne plut à Charles. Il décida d'attendre un peu pour trouver ce qui lui convenait.

Pour le dîner, Anne-Marie s'était fait une joie de préparer tôt le matin une corbeille de petits pains au poulet et une salade printanière arrosée d'une vinaigrette à l'érable, sans omettre une bonne bouteille de vin rouge qu'ils ont sirotée doucement sur les bords de la rivière Yamaska. Ils étaient seuls au monde. Le soleil du premier mai réchauffait le doux printemps. La rivière libérée de ses glaces suivait la cadence du vent sans se préoccuper des petits moutons blancs qui la poursuivaient. Une grande nappe tachetée de rose et de lilas se détachait sur le tapis de verdure et, au pied du grand chêne, deux corps nus assouvis de caresses se reposaient tendrement.

— Je t'aime Anne-Marie... Dieu que l'on est bien ! Dis-moi que tu vas être toujours près de moi, ma douce.

— Oui, mon amour ! Je serai là tant que tu le voudras...

— C'est drôle...

— Quoi ?

— La première fois que je t'ai vue à la bibliothèque, je t'avais perçue comme une personne très froide, mais je voulais te revoir car, dans ma tête, c'est moi qui avais été maladroit. Et j'étais persuadé qu'une si belle personne ne pouvait être qu'une princesse aux pattes de velours.

— Tu sais, je suis peut-être douce comme tu dis, mais il m'arrive aussi de sortir de mes gonds.

— Je ne te crois pas ! Donne-moi un exemple.

— Ouf ! Mais c'est bien loin tout ça.

— Allez, raconte-moi.

— D'accord ! Cela fait déjà sept ans, j'habitais sur la rue des Forges à Trois-Rivières. J'avais vingt-six ans. Mon voisin s'appelait Laurent… oui, c'est cela, Laurent Dion. Il était marié et il avait trois enfants. Sa femme, Annick, était très jolie, je dirais même qu'elle ressemble à une madone.

— Que s'est-il passé ?

— Un vendredi, je m'en souviens comme si c'était hier, sainte mère ! je venais juste de m'acheter trois toiles pour les installer dans les fenêtres de mon logement. En montant l'escalier, une des toiles m'a glissé des mains et elle est passée au travers des marches pour se retrouver sur son perron.

— Il ne l'a pas eue sur la tête au moins ?

— Non ! Mais, j'aurais dû échapper les trois pour qu'il les reçoive sur la tête justement.

— Oh… tu es donc bien sadique, Anne-Marie.

— Oh non ! Tu vas voir. Quand il est monté pour me donner la toile, je débarrais ma porte et il m'a offert de me les installer. Comme je savais qu'il était un bon voisin et que sa douce Annick n'aurait pas eu d'objection et qu'en plus elle était pour moi une bonne copine, j'ai accepté.

— Que t'a-t-il fait, ce Laurent-là, ma douce Anne-Marie ?

— Quand je suis venue pour lui donner les vis et le tournevis, cet effronté-là, pour ne pas dire ce cochon-là, m'a pris un sein.

— Pas vrai ? Mais c'était peut-être accidentel ?

— C'est ce que j'ai pensé quand il s'est excusé.

— Ce n'est pas si grave que cela, ma belle.

— Attends, je n'ai pas fini mon histoire… Quand il a posé la toile de la salle de bain, je tenais encore ce fichu tournevis, eh bien…

— Quoi ?

— Quand il a fini et qu'il s'est retrouvé devant moi, je n'ai pas eu le temps de retourner dans la cuisine qu'il m'agrippait par mon chandail… Et de l'autre, il me tapotait les fesses en essayant de m'embrasser.

— Oh !

— J'ai été assez insultée que je lui ai foutu une claque en pleine face. J'ai frappé assez fort que l'empreinte de mes doigts est restée imprégnée sur son visage.

— Voyons donc ! Excuse-moi, mais c'est parce que je t'imagine mal en train de le frapper.

— Il l'avait mérité. Laisse-moi te dire que je ne lui ai pas demandé de poser la toile de ma chambre !

— Eh bien ! Est-ce qu'il a essayé de te revoir après ?

— Bien non ! Annick l'a mis à la porte !

— Ah oui !

— Qu'est-ce que tu penses qu'elle a fait quand Laurent est arrivé chez lui avec l'empreinte de ma main à la figure ?

— J'imagine qu'elle est allée te voir parce qu'il lui avait sûrement conté des mensonges pour essayer de te faire passer pour la coupable ?

— Oui, elle a tellement pleuré cette pauvre Annick quand je lui ai raconté ma version !

— Sûrement ! Donc, c'est lui qui a déménagé et Annick a gardé le logement ?

— Oui, aujourd'hui on s'écrit encore, car nous avons toujours gardé le contact. Il faudrait bien que j'aille la visiter un jour. J'avais juré en déménageant que je ne remettrais plus jamais les pieds dans ce coin pourri. Mais je commence à penser qu'une simple correspondance avec Annick, ce n'est pas suffisant. Parfois, je m'ennuie d'elle. Ses enfants, Mireille, Jacinthe et Constant doivent avoir bien grandi aujourd'hui.

— Elle a trois enfants ?

— Oui, quand j'ai déménagé à Contrecœur, Mireille avait onze ans, Jacinthe en avait dix et Constant avait huit ans, il était beau.

— À quel âge les a-t-elle eus ?

— Hum, Annick est du même âge que moi, trente-deux ans, cela veut dire que quand Mireille est née, elle n'avait que dix-sept ans. Pauvre fille, tout comme moi, elle n'a pas vu passer sa jeunesse.

— Oui, une jeunesse perdue… Tu n'as sûrement pas eu beaucoup d'amis non plus ? Es-tu déjà allée au cinéma ou bien patiner au Colisée de Trois-Rivières le samedi soir ?

— Tu rêves ! Le seul cinéma que j'ai pu regarder ou écouté dans ma jeunesse fut les chicanes entre mon père et ma mère. La seule patinoire sur laquelle j'ai patiné avec mes fichus patins à deux lames est celle que j'avais faite moi-même sur le bord du chenal qui passait à l'arrière de la maison. En plus, il n'y avait presque plus d'eau dedans. Pour pouvoir patiner, je charriais l'eau à la chaudière. Elle avait environ dix pieds de long, tu comprends bien que quand j'avais fait cinq enjambées, j'étais déjà rendue au bout !

— Vas-tu m'aider à en faire une cet hiver ?

— Certainement ! À quel endroit ?

— À l'arrière de ma maison, à la place du jardin. On ira patiner main dans la main sous un beau clair de lune.

— Si l'hiver nous donne assez de neige, on pourra faire une glissade entre les deux sapins bleus.

— Bien oui, on va s'acheter une traîne sauvage ?

— Tu sais, j'aimerais beaucoup que tu viennes avec moi à Trois-Rivières... Je pourrais te présenter Annick.

— Cela va me faire plaisir !

— Tu es un amour ! Avec toi, je vais être plus rassurée.

— C'est une promesse que je te fais, ma belle. Je vais faire livrer mes meubles et m'installer puis avant que je recommence à enseigner au mois d'août, on va y aller voir ton amie.

— J'ai hâte, elle va être surprise ! Mais les enfants, est-ce qu'ils vont me reconnaître ?

— C'est sûr ! Un joli petit minois comme le tien, ça ne s'oublie pas ! Colle-toi sur moi encore un peu avant qu'on reprenne la route ma belle. J'ai tellement besoin de toi !

Chapitre 7

Trois-Rivières

Samedi seize août, madame Bélanger de la bibliothèque de Tracy venait de convoquer Anne-Marie pour lui offrir un horaire de travail beaucoup plus convenable. Elle avait accepté sur-le-champ. Dès le début du mois de septembre, elle accompagnerait les visiteurs dans leurs choix littéraires du lundi au vendredi.

Au presbytère Sainte-Trinité, le curé Forcier et l'abbé Charland furent bien attristés de recevoir cette nouvelle.

— Et vous commenceriez quand à la bibliothèque, mademoiselle Sirois ?

— Ce serait pour le début de septembre. Cela vous donnerait le temps de vous trouver une nouvelle cuisinière…

— Mais vous savez qu'essayer de trouver un ange comme vous, ce sera un travail bien ardu ?

— Père Forcier… je suis désolée et j'ai beaucoup de peine, j'étais bien ici avec vous et l'abbé Charland. Je suis heureuse d'avoir ce poste et c'est certain que vous allez me manquer. Je voudrais bien travailler aux deux endroits, mais c'est impossible.

— Ne vous sentez pas coupable, mademoiselle Sirois. Comprenez bien que je suis vraiment heureux pour vous, même si je vais m'ennuyer de votre tourtière et de vos bonnes roulettes dans le sirop d'érable.

— Oh ! Je vais venir vous en porter quand je vais en faire.

— Vous êtes trop bonne, ma fille. Je vous le dis, quand vous avez commencé à travailler ici, il y a trois ans, c'était comme si Dieu m'avait envoyé un sauveur.

— Monsieur le curé…

— À propos, votre ami le professeur a l'air bien sympathique ? Vous vous voyez souvent ?

— Je suis en amour mon père.

— Eh bien ! Est-ce qu'on va bientôt publier les bans à notre église ?

— Donnez-moi une chance ! Ça fait seulement trois mois qu'on sort ensemble !

— Vous constaterez, mon enfant, que le temps passe vite, peut-être qu'au printemps vous allez vous retrouver tous les deux au pied de mon autel !

— Ouf ! En tout cas, je n'aurais jamais pensé qu'un jour moi, Anne-Marie Sirois, je serais en amour !

— Il ne faut jamais dire jamais mon enfant. Vous savez, quand j'étais petit lorsque je demeurais en Estrie…

— Vous êtes né en Estrie ?

— Oui, je suis né à Val-Racine au pied du mont Mégantic. Mais quand je suis né, en 1912, ça portait le nom de Saint-Léon de Marston et c'est devenu

Val-Racine en 1957 et je peux vous assurer que Val-Racine, c'est aussi beau sinon plus que Contrecœur.

— Ah oui !

— Si un jour vous allez faire un tour en Estrie, mademoiselle Sirois, ne revenez jamais sans avoir visité le sanctuaire de Saint-Joseph de la Montagne. C'est de toute beauté !

— J'imagine ! Et que désiriez-vous quand vous étiez enfant ?

— Oh ! Quand je restais à Val-Racine, je disais à mes parents, que Dieu ait leur âme, que j'aurais un ranch lorsque je serais grand.

— Vous aimez les chevaux ?

— Les chevaux, c'est ma passion ! Regardez... j'ai un livre rempli de photos de chevaux que j'avais découpées un peu partout dans des magazines. Je devais avoir cinq ans quand j'ai commencé à collectionner les photos de chevaux.

— Vous aviez des chevaux chez vous, père Forcier ?

— Oui, mon père en avait quatre et je me souviens même de leurs noms ! Il y avait deux beaux gros chevaux canadiens, Lucky et Pedro, qui avaient deux caractères bien doux et qu'on pouvait monter, mon frère et moi, sans que mes parents soient inquiets.

— Quel âge a votre frère ?

— Ange Albert, il doit avoir cinquante-huit ans si je ne me trompe pas. J'ai aussi une sœur, Angéline, qui a soixante-cinq ans.

— Ils restent tous les deux à Val-Racine ?

— Non ! Ange Albert reste à Arvida et Angéline à Rimouski.

— Sainte mère ! Vous ne les voyez pas souvent ?

— Environ aux cinq ans. Cet hiver, ils vont venir fêter Noël ici au presbytère. Bon… Ah oui, en plus de Lucky et Pedro, il y avait une jument du nom de Capricieuse et un gros cheval de labour que j'avais appelé Robustin.

— Et vous n'avez jamais eu l'occasion après d'avoir un cheval juste pour vous ?

— Non à l'âge de dix-huit ans, je suis parti faire mon cours de théologie à Montréal et après j'ai été ordonné prêtre.

— Et vous avez été prêtre où avant Contrecœur ?

— Je me suis dévoué pour la paroisse Précieux-Sang de-Notre-Seigneur-Jésus-Christ à Saint-Hyacinthe pendant vingt-cinq ans.

— Tout un parcours de vie cela, mon père ! J'espère que vous allez toujours rester avec nous autres.

— C'est mon désir, mademoiselle, mais Dieu seul le sait !

***

Une semaine s'était écoulée et quatre candidates s'étaient présentées au presbytère de Sainte-Trinité pour le poste de cuisinière : madame Pauline, madame Carignan la femme du bedeau et une dame dénommée Olivine Nadeau, sans oublier une gentille jeune fille d'environ vingt-cinq ans, Rachèle Marion. Le curé Forcier leur avait demandé de cuisiner une tourtière et une recette de sucre à la crème. La tourtière au goût d'antan fut mitonnée par madame Pauline et le meilleur sucre à la crème, à sa grande surprise, fut celui de mademoiselle Marion. Quant à madame Carignan, il n'avait pas donné suite à sa demande compte tenu de la besogne qui la retenait à la maison avec son bedeau et ses cinq enfants. Et madame Nadeau, étant donné son âge avancé, n'aurait sans doute pas été assez vaillante.

— Regardez, madame Tessier, vous allez travailler le lundi matin, le mercredi matin et le vendredi jusqu'à deux heures.

— Oui... mais comment allez-vous faire pour le mardi et le jeudi ?

— Pour le mardi et le jeudi, ce sera mademoiselle Marion.

— Bien là, j'aurais pu vous les faire ces journées-là, moi !

— Bien non, je ne voudrais pas abuser de votre bonté.

— Vous savez, monsieur le curé, l'ouvrage ne me fait pas peur, je suis habituée de me relever les manches quand il le faut !

— Je n'en doute pas, madame Tessier ! Mademoiselle Sirois travaillait trois matinées par semaine. Pour mademoiselle Marion, c'est un essai que je fais. En passant, quand vous allez travailler ici, madame Tessier, je vous demanderais de garder...

— Mon Dieu, monsieur le curé, me prenez-vous pour une commère ?

— Ce n'est pas cela que j'ai dit, madame Tessier. Je veux simplement un peu de discrétion de votre part. Mademoiselle Sirois était une employée exemplaire et j'attends la même chose de vous en retour.

— Je n'ai pas de problème avec ça, moi ! En parlant de la belle Anne-Marie, elle est en amour par-dessus la tête avec son professeur ? Quand elle n'est pas chez lui, c'est lui qui est toujours chez elle !

— Chut, madame Tessier, on ne s'étendra pas sur ce sujet-là ! Vous voulez bien !

— Vous avez bien raison, mais je peux juste vous dire que la manière dont ils sont partis ces deux-là, y va y avoir un mariage bientôt dans la paroisse, c'est moi qui vous le dis !

— Madame Tessier !

***

Sur le pont Laviolette, le brouillard persistait encore et Anne-Marie se sentait très fébrile mais en même temps heureuse de retourner dans son patelin. Sur la rue des Forges, tout était demeuré intact, à part quelques nouveaux établissements ayant remplacé les anciens commerces et de vieux duplex rénovés et parés de nouvelles teintes à la mode.

Charles caressait calmement la main d'Anne-Marie comme pour la rassurer que rien ne pourrait ternir cette belle journée tant attendue.

— Anne-Marie ! Je suis tellement contente de te revoir !

Entrez, je présume que vous êtes Charles ?

— On ne peut rien vous cacher !

Rien n'avait changé chez Annick. Par contre, son habitat reflétait une joie de vivre qui avant n'existait pas. Annick était, disons-le, une femme à bibelots. Compte tenu de la collection de grenouilles et d'éléphants, dépoussiérer le grand bahut chocolat devait bien demander une bonne demi-journée de travail. Pas une surface du mur ne se sentait négligée. Des photographies, il y en avait partout, et Anne-Marie fut ravie de voir que son amie possédait encore la photo prise en compagnie de Mireille, Jacinthe et Constant lors de leur visite à Terre des Hommes en 1967.

— Je suis bien heureuse de te voir ici Anne-Marie, tu ne peux pas savoir comment! Assoyez-vous, je vais vous faire un bon café au percolateur.

— Tu es toujours aussi belle Annick, tu as coupé tes grands cheveux, ça fait longtemps?

— Bien non… la semaine passée!

— Mais pourquoi?

— Un coup de tête… mais je savais aussi que Louis aimait les cheveux longs, mais pas trop, alors je lui ai fait plaisir en même temps que je me suis fait plaisir.

— Louis? Tu ne m'avais pas écrit cela dans ta dernière lettre au mois de juin?

— Je n'aurais pas pu, je l'ai rencontré au début du mois de juillet!

— Je suis contente pour toi, où est-il caché ce Louis?

— J'ai bien peur que tu ne le rencontres pas aujourd'hui, il est camionneur et il voyage aux États-Unis. Je le vois à peu près quatre fois par mois.

— Tu dois t'ennuyer?

— Pas vraiment, tu oublies que j'ai mes trois ados! Je suis occupée à temps plein, crois-moi!

— Où est-ce qu'ils sont les enfants?

— Constant est parti chez son cousin sur la rue Saint-Olivier, Mireille garde toute la journée chez madame Blondin et Jacinthe est en colonie de vacances au Cap-de-la-Madeleine pour deux semaines.

— Au moins, je vais voir le beau Constant ?

— Oui, il devrait être ici à onze heures et demie pour dîner.

— Penses-tu qu'il va se souvenir de moi, le beau jeune homme ?

— C'est certain ! Quand je lui ai dit que tu venais nous voir, il a sauté de joie ! La photo que tu vois sur le mur, il l'avait décrochée pour la mettre sur sa table de chevet pendant toute une semaine !

— Cré petit cœur, j'ai hâte de le voir.

— Tu vas aussi voir Mireille au souper. Tu sais qu'elle t'appelle encore ma tante quand on parle de toi ?

— Voyons donc, toi !

— Bon ! Une petite larme Anne-Marie ?

Annick regarda Charles avec un petit sourire.

— Anne-Marie m'a dit que vous commencez un nouveau travail en septembre ?

— Bien oui, je vais enseigner à l'école primaire, Mère-Marie-Rose à Contrecœur.

— Vous enseignez quelle année exactement ?

— Aux élèves de troisième année. Peux-tu m'appeler Charles, Annick ?

— Charles, je vais être bien plus à l'aise, je n'osais pas te le proposer.

— Pour le souper Annick, on ne pourra pas rester, mais merci pour l'invitation. J'amène Anne-Marie à Louiseville pour lui montrer la terre de mes parents et en même temps pour qu'elle voit où je suis né. Mais je te promets qu'on va revenir avant les fêtes !

— Est-ce vrai ça Anne-Marie ?

— Si Charles te le dit, c'est que c'est vrai, mon amour a juste une parole.

— *Yes !* Vous… désolée, tes parents demeurent à Louiseville ?

— Ils demeuraient, ils sont morts tous les deux. Les personnes qui ont acheté la terre, les Taillefer, m'ont fait promettre d'aller leur rendre visite quand je passerais dans leur coin.

— D'accord, mais Anne-Marie ?

— Oui ?

— Si tu tiens ta promesse de venir me voir avant les fêtes, moi je te promets d'aller te voir pendant le temps des fêtes avec Louis et les enfants.

— Pas vrai ! Oh… tu me ferais tellement plaisir ! Tu vas être enchantée de voir Contrecœur ! C'est vraiment un très beau coin !

— De plus, Annick, je vous offre l'hospitalité dans ma maison pendant votre séjour. Car chez Anne-Marie, il n'y a qu'une seule chambre. On pourrait faire dormir les enfants dans mon bureau, je vais leur installer un grand lit et il y a aussi le divan du salon.

— Quelle bonne idée ! Je pense même, sans vouloir abuser de ton hospitalité, que je vais aussi t'envoyer Louis, comme çà je pourrai dormir toute seule avec Anne-Marie et placoter toute la nuit.

Le dîner fut excellent, les deux amies s'échangèrent des souvenirs, certains drôles, d'autres un peu plus nostalgiques.

Du haut de ses sept ans, Constant, avec un regard admiratif, avait même avoué à Anne-Marie qu'il rêvait de se marier avec elle, ce qui lui fit fondre le cœur.

Annick possédait de belles qualités. Elle créait ses propres gabarits de couture pour confectionner de très beaux vêtements d'un style exclusif pour ses enfants. Et quand elle était lasse de son fil et de ses aiguilles, elle s'évadait dans la peinture à l'huile, et de là, naissaient de jolis tableaux dépeignant d'élégantes scènes hivernales. Charles fut satisfait et ravi de cette belle rencontre amicale. Avant de quitter, il avait avoué à Annick qu'il était heureux d'avoir une nouvelle amie dans sa vie.

Chapitre 8

Louiseville

Aline et Normand Taillefer furent très heureux d'accueillir Charles et Anne-Marie. Ils ne s'étaient pas revus depuis la vente de la maison de ses parents. Le couple de sexagénaires avait effectué de grands changements sur la ferme. Ils avaient entre autres créé de toutes pièces un élevage porcin et aménagé une grande fraisière, achalandée tout le mois de juillet par les cueilleurs de fraises. À la grande satisfaction de Charles, l'intérieur de la maison était demeuré intact.

— Nous sommes très fiers de te montrer ce que nous avons fait avec la terre de tes parents, Charles !

— Vous avez raison d'être fier, monsieur Taillefer ! Par contre, ça vous donne beaucoup de travail avec la fraisière et les porcs. Avez-vous au moins une journée de congé par semaine ?

— Oh oui, mon garçon ! Tu comprends bien qu'à notre âge, on ne peut plus travailler sept jours sur sept ! Ça nous a pris bien du temps pour nous trouver un homme fiable pour travailler ici les week-ends, mais le

Bon Dieu nous a envoyé l'homme parfait ! Il s'appelle Edward et c'est un maudit bon travaillant. Le samedi matin, il est ici avant que les poules se lèvent !

— Je suis vraiment content pour vous, car pour posséder une ferme et un grand champ de culture comme les vôtres, il faut vraiment avoir une santé de fer et surtout être muni de bons bras !

— Mets-en, mon gars ! Ici, on est habitué au gros ouvrage !

— Est-ce que vous aimeriez mieux prendre une limonade au lieu d'une bière, mademoiselle Sirois ?

— Avec grand plaisir, madame. Je ne peux pas refuser, il fait tellement chaud ici !

— Tu trouves, mon cœur ?

— Bien oui Charles, tu n'as pas chaud, toi ?

— En effet, il fait un peu chaud, mais je trouve cela bien supportable, moi.

— Ah bien… C'est peut-être moi qui suis dans les patates ! Vous avez un métier à piquer, madame Taillefer ?

— Bien oui, ma fille. Imaginez-vous donc qu'en plus de tout l'ouvrage qu'il y a à faire ici, je trouve le temps de piquer des courtepointes !

— Ah oui ! C'est tellement beau cette couverture-là !

— Venez, je vais vous montrer, j'en ai une sur mon lit…

Dans la chambre principale de style champêtre, le lit était recouvert d'une somptueuse courtepointe piquée de jolies marquises aux vêtements lilas, coiffées de grands chapeaux rose cendré et arborant chacune une ombrelle de satin bleu. Et les taies d'oreillers étaient ornées d'une abeille butinant le cœur d'une rose épanouie. Anne-Marie était émerveillée par ce travail exécuté avec autant d'adresse que de précision.

Entre les deux chambres, dans le grand couloir, elle s'arrêta pour admirer le vaste salon digne de faire la une de *Décor Mag*. Un lustre de cristal gigantesque était suspendu au-dessus d'une grande table de style rustique, incrustée de reliefs en cœur de noyer, et de deux causeuses antiques de bois sculpté, posées sur un tapis de laine rouge et or.

— Voyons ma douce, tu es donc bien blême ! Ça va ?

— Oui, j'ai eu un petit vertige.

— La pauvre petite, quand on est entrées dans la deuxième chambre, elle a été obligée de s'asseoir tellement elle était étourdie !

— Tu as peut-être attrapé un virus, ma belle ?

— Peut-être. Les chambres sont de toute beauté, Charles ! Je n'avais jamais vu une si belle courtepointe. Madame Taillefer a des doigts de fée !

— Ces doigts-là, je les ai hérités de ma grand-mère Albertine.

— Et tu devrais voir le beau rouet et le berceau qu'il y a dans la petite chambre !

— Mon lit capitaine n'est plus là, madame Taillefer ?

— Non Charles, par contre si tu veux revoir ton berceau, quand nous avons déménagé, nous l'avons sorti du grenier pour le décaper. Et je peux t'avouer que ça nous a pris beaucoup de temps pour lui redonner son aspect naturel !

— Ah oui ! Pourtant, il était tout petit mon berceau !

— Mais, il nous a pris bien des heures ce berceau-là mon garçon ! Il était bleu et en dessous y avait une couche de peinture rose.

— Probablement qu'ils l'avaient acheté pour Marie-Anne et qu'après ils l'ont peinturé en bleu pour moi.

— Marie-Anne ?

— Oui, madame Taillefer, avant moi, il y a eu une petite fille que malheureusement je n'ai pas eu la chance de connaître, car elle a été mise en adoption deux jours après sa naissance.

— Voyons donc, toi ! Comment ça ?

— Ouf ! Ce serait une longue histoire à vous raconter. Tout ce que je sais, c'est qu'elle demeurerait à Saint-Lambert et qu'un jour, si Dieu le veut, je vais la retrouver et lui remettre le message que ma mère m'a laissé pour elle.

— Pauvre petite… Donc, elle a vécu ici, dans cette maison, seulement deux jours.

— Madame Taillefer, est-ce que ce beau rouet en noyer foncé fonctionne encore pour filer la laine ?

— Oh non ! Il est dans le coin de la chambre seulement comme parure. Si je filais la laine en plus de mes courtepointes, je pense qu'il faudrait engager un autre homme à tout faire ! Pour les tuques puis les mitaines, Croteau se fend le derrière pour en vendre !

— Oh ! vous avez bien raison madame Taillefer. Et les belles McIntosh que je vois dans le pommier au coin de votre écurie, je suppose que c'est ça qui sent bon de même dans la maison ?

— Ouin, vous avez le nez fin, vous ! Avant que vous arriviez, j'avais enfourné deux tartes aux pommes.

Vous allez nous faire le plaisir de rester à souper avec nous autres ? J'ai un bon rôti de palette dans le fourneau aussi.

— Ouf ! Vous voulez nous prendre par l'estomac, vous là.

— Moi puis Anne-Marie, on voulait prendre le bateau de quatre heures. Qu'est-ce que tu en penses, mon cœur ?

— Ne vous faites pas prier les jeunes, vous allez voir que quand mon Aline fait à manger, c'est mauditement bon !

— Je n'en doute pas, monsieur Taillefer. Hum... c'est vrai que ça sent bon. Hein, Charles ?

Le délicieux souper terminé, ils firent une courte promenade en sirotant un thé brûlant. Charles était devenu bien nostalgique en apercevant la vieille balançoire verte où Madeleine profitait de ses seuls moments de loisir. Sur le côté droit qui était toujours le sien, il la voyait avec son gros bol de haricots ou bien en train d'écosser ses petits pois. Même au repos, elle se trouvait toujours une petite besogne, si minime fût-elle.

Le lilas près du gros puits avait doublé de taille. La rhubarbe avait envahi la vieille faucheuse qui rouillait lentement depuis l'accident de Delphis Jolicœur. C'est avec tristesse qu'Aline laissa partir ses invités. Elle s'était éprise d'un amour maternel à l'égard d'Anne-Marie et lui avait avoué que, si elle avait pu avoir des enfants, elle aurait souhaité avoir une fille comme elle.

Entre chien et loup, à la traverse Saint-Ignace-de-Loyola, on pouvait distinguer au large *Le Catherine* glissant sur le fleuve Saint-Laurent. Et dans la Plymouth, en attendant son arrivée, le couple heureux s'étreignait tendrement, alors que cette belle balade s'estompait doucement pour prendre place dans leur boîte à souvenirs.

Chapitre 9

Solange

À l'école primaire Mère-Marie-Rose de Contrecœur, une ribambelle d'enfants s'adonnait à une partie de ballon-chasseur pendant que d'autres, moins sportifs, rassemblés au pied du vieil érable, jouant aux billes, se racontaient leurs vacances estivales.

Fébrile et excité à la fois à l'idée de rencontrer ses nouveaux étudiants, Charles était arrivé un peu plus tôt pour se familiariser avec sa nouvelle école.

Sœur Marie de la Sagesse l'avait accueilli jovialement en l'invitant dans la grande salle pour lui présenter les autres enseignants.

L'école de la rue Chabot, outre la maternelle, disposait de treize classes de la première à la sixième année. Cette année, il n'y avait que deux nouveaux professeurs : Charles qui enseignerait aux élèves de troisième année et Doris Labonté qui ferait de son mieux pour initier les enfants à l'éducation physique. Il y avait aussi le concierge, Adélard Ruelle, un drôle de bonhomme, à l'allure nonchalante et au dos courbé, qui semblait, selon Charles, plutôt prédisposé au repos. À la procure, madame Brigitte, du haut de ses cinq pieds, se ferait un plaisir de distribuer les livres et les outils nécessaires aux élèves.

Au son de la voix du directeur, les étudiants s'étaient vite entassés à la queue leu leu aux abords du grand perron bétonné pour enfin découvrir leurs nouveaux titulaires pour l'année 74-75. À la fin de l'appel des élèves, Charles se retrouva devant ses vingt-six étudiants : dix-huit garçons et huit filles.

À la bibliothèque de Tracy, Anne-Marie commençait son nouveau travail. Celui-ci s'annonçait bien différent de ce qu'elle pouvait vivre tous les samedis matin. En plus d'orienter les gens dans leurs lectures, elle devait aussi effectuer l'entretien et la classification des livres. De plus, les professeurs la solliciteraient souvent pour des recherches qu'ils n'auraient pas le temps de faire, prétextant leurs horaires chargés. Elle devrait aussi assister les étudiants, ayant réservé une heure ou deux sur leurs heures de classe, dans leurs travaux scolaires.

— Allo mon cœur ! Comment s'est passée ta journée à la biblio ?

— Ouf ! Avec tout ce qu'il y a à faire là, je peux te dire que le samedi matin, c'était une partie de plaisir !

— Comment ça ?

— Avec Solange, je vais alterner. Le lundi, je vais être au comptoir pour les réservations, le mardi au classement et en salle de lecture avec les gens qui auront réservé. Je vais classer les livres, faire l'entretien. Bla-bla-bla…

— Tu es drôle, ma chérie.

— Mais je suis bien contente, les journées vont passer sans que je puisse m'en apercevoir. Et ta journée avec tes petits bouts de chou, elle s'est bien passée ?

— Très très bien, madame ! Je vais t'aider, je vais couper les tomates et laver la salade ?

— Non ! Je vais avoir besoin de toi pour faire cuire le poulet sur le charcoal tantôt…

— Ça va me faire plaisir, ma belle. Demain soir, c'est moi qui vais te faire à souper chez moi…

— Hum ! Que me feras-tu de bon ?

— Qu'est-ce que je vais te faire ? Eh bien, je ne sais pas encore. Je pourrais te prendre dans mes bras, manger tes petites oreilles, te faire l'amour comme un malade. Après, je te ferais à souper.

— Hum… c'est un beau menu ça ! Et si on prenait l'apéritif aujourd'hui ?

— C'est tentant ça…

— Tu me chatouilles Charles… mais… ne t'arrête pas…

Sans attendre, il souleva Anne-Marie et la déposa sur le comptoir sans se préoccuper des tomates qui roulaient sur le sol et il la pénétra délicieusement au plus profond d'elle-même. Elle s'agrippa à lui et par un mouvement de va-et-vient, une jouissance indicible les propulsa dans un néant paradisiaque. Ce qui suivit fut très doux. Avant qu'elle ne puisse souffler un mot, il se mit à l'embrasser légèrement en lui tenant la tête entre ses mains, comme s'il ne voulait plus jamais s'arrêter. Alors, elle laissa ses mains chuter sur ses reins pour le serrer très fort contre son corps encore vacillant.

***

L'automne avait soudain fait place aux premiers flocons blancs qui timidement commençaient à s'installer sur les terres à peine refroidies. Les aiguilles des conifères s'étaient raidies pour se protéger des vents froids et les chênes corpulents laissaient choir leurs derniers fruits, immédiatement récoltés par les écureuils. Les rivières s'étaient figées sous leur toiture de glace, alors que les jardins n'avaient d'autre choix que de s'endormir en espérant le retour d'un nouveau printemps.

Dans le rang du Ruisseau, tout constellé de cristaux blancs, une vie heureuse semblait s'écouler dans les foyers, sauf chez les Robidoux. Jean-Claude essayait de recoller les pots cassés pendant que Solange ne l'écoutait même plus. Ce n'était jamais l'homme le coupable dans l'adultère. Il implorait sa pitié suite à un moment de faiblesse qu'il avait eu avec une fille du nom de Josée Lambert qui, selon lui, l'aurait forcé à se retrouver dans le lit du péché. Ce n'était nullement de sa faute. Solange lui avait ordonné de quitter le nid, mais depuis une semaine, il n'avait fait aucun effort pour se trouver un nouveau logement. Un jour, en terminant sa journée de travail à la Dosco, il avait récupéré sa valise durcie par le froid sur le perron de cette maison qui ne serait plus jamais la sienne. Solange avait eu le cœur déchiré pendant une semaine, mais aujourd'hui elle se sentait libérée d'une vie où elle n'existait que pour servir monsieur et l'aider à assouvir ses pulsions sexuelles. Elle s'était promise que plus jamais Jean-Claude Robidoux ne remettrait les pieds dans la maison familiale.

— Pauvre de toi ! La maison doit être grande sans Jean-Claude, ma vieille !

— Ne t'inquiète pas pour moi. La maison est plus grande, oui, mais je respire et je fais mon petit train-train à mon rythme. Pourquoi faut-il dîner à midi et souper à cinq heures ? Veux-tu bien me dire qui avait décidé ça, toi ?

— C'est toi, ma vieille. Tu étais tellement plongée dans cette routine-là que tu ne voyais rien d'autre.

— Tu crois ?

— Je ne le crois pas, j'en suis certaine. Tu sais, rester avec un homme ne signifie pas que tu es obligée de le servir comme un roi et de toujours être dans la maison à côté de lui juste parce qu'il est là ! Dans mon livre à moi, j'appelle ça de la dépendance affective. Et malheureusement, tu étais trempée dedans jusqu'au cou.

— Ouin ! C'est certain que je vais en arracher plus avec mon petit salaire de crève-faim, mais comme on dit : « Vaut mieux manger un pain debout que manger un steak à genou. »

— Exactement, ma vieille ! Puis regarde pour ton Jean-Claude, on dit : « Quand un homme a une femme, il a toutes les femmes, mais quand un homme a toutes les femmes, il n'a plus de femme. » C'est ce qui lui est arrivé.

— Eh oui ! Combien de temps penses-tu que cela faisait qu'il me trompait, celui-là ?

— Y a juste le petit Jésus qui est au courant Solange, et il n'est pas obligé de tout te raconter. Moi, je pense que c'est beaucoup mieux comme cela. Cela évite d'autres peines.

— Tu as raison d'un côté, ce qu'on ne sait pas ne fait pas mal. Est-ce que Charles soupe avec toi ce soir ?

— Je ne pense pas, il m'a dit qu'il resterait à son école pour s'avancer dans ses cours. D'après moi, il va rentrer directement chez lui après. Pourquoi ?

— J'avais pensé que tu pourrais venir grignoter quelque chose avec moi. Je n'ai rien de cuisiné, mais on pourrait se faire des crêpes ou de bonnes galettes de sarrasin avec de la mélasse.

— Je suis d'accord pour les crêpes, mais la galette de sarrasin j'ai mis ça de côté pour le reste de ma vie !

— Seigneur de Dieu ! C'est bon de la galette de sarrasin !

— Je le sais que c'est bon, mais c'est un mot qui n'existe plus dans mon vocabulaire. Je l'ai trop entendu dans ma jeunesse.

— Ah ! Aimerais-tu m'en parler ?

— Quand je restais à Trois-Rivières et quand mon père me voyait pleurer, en plus de me traiter de vieille laide, il riait en me disant que j'avais la face comme une galette de sarrasin.

— Oh... Voyons donc, tu sais bien que ton Jean-Paul de père parlait à travers son chapeau et qu'en plus, son chapeau était plein de trous !

— Oui, je sais ! Mais, jamais je ne remangerai de la maudite galette ! As-tu de la bonne confiture aux fraises pour manger avec les crêpes ?

— Bien oui, j'ai aussi du bon sirop d'érable de la cabane à sucre Léveillée. En plus, je vais te garder pour veiller avec moi, nous écouterons *Quelle famille !* puis *La Petite Patrie* ensemble.

Dans la soirée, vers sept heures et quart, sur le seuil de la porte, un homme complètement abattu implorait le pardon et demandait à réintégrer la maison familiale. C'est à la suite du refus de sa femme qu'il s'était emporté et qu'il l'avait giflée en pleine figure avec une telle violence qu'elle en fut jetée aux pieds de son amie complètement affolée.

— Serais-tu devenu fou Jean-Claude Robidoux ? Viens Solange ! Jean-Claude Robidoux retourne d'où tu viens. Puis si j'entends dire que tu as mis juste ton gros orteil sur le bout du perron, tu vas devoir t'expliquer avec la police !

— Ne pogne pas les nerfs, la catin ! C'est à ma femme que je veux parler. Mêle-toi de tes affaires.

— Je ne veux plus te parler, Jean-Claude. Sors d'ici. Je ne veux plus revoir ta face d'hypocrite ! Va rejoindre ta Josée, va rejoindre ta guidoune !

— Je t'aime Solange, je regrette, je…

— Va-t'en ! Sacre ton camp d'ici !

Jean-Claude était ivre et une odeur d'alcool persistante flottait encore dans la pièce quand les policiers arrivèrent.

Après l'avoir fait asseoir à l'arrière de l'autopatrouille, le sergent Picard avait demandé à Solange si elle voulait porter plainte contre son mari, mais celle-ci avait refusé.

— Pourquoi as-tu refusé ? Il doit rire dans sa barbe, à l'heure qu'il est. Il va juste avoir à recommencer ! Sainte mère !

— Regarde Anne-Marie, il était saoul, s'il récidive, je vais agir.

— Ben voyons, qu'est-ce que tu penses qu'il va te faire la prochaine fois ?

— Il ne reviendra pas.

— Je l'espère pour toi ! Si tu avais été toute seule ce soir, il t'aurait peut-être battue !

— Bien non, Jean-Claude n'est pas si violent que ça, il avait bu.

— Est-ce que ça ira, tu trembles comme une feuille ?

— Oui, ça va aller... Ne t'inquiète pas Anne-Marie, tu peux t'en aller chez toi. Je vais dormir sur mes deux oreilles et demain tout va être revenu à la normale.

***

Le lendemain matin à neuf heures, Solange ne s'était pas présentée à la bibliothèque. À trois heures du matin, son mari avait récidivé et celle-ci s'était retrouvée sur une civière, à l'hôpital Hôtel-Dieu de Sorel avec un bras cassé et le visage tuméfié.

À la fin de son quart de travail, Anne-Marie s'était immédiatement rendue à l'hôpital où elle avait trouvé son amie complètement anéantie. Son œil gauche était complètement fermé et son arcade sourcilière était recousue de trois points de suture.

Anne-Marie n'avait pu retenir ses larmes et, au fond de son être, une rage incontrôlable lui était remontée à la gorge.

— Pourquoi ne m'as-tu pas appelée ?

— Il était trois heures du matin, Anne-Marie. J'ai été capable de conduire mon auto jusqu'ici. Comme tu le vois, c'est le bras gauche qui est foutu.

— Tu as beaucoup mal ?

— Oui, j'ai mal dans mon cœur. Anne-Marie, je voulais lui donner une chance en ne portant pas plainte, et il n'a pas compris.

— Et là, tu as déposé une plainte ?

— Bien…

— Tu ne l'as pas fait ? Solange, attends-tu qu'il te tue ?

— Voyons, il n'est pas si sadique que ça !

— Bien non ! Est-ce que tu veux que je t'apporte un miroir pour que tu voies le résultat de ses actes ?

— Ce n'est pas la peine ! J'ai assez d'avoir mal, je ne veux pas voir en plus le tort qu'il m'a fait au visage.

— Pauvre toi !

— Ne pleure pas Anne-Marie, je vais m'en remettre et, de toute façon, il doit se sentir bien sans-cœur de m'avoir battue et je suis certaine qu'il ne recommencera plus.

— J'aimerais bien te croire, mais je ne peux pas. Sainte mère !

Chapitre 10

L'abbé Charland

23 décembre

Les grands froids s'étaient installés et la neige crissait sous les pas.

Ils avaient tenu promesse. Au mois de novembre, Anne-Marie et Charles étaient retournés visiter Annick à Trois-Rivières, et ce soir ils accueillaient les Dion. Il était bon de se retrouver tout près du vieux poêle bedonnant à déguster un chocolat chaud.

Le lendemain, ils profitèrent d'une journée clémente où le soleil était au rendez-vous pour se rendre sur la Rive-Sud, sur les pentes de ski du mont Saint-Bruno. Et dès leur retour, toute la soirée les enfants insatiables avaient égratigné la patinoire à l'arrière de la maison de Charles sous un clair de lune resplendissant.

— Je n'aurais jamais pensé qu'on fêterait un jour Noël ensemble à Contrecœur, Annick !

— Tout comme moi... Puis, on est tellement bien chez toi ! C'est chaud, c'est accueillant. On dirait, quand on entre dans ta maison, qu'elle se referme sur nous pour nous envelopper dans sa chaleur.

— Oui, c'est vrai ! Coudonc toi ! Ton Louis…

— Oui ?

— C'est un sacré bon bonhomme ! Quand je l'ai vu la première fois hier, il me paraissait imposant et sévère en même temps.

— C'est un gros toutou, mon minou !

— Bien oui, il est doux comme un agneau et il t'aime sans bon sens ! En plus, la vie l'a gâté, il est très beau.

— Oui, il est beau. Mais ce que j'aime, c'est que je me sens toujours protégée quand je suis avec lui. En plus, ce qui est plaisant, c'est qu'il s'est senti tout de suite à l'aise avec Charles.

— Oui ! C'est surprenant de voir un camionneur et un professeur avoir autant d'affinités. Ils aiment tous les deux la pêche, la motoneige. L'hiver prochain quand vous allez revenir, on va en faire de la motoneige. On va acheter une vieille Bertha qui n'ira pas trop vite pour que les enfants puissent la conduire. En parlant de tes enfants Annick, ils sont super ! Mireille et Jacinthe sont féminines jusqu'au bout des doigts et en plus, elles sont très jolies toutes les deux. Et Constant… Constant, on voit qu'il est très près de sa mère ! Cré petit cœur. Tantôt, quand il a mis la grosse catalogne sur toi avant de s'en aller chez Charles, il t'a bordée comme une enfant.

— Oui, c'est mon p'tit loup d'amour. La femme qui sera à ses côtés plus tard va être bien choyée. Mais en parlant de l'an prochain pour la motoneige…

— Oui ?

— C'est parce que nous ne sommes pas certains à cent pour cent d'être ici.

— Comment ça ? Vous allez fêter Noël dans le Sud !

— Non, c'est que Louis et moi nous parlons de déménager aux États-Unis.

— Non, Annick ! On vient juste de se retrouver ! Pourquoi ?

— Regarde, Louis travaille presque toujours aux États. Si nous habitions là-bas, bien, on serait ensemble tous les jours ! On s'ennuie beaucoup depuis un bout de temps, ce n'est pas facile pour deux personnes qui s'aiment de se voir seulement trois ou quatre fois par mois.

— Je te comprends Annick, mais j'ai de la peine quand même. Ce n'est pas la porte d'à côté les États-Unis ! Où habiteriez-vous ?

— Si nous décidions de déménager, ce serait probablement dans le Kentucky.

— Oh là là ! À quel endroit exactement ?

— Probablement à Grand Rivers, Louis a de la parenté dans ce coin-là et ç'a l'air bien beau. Les enfants parleraient couramment l'anglais aussi, ce serait un avantage pour eux ! Mais, il y a un mais ! Est-ce que les enfants vont accepter de changer de pays ? On va les priver de tout ce qu'ils ont à Trois-Rivières !

— Mais on dit que les enfants s'adaptent partout, et encore bien plus facilement que les parents.

— Oui peut-être, mais comme je te l'ai dit, c'est loin d'être concrétisé, Anne-Marie. Je vais te tenir au courant. Qu'allons-nous faire pour le réveillon de la sainte nuit, ma belle amie ?

— C'est très simple. C'est une nuit de paix, la paix on l'a tous dans nos cœurs ? On va gâter tes enfants et ce sera facile, juste à voir la montagne de cadeaux qu'il y aura en dessous du sapin. Et nous, on va être heureux juste à les voir crier pendant qu'ils déballent leurs étrennes. Et après, on servira la salade de patates, les petits sandwichs sans croûte et la grosse bûche de Noël servie avec un demiard de crème.

— Comme dans le temps, Anne-Marie !

— Oui, comme dans ton temps à toi, tu veux dire ! Le seul sapin de Noël que j'ai pu admirer dans mon temps, c'était celui que j'avais découpé dans du papier de construction rouge. Je n'ai jamais eu de Barbie ni de jeu de Lite Brite, moi ! J'avais seulement droit à un vieux bas de laine troué de mon père avec une orange, une bouteille de Seven Up et une boîte de gomme à savon.

— De la gomme à savon ?

— Tu sais la gomme violette qui goûtait le savon ?

— Oui ! En plus, on la trouvait donc bonne cette gomme-là ! Dis-moi Anne-Marie, c'est pour cela qu'aujourd'hui tu fais un sapin de Noël plus gros que ton salon peut en prendre ?

— Qu'est-ce que tu en penses ?

***

Mars

Le mois où le soleil semble prendre un plaisir fou à voir se fondre le tapis blanc dans les ornières. Les rivières se libèrent de leur toiture de verre et se remettent à glisser gaiement entre les glaces. Les conifères secouent leurs aiguilles comme pour se préparer à héberger les hirondelles.

Aujourd'hui, samedi, Anne-Marie était sollicitée pour travailler une journée supplémentaire à la bibliothèque et Charles avait profité de cette occasion pour faire un saut à Saint-Lambert dans le but d'acquérir des renseignements concernant sa sœur Marie-Anne.

La veille, au presbytère Sainte-Trinité, l'abbé Charland avait reçu de la parenté du côté de son défunt père. Ces invités se présentèrent dans leurs beaux habits du dimanche. Son oncle Jean-Marie, âgé de soixante-dix ans, ainsi que sa femme Rose-Aimée étaient accompagnés de leur petite-fille, Sylvianne Germain.

Cette Sylvianne n'incarnait pas la beauté, mais elle possédait un corps à faire rêver qui aurait pu faire changer de vocation n'importe quel évêque. L'abbé Charland, au service du Seigneur depuis maintenant dix ans, avait toujours remis en question son sacerdoce. Il reluquait avec envie, dès qu'il en avait l'occasion, les jeunes filles qui se présentaient dans la sainte église pour l'homélie du dimanche matin. Parfois elles pouvaient laisser entrevoir une parcelle de chair rosée, cette chair qui se gonflait à l'échancrure de leurs chemisiers, et un désir charnel s'emparait de lui malgré les consignes de sa foi.

À la fin du bon repas que madame Pauline avait mijoté durant toute la matinée, Sylvianne et l'abbé s'étaient retrouvés dans la sacristie, là où sont rangés précieusement les vases sacrés et les habits sacerdotaux.

Accompagnée d'un nuage nauséabond de tabac de piètre qualité, madame Pauline était entrée au presbytère sans y avoir été conviée.

— Voyons madame Tessier, on n'entre pas comme ça chez les gens sans frapper ! Ce n'est pas votre quart de travail à ce que je sache !

— Je viens faire la vaisselle, monsieur le curé. Vous me connaissez ! Je préfère la faire maintenant pour ne pas me retrouver avec des plats tout collés lundi matin. Et vu que demain c'est dimanche, ça ne me tentera pas de faire du ménage pendant que vous allez chanter votre messe.

— C'est comme vous voulez, mais ne vous attendez pas à un supplément de salaire, car ce n'est pas moi qui vous l'ai demandé.

— Loin de moi cette pensée, mon père ! Si je le fais, c'est juste pour m'avancer dans mon ouvrage. Puis, si je peux me le permettre, monsieur le curé…

— Permettez-vous, madame Pauline.

— C'est parce que j'ai failli me retrouver sur le cul en montant les marches du presbytère, c'est glissant en pas pour rire !

— Madame Tessier, votre langage !

— Mon Dieu, père Forcier ! Le vrai mot, c'est cul à ce que je sache ! Comment voulez-vous que j'appelle ça, mon petit coussin ?

— Bon, je vais reconduire monsieur et madame Charland au salon et je vais aller avertir l'abbé pour la glace sur le perron du presbytère. Je n'appellerai pas le bedeau Carignan, car juste le temps qu'il va prendre pour arriver ici, la glace va être fondue.

— Ne vous dérangez pas monsieur le curé, je vais y aller. Où est-il l'abbé ?

— Il est parti vers la sacristie tout à l'heure avec mademoiselle Sylvianne pour lui faire visiter notre église.

Miséricorde ! Madame Pauline venait de repérer l'abbé Charland. Sa soutane était bourlinguée jusqu'en dessous de ses bras et mademoiselle Sylvianne était en tenue d'Ève. Et cela, dans le confessionnal, sous la septième station du chemin de croix où le fils de Dieu venait de tomber pour la deuxième fois. Tout en exécutant son signe de croix, elle avait décampé jusqu'à la nef, et au même moment, au prix d'une course folle, l'abbé s'était retrouvé à ses pieds.

— Vous allez le dire à monsieur le curé, madame Pauline ?

— Qu'est-ce que vous avez pensé, l'abbé ? Vous savez que si notre bon curé apprend ça, vous allez être obligé de…

— Pas si vous gardez le secret. C'est la première fois que ça m'arrive !

— Vous avez commis un sacrilège !

— Je vous promets que je vais implorer le pardon auprès du Seigneur, madame Pauline !

— Et vous pensez qu'il va vous exaucer ? Si j'étais à la place du Seigneur, je vous enverrais directement en enfer et je prierais le diable de vous brûler les os un par un !

— Je ne suis pas le seul vicaire à avoir eu une faiblesse quand même !

— Bien oui, bien oui… Puis, mademoiselle Sylvianne, va-t-elle sortir du confessionnal avant la messe de dix heures demain matin ?

— Je pense qu'elle a peur de vous, madame Pauline…

— Ce serait plutôt à moi d'avoir peur d'elle, elle est assez laide pour faire des remèdes, cibole !

***

Charles fut de retour chez Anne-Marie à sept heures, insatisfait de sa journée passée à Saint-Lambert.

— Pauvre chéri, ce n'est pas drôle de revenir bredouille…

— C'est ça la vie, ma belle. Il y avait deux Marie-Anne Francœur à Saint-Lambert.

— Tu les as vues ?

— Oui… une qui reste sur l'avenue Mercille, mariée avec deux enfants. Je ne lui ai pas trop posé de questions, car je savais que la vraie Marie-Anne n'avait pas d'enfants. En tout cas, si elle en a eu après avoir déménagé, ils ne peuvent pas avoir quinze ou seize ans aujourd'hui.

— Et l'autre ?

— L'autre, c'était bien la Marie-Anne Francœur qui a travaillé à la bibliothèque de Tracy.

— Et ce n'est pas ta sœur ?

— Elle est certaine que non. Elle est née à Sept-Îles. Son père s'appelle Marcel Francœur et sa mère Thérèse Favreau.

— Je suis déçue pour toi, mon amour. Écoute, j'ai peut-être une autre idée.

— Oui, mon cœur ?

— Tu pourrais aller à l'hôpital Comtois à Louiseville. Et tu pourrais essayer de te renseigner aux archives ?

— C'est certain, Anne-Marie que si je vais aux archives de l'hôpital Comtois, je vais encore revenir bredouille. Je n'ai même pas sa date de naissance, tornon ! Je sais seulement qu'elle est née au mois d'octobre. Tu as raison, mon amour. Je vais essayer quand même, on ne sait jamais.

Chapitre 11

Sœur Marie-Jésus

Avril

Le mois de la jolie jonquille. Mais un vilain rhume retenait Anne-Marie dans son lit douillet. Malgré sa déception, Charles s'était quand même rendu à Louiseville comme prévu.

Au bureau des archives de l'hôpital Comtois, une religieuse du nom de sœur Marie-Jésus le reçut forte de ses soixante années de congrégation. Une sainte femme de quatre-vingt-deux ans dont les yeux couleur d'azur dégageaient une lumière empreinte de bonté.

— Oui mon fils ! Votre sœur est née ici et je m'en souviens comme si c'était hier.

— Vraiment, ma sœur ?

— Votre mère, Madeleine, était une sainte femme, monsieur Jolicœur. La journée où elle est arrivée à l'hôpital pour mettre votre petite sœur au monde, j'avais bien vu toute sa détresse.

— Vous étiez là ?

— Bien oui... c'est moi qui m'étais occupée d'elle pendant et après son accouchement. Je suis religieuse et auxiliaire dans cet hôpital.

— Bien, je suis très heureux de vous rencontrer ma sœur ! Est-ce que je pourrais avoir une copie du baptistaire de ma sœur, ma mère ?

— Malheureusement, je n'ai pas le droit de vous le donner. Il faudrait qu'elle vienne le demander ici ou qu'elle fasse une demande par la poste.

— Cela va être bien difficile, je ne la connais même pas. Mais... moi, est-ce que je pourrais avoir mon acte de naissance ?

— Pas de problème, monsieur Jolicœur, vous êtes né quelle date ?

— Le vingt-quatre décembre 1943.

— Oh, vous avez failli être un petit Jésus !

— Eh oui !

— C'est bizarre, je ne vois pas votre nom dans le registre, êtes-vous certain que vous êtes né ici à l'hôpital ?

— Oui, oui, je pense bien. Il y a un problème ?

— Je suis navrée, monsieur Jolicœur, je ne l'ai pas...

— Voyons donc ma sœur, il s'est peut-être égaré ?

— Oui, peut-être ! D'après moi, vous êtes né dans la maison de vos parents. Vous savez, dans les années quarante, il y avait beaucoup d'enfants qui naissaient dans la maison familiale. Souvent, c'était une voisine qui allait aider les jeunes mères à accoucher.

— Eh bien ! Si c'est le cas, ma mère ne m'a jamais parlé de cela. Je sais que j'ai été baptisé à l'église Saint-Antoine-de-Padoue, mais pour ma naissance, si je suis né à la maison, je n'en ai aucune idée.

— Alors, la seule chose qui vous reste à faire est d'aller au presbytère et demander une copie de votre baptistaire au curé Ouellet.

— Je vais y aller en sortant d'ici. Vous êtes vraiment très aimable, ma sœur. Je peux vous poser une autre question avant de partir ?

— Certainement, mon garçon.

— Lorsque ma mère a quitté l'hôpital, deux jours après, ma sœur a été adoptée…

— C'est exact. Ta mère pleurait tellement, elle m'avait demandé de garder sa fille ici pour ne pas qu'elle soit adoptée. Pauvre femme, elle avait le cœur en miettes.

— Est-ce que vous savez le nom des gens qui l'ont adoptée ?

— Oui, mais malheureusement, je ne peux rien vous divulguer.

— Je le savais. Je m'excuse de vous avoir demandé cela, ma sœur. J'ai été un peu trop loin dans mes questions, je pense.

— J'aimerais tant vous aider, mais ce serait me mettre à dos le Seigneur et l'hôpital.

— Je comprends, ma sœur.

— Laissez-moi donc votre numéro de téléphone, monsieur Jolicœur. On ne connaît pas l'avenir, peut-être que si vous êtes vraiment né à l'hôpital Comtois, en faisant une recherche plus approfondie, je pourrais retrouver les documents.

— Vous êtes vraiment bonne, ma sœur. Je vais vous donner mon numéro et celui de mon amie. Une dernière chose ?

— Prenez tout votre temps, je suis ici pour vous…

— Est-ce que je pourrais vous embrasser sur la joue, est-ce que c'est permis ça ?

— Oh ! Bien sûr, vous savez, je suis la femme de Dieu, mais Dieu m'a aussi créée en me recommandant d'aimer tous les enfants de la terre.

Au presbytère de Saint-Antoine-de-Padoue, Charles fut ravi d'apprendre qu'il existait un baptistaire émis en son nom. Le curé de la paroisse lui avait fait la promesse de le lui poster aussitôt qu'il serait prêt.

***

Le calme régnait à la bibliothèque de Tracy ainsi qu'à l'école Mère-Marie-Rose. Les enfants étaient en congé et les parents, après une longue hibernation, vaquaient fébrilement à leurs occupations.

— Tu as beaucoup maigri Solange ?

— Oui, j'en suis bien heureuse. C'est facile, je ne fais plus de ragoût de boulettes ni de graisse de rôti !

— Mais tu n'étais pas obligée d'en manger ?

— Quand tu as un rôti de lard devant toi, te lèves-tu pour te faire une salade aux œufs durs, hein ?

— Ouin, quant à ça. As-tu revu Jean-Claude dernièrement ?

— Une seule fois, au parc nautique ici à Contrecœur, en prenant une marche. Il était avec sa Josée. Une vraie guidoune !

— Pourquoi dis-tu cela ?

— Elle portait une camisole rose nanane qui lui cachait à peine les mamelons !

— Tu n'exagères pas un peu, Solange ?

— Oh que non ! En plus, elle portait une minijupe, on aurait dit un panneau de cinq pouces, on lui voyait tout le derrière, seigneur de Dieu !

— Oh hi hi…

— Qu'est-ce que tu veux ? Jean-Claude aime ça lui. Il a toujours été vicieux.

— Est-ce qu'il t'a parlé ?

— Tu rêves, ma vieille ! Quand il m'a vue, les yeux lui sont sortis de la tête, tellement il avait l'air enragé !

— Ouin, c'est plate… Il est en maudit après toi et c'est lui qui a osé te tromper. Un drôle de moineau, ce Jean-Claude-là !

— Bien oui, on dirait que c'est moi la coupable là-dedans ! Sais-tu ce que l'on devrait faire après notre *shift*, Anne-Marie ?

— Quoi ?

— On devrait partir toutes les deux pour aller magasiner au Mail Champlain… On pourrait souper là aussi, qu'en penses-tu ? À moins que tu ne puisses te passer de ton beau Charles !

— Je n'ai pas de permission à demander à mon Charles. Je vais juste l'avertir que je m'en vais avec toi, c'est tout.

— Ça va tellement bien entre vous deux. Si cela avait marché aussi avec mon Jean-Claude, je serais peut-être encore avec lui aujourd'hui…

— Tu t'ennuies de lui ?

— Je ne le sais plus si je m'ennuie ou si c'est seulement que je trouve la maison un peu trop grande…

— Je ne peux pas penser pour toi, Solange… Puis là, je trouve que cela fait assez longtemps que tu es célibataire ! On va partir à la chasse à l'homme et ça commence aujourd'hui !

— Voyons donc toi, on n'attrape pas un homme comme ça en criant ciseau !

Suite au souper légèrement arrosé d'un vin rosé, Solange et Anne-Marie ont fait du lèche-vitrine. Seule, Anne-Marie s'était entichée d'une petite tenue de nuit trouvée au magasin Reitmans. Une jolie nuisette de satin blanc agencé d'une petite culotte de dentelle échancrée jusqu'à la taille.

— Ouin, ça sent l'orage ça !

— Crois-tu qu'il va sauter sur moi ce soir ?

— J'en suis certaine ! Je peux te dire que quand tu vas lui montrer, tu ne le garderas pas longtemps sur toi ! Tu es bien chanceuse de posséder ce corps-là toi…

— Pourquoi n'en achètes-tu pas un toi aussi ?

— Et pour qui vais-je le mettre, dis-moi ?

— Ce sera une réserve pour quand arrivera ton prince charmant !

— Pas vraiment, je me trouve un peu grosse pour me pavaner dans un petit *baby doll* comme celui-là.

— Voyons donc, Solange ! Regarde, il y en a justement un comme le mien, couleur pêche.

— D'accord ! Mais ne ris pas de moi.

— Pourquoi rirais-je de toi ? Allez ! Vas-y !

Au sortir de la salle d'essayage, Solange reçut le regard admiratif de son amie. Elle était vraiment sensuelle et la lingerie lui allait parfaitement. En se regardant dans le grand miroir, elle aperçut tout près d'un présentoir un homme accompagné d'une jolie jeune fille, et celui-ci la fixait intensément d'un regard admiratif. Rouge écarlate, celle-ci se sauva dans la cabine d'essayage.

— Est-ce qu'il est parti Anne-Marie ?

— Oui... Veux-tu bien me dire ce qu'il se passe, toi ? On dirait que tu as vu un revenant, sainte mère !

— Je le connais ce gars-là, Anne-Marie... As-tu vu comment il me regardait ? En plus, il est avec sa blonde ! Maudits hommes !

— Mais qui est-ce ?

— C'est Mario Martin...

— Et ?

— Je ne sais pas ce qu'il fait au Mail Champlain, la dernière fois que j'ai vu ce gars-là, c'était à Saint-Basile. C'était mon voisin de rang.

— Regarde, on rencontre beaucoup de gens au Mail Champlain, tout le monde de la Rive-Sud vient magasiner ici. C'est bien normal que tu rencontres du monde que tu connais, non ?

— Je le sais bien. Mais de la façon dont il m'a regardée, j'ai eu la chair de poule !

— Tu as eu la chair de poule parce que tu étais fâchée ou tu as eu la chair de poule parce que cela t'a fait un petit velours qu'il te regarde ainsi ?

— J'aurais pu être flattée, c'est vrai. Tu as vu, il était avec sa blonde, alors c'est juste un hypocrite !

— Bon bon... Au moins, tu sais que ton *baby doll* pêche va faire sensation sur ton nouvel amoureux.

— Arrête donc ! Allons, partons. Oh, non !

— Mon Dieu ! As-tu vu un loup ?

— Regarde... On va être obligées de passer devant lui, il est assis sur le banc là-bas !

— Bien oui et après ? On n'est quand même pas pour changer de côté, il vient de nous apercevoir. Tu aurais l'air d'une sauvageonne...

— Bonjour Solange ! Ça fait longtemps ? Qu'est-ce que tu deviens ? Tu habites dans la région ? Ça fait au moins neuf ans que je ne t'ai pas vue ?

— Bonjour Mario... Je reste à Contrecœur, et toi ?

— Moi je reste à Saint-Laurent-du-Fleuve, c'est près de chez toi !

— Bien oui, regarde donc ! Bonjour mademoiselle...

— Mademoiselle ? Voyons, tu ne vas pas me dire que tu ne reconnais pas ma sœur Martine ?

— Martine ! Seigneur de Dieu ! La dernière fois que je l'ai vue, elle devait avoir environ cinq ans ! Comment ça va ? Est-ce que tu te souviens de moi, Martine ?

— Bien oui Solange. Je me rappelle, c'est toi qui venais me garder quand mes parents allaient au bingo le mardi soir !

— Oui, quel âge as-tu maintenant ?

— Vingt-quatre ans...

— Je n'en reviens pas ! Oh ! Excusez-moi, je vous présente ma grande amie Anne-Marie Sirois...

— Bonjour Anne-Marie, vous demeurez à Contrecœur vous aussi ?

— Oui ! Et je travaille au même endroit que Solange.

— Vraiment ! Et vous travaillez à quel endroit ?

— On travaille à la bibliothèque de Tracy.

— Ah ! J'y suis allé au mois de décembre pour trouver de la documentation sur l'Égypte. Mais, tu n'étais pas là.

— J'étais en congé maladie...

— Rien de grave, j'espère ?

— Je m'étais seulement brisé le bras en pelletant ma galerie.

— Ton mari ne le fait pas pour toi ?

— C'est parce que j'en ai plus de mari depuis l'hiver passé.

— Désolé...

— C'est correct, tu ne pouvais pas savoir... Je vois que tu as des sacs de chez Eaton, ta femme te fait confiance pour que tu choisisses ton linge toi-même ?

— Je ne suis pas marié. Pourquoi penses-tu que Martine est avec moi ? Il faut qu'elle soit là, sinon je ressemblerais à un clown, je suis daltonien au troisième degré !

— Je comprends !

— Pourquoi dis-tu cela en me regardant avec un petit sourire en coin comme cela ?

— Tu as un bas brun et un bas vert...

— C'est-tu vrai Martine ?

— Désolée, je n'avais pas remarqué mon p'tit frère...

— C'est ça, moquez-vous toutes de moi ! Est-ce que vous vous en retourniez à Contrecœur là ?

— Oui, nous partions justement.

— Pourquoi ne pas s'arrêter chez Gaby pour prendre un café, c'est sur notre chemin ?

Solange lança un regard implorant à Anne-Marie qui comprit immédiatement.

— Pourquoi pas ! De toute façon, il n'y a personne qui nous attend. Tu es d'accord, Solange ?

— Vous êtes célibataire aussi, Anne-Marie ?

Solange ne laissa pas la chance à Anne-Marie de répondre.

— Non ! Anne-Marie est en amour par-dessus la tête !

Tout au long du trajet les menant au restaurant Chez Gaby, Anne-Marie n'avait cessé de questionner son amie. Es-tu déjà sorti avec lui ? Est-ce qu'il parle toujours beaucoup comme cela ? Penses-tu que ce serait un gars pour toi ?

— Voyons Anne-Marie, relaxe ! On dirait que tu veux me mener au pied de l'autel avec toutes tes questions ! On s'en va seulement prendre un café, et non je ne suis jamais sortie avec lui.

— Bien oui, on s'en va juste prendre un café ! Et là, c'est moi qui ai une poignée dans le dos maintenant ?

— Pourquoi dis-tu cela ?

— Tu ne te vois pas ? Tu étais tout énervée quand il nous a demandé d'aller prendre un café !

— C'est seulement que j'étais contente de le voir, et j'ai le goût d'aller jaser avec lui. Est-ce que tu le trouves beau ?

— Oui, il est beau Solange, et pourquoi me regardes-tu avec des yeux en tête de lit ?

— Voyons, je veux juste jaser avec lui ! Seigneur de Dieu, je ne veux pas coucher avec lui !

— Ouin ouin… je vois clair, tu sais…

Chapitre 12

La vérité

Juin

Le soleil dardait ses rayons sur les jardins fleuris. Dans moins d'une heure, les enfants émettraient des cris joyeux. La neige de l'hiver avait rongé le ciment des trottoirs et sur le joli terrain du presbytère écrasé sous un soleil de feu, le curé Forcier s'acharnait à faire avancer sa brouette remplie à ras bord de terre noire. Ce n'était pas sa spécialité de labourer la terre, mais pour ensemencer ses fleurs préférées, telles les giroflées, les jacinthes et les anigozanthos, communément appelées « pattes de kangourou », il était prêt à travailler comme un forcené. Amputé de la jambe gauche, un seul genou ne pouvait soutenir cet homme imposant plus de dix minutes.

Plus loin, occupé à chasser la poussière des marches de la sainte église, le bedeau Carignan, connaissant l'orgueil de son supérieur, n'osait lui offrir son soutien.

— Vous allez bien, monsieur le curé ?

— Oui bedeau, je devrais avoir fini avant de planter les fleurs du mois d'août ! Bonté que ce n'est pas drôle ! Quand j'étais jeune, je me plaignais le ventre plein, comme on dit !

— Pourquoi dites-vous cela, monsieur le curé ?

— J'avais deux miles à marcher pour me rendre à la petite école et je me plaignais de mes vieilles godasses tout au long du trajet ! J'aimerais bien mieux aujourd'hui encore les avoir mes vieilles godasses que d'être arrangé comme un vieil impotent ! Vous ne pensez pas ?

— Bien sûr ! Voulez-vous que je vous donne un coup de main, mon père ?

— Ouf ! Je ne vous dis pas non, le soleil est en train de me rôtir le crâne, bonté !

— J'arrive, monsieur le curé. Regardez, je vais pousser la barouette et vous me direz où vous voulez que je m'arrête pour que vous puissiez planter vos fleurs. Attendez… je vais vous donner votre canne.

À la suite de plusieurs tentatives du bedeau devant son curé impatient, la brouette n'avait pas bougé d'un pouce.

— Voyons bedeau ! Vous n'avez pas mangé vos œufs ce matin ? Si vous ne pouvez pas la pousser, essayez de la tirer sinon tirez-vous de là, bon Dieu ! Vous êtes en train de faire plein de trous dans mon gazon avec vos gros bottarleaux !

— Mais comment avez-vous fait pour pousser cette barouette-là depuis deux heures, vous ? Vous avez des bras de fer !

— Premièrement, bedeau, ce n'est pas une barouette,

c'est une brouette ! Et puis regardez la différence entre nous deux, c'est que vous, au lieu de forcer avec vos bras, vous forcez avec votre tête. Vous êtes rouge comme le diable ! Puis, laissez donc faire, bedeau, je vais continuer cela après le souper quand le soleil va baisser.

Dans la cuisine du presbytère, madame Pauline avait mijoté des jarrets de bœuf et un succulent gâteau des anges qui furent un régal pour les papilles du bon curé et de son vicaire.

— Madame Tessier, c'était divin !

— Depuis quand vous faites des compliments sur la cuisine de madame Tessier, l'abbé ? Depuis un bout de temps, vous ne cessez pas de la louanger, cette femme-là !

— C'est juste que je me suis habitué à elle, mon père. C'est certain qu'elle a ses petits défauts, mais c'est un cordon bleu.

— Je ne vous reconnais plus l'abbé… Est-ce que vous avez quelque chose à vous faire pardonner envers madame Tessier ?

— Non, non, monsieur le curé… Bon, je vais aller remplacer les lampions dans l'église, ça va me faire digérer.

— Faites donc, et en même temps l'abbé, faites-en brûler un pour remercier le Seigneur de vous avoir montré les qualités de cette femme dévouée.

***

Les récoltes furent abondantes cette année-là. Et aujourd'hui, en ce vingt-huit août, les nuages gourmands, d'une seule bouchée, venaient d'engloutir l'astre lumineux. Ce fut une journée idéale pour Anne-Marie qui se reposait sur sa grande véranda car, depuis deux jours, une gastroentérite la terrassait. Charles ne la quittait pas une minute et madame Pauline, qui s'était présentée avec du yaourt fait maison, lui avait suggéré de boire de l'eau de riz.

La pluie chaude venait de cesser et quelques rayons essayaient de se faufiler entre les nuages.

— Est-ce que je peux faire autre chose pour toi mon cœur adoré ?

— Mais non mon amour. Demain, je devrais avoir repris mes forces pour aller à Louiseville.

Le téléphone sonna.

— Pourrais-tu répondre, Charles ?

— Allo ?

— Bonjour, est-ce que je parle à monsieur Jolicœur ?

— Oui, c'est moi.

— Je suis Yvette Beaupré, la secrétaire de l'hôpital Comtois de Louiseville...

— Oui, madame Beaupré ?

— J'ai un message pour vous de la part de sœur Marie-Jésus... Elle demande si vous pouvez passer la voir.

— Oui, c'est certain ! Elle vous a donné un rendez-vous pour moi ?

— Non, vous pouvez vous présenter à l'hôpital à l'heure qui vous convient. Et si c'est possible pour vous, je vous suggère de ne pas trop retarder votre visite, monsieur Jolicœur.

— Elle ne va pas bien ?

— Non, elle a décidé de rendre son âme au Seigneur.

— Non ! Je vais y aller demain, madame Beaupré. Pouvez-vous la prévenir de ma visite ?

— Certainement, je vais lui transmettre votre message, ainsi elle va sûrement vous attendre une journée de plus, car quand elle m'a demandé de communiquer avec vous, j'ai senti qu'elle accordait une grande importance à votre visite.

Au lever du jour le lendemain, Charles avait dû se rendre à l'évidence que sa bien-aimée ne serait pas du voyage à Louiseville. Celle-ci retrouvait lentement son teint de pêche, mais les nausées persistaient toujours. Elle avait poussé Charles à partir sans elle en lui promettant que dans la matinée elle visiterait son médecin, le bon docteur Gadbois.

— Bonjour, vous devez être madame Beaupré ?

— Oui monsieur, je peux vous aider ?

— Oui, je suis Charles Jolicœur. Vous m'avez téléphoné pour me dire que sœur Marie-Jésus désirait me voir.

— Oui, monsieur Jolicœur. Elle est au deuxième étage dans l'aile B, la chambre deux cent douze.

— Merci madame, je m'y rends tout de suite.

Charles retrouva une vieille femme à la fois très fatiguée et très belle. Le regard céleste de mère Marie-Jésus se posa tendrement sur lui, et d'un geste lent de la main, elle l'invita à s'installer près d'elle sur les draps immaculés. Dépouillés de son long voile noir, ses cheveux blancs encadraient l'éclat de ses yeux bleu ciel et ses mains étaient entrelacées d'un long chapelet de grains d'ivoire.

— Vous voulez vraiment nous quitter, sœur Marie-Jésus ?

— Mon enfant, je me suis dévouée pour le Saint-Père et la communauté tout au long de ma vie, et là je pense qu'il est temps pour moi de voir à quoi ressemble cet homme-là.

— Vous allez aussi retrouver ma mère, Madeleine, vous savez ?

— Oui, et d'ailleurs je l'informerai que son fils Charles a enfin retrouvé sa petite sœur Marie-Anne.

— Oh…

— Sais-tu mon fils que je vais aller à l'encontre du Seigneur en te dévoilant ce secret ?

— Oui, je sais ma sœur, mais si vous pensez que le Bon Dieu peut vous tourner le dos quand vous allez entrer au paradis, j'aimerais mieux que vous emportiez le secret avec vous. Je suis prêt à en faire mon deuil pour que vous ne vous sentiez pas coupable envers lui.

— Je vais avoir une conversation avec Saint-Pierre aux portes du ciel pour qu'il dise à Dieu que j'ai rendu un homme heureux sur la terre avant d'entreprendre ma nouvelle vie auprès des autres chrétiens.

— Mais, vous pourriez rester encore un peu ? Je vais revenir pour vous présenter ma sœur Marie-Anne ?

— Je voudrais bien mon garçon, mais mon heure de départ, c'est aujourd'hui. J'attendais seulement ton arrivée pour partir en paix.

— Je vois que vous êtes très fatiguée, ma sœur. Je vais vous laisser vous reposer. Je vais aller à la cafétéria prendre un café et je vais revenir vous voir dans une heure…

— Charles, le temps s'écoule et je ne veux pas que tu reviennes dans une heure pour me fermer les yeux.

— Je me rends à vos dernières volontés, si c'est ce que vous désirez…

— C'est bien, mon fils. Quand ta mère est arrivée ici à l'hôpital Comtois en 42, je suis demeurée près d'elle tout le temps de son séjour. Avant que je la reconduise à la salle d'accouchement, elle m'avait demandé d'être auprès d'elle le lendemain pour la visite des parents adoptifs de ta sœur.

— Qui sont-ils ?

— Laisse-moi parler Charles, je suis très fatiguée et je ne veux rien oublier.

— Pardon !

— Ta mère, Madeleine, avait accouché de ta sœur à l'aube et ses parents adoptifs étaient venus la voir à dix heures le matin même. Le lendemain, quand elle est sortie de l'hôpital, elle avait amené ta sœur dans sa maison et c'est le surlendemain, au baptême, qu'elle s'était déchiré le cœur…

— Pauvre maman, j'ai tellement de peine pour elle !

— Tu as beaucoup de chagrin, et je te comprends.

— Oui, parce que je suis bien conscient que ma mère m'a aimé sans condition et ma petite sœur, malheureusement, est passée à côté de tout ce bonheur-là.

— Oui, mais dis-toi qu'elle ne l'a jamais su cette enfant-là. Le jour où elle a été baptisée, les nouveaux parents avaient déjà changé son nom.

— Elle ne s'appelle plus Marie-Anne Jolicœur ?

— Non, regarde dans le tiroir à côté et donne-moi l'enveloppe blanche.

Charles ouvrit le tiroir et avant de s'emparer de l'enveloppe, il s'était mis à trembler de tous ses membres.

— Merci Charles... Il y a deux documents dans cette enveloppe, l'attestation de naissance de ta sœur et son baptistaire. Voilà son attestation de naissance.

— Merci ma mère.

Centre Hospitalier Comtois
41, rue Comtois,
Louiseville, Québec
Attestation de naissance
Le 2 juin1975

Madame, Monsieur,
Nous certifions par la présente que le bébé Jolicœur de sexe féminin est né à notre centre hospitalier le 8 octobre 1942 à quatre heures quarante.
Mireille Langevin
Archiviste responsable des Archives médicales

— Je suis bien heureux de l'avoir entre mes mains, ma sœur. Mais quel est son vrai nom ? Et comment vais-je la retrouver à présent ?

— Tiens mon fils, voilà son baptistaire.

Acte de naissance et de baptême
Paroisse Saint-Antoine-de-Padoue de Louiseville.
Le présent certificat mentionne les éléments d'un acte apparaissant aux registres de cette paroisse. On peut obtenir également une copie entière et littérale de cet acte.

Le soussigné certifie, selon ce qui est inscrit aux registres de cette paroisse, que:
Marie Maria, Anne-Marie Sirois
Fille de Jean-Paul Sirois et de Françoise Lefebvre est née à Louiseville, Québec, Canada le huit octobre mille neuf cent quarante-deux, et a été baptisée le dix octobre mille neuf cent quarante-deux selon les rites de l'Église catholique romaine.
Certificat émis à Louiseville, Québec.
Le 2 juin 1975
Fréderik Ouellet
Prêtre

— Non! Non! C'est une erreur! Ce n'est pas Anne-Marie!

Quand Charles se tourna vers la sainte femme pour qu'elle lui confirme qu'il avait bel et bien rêvé, celle-ci venait de fermer les yeux pour l'éternité.

Chapitre 13

Un couple anéanti

Sans le savoir, avant de s'éteindre, sœur Marie-Jésus venait de planter dans le cœur de Charles une douleur qui par malheur s'enracinerait jusqu'à la fin des temps. Pour Charles et Anne-Marie, le verbe aimer ne pourrait plus jamais être conjugué. Il ne restait plus au couple qu'à inhumer les doux moments passés et à se résigner à un futur empreint d'amertume.

Devant Charles, sur la route, le ciel s'était couché sur la terre et nul guide ne pouvait lui indiquer le chemin à prendre pour retrouver Anne-Marie. Au cimetière de Louiseville, agenouillé sur la tombe de Madeleine, celui-ci criait sa douleur.

— Pourquoi m'avoir dit que j'avais une sœur maman ? Pourquoi ? Maman, j'ai couché avec ma sœur, christ ! Je me sens tellement sale ! J'ai juste envie de mourir, et si je le dis à Anne-Marie, on va mourir tous les deux ! Est-ce qu'en dessous de ton nuage tu peux voir que la terre s'est arrêtée de tourner et que toutes les fleurs sont enterrées dans les jardins ? Il n'y a plus rien de beau ici-bas, je voudrais juste prendre une échelle pour grimper là-haut, mais d'un autre côté, je serais juste un maudit sans-cœur de me sauver d'Anne-Marie ! Jamais je n'aurais pensé qu'un jour tu aurais pu être aussi méchante avec moi !

Plusieurs minutes s'écoulèrent avant qu'il se décide à quitter le cimetière. Près de l'endroit où sa mère reposait se trouvait la pierre tombale de son père. Arrivé devant, d'un violent coup de pied, il tenta de la faire voler en poussière, souhaitant que les éclats de pierre rejoignent la verdure desséchée et souillée qui s'étendait tout au long de l'allée crevassée.

— Allo mon amour ! Tu vois, je vais mieux, je ne fais plus de température…

***

— Allo…

— Tu ne m'embrasses pas ?

— Tout à l'heure Anne-Marie.

— Qu'est-ce qu'il y a, Charles ? Pourquoi sœur Marie-Jésus avait-elle demandé à te voir ?

— Elle voulait me voir avant de mourir et…

— Il ne lui en reste plus pour longtemps à ce que je vois ?

— Elle est morte.

— Oh, non ! Je suis désolée, est-ce que tu as eu le temps de lui parler ?

— Oui ! Viens, nous allons nous asseoir.

— Raconte-moi Charles, est-ce qu'elle t'a remis les renseignements que tu voulais au sujet de ta sœur ?

— Oui, j'ai pu rapporter son baptistaire.

— Oh ! Je suis contente pour toi, mon chéri.

— Tiens...

— Tu t'es trompé Charles, tu m'as donné le mien. Mais je suis contente que tu lui aies demandé, je ne me souviens plus où j'ai bien pu serrer l'original quand je suis déménagée. Je vais en avoir besoin si on décide d'aller dans le sud cet hiver !

— Anne-Marie...

— Quoi ?

— Le baptistaire que tu tiens entre tes mains, c'est le baptistaire de ma sœur.

— Voyons, c'est le mien, c'est écrit Anne-Marie Sirois !

— Oui et celui de ma sœur.

— Que veux-tu dire, Charles Jolicœur ? Ce n'est pas drôle du tout !

— Écoute Anne-Marie, quand Marie-Anne est née le huit octobre mille neuf cent quarante-deux...

— Elle est née la même date que moi en plus ?

— Écoute-moi Anne-Marie, dieu du ciel ! Oui, elle est née la même date que toi, le huit octobre sous le nom de Marie-Anne Jolicœur et le dix, elle a été baptisée du nom d'Anne-Marie Sirois. Viens ici...

— Ne me touche pas !

Il était impuissant devant la détresse de celle qu'il aimait de tout son être. Cette femme si heureuse venait de perdre son envie de vivre à tout jamais. La vieille laide de son père, qui en fait n'était pas le sien, se retrouvait par le fait même propulsée dans son passé. Si elle avait pu savoir qu'elle n'était pas la fille légitime de

Jean-Paul Sirois, jamais elle ne se serait attardée dans cette demeure où elle n'avait jamais été la bienvenue.

Elle entendait encore les paroles de celui qui avait prétendu être son père :

« Anne-Marie ! Va faire cuire la viande, y'é cinq heures. T'es donc bien paresseuse la vieille laide, mon déjeuner n'est pas encore prêt ? Si je te pogne encore chez cette vieille folle après l'école, je t'enferme dans ta chambre et quand il va faire noir, je souhaite que le loup-garou t'apparaisse pour te punir, bâtard ! »

Certaine d'avoir perdu la raison, elle regarda Charles dans les yeux pour l'implorer de lui avouer qu'il y avait eu erreur sur la personne et qu'ils pouvaient continuer à s'aimer comme avant. Mais, il baissa le regard et, déposant la main sur son cœur, se mit à pleurer comme un enfant. Que dire ? Que faire ? Et comment continuer à vivre devant tant d'injustice ?

— Anne-Marie…

— Je veux mourir, Charles ! Pourquoi Dieu ne nous l'avait pas dit avant ?

— Je ne sais pas ! Il voulait qu'on s'aime malgré tout, et c'est pour cela qu'il ne nous punira pas.

— Nous avons couché ensemble ! Tu es mon frère ! Quand tu m'avais parlé de ta mère, je t'avais dit : « Si j'avais pu avoir une mère comme la tienne, j'aurais pu jouir d'une enfance normale remplie d'amour ! Ton père était comme le mien, un hostie de sans-cœur. »

— Anne-Marie, mon père, c'était aussi le tien.

— Le berceau dans la maison des Taillefer, c'est mon berceau à moi aussi ?

— Oui, on a tous les deux dormi dans ce berceau.

— C'est pour cela que je m'étais sentie aussi mal quand je l'avais touché ! Et ta mère… ma mère… j'ai eu le bonheur d'être dans ses bras juste deux jours avant que ton, notre sans-cœur de père m'arrache à elle ? Et je reste dans la maison de ma tante Rosalie aussi ?

— Qu'est-ce qu'on va faire Anne-Marie ? Je t'aime de tout mon cœur, tu es toute ma vie !

— Oh ! Je t'aime de tout mon être moi aussi, mais à l'avenir, il va falloir qu'on se voie comme frère et sœur, et cela sera au-dessus de mes forces ! Mon cœur vient de se séparer en deux, une moitié pour essayer de te considérer comme un frère et l'autre pour…

— Mais je t'aime, moi ! On pourrait continuer de s'aimer comme avant ? Il y a juste toi et moi qui l'avons vu ce damné papier-là ! Personne ne pourra dévoiler notre secret, nos parents sont morts !

— Dis-moi Charles ! Est-ce que tu pourrais encore faire l'amour avec moi en sachant que je suis ta sœur ?

— Oui, car je t'aime comme un fou. On aurait juste à être prudents pour ne pas avoir d'enfants, et si un jour on veut élever une famille, on en adoptera des enfants.

— Charles, l'autre moitié de mon cœur, c'est la moitié que je garde pour laisser grandir mon enfant qui va naître au mois de…

— Non ! Nous allons avoir un petit bébé à nous ?

— Je vais avoir un bébé, Charles, et j'implore Dieu de me le livrer en santé.

— Tu ne peux pas me faire ça! C'est aussi mon enfant, à ce que je sache !

— Je suis désolée, Charles. Oui tu es son père, mais tu es aussi son oncle.

— Laisse-moi vivre auprès de toi, mon cœur. On va se marier pour voir grandir notre enfant !

— Je regrette Charles, ce serait au-dessus de mes forces.

— Si c'est cela que tu veux, je vais respecter ton choix parce que je t'aime. De toute façon, c'est comme si j'étais mort ! Puis vivre dans le rang du Ruisseau ou ailleurs, je suis fini quand même.

— Tu vas déménager ?

— Oui, je vais mettre une pancarte devant la maison demain matin.

— Où vas-tu aller ? Pourquoi a-t-on mérité cela tous les deux ? Dis-moi que ce n'est qu'un cauchemar ?

— J'aimerais bien que sœur Marie-Jésus revienne sur terre pour nous informer qu'on a fait juste un mauvais rêve. Mais si en ce moment elle est assise à la droite du Père, c'est que son voyage sur la terre a été accompli avec dignité.

— Oh ! Si ta mère avait su me garder, on ne serait pas en train de se déchirer comme ça, on s'aimerait comme frère et sœur et on ne serait pas complètement anéantis aujourd'hui.

— La Providence en a décidé autrement. Je vais partir Anne-Marie parce que je respecte ta décision, mais il faut que tu me jures que jamais tu ne m'empêcheras de serrer mon enfant sur mon cœur.

— Comment veux-tu que je t'enlève ce que ta mère a perdu à tout jamais le dix octobre.

— Merci… Et tout au long de notre vie, même si nos routes se séparent, je serai toujours là pour toi et lui.

Chapitre 14

L'erre d'aller

Depuis le départ de Charles, Anne-Marie n'avait plus qu'une raison d'être et c'était de faire découvrir la lumière de la vie à son enfant. Beaucoup de questions planaient au-dessus du rang du Ruisseau, et personne n'osait les poser, même madame Pauline était restée muette devant cette séparation subite.

Anne-Marie se rendait à son travail à reculons et chez elle un climat morbide s'était installé dans toutes les pièces de la maison. Il est vrai que depuis son enfance elle avait dû tourner bien des pages, mais des feuilles noircies comme celles-ci, jamais elle ne pourrait les effacer. Le chemin de la guérison serait long et tortueux. Il faut du temps pour qu'une telle douleur se cicatrise. Il faut trouver la force de continuer à vivre et quand vient le temps où les yeux recommencent à voir, que l'ouïe s'attarde à nouveau au chant d'un oiseau, alors peut-être sera venu le temps de glisser doucement vers de nouvelles étapes.

Un matin, Solange, n'en pouvant plus de voir son amie s'enfoncer dans la dépression, se décida à percer la bulle de celle-ci.

— Parle-moi Anne-Marie... Cela fait trop longtemps que tu souffres, et sans savoir ce qui se passe dans ton cœur, je ne peux rien faire pour toi, moi.

— Je ne peux pas, c'est trop souffrant Solange.

— Là, tu vas cesser de pleurer et me dire ce qui se passe. Je ne te laisserai pas sombrer dans le noir comme ça, tu m'entends ? En sortant de la bibliothèque, tu t'en viens chez moi et nous allons discuter.

C'est devant une tisane qu'Anne-Marie avait laissé couler un torrent de larmes et que Solange n'avait pu retenir sa peine. Personne ne méritait un tel chagrin, surtout pas son amie.

— Dis-moi que je rêve, Anne-Marie !

— Je ne peux pas, Solange. J'ai moi-même rêvé qu'il reviendrait, mais il n'est jamais revenu. Et ne conte jamais mon histoire à personne, je suis trop humiliée.

— Maudit que la vie est plate ! Tu nageais dans le bonheur et maintenant tu essaies juste de ne pas te noyer dans ta peine !

— Oui. Et aujourd'hui, je suis en train de couler comme une vieille souche.

— Tu ne couleras pas ! Oh non ! Je vais tout faire pour t'en empêcher, moi ! Il y a un petit être en dedans de toi qui n'a pas demandé à venir au monde puis quand il va arriver, il faut qu'il sache que sa mère l'a espéré pendant neuf mois en l'aimant de toutes ses forces.

— Je ne sais même pas s'il va arriver en santé, cet enfant-là !

— Il va arriver en parfaite santé si tu changes d'attitude, Anne-Marie. Comment penses-tu qu'il se sent à l'heure actuelle en te voyant juste essayer de survivre ? Là, tu vas te donner des coups de pied dans le derrière et tu vas prendre les journées qui sont devant toi au lieu de piétiner dans le passé. Je sais que tu vas me dire, c'est facile de me dire cela ! Ça paraît que ce n'est pas toi qui es enceinte ! Mais j'ai des petites nouvelles pour toi ma vieille. Je suis enceinte, moi aussi. Et on va accoucher l'une en arrière de l'autre !

— Ce n'est pas vrai ! Non ! Ma Solange avec un bébé ! Et Mario, qu'est-ce qu'il dit de cela ?

— Il est fou comme un balai, et Martine aussi ! Vois-tu ma belle, je viens de t'arracher un sourire. Merci Seigneur de Dieu !

— Il y a de quoi, allez-vous vous marier ?

— Il faudrait que je divorce de Jean-Claude avant ! Mais Mario a vendu sa maison à Saint-Laurent-du-Fleuve et il s'en vient rester avec moi ici.

— Tu es contente pour le bébé, Solange ?

— Mets-en ! Je n'aurais jamais pu imaginer tomber enceinte à trente-cinq ans ! Cet enfant-là, c'est un cadeau du ciel.

— Et j'imagine que c'est Martine qui va être la marraine ?

— Tu as tout deviné, ma chère. En plus, elle se marie au mois de novembre avec son bel Éric. Et toi, ton petit cœur fera la joie de qui comme filleul ?

— Mais, qu'est-ce que tu crois ? De toi, ma vieille ! Naturellement, si tu veux être sa marraine ?

— Oh…

— Alors, tu veux ou tu ne veux pas ?

— Bien, c'est certain !

— Ouf ! Heureusement que tu as dit oui, sinon mon enfant aurait été orphelin de marraine. J'aurais pu solliciter Annick et Louis, mais je trouve cela un peu loin d'avoir des parrains aux États-Unis.

— C'est vrai, ils ont maintenant déménagé. Est-ce qu'Annick est au courant de ce qui t'arrive, ma belle ?

— Au moment où on se parle, elle devrait être au courant. Je lui avais écrit dans ma dernière lettre. D'après moi, ce ne sera pas long avant que j'aie un téléphone de Grand Rivers.

— Et Charles, qu'est-ce qu'il fait maintenant ?

— Il habite à Verchères comme je te l'ai dit et il enseigne encore à l'école Mère-Marie-Rose. Il m'appelle une fois par mois pour avoir des nouvelles et pour voir si tout se passe bien pour le bébé.

— Juste une fois par mois ? Ce n'est pas beaucoup.

— C'est moi qui lui ai demandé Solange, car il m'aurait appelé à tous les jours et j'ai assez mal comme ça.

— Pauvre chouette, maudit que ce n'est pas drôle !

***

Charles aussi ne vivait que sur une erre d'aller. Après avoir vendu sa maison aux Joyal, il avait déménagé dans un logement sur la rue Pascal à Verchères. Comme il s'était confié à Doris, sa consœur de travail à l'école Mère-Marie-Rose, il s'était senti un peu moins seul dans sa peine et lui avait même dit : « À voir leur persévérance et leur effort à foncer vers l'avenir, mes élèves m'ont donné comme un petit élan de vie. »

Il n'était pas retourné une seule fois à Louiseville et au cimetière où reposait sa mère, personne n'avait songé à dépouiller la tombe des mauvaises herbes qui la recouvraient. Un jour prochain, il retournerait à Louiseville pour rendre visite aux Taillefer, car un joli petit berceau attendait impatiemment de bercer un joli petit cœur.

Chapitre 15

Doris

Sous la douce lumière de septembre, le paysage affichait déjà quelques couleurs orangées et les bois étaient plus silencieux alors que de nombreuses espèces d'oiseaux avaient pris leur envol vers des contrées plus clémentes. Malgré sa douleur, Anne-Marie commençait à reprendre pied dans la vie. À l'occasion, au travail, elle parvenait à esquisser un léger sourire. Elle avait même recommencé à visiter son jardin qui était devenu avec le temps un tapis entrelacé de plantes inutiles.

Aujourd'hui, vendredi, elle s'était enfin décidée à rendre visite à ses amis au presbytère Sainte-Trinité, surtout que madame Pauline devait être en congé.

— Venez-vous asseoir mon enfant, cela fait une éternité ! Nous pensions, l'abbé et moi, que vous nous aviez oubliés, bon Dieu !

— Bien non mon père, même si je ne suis pas venue vous voir de l'été, je peux vous affirmer que j'ai beaucoup pensé à vous.

— Pourquoi vous n'êtes pas venue me voir pour m'en parler, mademoiselle Sirois ? J'aurai été une bonne oreille pour vous.

— Vous êtes au courant ?

— Eh oui ! Vous savez comme moi, nous avons une bonne messagère au presbytère.

— C'est madame Pauline qui vous a mis au courant.

— Oui, elle nous a seulement informés que monsieur Jolicœur ne vous rendait plus visite dans le rang du Ruisseau depuis le mois de juillet. Je peux vous dire que cela lui chatouille la langue de ne pas pouvoir en dire plus long à votre sujet.

— Oui, elle doit se poser bien des questions en effet.

— Que s'est-il passé ma fille ? Est-ce que vous vous êtes disputés, tous les deux ?

— Non pas vraiment, monsieur le curé… On s'est tout simplement laissés à cause d'une incompatibilité irréconciliable.

— Êtes-vous certaine de ce que vous me dites ? Vous avez des yeux de chien battu.

— Vous savez, monsieur le curé, un couple peut s'aimer, mais il peut être aussi souvent en désaccord.

— Vous n'auriez pas pu faire des compromis et essayer de vous rejoindre et corriger vos désaccords en y mettant un peu de bon vouloir ?

— Nous avons essayé, croyez-moi mon père, mais c'était sans issue et j'en suis bien désolée.

— Et cela était assez insupportable pour qu'il déménage à Verchères ?

— Oui, et ce sera plus facile pour moi avec…

— Le bébé qui s'en vient ?

— Vous êtes au courant pour le bébé aussi ?

— Je ne l'étais pas avant votre entrée au presbytère, mais maintenant je le sais. Depuis que vous êtes assise sur mon gros canapé brun, vous ne cessez pas de poser votre main sur votre ventre comme si vous vouliez le protéger.

— Qu'est-ce que je vais faire mon père ? Je l'aime tellement ce petit être-là !

— Vous allez tout simplement l'amener à terme pour que le jour venu je puisse l'accueillir dans mon église et le baptiser afin qu'il entre dans la famille de Dieu.

— Oh ! Mon père…

— J'espère que vous n'avez pas pensé vous faire avorter ?

— Jamais de la vie ! J'avais peur de votre réaction vu que cet enfant-là n'aura pas de père.

— Voyons ma fille, donner la vie est le plus bel acte d'amour qu'une femme ne peut pas faire sur la terre ! Mais, pourquoi dites-vous que cet enfant-là n'aura pas de père ? Vous ne l'avez pas dit à monsieur Jolicœur ?

— Oui, oui, il est au courant. C'est pour cela qu'il a déménagé à Verchères. Il aurait toujours été rendu chez moi tellement il était heureux d'apprendre la nouvelle !

— Bon. Au moins, il ne fera pas comme plusieurs autres qui se perdent dans le décor pour se sauver de leurs responsabilités envers leurs progénitures. Vous êtes chanceuse, il aurait pu disparaître au bout du monde sans ne plus jamais donner de nouvelles ! Des hommes sans-cœur, mademoiselle Sirois, il y en a partout et personne ne peut les remettre dans le droit chemin, même pas le Seigneur !

Pour le service du thé, ce fut madame Pauline qui entra dans la pièce avec son air de « Je voudrais savoir ». Mais devant le curé Forcier, elle s'était gardé une petite gêne comme on dit, même si cette petite gêne lui titillait les cordes vocales.

— Bonjour madame Pauline, vous allez bien ?

— Oui mademoiselle Anne-Marie…

— Vous travaillez le vendredi maintenant ?

— Pas à l'accoutumée ! C'est parce qu'aujourd'hui, je remplace Rachèle, hum… je veux dire mademoiselle Marion. Elle est malade.

— Ce n'est pas grave, j'espère ?

— Mais non ma fille. Dans mon temps, quand arrivait vous savez quoi à tous les mois, je continuais ma besogne quand même. Aujourd'hui, les femmes, c'est juste des petites natures. Un petit mal de ventre et elles restent couchées toute la journée, cibo… câline !

— Voyons madame Tessier, il n'y a pas une femme qui a la même endurance que vous !

— Vous me ferez pas croire, monsieur le curé que…

— Madame Tessier !

— En tout cas, dans mon livre à moi…

— Bon… Vous n'étiez pas supposée de me faire une tarte au citron ?

— Oui, oui… c'est ça que j'allais faire drette là. Puis asteure que je vous ai vue mademoiselle Sirois, j'espère bien que vous allez venir prendre un café un de ces jours.

— Oui, madame Pauline, quand je vais passer devant chez vous, je vais vous faire une petite visite. Merci pour votre invitation.

— Ce n'est rien ma belle fille, en même temps on va pouvoir jaser de vos amours.

— Madame Tessier !

— Bon, je vais aller faire ma croûte de tarte, moi.

— Bonté ! Cette madame Tessier, excusez-moi avant que je vous le dise, c'est une vraie langue de vipère.

— Mais c'est quand même une bonne personne.

— Son pauvre mari Hubert, que Dieu ait son âme. Il est vraiment en train de gagner son paradis sur terre ce saint homme. Par chance qu'elle est une bonne travaillante et une bonne cuisinière, car cela ferait longtemps qu'elle aurait repris le chemin du rang du Ruisseau.

***

La rentrée des enfants à l'école Mère-Marie-Rose était imminente et Charles avait enfin réussi à introduire dans sa vie un peu de divertissement en guise de compensation aux préparatifs scolaires très exigeants. Il côtoyait à l'occasion sa bonne amie Doris, une jolie femme de trente-trois ans aux jolies prunelles ambrées et au visage entouré de cheveux noisette coupés court. Cette dernière était éprise de Charles depuis le jour où il était entré dans la salle d'éducation physique où elle enseignait. Dès lors, les papillons ne cessaient d'ouvrir leurs ailes sur son cœur. Elle aspirait au jour où, le temps ayant fait son œuvre, Charles puisse enfin tourner la page sur son passé. Sinon, elle serait condamnée à l'aimer toute sa vie sans rien recevoir de lui en retour.

Ce midi, ils étaient tous les deux accoudés sur la grande table dans la salle des étudiants où l'écho paradoxalement conférait une sorte d'intimité à leur échange. Oui, il lui parlait encore d'Anne-Marie.

Avec une grande douceur, Doris l'écoutait et chaque mot était une aiguille qui lui traversait le cœur. Il serait si simple de griffonner ce roman d'amour sur le grand tableau noir et, d'un geste, l'effacer à tout jamais.

— Mais pourquoi n'essaies-tu pas de te réconcilier avec elle, Charles ? Il doit bien exister pour toi un moyen de la reconquérir ?

— C'est elle qui ne veut plus de moi, Doris... même en comptant les étoiles dans le ciel, il n'y en aura jamais assez pour égaler l'amour que j'ai pour elle.

— Mais, est-ce que tu m'as tout dit au sujet de vos désaccords ?

— Bien oui, je t'ai dit qu'on est deux personnes complètement différentes, sans aucune affinité.

— Mais pourquoi si différentes ? On dit même que dans un couple, les qualités font oublier les défauts et que les contraires s'attirent !

— Ce n'est pas l'opinion d'Anne-Marie malheureusement. En tout cas, pas pour l'instant.

— Et le bébé ? Il ne peut pas arriver dans ce monde sans que son père ne soit présent !

— Je sais. Au moins, elle ne m'a pas enlevé mon droit de paternité. Pauvre petit être, s'il savait combien je voudrais être là pour lui tous les jours.

— Je te comprends, Charles. Quand va-t-il naître au juste ?

— Au mois de mars.

— Bon, en attendant son arrivée, il va falloir que tu changes ta façon de vivre. Car là, tu ne fais que respirer.

Il faut que tu trouves un sens à ta vie et que tu ailles vers l'avant pour que ton bébé arrive dans la joie en sachant que son père a un moral équilibré, tu comprends ?

— Oui. Autrement dit, il faut que je mette une croix sur la mère pour me concentrer sur l'avenir de mon enfant.

— Voilà, tu as tout compris. Regarde, en fin de semaine, je vais visiter mes parents à Magog. Tu pourrais venir avec moi ? On partirait samedi matin pour revenir dimanche dans la soirée.

— Mais, où allons-nous dormir ?

— Tu es drôle Charles Jolicœur… Je ne te sauterai pas dessus, ne t'inquiète pas. Il y a cinq chambres chez mes parents. Dis donc oui, cela va te changer les idées ! En plus, c'est le temps des pommes, on va pouvoir aider mon vieux père dans son verger.

— Ouin, je ne sais pas trop Doris. Et si Anne-Marie a besoin de moi pendant que je serai parti si loin ?

— Pourquoi t'appellerait-elle, dis-moi ?

— On ne sait jamais, une urgence.

— Arrête de t'en faire Charles, s'il y a quelque chose d'urgent, je suis certaine qu'elle saura se débrouiller, non ?

— Nous partons à quelle heure samedi ?

— Bon. Enfin, tu vas faire un petit pas dans la vie ! Si tu veux, on va partir vers neuf heures pour ne pas passer à côté de la bonne cuisine de ma mère. Je vais lui téléphoner après le souper pour la prévenir de notre visite et je vais lui demander si elle peut nous faire sa bonne sauce à spaghetti.

— Hum… Ça sent déjà bon.

— Et avec les pommes qu'on va cueillir, elle va nous faire de bonnes tartes ou peut-être une croustade.

— Sais-tu Doris, j'ai hâte à samedi.

Chapitre 16

Magog

Dans leur modeste maison sur le chemin Georgeville dans le canton de Magog, Rosanna et Arthur Labonté attendaient impatiemment leur fille adorée. Rosanna, une grande femme de soixante et un ans était la copie conforme de sa fille unique, la sagesse en plus. En excluant les quelques rides qui les séparaient, on aurait pu les voir comme deux sœurs. À ses côtés, droit comme un manche, se tenait un Arthur souriant. À soixante-cinq ans, il n'avait encore aucun cheveu gris dans son épaisse tignasse noire. Il tirait sans arrêt sur ses bretelles en arpentant de long en large la grande véranda attenante à la maison. À leur arrivée, après avoir étreint sa fille à en lui couper le souffle et avoir donné une bonne poignée de main à Charles, il les invita à s'installer sur un banc de jardin Victoria entouré des quelques plantes toujours en fleur. Le timide soleil de septembre les réchauffait et la joie était au rendez-vous. Sirotant un jus d'oranges fraîchement pressées, Arthur, sans se préoccuper des protestations de sa fille, défila toute l'enfance de celle-ci en insistant sur des anecdotes qui aujourd'hui le faisaient rire aux larmes.

— Ce n'est pas vrai Doris ?

— Bien oui… Papa, tu vas t'arrêter ? Je suis rouge comme une tomate !

— Tu es encore plus belle, ma fille. Maudit que nous avons bien travaillé, hein ma femme ?

— Oui, mon Arthur ! Doris, c'est notre rayon de soleil ! Mais c'est bien dommage qu'elle reste aussi loin.

— Au moins, vous êtes encore de ce monde. Doris est bien chanceuse de vous avoir encore dans sa vie.

— Bien oui, elle m'a dit hier quand elle m'a appelée que vous veniez de Louiseville et que vos parents étaient décédés. Vous n'avez pas de frères ou de sœurs ?

— Aux dernières nouvelles, j'ai une sœur qui resterait probablement à Boucherville, mais que je n'ai jamais eu la chance de retrouver.

— Pauvre vous, avec la tristesse que je vois dans vos yeux, elle doit vous manquer beaucoup ?

— Vous savez, madame Labonté, c'est probablement mieux ainsi, si je l'avais retrouvée, peut-être que j'aurais été déçu aujourd'hui.

— Tant qu'à ça, vous avez bien raison. Des fois, la vie c'est drôle, on pense que notre destin est tout tracé mais voilà qu'elle fait prendre une tout autre voie.

— Puis toi ! Tu ne m'as jamais parlé que tu étais un petit diable quand tu étais jeune ? Il ne faut pas se fier aux apparences à ce que je vois ? Tu as vraiment arraché la crinière de ton cheval ?

— Oui, mais ce n'était pas vraiment de ma faute, Charles. Quand je suis montée dessus, je n'étais déjà pas en équilibre et quand mon cousin Mathieu lui a crié de se mettre au galop, j'ai glissé et lorsque je suis tombée, je le tenais par sa longue crinière brune. C'est à ce moment que je me suis retrouvée par terre avec assez de cheveux dans la main pour m'en faire une perruque.

— Pauvre cheval !

— Pauvre Doris, tu veux dire ! J'ai été une semaine à m'asseoir sur un coussin tellement j'avais mal aux fesses !

— Pauvre toi ! Vous l'avez encore votre cheval, monsieur Labonté ?

— Oh que non ! C'était une vieille picouille de vingt-huit ans qui n'en faisait qu'à sa tête. Le jour où elle a été trop vieille pour être utile eh bien j'ai…

— Ne dis pas ça, tu l'aimais Martha ! Elle te faisait peut-être enrager parfois, mais tu l'aimais.

— Qu'est-ce qui te fait dire ça, ma fille ?

— C'est simple, quand tu as dit à maman qu'il fallait qu'elle s'en aille, j'étais dans ma chambre et la porte était entrouverte. J'ai entendu maman dire : « Pauvre Arthur, je ne pensais pas que tu l'aimais autant, tu es en train d'inonder mon épaule ! »

— Eh bien ! Viens-tu avec moi, Charles ? Je vais te faire visiter les alentours. Je n'ai plus de cheval, mais tu vas voir que j'ai des maudites belles poules. Puis as-tu déjà vu ça des moutons blancs comme la neige, toi ?

— Blanc blanc blanc ? Non, dans ma tête, les moutons sont tous de la même couleur. Ils sont tous beiges et ils ont tous la même face.

— Bon bien, c'est là que tu te trompes mon garçon. Viens, je vais te présenter Cléo, tu vas voir, c'est une belle grosse boule de ouate avec quatre belles pattes ben *sexy*.

Avec son cœur de mère grand comme l'océan, Rosanna avait bien deviné que sa fille était éprise de ce beau grand brun et, au fond de ses pensées, une inquiétude s'était installée.

— Tu l'aimes Charles, ma fille ?

— Oh oui, maman. Malheureusement pour lui, ce n'est pas réciproque. Je sais qu'il m'aime beaucoup et qu'il trouve en moi une grande amie, mais pour l'amour vrai, j'ai fait une croix.

— Tu sais, j'aimerais te voir heureuse et vivre un grand bonheur avec lui. C'est un homme charmant, mais pourquoi tu n'arrêtes pas cela tout de suite ? Sans le savoir, tu te gruges le cœur à petites bouchées, et cela me fait beaucoup de peine.

— Il est trop tard maman. Même si je sais que je n'ai aucun avenir auprès de lui, j'aurai au moins eu le bonheur de faire un bout de chemin avec lui. Ce sera aussi moins décevant pour moi quand il va rencontrer la femme de sa vie. Quand on va se laisser, je ne pourrai pas dire que je n'aurai pas vu venir ce moment-là, car je sais qu'il ne m'aimera jamais d'amour.

— Oui, je te comprends ma fille, mais tu vas te faire mal, crois-moi.

— Je sais maman, mais il est trop tard, je suis collée à sa vie et quand viendra le temps, malgré moi, je prendrai mes distances, même si ce n'est pas cela que je souhaite.

Dans la vaste cuisine d'antan, où l'horloge grand-père venait de sonner six coups, une table fut dressée simplement et le souper, agréablement accompagné d'une seconde bouteille de Chianti, se prolongea jusqu'à dix heures.

Sur le coup de onze heures, Rosanna avait dirigé Charles vers la chambre du haut-côté, comme elle la surnommait. Au bout du couloir se trouvait la chambre d'enfance de Doris où tout était demeuré intact. Les Barbie et le gros toutou, pratiquement dénudé de sa peluche dorée, patientaient en attendant le retour de leur amie d'enfance.

Après que Rosanna fut descendue rejoindre son Arthur, les deux amis regardèrent les photos sur les murs accrochées là depuis une trentaine d'années et qui présentaient l'image d'une famille unie dans toutes les circonstances de la vie. Le sommeil ne les ayant pas gagnés, le clair de lune aidant, ils se retrouvèrent tous les deux sous un ciel étoilé à s'embrasser tendrement.

***

Doris s'était donnée entièrement à Charles et sur le lit de paille fraîchement coupée où celui-ci l'avait doucement allongée, elle lui fit l'aveu qu'elle l'aimait depuis le jour où elle l'avait rencontré à l'école Mère-Marie-Rose. Elle n'espérait pas le même aveu de sa part. Elle savait bien que cela ne se produirait pas.

— Tu sais la place que tu occupes dans ma vie, mais…

— Je sais Charles que je passerai toujours en deuxième, mais je t'aime tellement que je suis prête à accepter ce sort. Nous allons simplement prendre le temps qui nous est alloué, et après, Dieu seul sait ce qui va nous arriver.

— Mais tu es une femme si douce et si belle ! Pour rien au monde, je ne voudrais te faire du mal. Et là, je me sens coupable, car c'est cela que je suis en train de te faire.

— Je suis prête à vivre cette situation, Charles. Plus tard, on verra. Pour l'instant, je veux savourer les heures, les jours, peut-être les mois qui nous sont offerts et personne ne va m'enlever ce bonheur-là.

Le lendemain, en quittant la maison, Rosanna avait embrassé sa fille, et dans ses yeux, Doris y avait lu un sentiment contradictoire : un apaisement mêlé d'une grande appréhension.

— Ne t'en fais pas ma douce maman, je sais que tu ne dormais pas quand je suis sortie avec Charles hier soir. Je l'aime et pense juste au bonheur présent qui passe dans ma vie. Ne pense pas au futur, tu aurais trop de peine. Mais tu n'auras pas besoin de me consoler, car depuis que Charles est entré dans ma vie, je sais qu'un jour il en ressortira. Ne t'en fais pas maman !

Chapitre 17

Mélanie

Décembre

Les dernières feuilles rougeâtres essayaient de résister à la première neige, mais celle-ci, entêtée, les avait emprisonnées sous sa pelisse blanche. Anne-Marie, maintenant à cinq mois de grossesse, affichait une santé appréciable et Charles n'avait pas oublié une seule fois de lui téléphoner comme prévu à tous les débuts de mois. Aujourd'hui, c'était par sa ténacité qu'il avait réussi à la visiter, ce qu'elle avait refusé depuis le jour où ils s'étaient laissés. Avec le temps, elle avait réussi à remiser sa peine pour laisser tout l'espace voulu au petit être qui préparait son entrée dans la vie.

— Bonjour Charles, entre.

— Tu as l'air bien ?

— Oui ça va, est-ce que tu veux prendre un café, un thé, une liqueur, une bière ?

— Je prendrais un café, si tu veux bien en prendre un avec moi.

— Je ne prends plus de café depuis que je suis enceinte, mais je vais t'accompagner avec un verre de lait si tu veux. Comment va ton travail ?

— Ça va assez bien, j'ai des élèves très disciplinés cette année à part deux qui ne sont pas de tout repos.

— Comment ça ?

— Je pensais que... Viens là Grison, on dirait que tu te souviens de moi mon vieux ! Oui, c'est un peu drôle à dire, mais les plus turbulents de mes élèves, ce sont deux filles. Je pense qu'elles passent plus de temps dans le bureau du directeur que dans ma classe, tornon. Une petite Beaulac et l'autre, une petite Joyal.

— Marie-Ève Joyal ?

— Oui, la fille des Joyal que tu connais, ceux qui ont acheté ma maison. Tu la connais bien, Marie-Ève ?

— Bien oui, cela me surprend vraiment d'elle, c'est un ange ! Elle vient souvent me voir quand je travaille dans mon jardin. Elle m'a même avoué qu'elle voulait devenir paysagiste plus tard. À la fin de septembre, elle est venue avec moi à la pépinière de Verchères pour m'aider à choisir tous mes engrais pour pailler mon jardin et mes rocailles.

— Ah, pourtant, à l'école, elle ne donne pas cette impression-là. Elle ne pense qu'à déranger et à faire des mauvais coups. Tu as l'air vraiment bien, Anne-Marie.

— Oui, comme tu vois, j'ai pris un peu de poids ! Et le bébé commence à se faire remarquer aussi. Je n'entre plus dans mes pantalons, sainte mère ! Il a fallu que je renouvelle presque toute ma garde-robe. Savais-tu que Solange va avoir un bébé presque en même temps que moi ?

— Non ! Elle doit être heureuse !

— Mets-en ! Au moins, ce bébé-là va avoir la joie d'avoir toujours son père auprès de lui.

— Anne-Marie ! Pourquoi me fais-tu mal comme ça ? Je voulais rester avec toi, c'est toi qui m'as repoussé.

— Excuse-moi Charles. Je suis désolée vraiment ! Je n'aurais pas dû.

— C'est correct... Comment te débrouilles-tu depuis que l'hiver est commencé ? J'espère que tu ne déneiges pas ta galerie et ton entrée dans l'état où tu es ?

— Ne t'inquiète pas pour ça ! Pour rien au monde, je ne mettrais la vie de mon... de notre enfant en danger. Il y a Marie-Ève qui vient enlever la neige et quand il y a une bonne bordée, c'est Bruno qui s'en occupe.

— Bruno ?

— Bruno Hamelin, c'est le petit-fils de Midas Hamelin, c'est de la femme de son grand-père que tu avais acheté ta maison ici dans le rang du Ruisseau.

— Ah bon ! Il ne restait pas à Boucherville, lui ?

— Oui avant, mais à la fin de ses cours, il a été engagé à Contrecœur dans une petite clinique sur la rue Marie-Victorin. Il habite maintenant près du presbytère.

— Il est marié ?

— Non, pas encore.

— Y a une blonde ?

— Voyons Charles ! Pourquoi toutes ces questions ?

— Pardon Anne-Marie, je m'inquiète pour toi.

— Il ne faut pas. Comme tu vois, j'ai remis mes pendules à l'heure et j'avance dans le temps présent. Même que j'avais pensé t'inviter pour le réveillon de Noël. Je sais que tu es seul, et on pourrait souper ensemble. Mais ce serait à condition que tu ne prennes pas cela comme une réconciliation.

— Et ton amie Solange, elle sera là ?

— Solange va être dans la famille de Mario à Saint-Laurent-du-Fleuve pour le mariage de sa sœur Martine. Ils ne vont revenir que le 26.

— Je te remercie de l'invitation Anne-Marie, mais je vais être pris ailleurs le 24 et le 25.

— Ah ! Et tu seras à quel endroit ?

— Je vais être à Magog.

— Ah, est-ce qu'on aurait d'autres parentés que je ne connaîtrais pas ?

— Non non... Je vais aller fêter Noël chez les parents de Doris. Tu sais, elle est professeure d'éducation physique à la même école que moi ?

— Ah ! Et cela fait longtemps que vous vous voyez ? Je veux dire, vous sortez ensemble ?

— Depuis la fin de juillet à peu près.

— Que je suis idiote !

— Pourquoi dis-tu ça ?

— J'aurais dû me douter que tu ne passerais pas ta vie tout seul sans femme. Ce n'est pas parce que j'ai décidé moi, Anne-Marie Sirois, de rester toute seule avec ma grosse bedaine que tu vas le rester aussi.

— Voyons mon cœu... Anne-Marie, si tu avais voulu me garder dans ta vie, je serais encore à tes côtés, et tu le sais bien ça.

— C'est une revanche ?

— Mais non ! C'est seulement les circonstances de la vie, voyons !

— Tu l'aimes ?

— Je suis bien avec elle.

— Et, cela fait longtemps que vous couchez ensemble ?

— Anne-Marie, pourquoi me demander cela ?

— Pour rien Charles. Je suis désolée, je n'ai pas à me mêler de ta vie privée. Excuse-moi, je devrais être heureuse de ce qui t'arrive. Je dois te considérer comme mon frère, même si je n'ai jamais cessé de t'aimer.

— Je t'aime aussi de tout mon être, Anne-Marie.

— Ne dis pas cela, Charles ! Moi, je n'aurais jamais été capable de coucher avec un autre homme que toi ! Je ne sais pas comment tu as pu, mais cela doit être parce que c'est moi qui ne suis pas correcte.

— C'est parce que tu es enceinte, peut-être que dans quelques mois ou quelques années d'ici tu vas entreprendre une nouvelle vie avec un autre homme.

— Regarde Charles, la journée où l'on a fait l'amour ici même, tu t'en souviens, il pleuvait des clous ?

— Comment veux-tu que je ne me souvienne pas de ce moment merveilleux, ma douce Anne-Marie.

— Bien, c'est ce soir-là que je m'étais sentie femme jusqu'au bout des doigts et qu'enfin j'avais pu enlever de mes épaules ce maudit surnom de vieille laide que mon père m'avait donné. Pour la première fois de ma vie, j'étais une femme à part entière.

— Ce n'était pas ton père, Anne-Marie.

— Et Doris, elle est jolie ?

— Là, tu agis comme une enfant... Oui, elle est belle. Mais à mes yeux, c'est toi qui es la plus belle !

— Comment peux-tu aimer une autre femme quand tu dis que je suis la seule femme qui aura compté dans ta vie ? Tu n'es pas juste envers cette femme non plus, tu...

— Elle sait tout cela, Anne-Marie. Elle connaît ton existence.

— Et cela ne la dérange pas de savoir que tu m'aimes et de passer en deuxième ?

— Non, car elle comprend la peine que j'ai eue et qui m'habite encore.

— Tu ne m'as pas répondu tout à l'heure, Charles. Tu l'aimes ?

— Oui, je l'aime. Mais je t'aime en premier, et personne ne m'enlèvera ce droit. J'ai le droit de t'aimer, même si tu ne veux plus de moi.

— Que la vie est injuste ! Pourquoi Dieu nous a éveillés à ce bonheur si ce n'est que pour nous le reprendre après ?

— Je ne le sais pas Anne-Marie, et je ne le saurai jamais. Est-ce que je peux te faire un petit présent avant de partir ?

— Cela ne serait pas correct de ta part, Charles. Ta vie est avec Doris, c'est à elle que tu dois faire des cadeaux.

— Disons que c'est un cadeau pour notre bébé.

— C'est quoi ?

— Attends, je vais aller le chercher. Il est dans ma voiture.

Quelques instants plus tard, Charles franchissait le seuil de la maison muni d'un joli berceau blanc, le berceau ayant bercé leurs premiers pas dans la vie. Quand Anne-Marie avait caressé de sa main tremblante la petite douillette couleur de blé, pour un instant, malgré elle, c'est comme si Marie-Anne lui avait fait don de sa vie.

Refusant toute invitation de ses voisins et même celle du curé Forcier pour la fête de Noël, Anne-Marie avait accepté de sortir du rang du Ruisseau seulement que pour se rendre chez Bruno. La nuit sainte fut ponctuée de confidences sincères qui, par le fait même, avaient créé une profonde amitié entre Anne-Marie et Bruno. Ce dernier lui avait confié son homosexualité et, sans aucune surprise, celle-ci l'assura que rien ne pourrait briser le sentiment d'attachement qu'ils éprouvaient l'un pour l'autre.

***

12 mars

Anne-Marie donna la vie à une jolie petite fille du nom de Mélanie. La petite princesse de sept livres et six onces venait de faire un premier clin d'œil à la vie.

Ce jour-là, Solange, sa marraine, en fut tout émerveillée. Charles, papa heureux et ému, ne cessait de caresser la petite tête blonde en la recouvrant de larmes et de baisers.

Pour une première naissance, tout s'était bien passé. Les premières contractions avaient débuté à deux heures dans l'après-midi et à neuf heures, Bruno l'avait accompagnée à l'hôpital Hôtel-Dieu de Sorel. Et de là, le message avait été fait à Charles et à Solange. Et merci mon Dieu, à la suite d'un examen médical complet, le docteur Gadbois avait rassuré les parents que Mélanie était en parfaite santé.

Solange avait enlacé son amie en lui murmurant que si sa petite fille était en santé, c'était grâce à tout l'amour que sa mère lui avait porté tout au long de sa grossesse.

C'était dans la soirée, quand Charles était retourné rendre visite à Anne-Marie, à la suite d'une discussion posée, qu'ils décidèrent d'un commun accord que leur fille porterait le nom de Sirois et que lors de son baptême, le nom du père serait apposé sur le document.

Le cinquième jour du mois d'avril, Solange donna à son tour naissance à un garçon qu'elle nomma Benjamin. Mario lui fit la grande demande et elle lui dit oui pour le 23 décembre.

Chapitre 18

La canicule

Anne-Marie reprit son travail à la mi-mai et madame Joyal, qui lui avait offert ses services, s'occupait de Mélanie, à la grande joie de Marie-Ève. Chaque vendredi, Charles se faisait une joie de prendre sa petite puce avec lui pour le week-end.

Pour Solange, c'était sa belle-sœur Martine qui garderait Benjamin dès son retour au travail qui était prévu pour le mois de juillet. Tout le Québec ne parlait que de la cérémonie d'ouverture des Jeux olympiques qui se dérouleraient dans la grande ville de Montréal le 17 juillet en présence de la reine Élisabeth ll.

Quatre-vingt-douze nations prenaient part à cent quatre-vingt-dix-huit compétitions sportives au nouveau Stade olympique, sans oublier toutes les compétitions qui se dérouleraient au vélodrome, à l'aréna Maurice-Richard, au bassin olympique de l'île Notre-Dame, au Forum de Montréal, ainsi qu'à l'Université de Laval. Plusieurs autres auraient lieu à Joliette, à Kingston, à Sherbrooke, à Toronto et à Ottawa.

L'année 1976 serait une année marquante dans l'histoire du Québec et Anne-Marie, Bruno, Solange et Mario s'étaient bien promis de se réserver une journée au mois de juillet pour assister aux compétitions et admirer l'œuvre colossale accomplie par le maire Jean Drapeau. En attendant cette journée tant espérée, les terres et les jardins ne devaient pas être laissés à l'abandon surtout que la canicule asséchait tout sur son passage. Une température de quatre-vingt-dix degrés Fahrenheit s'était jointe à l'humidité et la végétation étouffait sous une pesanteur insupportable.

— Comment fais-tu pour travailler dans ton jardin par une chaleur pareille, toi ?

— Hey Solange ! Viens t'asseoir, on va prendre une bonne limonade. Regarde, installe Benjamin en dessous du parasol, à côté de Mélanie. Sainte mère, t'es-tu fait donner une permanente ?

— Bien non, c'est naturel. Quand c'est humide, je frise comme un mouton, seigneur de Dieu ! Pourquoi n'attends-tu pas une journée plus fraîche pour nettoyer tes plates-bandes, ma vieille ?

— Bien, regarde mes fleurs, les as-tu vues ?

— Où ça ?

— C'est ce que je disais, elles sont ensevelies sous les mauvaises herbes, et si je ne veux pas les voir disparaître à tout jamais, bien, il faut que je vienne à leur secours. As-tu commencé à faire tes réservations pour ton mariage ?

— Bien là, il n'y a rien qui presse, c'est juste le 23 décembre !

— Voyons Solange, quand je travaillais au presbytère, les futurs mariés réservaient leur salle et ils publiaient leurs bans à l'église six mois à l'avance ! Tu es en retard !

— Vraiment ?

— Eh oui, il ne te reste que cinq mois. Si tu ne commences pas ça aujourd'hui, tu vas te cogner le nez à la porte, ma chère.

— Tu as raison, c'est aujourd'hui qu'on va faire ça ! Veux-tu m'aider ? As-tu le temps ?

— Pour toi, j'aurai toujours tout mon temps. On va s'installer en avant sur la galerie et on va faire ta liste d'invités aujourd'hui. Toi, tu vas appeler demain pour ta salle et ton buffet.

Un buffet chaud ou froid ?

— Ouf ! Je ne sais pas encore.

— Ouin, nous ne sommes pas sorties du bois, ma vieille !

Sous la grande véranda, installés sur les planches gonflées d'humidité, les deux chérubins venaient de glisser dans les bras de Morphée après avoir ingurgité un biberon de lait tiède. Benjamin, presque nu sur sa petite douillette bleue, et Mélanie, vêtue de sa minirobe de coton rosée, dormaient paisiblement. Seuls les saint-joseph violacés survivaient dans les jardinières blanches qu'Anne-Marie abreuvait continuellement. Il faisait si chaud que la pelouse n'avait pas été tondue, et elle commençait à jaunir. Les feuillus s'étiolaient, et le saule, plus larmoyant encore que d'ordinaire, semblait implorer le ciel de lui consentir quelques gouttes afin de rester en vie.

Ce soir, si le ciel pouvait enfin s'assombrir, mademoiselle Pétronie serait ravie d'accueillir son amie dans son grenier pour contempler la pluie.

— As-tu perdu un pain de ta fournée, Solange ? Tu es toute triste, câline.

— Non, non, je me demande si je fais une bonne affaire en me remariant. Tout d'un coup que je rate mon mariage comme le premier ?

— Voyons Solange, Mario ce n'est pas Jean-Claude !

— Oui, je sais. Mais Jean-Claude ne buvait pas au début de notre mariage, lui non plus !

— Regarde, prends donc le bonheur qui t'est offert avec Mario puis Benjamin. Si tout le monde connaissait le futur, ce ne serait pas plus drôle. Une vie c'est fait pour surmonter des épreuves, mais elle peut être parfois bien agréable, tu ne penses pas ?

— Tu as toujours raison toi.

— Eh oui ! Regarde-moi. Regarde ma petite puce. Penses-tu qu'elle ne me rend pas la vie agréable, cette enfant-là ?

— Une chance qu'elle est arrivée dans ta vie. Sinon, tu serais encore en train de te morfondre pour ton Charles.

— Probablement !

— Tu l'aimes encore, hein ?

— Jamais je ne cesserai de l'aimer Solange. Et personne ne le remplacera.

— Je sais Anne-Marie, mais un jour…

— Chut, je t'ai dit que personne ne le remplacera. Et puis, ton buffet ?

— Je pense que je vais faire faire un buffet froid. Même que madame Pauline m'a offert de me le faire, elle me chargerait seulement trois piastres et vingt-cinq du couvert.

— En faisant ton buffet, elle sait bien que tu vas l'inviter à tes noces avec son Hubert. C'est bien elle ça.

— Je les aurais invités de toute façon. Tu sais, ça nous prend quelqu'un pour aller dire à tout le monde de la paroisse comment nous étions beaux moi et Mario !

— Oh ! Tu n'es pas fine de dire cela de madame Pauline, Solange, même si on sait toutes les deux que c'est ça qui va se passer après les noces. Là, on va faire ta liste d'invités si tu veux pour que tu puisses commander le nombre de couverts.

— D'accord, il y aura toi, Bruno et Mélanie…

— Arrête donc, toi ! Tu m'invites à tes noces ?

— Nounoune ! Arrête de m'interrompre, on ne finira jamais, dieu du ciel ! Bon, Martine et Éric, les parents de Mario, monsieur et madame Martin, ma marraine et mon parrain…

— Qui sont tes parrains, Solange ?

— C'est Victorine et Antonin Rousseau. Ils restent à Sainte-Anne-de-Sorel.

— Oh, des gros riches !

— Ils sont assez en moyens, oui. Mais ils sont gratteux, ça n'a pas de bon sens ! Je suis à peu près certaine que pour mon cadeau de noces, ils vont me donner un bibelot quelconque qu'ils ont déjà dans leur maison.

— Voyons donc ! Tu me fais marcher ?

— Non, non, quand j'ai eu Benjamin, ma marraine m'a envoyé juste une carte, et dedans elle y avait écrit : « J'aurais voulu t'envoyer le cadeau pour le petit, mais c'était trop gros. Il aurait fallu que je prenne deux timbres. Je vais te l'apporter quand je vais aller te voir à Contrecœur. »

— En tout cas, si c'était un pyjama qu'elle lui avait acheté, il y a des chances qu'il ne lui fasse plus à ce pauvre petit cœur !

— Dans ma tête, elle n'a jamais rien acheté et quand elle va venir aux noces au mois de décembre, elle va me dire qu'elle l'a encore oublié chez elle à Sainte-Anne.

— En tout cas, j'ai hâte de les voir ces deux-là, moi. Je me suis déjà fait une image d'eux autres dans ma tête.

— Et tu les imagines comment ?

— Bien, elle, une grosse femme marchant à petits pas comme un pingouin et lui, un grand maigre pas de cheveux avec un habit brun sentant les boules à mites. Pourquoi ris-tu, suis-je à côté de la traque ?

— Non, non, c'est exactement ça, sauf que c'est le contraire. C'est mon oncle Antonin qui est gros et ma tante Victorine qui est une grande maigre et qui porte toujours du linge trop grand pour elle.

— Et elle n'a pas de cheveux ?

— Elle a des cheveux, mais ce n'est pas riche comme coiffure, on dirait qu'elle a un tapis de mouton de Perse sur la tête.

— Arrête, je suis crampée !

— Attends de la voir ! Tu m'en donneras des nouvelles.

— Et après ?

— Bon, le frère de mon père, Jalbert, avec sa femme Évangeline, madame Pauline et son mari Hubert, les Joyal qui sont devenus de bons voisins, le curé Forcier, l'abbé Charland et le bedeau Carignan avec sa femme, et…

— Oui ?

— Je pensais inviter Charles, mais seulement si tu es d'accord.

— Tu l'inviterais avec Doris ?

— Bien, je ne sais pas, cela dépend de toi.

— Ouf !

— Regarde Anne-Marie, on va laisser faire, on ne peut pas l'inviter et mettre Doris de côté, ce serait un affront à Charles.

— Écoute Solange, invite-le avec Doris. Un jour ou l'autre, je devrai me faire à l'idée de les voir ensemble, même si je sais que mon cœur va en prendre un sacré coup. Ouf ! ça fait du bien de voir le soleil se cacher, ça va tomber dans pas long.

— Oui, il faudrait bien que j'y aille, moi.

— Et pour la salle et l'église ?

— Je vais aller au presbytère demain matin avec Mario pour les bans à l'église. Pour la salle, je vais réserver une partie du restaurant Gaby ici à Contrecœur. Vu que c'est à cet endroit qu'on s'est rencontrés, je pense que ce serait bien romantique. Qu'en penses-tu ?

— J'y avais pensé moi aussi, Solange… Et toi, tu m'avais souhaité un orage quand Charles est venu souper chez moi la première fois. Moi, je ne te souhaiterai pas une tempête de neige sur le perron de l'église, mais juste des gros flocons blancs. Allez, viens dans la maison avec Benjamin, je vous garde à souper. Tu n'auras qu'à appeler Mario pour lui dire de venir nous rejoindre quand il va rentrer de son travail.

À 9 heures, le ciel se fit menaçant et Anne-Marie s'était installée dans son grenier tout près de mademoiselle et de Grison qui était bien heureux d'avoir été convié lui aussi.

Dans ce grenier, rien n'avait été déplacé, sauf le coup de chiffon qu'Anne-Marie avait passé sur le rebord de la lucarne.

Pendant que le firmament se déchaînait et que la pluie tambourinait sur la vieille toiture ondulée, Anne-Marie ayant posé son regard sur les lettres jaunâtres et poussiéreuses, il lui prit une envie soudaine de les parcourir. D'un léger toucher, elle les effleura, et du petit sentier dégagé où elle y avait fait glisser ses doigts, une écriture soignée lui était apparue.

Madame Rosalie Demers
1280, rang du Ruisseau,
Contrecœur, Québec

Non, elle ne pouvait pas se résoudre à violer l'intimité de cette femme qui avait sans doute dissimulé ses lettres dans le grenier pour protéger à tout jamais l'homme qui aurait pu être chaviré en les lisant.

Chapitre 19

Les Jeux olympiques

Les poussettes des enfants avaient été déposées dans le coffre arrière de la Buick de Mario et les passagers étaient confortablement installés pour entreprendre la route vers Montréal. À la radio, on entendait l'animateur:

Il est neuf heures du matin, le ciel est bleu et il fait présentement un beau quatre-vingts degrés, très supportable étant donné l'absence d'humidité.

Ils ont d'abord déambulé sur l'île Notre-Dame. Par la suite, ils ont assisté aux performances de la petite Roumaine, Nadia Comaneci. Celle-ci avait remporté les médailles d'or avec une note parfaite de dix et le spectacle somptueux qu'elle avait donné aux barres asymétriques s'était terminé par un saut périlleux avant avec demi-tour qui lui avait valu la note maximale. Quelle chance que de voir, du haut des gradins, un si beau spectacle. Ils ont aussi eu le privilège de rencontrer les deux jeunes athlètes canadiens ayant porté la flamme olympique, Sandra Henderson et Stéphane Préfontaine. Mélanie et Benjamin avaient tellement été des enfants modèles que, après s'être restaurés, ils se sont tous rendus au parc Jarry voir les Expos de Montréal disputer un match contre les Cubs de Chicago avant qu'ils ne déménagent comme prévu au Stade olympique l'année suivante.

Sur le chemin du retour, une discussion animée les avait tenus éveillés malgré la fatigue accumulée. Tout avait été intéressant, que ce soit l'athlétisme, l'haltérophilie, le canoë-kayak au bassin olympique ou bien le cyclisme et le judo au vélodrome. Mais, on n'était pas d'accord au sujet du lieu des Jeux olympiques d'été 1972.

Mario avait affirmé qu'ils avaient eu lieu à Mexico, et Bruno s'était entêté à répliquer en lui disant qu'ils s'étaient déroulés à Tokyo. Mais personne ne l'avait emporté puisque Solange les informa qu'ils avaient eu lieu à Munich.

— Comment peux-tu être certaine de ce que tu affirmes, mon petit colibri ?

— Mon savoir littéraire, mon beau Mario.

— Regardez, les hommes ! Elle a un livret sur ses genoux où toutes les dates des Jeux olympiques sont écrites ! Paris, 1900, Athènes, 1906, Paris, 1924, Melbourne, 1956, Rome, 1960... elle nous a bien fait marcher !

— Tu aurais dû me laisser continuer, Anne-Marie. J'aurais même pu leur donner les dates des Jeux olympiques d'hiver aussi ! Comme Osto en 52, Innsbruck en 64, Grenoble en 68, Sapporo en 72... que je me suis sentie cultivée, moi !

— Bien oui ! Une chance qu'on ne t'a pas demandé le nom des premiers ministres dans ces années-là. Pas de papier, tu aurais frappé un nœud, ma vieille ?

— Ma chère Anne-Marie, tu peux me poser les questions que tu veux sur la politique !

— D'accord, qui était le premier ministre du Québec en 1966 ?

— Bien c'est facile ! C'était Daniel Johnson, il est même mort dans ses fonctions en 68 !

— Eh bien ! Je savais qu'il était mort durant son mandat, mais pour me souvenir de l'année, je ne l'aurais jamais trouvée !

— En as-tu une autre facile comme ça ?

— Attends... Oui, c'était qui le président des États-Unis avant Gerald Ford ?

— Hey là ce n'est pas juste, tu sors du Québec !

— Tu ne le sais pas ?

— Bien oui, c'était Lyndon B. Johnson, et avant lui c'était...

— Eh bien ! Tu es bonne, ma Solange, tu es bonne.

— Tu viens de manger ta ronde, Anne-Marie ?

— Bien oui, Mario !

***

La semaine suivante, avec un début d'août très confortable, Charles s'était invité chez Anne-Marie sans s'annoncer. Elle était occupée au nettoyage des fenêtres de la maison lorsqu'il lui adressa un chaleureux bonjour matinal. Elle portait une petite jaquette imprimée de pommes rouges et ses cheveux acajou étaient remontés en chignon, laissant flotter au vent quelques mèches cuivrées.

— Qu'est-ce que tu fais ici à cette heure-là, Charles ?

— Je me demandais si tu ne me laisserais pas prendre la petite avec moi pour la journée ? Je sais qu'on est juste mardi, mais cela te donnerait une journée pour te reposer.

— Je t'ai déjà dit que Mélanie ne m'empêche jamais de me reposer. C'est une enfant agréable et je suis toujours bien heureuse de m'occuper d'elle.

— D'accord. Mais, si je te dis que c'est mon cœur de père qui te le demande, me laisserais-tu la prendre avec moi ?

— Si tu veux… Mais tu vas l'amener où, à Magog ? Je ne veux pas qu'elle aille si loin, Charles. Je serais trop inquiète.

— Bien non… Le plus loin où elle va aller se promener, c'est chez moi à Verchères.

— Et Doris, elle va être chez toi ?

— Non, Doris est justement à Magog depuis deux semaines, et elle ne revient pas avant la fin du mois d'août pour préparer ses classes.

— Ah bon. Vous vous voyez moins souvent ?

— C'est cela. On ne se voit qu'à l'occasion…

— Vous ne sortez plus ensemble ?

— Ce n'est pas ce que j'ai dit. On a tout simplement pris une pause.

— Comment cela ?

— Si tu veux que je t'explique tout cela, je pourrais peut-être entrer chez toi si tu m'invitais à prendre un café ? Je ne l'ai pas pris. Ce matin, quand je me suis réveillé, en sortant de mon lit, j'ai tout de suite sauté dans ma voiture.

— Donne-moi le temps de m'habiller, et je vais te faire un café.

— Si c'est juste pour moi que tu t'habilles Anne-Marie, ce n'est pas nécessaire. Moi je mangerais bien toutes les belles pommes rouges qui sont prêtes à être cueillies sur ta belle petite jaquette.

— Charles !

Anne-Marie avait revêtu sa robe de chambre couleur lavande. Elle avait dénoué son chignon et ses cheveux acajou retombaient en boucles sur ses épaules qui supportaient ce lourd fardeau qui ne l'avait pas quittée depuis maintenant presque un an et demi. Par habitude, elle lui demanda combien de sucre et de lait il prenait dans son café, même si elle ne l'avait jamais oublié. Il le prenait noir et le matin, sur ses rôties, il ne mettait jamais de beurre, sauf quand il les accompagnait d'une crème de blé bien chaude. Elle lui servit son café avec une légère nervosité pendant que celui-ci l'épiait tendrement du coin de l'œil.

La conversation se déroula autour de Mélanie et de Doris.

— Cré petite puce… Laisse, je vais m'occuper de la changer. Viens ici ma princesse, papa va montrer à ta maman qu'il est capable lui aussi de changer une couche.

— Je n'en ai jamais douté, Charles. C'est sûr qu'au tout début j'avais une petite inquiétude de te laisser partir tout seul avec elle, mais maintenant, je vois bien que quand la petite te regarde avec des grands yeux souriants, je me dis qu'elle est vraiment bien chanceuse d'avoir un père comme toi, même si je sais que tu la gâtes un peu trop.

— Mais, je ne la gâte pas du tout !

— Ouin ouin, quand tu me la ramènes le dimanche soir, elle ne s'endort pas avant que je l'aie bercée, et cela, pendant une bonne heure.

— C'est vrai que je la dorlote un peu avant de la mettre au lit, mais comment veux-tu que je fasse autrement ? Elle m'ensorcelle cette enfant-là !

Par la suite, devant une deuxième tasse de café, il lui expliqua pourquoi sa relation avec Doris était différente depuis quelques semaines. Ce n'était pas un amour réciproque et, plutôt que de briser la grande amitié qui existait entre eux, ils avaient décidé de prendre un peu de distance avant de tout abîmer. Depuis le début, Doris savait que leur idylle n'était pour Charles que le reflet de leur amitié. Ils avaient eu des moments de folies et elle persistait à demeurer aveugle pour éviter de mettre une croix sur leur relation.

Puis un jour, elle n'eut d'autre choix que de faire face à la réalité.

— Peut-être que tu l'aurais aimée avec le temps, Charles.

— C'est toi que j'aime, Anne-Marie... Et tu le sais très bien... Qu'est-ce que tu fais l'autre fin de semaine ?

— Je n'ai rien de prévu. Pourquoi ?

— J'avais pensé aller voir ma tante Rosalie à Boucherville. Depuis que mon oncle André est décédé, elle doit trouver le temps long, la pauvre. Et puis sa santé n'est pas forte, forte non plus.

— Elle est très malade ?

— Oui assez, elle fait de l'emphysème et elle est bien fatiguée.

— Vraiment ! Est-elle au courant pour nous deux ? Je veux dire, tu sais ce que je veux dire.

— Je n'ai pas pu lui cacher, Anne-Marie. Elle était bien déçue, mais pour se consoler, elle s'est rattachée au fait que c'était sa nièce qui demeurait dans sa maison.

— C'est triste pour elle. Regarde, on pourrait lui rendre visite le dimanche ?

— Tu viendrais ?

— Oui, mais à condition que tu ne prennes pas cela pour une réconciliation, Charles.

— Loin de moi l'idée de penser cela, Anne-Marie !

Chapitre 20

Le sanctuaire

Dans la matinée du samedi, Anne-Marie s'était rendue au presbytère pour demander au curé Forcier les renseignements nécessaires pour se rendre au lac Mégantic. Le curé la reçut chaleureusement et fut enchanté d'apprendre que celle-ci voulait visiter le patelin où il avait passé son enfance et il en avait profité pour lui narrer une autre page de sa vie d'antan. Très jeune, il se rendait régulièrement au presbytère de son village à Val-Racine pour y recevoir les bons conseils du curé Dallaire. Le curé y demeurait avec son bedeau et sa femme, leurs enfants et la bonne ménagère infatigable.

— Quand j'arrivais au presbytère, je voyais toujours le curé Dallaire en train d'arpenter sa grande galerie en lisant inlassablement son bréviaire. Et quand il ne lisait pas, il célébrait la messe tous les matins et ensuite, durant tout l'après-midi, il recevait ses paroissiens pour discuter de toutes sortes de sujets qui les tracassaient. Il était très instruit aussi. Faute de médecin ou de notaire, ceux-ci étant trop éloignés du village, il guérissait les âmes en peine ou bien renseignait les paroissiens sur leurs droits que ce soit pour leurs terres agricoles ou bien leur situation matrimoniale.

— C'était vraiment un homme indispensable aux yeux de tous ses citoyens.

— Oui, si l'on veut mon enfant. Même s'il y avait quelques commères dans le village qui insinuaient qu'il avait des relations intimes avec sa ménagère dévouée.

— Ce n'est pas vrai !

— Bien oui, vous savez comme moi que le plaisir de la chair était un sujet de discussion fréquent, même si on le considérait comme tabou. Les cancans se répandaient dans le village jusqu'aux campagnes avoisinantes et, croyez-moi, le curé Dallaire devait protéger ses allées et venues entre le presbytère et sa vie sociale, s'il en avait une naturellement. Car, si je me souviens bien, lui seul possédait une automobile et toutes les fois qu'il la sortait de son gros hangar après que le bedeau l'ait fait reluire comme un sou neuf, il partait visiter ses paroissiens ou récolter la dîme ou encore se rendre au chevet d'un pauvre mourant et lui administrer l'extrême-onction. Il ne pouvait se compromettre et finir comme simple aumônier dans un couvent de religieuses.

— C'est sûr ! Comment penser qu'un homme de Dieu ne puisse être tenté par le péché charnel ? Aujourd'hui, dans la situation où je me trouve, par exemple, je n'aurais jamais accepté non plus de me faire renier par mon Église vu que j'attends un enfant et que le père n'est plus avec moi. Dans le temps, si je ne me trompe pas, c'était comme cela que ça se passait.

— Oui ma fille, mais cela a bien changé depuis vingt-cinq ans. Dans ce temps-là, si une paroissienne sautait une occasion de faire son devoir de mère, le curé intervenait dans leur vie. Mon père lui-même s'était fait sermonner parce qu'il n'avait pas fait son devoir de père. À la confesse, il ne fallait pas qu'il mente au curé. Si pendant l'acte de la procréation il avait jeté sa semence à côté, bien il devait le dire à son confesseur. Il aurait fallu que ma pauvre mère soit en famille tous les ans avec un pauvre répit de trois mois entre chaque grossesse, et cela, pendant au moins vingt ans de sa vie.

— Mais c'est effrayant ! Il prenait la femme pour une machine à bébés !

— Malheureusement, c'était comme cela. Et je pense encore à Paul-Aimé Latour qui en avait déjà douze et à sa pauvre femme qui était morte en couche à son treizième.

— Mon Dieu, mais c'était inhumain !

— Eh oui ! À cette époque-là, le curé était comme le garde du corps de la paroisse. Il était là aussi pour la survivance canadienne-française. Au lieu de se préoccuper de l'odeur d'humidité et de pourriture qui s'infiltrait dans les fissures de sa vieille église, il la masquait par la fumée de son encens pour avoir plus de temps pour surveiller la vie conjugale de ses paroissiens.

— Excusez-moi, monsieur le curé, mais je pense que ce que faisait ce curé-là c'était bien plus du vice que d'autre chose !

— Je ne vous le fais pas dire mon enfant ! Si j'avais exercé mon métier de curé en ces temps-là, j'aurais été incapable d'exiger de mes paroissiennes qu'elles servent de soubrettes pour l'humanité. Elles n'auraient pas été punies pour autant, ces femmes-là ! Dieu est juste et il est aussi miséricorde.

— Et le chemin pour me rendre au sanctuaire du lac Mégantic, vous me le donnez, monsieur le curé ?

— Bon Dieu que je parle, moi ! J'étais en train d'oublier le but de votre visite, mademoiselle Sirois !

***

Sur l'un des trois sommets du lac Mégantic se trouvaient une croix, une petite chapelle et un panorama époustouflant, véritable pôle d'attraction pour les visiteurs. En 1818, Ferdinand Corriveau érigea une croix sur la cime de la montagne et en 1880, il construisit la petite chapelle pour la dédier à Saint-Joseph afin de lui demander protection contre les tempêtes et les ouragans fréquents. En 1897, la montagne fut fusionnée au village de Saint-Léon.

Sur le parvis fleuri bordant la petite chapelle, le soleil jetait sa lumière comme pour diriger les visiteurs vers ce lieu de culte. Dans la petite nef, un sacristain priait les visiteurs de s'avancer pour la visite guidée. Dans le chœur, des lampions brûlaient paresseusement et les encensoirs distillaient leurs parfums dans la sainte chapelle. Des visiteurs endimanchés y circulaient en caressant sur leur passage les prie-Dieu où des milliers de pèlerins avaient demandé jadis des faveurs au Saint-Père et d'autres, plus à l'aise dans leur tenue vestimentaire, étaient transportés au XIXe siècle, dans les débuts de la colonisation de cette magnifique région coiffant les Appalaches. Le prélat avait terminé son homélie par: « Allez en paix mes enfants et tout au long de votre vie, n'arrêtez pas de semer les bonnes actions envers votre prochain et que Dieu vous bénisse. »

Mais, on ne quittait pas le sanctuaire sans aller visiter le village de Notre-Dame-des-Bois. Ce village était vraiment situé à flanc de montagne au centre des Appalaches. Anne-Marie, Bruno, Solange et Mario furent en tous points ravis. Le village est entouré d'immenses forêts et de nombreux cours d'eau où chasseurs et pêcheurs peuvent s'adonner à loisir à leurs sports favoris. On y trouve même une rivière à saumons, la Saint-François. Ils avaient aussi appris du guide que Notre-Dame-des-Bois était voué en grande partie à l'agriculture mais que du tourisme dépendait son avenir.

La journée de pèlerinage des quatre Contrecœurois se termina trop vite, et ils se promirent d'y retourner tellement ils avaient été émerveillés de contempler tous ces magnifiques paysages et surtout d'avoir été accueillis par des gens si sympathiques.

Chapitre 21

La petite chaumière

Une bonne nouvelle se répandait dans le rang du Ruisseau.

Solange porterait déjà son deuxième enfant depuis cinq mois lorsqu'elle dirait « oui, je le veux ! » devant le curé Forcier le 23 décembre prochain devant l'autel de l'église Sainte-Trinité. À Boucherville, une Rosalie amaigrie, mais heureuse d'accueillir Anne-Marie et Charles s'était levée pour les embrasser tendrement. Une chambre, un petit salon cuisine et une salle de bain lui suffisaient maintenant pour poursuivre sa nouvelle route depuis le décès de son mari. Pour elle, André ne l'avait jamais vraiment quittée et les nombreuses photographies accrochées ici et là sur les murs fraîchement habillés de blanc en témoignaient. Mais elle, à qui on avait imposé le déménagement, aurait préféré pousser son dernier soupir dans la maison familiale, celle du rang du Ruisseau.

— Vous avez l'air un peu fatiguée, ma tante ?

— Je le suis, Charles. Que veux-tu, mon corps ne veut plus m'écouter.

— Qu'est-ce que vous faites de vos journées ? Vous ne vous ennuyez pas trop ?

— Oh, mon garçon. Même si je suis fatiguée, il faut que je sorte pareil. Juliette, la femme de Midas, est rendue à quatre-vingt-deux ans et elle ne me laisse pas une journée à rien faire. « Viens au bingo, viens nager, viens on va prendre l'autobus pour aller magasiner à Longueuil. » Elle m'épuise, cette femme-là !

— Profitez-en, madame Demers. C'est la belle vie !

— C'est certain que je n'ai pas à me plaindre de mon sort. Je suis dans mon appartement quasiment juste pour dormir, bout de bon Dieu ! Anne-Marie...

— Oui ?

— Arrête de m'appeler madame Demers, veux-tu, ma fille ? Tu sais, je suis la sœur de Madeleine, ta mère biologique et celle de Charles.

— Je vais essayer ma tante Rosalie, mais je peux vous dire que présentement je suis encore bien mêlée.

— Ma pauvre enfant... Si j'avais su, la journée où le père Durand m'a donné cette lettre, que celle-ci allait briser votre amour... Mes chers enfants, je m'en veux tellement !

— Vous ne pouviez pas savoir, madame Dem... tante Rosalie. Mais j'ai pensé beaucoup à l'histoire de cette vieille femme dont vous avez parlé à Charles après les funérailles, la sage-femme.

— Oui !

— Est-ce qu'elle était grande, mince, et est-ce qu'elle avait une sorte de tache de naissance au-dessous de son sourcil, plutôt comme une tache de vin du côté gauche du visage ?

— Bien oui, ma fille. Cela aurait été dur de ne pas la remarquer, cette grosse tache-là lui descendait jusqu'en dessous des yeux.

— Oh ! mamy Bibianne !

— Qu'est-ce que tu dis, Anne-Marie ?

— Aux funérailles de ta mère... de notre mère, elle était là Charles !

— Mais qui ? Qui Anne-Marie ?

— Tante Rosalie t'avait parlé d'elle quand tu es allé la voir la journée qu'on s'est rencontrés, tu ne l'avais pas vue toi ?

— Non, parce qu'en sortant de l'église, je m'étais rendu tout de suite au cimetière pour voir le lot où ma mère serait enterrée.

— Oh ! C'était mamy Bibianne...

— Ma tante Rosalie m'avait dit que cette vieille femme lui avait raconté que tu étais adoptée et qu'elle habitait à Trois-Rivières, à deux maisons de tes parents adoptifs. Elle doit être très vieille aujourd'hui, si elle n'est pas déjà morte...

— D'après moi, si elle est encore vivante, elle devrait bien avoir dans les quatre-vingt-sept ou quatre-vingt-huit ans. Oh j'aimerais la revoir, ma mamy !

— Tu l'aimais cette mamy, mon cœur... Anne-Marie ?

— Si je l'aimais ! Si j'avais pu grandir auprès d'elle, je n'aurais pas été malheureuse comme avec mes parents adoptifs. Pensez-vous qu'elle est morte ?

— Cela ma fille, il y a juste Charles qui peut te répondre en t'emmenant à Trois-Rivières, car j'imagine que tu aimerais mieux ne pas y aller toute seule.

— Charles ?

— Nous irons Anne-Marie, nous irons…

Sur le chemin du retour, la nuit était tombée et Anne-Marie ne voyait nullement les phares aveuglants des autos tellement elle était plongée dans son passé. Elle se retrouvait dans la petite maison de mamy Bibianne, « sa petite chaumière » comme elle l'avait surnommée. Mamy Bibianne portait toujours des jupes très longues et les froufrous de dentelle dansaient sur les dalles du sol. Sur le seuil de sa maison, à trois heures et demie, les mains enroulées dans le tablier bleu qui ne la quittait jamais, elle accueillait sa petite rouquine d'un cri joyeux : « Hey ma princesse, dépêche-toi d'entrer, minou Grison n'arrête pas de tourner en rond depuis que le coucou a chanté trois heures ! »

Deux énormes chênes centenaires étaient plantés aux extrémités de la maison, ce qui donnait l'impression que leurs longues branches robustes se préparaient à la soulever pour la porter jusqu'au ciel.

— Hey mamy ! J'ai vu deux écureuils qui se donnaient des becs sur le toit de ta maison !

— Bien oui, c'est Noisette et Grenoble, tu ne les as pas reconnus ?

— Bien non… Les écureuils sont tous pareils, mamy !

— Oh non, mon petit ange. Remarque bien quand tu vas les revoir la prochaine fois. Noisette, c'est une petite fille pleine de petits poils roux autour des yeux et Grenoble, c'est un gros écureuil brun avec une tache noire sur le bout de sa grande queue touffue.

— Tu vois tout ça, toi ? Eh bien !

— Bien oui, comme je vois que tu es la plus belle des princesses, ma pitchounette.

Chaque jour chez sa mamy, Anne-Marie s'émerveillait de petits riens qui, pour elle, étaient sa récompense pour une journée de classe bien remplie. Elle avait ainsi appris que les abeilles n'étaient pas si méchantes et que celles-ci travaillaient sans arrêt pour construire des rayons de miel. Elle apprit également qu'en automne, s'il fallait enterrer les roses du jardin, c'était pour les protéger afin qu'elles reviennent à la vie encore plus jolies sous le soleil de mai. Aussi, c'était chez sa mamy, à l'âge de dix ans, qu'elle avait appris à aimer le tapage du tonnerre et le déchirement des éclairs quand, par un jour grincheux, elle était montée au grenier et que sur le rebord de la lucarne, elle contempla un spectacle grandiose qui la médusa.

— Coucou, Anne-Marie !

— Nous sommes arrivés ?

— Bien oui, je ne sais pas où tu étais plongée depuis qu'on est partis de Boucherville, mais je n'ai pas osé te sortir de ton rêve tellement tu avais l'air bien.

— J'étais avec des écureuils et des abeilles, et j'ai aussi monté dans un grenier avec mamy et Grison.

— Grison ?

— Son chat s'appelait Grison, comme le mien !

— Ah oui ! Est-ce que tu veux que j'aille chercher Mélanie avec toi chez Solange ?

— Si tu veux. Mais en revenant, je ne t'invite pas à entrer chez moi par contre.

— Je savais déjà tout cela, Anne-Marie.

— Merci de me comprendre Charles... Surtout qu'il va probablement pleuvoir avec ce ciel noir, j'aime mieux ne pas prendre de chance.

— Que veux-tu dire ?

— C'est correct. Je me comprends, c'est une histoire entre moi et Solange.

— C'est comme tu veux, Anne-Marie. Quand veux-tu aller à Trois-Rivières ?

— Tu veux vraiment m'y amener, Charles ?

— Je te l'ai promis chez ma tante Rosalie, non ? Il ne te reste qu'à choisir la journée. Et pourquoi pas demain ?

— Hein ! Si vite que ça ?

— Bien oui, pourquoi pas ? On pourrait même faire un pique-nique en s'en allant !

— C'est tentant ça... Mais....

— Chut ! Ne t'inquiète pas, Anne-Marie. Ce n'est pas un voyage de réconciliation que je te propose. Je veux tout simplement passer une agréable journée en ta compagnie.

***

La petite chaumière était toujours là, avec son tapis verdoyant parsemé de petites fleurs violettes. Un vieil homme à l'allure étrange était sorti de la maison avec, sous son bras, un vieux panier d'osier. Il portait au moins soixante-dix années de sagesse et ses traits tirés ne faisaient que le confirmer.

Quand il leva son regard sur Anne-Marie et Charles, ses yeux couleur de jade se mirent à sourire.

— Bonjour…

— Bonjour monsieur, on s'excuse de vous déranger.

— Vous ne me dérangez pas pantoute, monsieur ! Je peux faire quelque chose pour vous ? Vous avez l'air de deux âmes en peine.

— Oui peut-être… Je me présente, Charles Jolicœur et voici Anne-Marie.

— Enchanté… Qu'est-ce qui peut bien vous amener par icitte, mes enfants ?

— Voilà monsieur… Quand j'étais petite, je restais dans la maison blanche là-bas en haut de la côte. Celle qui a une toiture grise. Vous la voyez ?

— Oui.

— Je venais souvent dans votre maison pour voir mamy Bibianne, puis…

— Qui ?

— Désolée, je ne connais pas son vrai nom.

— Pauvre fille, la femme de qui j'ai acheté cette maison, elle est…

— Morte ?

— Je ne sais pas si elle est morte. Tout ce que je sais, c'est qu'elle m'a vendu sa maison pour s'en aller rester dans un foyer à Bécancour. Une bonne personne, cette dame-là !

— Est-ce qu'elle avait comme une tache de vin au-dessus du sourcil gauche monsieur ? Monsieur ?

— Monsieur Beauséjour…. Conrad Beauséjour. Oui, c'est ben ça. Elle avait une tache mauve au-dessus des yeux pis c'était une femme bien douce.

— C'était quoi son vrai nom, je l'ai toujours appelée mamy Bibianne ?

— Hum... Attendez un petit peu... Maudite mémoire!

— OK, je l'ai! Bernadette Jolicœur.

— Hein, Jolicœur? Êtes-vous sûr de cela?

— Je pense ben, voulez-vous que j'aille chercher les papiers de la vente de la maison, mam'selle?

— S'ils ne sont pas trop loin, j'aimerais bien, monsieur Beauséjour.

Anne-Marie avait la tête comme dans un étau et sans s'en rendre compte elle venait de piétiner les pauvres violettes qui se trouvaient à ses pieds. Charles essayait de la calmer, mais en vain. Le septuagénaire les invita à entrer dans la petite chaumière où ils s'étaient installés à une grande table ovale entourée de quatre chaises dépareillées. Pendant que celui-ci préparait une infusion de thé vert, Anne-Marie n'avait d'yeux que pour le document contenant les informations qui allaient peut-être confirmer que mamy Bibianne était bien leur grand-mère biologique, à Charles et à elle-même.

— Comme ça mam'selle, vous avez connu l'ancienne propriétaire quand vous étiez jeune?

— Oui... et je l'ai toujours appelé grand-mère. D'ailleurs, si j'avais pu, elle aurait été ma mère aussi!

— Pauvre mademoiselle... À ce que je vois, vous ne l'avez pas eu facile dans ce temps-là?

— Est-ce que vous pouvez nous les montrer ces papiers-là, monsieur Beauséjour?

— Oui, monsieur Jolicœur... Tiens ma fille.

— Merci. Oh! Charles! Tiens, là, regarde!

— Voyons Anne-Marie, ce n'est probablement qu'une coïncidence.

— Oui, ça se peut ! Mais…

— Regarde, si tu veux en avoir le cœur net, on va tenter de la retrouver à Bécancour, en espérant qu'elle soit toujours vivante.

— Merci Charles.

— On va vous laisser, monsieur Beauséjour, et merci mille fois pour les renseignements.

— Ce n'est rien mon garçon. Puis si vous repassez dans le coin un de ces jours, venez me faire une petite visite. Je vous trouve bien smattes tous les deux.

Chapitre 22

Grand-mère Bernadette

Situé à près de cinq minutes de Trois-Rivières, Bécancour est un des plus anciens villages riverains du fleuve Saint-Laurent. Sa fondation remonte à 1647 et ce fut le grand voyer de la Nouvelle-France, Pierre Robineau, qui lui donna son nom. Au début du XVIIe siècle, cette seigneurie était habitée par les colons et les Abénakis, portant le nom de Sélinak, qui s'étaient installés en bordure de la rivière Bécancour. De là on peut admirer des sites historiques de toute beauté, comme les Forges du Saint-Maurice, le sanctuaire Notre-Dame-du-Cap, l'église la Nativité-de-la-Bienheureuse-Vierge-Marie ainsi que le magnifique manoir de Bécancour, vieux de plus de cent ans.

En arrivant au centre d'hébergement pour les aînés, Charles n'avait pas grand espoir que Bernadette Jolicœur soit encore de ce monde. Ils s'informèrent à la réception auprès d'une dame assez corpulente qui les accueillit de son charmant sourire.

— Bonjour, est-ce que je peux me rendre utile ?

— Bien sûr madame, on aimerait savoir si vous avez une pensionnaire du nom de Bernadette Jolicœur.

— Nous avons eu ici une Bernadette Jolicœur, mais malheureusement…

— Elle est morte ?

— Non non ! Mais je peux vous dire qu'elle a quitté la résidence parce qu'elle n'était plus suffisamment autonome, mademoiselle.

— Et je peux savoir où elle est maintenant, madame ?

— Bien… êtes-vous de la famille ?

Au moment où Anne-Marie s'apprêtait à lui répondre, Charles lui coupa la parole en s'empressant de dire à la dame que Bernadette Jolicœur était sa grand-mère paternelle.

— Je veux bien vous croire, monsieur, mais je n'ai aucune preuve. Avez-vous une carte d'identité ?

— Voilà !

— Excusez-moi, monsieur Jolicœur. Ce n'est pas que je ne vous croyais pas, mais je suis obligée de le demander. Sinon, on pourrait donner les adresses à des inconnus et puis on pourrait s'en mordre les doigts après, vous comprenez ?

— Je comprends parfaitement, madame.

— Bon bien, je vais vous donner l'endroit où elle a été transférée. Est-ce que cela fait longtemps que vous ne l'avez pas vue ?

— Oh ! Un bon 25 ans.

— Oh là là ! Vous allez trouver qu'elle n'est plus la même personne qu'il y a 25 ans ! Je vais quand même vous prévenir qu'elle est en chaise roulante et qu'elle a été amputée d'une jambe et, aussi, qu'elle souffre d'un début de la maladie de Parkinson. Assoyez-vous donc, mademoiselle. Vous êtes toute blanche. Vous savez, elle n'est plus très jeune, madame Bernadette. Mais je suis assurée qu'elle va être très heureuse de vous revoir. Vous êtes qui par rapport à sa famille, mademoiselle ?

— C'est ma grand-mère à moi aussi, je suis la sœur de monsieur Jolicœur.

— Ah mais c'est très bien ! Elle va faire deux belles retrouvailles ! Et vous avez bien fait de venir la voir. Vous savez, elle est quand même rendue à quatre-vingt-six ans.

— Déjà ?

— Vous ne saviez pas son âge ?

— Je savais qu'elle n'était pas loin de ses quatre-vingt-cinq ans, cela fait tellement longtemps !

— Vous aviez quel âge la dernière fois que vous l'avez vue, mademoiselle Jolicœur ?

— J'avais à peu près dix ans ! Elle demeurait dans sa petite chaumière à Trois-Rivières. On s'était perdues de vue et par la suite je suis déménagée à Contrecœur.

— Ouf, son cœur va en prendre un coup ! Mais ne vous en faites pas, elle est très malade, mais elle a un cœur de jeune fille. Bon, je vais vous écrire son adresse sur un bout de papier. Elle est à l'hôpital Christ-Roi de Nicolet.

— Y a un hôpital à Nicolet ?

— Bien oui, ce sont les Sœurs Grises qui l'ont ouvert en 1932. Il est situé au 675, sur la rue St-Jean-Baptiste.

— Merci beaucoup, madame. On s'y rend tout de suite, c'est sur notre chemin du retour.

Ils quittèrent le centre d'hébergement à quatre heures trente et à cinq heures dix, ils étaient garés dans le stationnement de l'hôpital Christ-Roi dans la ville qui, depuis 1972, se nommait Saint-Jean-Baptiste-de-Nicolet. Le grand bâtiment abritait, dans une aile retirée, des gens de quatre-vingts ans et plus qui avaient besoin d'un accompagnement médical permanent. Anne-Marie et Charles reçurent un grand choc lorsqu'ils aperçurent ce petit corps si fragile qui ne devait pas peser plus de quatre-vingt-dix livres. La vieille femme, vêtue d'une jaquette blanche, tassée dans une chaise roulante placée devant la fenêtre, essayait de capter les derniers rayons du soleil qui filtraient au travers des tentures à peine entrouvertes, que ses mains tremblantes, sans doute, n'avaient plus la force de tirer. Sur les murs de la chambre étaient accrochés des dessins fripés dont l'un représentait deux petits écureuils, un avec des petits poils roux autour de ses yeux et l'autre avec une longue queue tachetée de noir. Il s'agissait des dessins d'Anne-Marie. Sur le seuil de la chambre, Anne-Marie pleurait, elle venait de se rendre compte qu'elle avait jadis abandonné sa mamy. Elle s'avança tout doucement vers elle pour ne pas la faire sursauter et s'agenouilla à ses pieds.

— Bonjour mamy.

— Oui ?

— Tu ne me reconnais pas, mamy ?

— Non, désolée. Vous devez vous être trompée de chambre, mademoiselle.

— Oh ! Mamy Bibianne, j'ai tellement de peine !

— Non ! Anne-Marie ! Ma petite-fille adorée ! Oh...

— Oh ! mamy, mamy… que je suis contente de te voir, tu m'as tellement manquée !

— Tu n'avais que dix ans, Anne-Marie ! J'étais certaine de partir sans plus jamais te revoir, ma petite soie. Tu es belle, mon ange ! Merci mon Dieu, c'est le plus beau cadeau que tu ne pouvais pas me donner avant que je te rejoigne dans ton ciel !

— Mamy, je sais que tu es ma vraie grand-mère, je le sais ma douce mamy.

— Comment l'as-tu su ?

— Je suis allée dans ta petite chaumière, et monsieur Beauséjour nous a montré les papiers de la vente de la maison. Mais pourquoi tu ne me l'avais jamais dit ?

— Ton père, je veux dire….

— Je sais toute mon histoire, grand-mère. Je sais que mes vrais parents étaient Madeleine et Delphis. Oui, je sais grand-mère. Je sais que j'ai été adoptée. Et je vais faire rentrer un garçon que tu n'as pas vu depuis l'enterrement de ta belle-fille Madeleine. Viens…

— Charles ! Oh ! Charles ! Mon petit-fils ! Mes deux petits-enfants ! Que demander de mieux avant de faire mon grand voyage !

— Mais, tu ne partiras pas tout de suite, grand-mère. Il faut nous laisser le temps à moi et à Charles de profiter de ta tendresse encore un petit peu, hein ?

— Je peux essayer de faire mon possible mes enfants, mais j'ai quatre-vingt-six ans et comme vous voyez, je…

— Tu es toujours la même pour moi, grand-mère. Tu es la plus belle âme que j'ai connue. Je suis tellement heureuse de t'avoir retrouvée !

— Veux-tu, Anne-Marie, je vais te raconter l'histoire de ma vie ?

— Bien oui !

— Venez là sur le bord de mon lit, tous les deux.

— Tu ne veux pas t'étendre plutôt ?

— Non, non, bientôt je vais être étendue pour l'éternité ma fille et ça va être bien correct.

— Mamy !

— Bon… Quand votre père, mon garçon, s'est marié avec Madeleine, les liens furent complètement coupés, et il nous avait été bien défendu, à moi et à votre grand-père, de s'approcher de Madeleine et surtout de lui. Il nous avait reniés complètement.

— Mais, qu'est-ce qui s'était passé de si grave ?

— Regarde, Delphis avait déjà un caractère déplaisant à l'âge de dix ans et rendu adulte, il n'était pas endurable. Le matin de ses noces, je lui avais dit que la terre qu'on possédait, moi puis Bertrand, ne lui reviendrait pas de droit vu qu'on la léguait à son frère Albert.

— Notre grand-père s'appelait Bertrand ?

— Bien oui, mon pauvre Bertrand est mort de la polio à cinquante-six ans dans le plus fort de l'épidémie en 1946. Bon, vous allez me dire que Bertrand aurait dû préciser sur son testament qu'à la suite de son décès, la terre devrait être vendue et que le montant total serait divisé entre ses deux garçons. Pourquoi ne l'a-t-il pas fait ? Sans doute parce qu'Albert avait en lui la vocation d'agriculteur. Pas Delphis ! Albert aidait mon Bertrand comme un forcené sur la terre, et ça, beau temps mauvais temps. Delphis, c'était un courailleux et un traîneux de savates. Jamais qu'il n'avait levé le petit doigt pour aider son père sur la ferme. Il aimait mieux se tenir au village puis quand il rentrait le soir, et ça, c'est quand il rentrait, il criait à tue-tête dans la maison en me traitant de vieille maudite ingrate parce que je ne me levais pas pour lui faire à manger. Et quand Albert se levait pour essayer de le calmer et de lui enlever la bouteille de gros gin qu'il buvait à grosses gorgées comme un ivrogne, eh bien il sortait les poings, et vu qu'Albert était beaucoup plus maigrichon que lui, Delphis le battait jusqu'à tant qu'il soit étendu par terre, rendu presque au bout de son sang.

— Mon Dieu !

— C'est pour cela que moi et Bertrand avions décidé, quand on a fait notre testament, de ne rien laisser à ce sans-cœur. Après s'être marié, il a voulu nous montrer qu'il était capable comme son frère de devenir cultivateur et il s'est acheté la terre où vous êtes venus au monde tous les deux. Je n'ai jamais eu l'occasion de connaître Madeleine non plus. Il s'était marié en vitesse avec elle pour ne pas être appelé au front. C'était pendant la Deuxième Guerre mondiale en 1940. Il m'avait reniée de sa vie complètement et il m'avait bien défendu d'approcher sa femme, car si je me présentais devant elle, il me le ferait regretter pour le restant de mes jours.

— Voyons mamy !

— Laisse-moi continuer, mon trésor. J'ai vu votre mère deux fois dans ma longue vie. La première fois, c'est quand je l'ai vue sortir de la cathédrale de l'Assomption et que j'ai remarqué qu'elle était enceinte de toi, Anne-Marie. Et la deuxième fois, c'est quand j'ai vu ta petite binette à la pouponnière de l'hôpital Comtois.

— Tu étais venue me voir, mamy ?

— Oui, mon petit cœur. J'y étais allée incognito en me cachant derrière un chapeau à voilette et petit Jésus que tu étais belle, Marie-Anne !

— Tu m'as appelée Marie-Anne, mamy !

— Bien oui, à la pouponnière tu portais le nom de Marie-Anne Jolicœur jusqu'à ce que ta mère te donne en adoption. Après, les années ont passé et je me suis informée à l'hôpital Comtois pour savoir dans quelle ville tu avais été adoptée.

— Mais, comment avez-vous pu avoir les renseignements à l'hôpital Comtois pour Anne-Marie ?

— J'y arrive Charles ! C'était confidentiel, mais comme je m'ennuyais tellement de cette enfant-là, la bonne sœur Marie-Jésus m'a donné le nom de ses parents adoptifs à Trois-Rivières en me faisant promettre d'amener le secret avec moi dans ma tombe, car cette pauvre religieuse venait d'aller à l'encontre de son Dieu et de son travail.

— Sœur Marie-Jésus ?

— Tu la connais, Charles ?

— Oui, c'est elle que j'ai rencontrée quand je recherchais Marie-Anne.

— Oui, une bien bonne personne, cette femme-là ! Je ne sais pas en quelle année elle est allée rejoindre le Seigneur, elle aurait mérité de vivre encore deux cents ans étant donné tout le bien qu'elle faisait sur la terre.

— Elle est morte la journée ou elle m'a donné le baptistaire et l'attestation de naissance d'Anne-Marie.

— Oh ! Tu vois, elle est partie en te rendant service, mon Charles. Et elle est montée au ciel heureuse de t'avoir fait retrouver ta sœur.

— Oui !

— Et quand j'ai eu l'adresse des parents adoptifs de Marie-Anne, j'ai déménagé tout près d'elle à Trois-Rivières. Et c'est là que notre histoire a commencé pour elle et moi. Mais ce beau conte s'est malheureusement terminé assez vite quand monsieur Sirois s'est aperçu où Marie…. Anne-Marie s'attardait à la sortie de son école.

— Mais, comment as-tu su mamy que j'avais déménagée à Contrecœur en 1972 ?

— Bien, quand tu es déménagée de la rue des Forges, même si cela faisait vingt ans qu'on ne se voyait plus ma belle, quand tes parents sont morts dans l'accident de voiture, je suis allée à leurs funérailles à l'église Saint-Philippe, encore une fois vêtue d'un chapeau à voilette, et je me suis assise complètement à l'arrière de l'église pour te voir sortir. Je t'avais reconnue tout de suite avec tes petites taches de rousseur et tes beaux cheveux roux. Tu portais une jupe noire avec un veston couleur or et ta chemise… Je ne me souviens pas très bien, peut-être qu'elle était blanche !

— Tu as toute une mémoire, mamy !

— J'ai toujours eu une mémoire d'éléphant, ma belle. Même si les gens disaient de moi que j'étais une femme dérangée.

— Voyons mamy ! Et pour Contrecœur ?

— J'y arrive ma fille ! Malgré tout, Dieu m'a bien créée. J'avais l'ouïe très développée et je me retrouvais toujours au bon endroit quand il le fallait. Et pour la première fois après plus de vingt ans, enfin, j'ai pu te voir et dieu que je t'avais trouvée belle. Tu avais demandé à ton amie si elle avait eu du courrier pour toi.

— Annick ?

— Oui Annick Dion ! C'est elle qui te faisait suivre ton courrier à Contrecœur.

— Oui… mais elle ne m'a jamais parlé que tu étais allée la voir !

— Ce n'était pas elle qui me l'avait donné, ma chérie, c'était son mari, Laurent ! Oui c'est ça, Laurent. Annick n'était pas là.

— Eh bien ! Et comment as-tu fait pour savoir où restait Annick, tu ne la connaissais pas ?

— Non, mais sur le perron de l'église Saint-Philippe, elle était avec ses parents. Et comme par magie, je connaissais sa mère, madame Chénier. Elle était membre du cercle des fermières de Giffard avec moi. Donc, tout en jasant avec elle, elle m'avait dit que sa fille restait dans la bâtisse du magasin Pollack. Et voilà, tu es au courant de tout maintenant.

— Oui, mais j'ai beaucoup de peine d'avoir perdu toutes ces belles années avec toi, mamy.

— Viens là ma princesse.

— Une question grand-mère ?

— Oui mon Charles ?

— Comment m'as-tu reconnu tout à l'heure quand je suis entré dans ta chambre, tu ne m'avais même pas vu aux funérailles ?

— Bien oui, je t'avais vu aux funérailles, Charles ! J'étais assise à l'arrière de l'église Saint-Antoine-de-

Padoue mais tu avais la tête baissée et tu pleurais quand tu es passé à côté de moi. Ensuite, tu es parti directement au cimetière. Je t'avais vu aussi dans les bras de ta mère à ton baptême, j'étais assise en arrière de l'église Saint-Antoine-de-Padoue avec encore une fois mon chapeau à voilette. Comment veux-tu que j'oublie un si beau visage ? Tu étais un petit bébé adorable et, aujourd'hui, tu as les mêmes petits yeux marron et les mêmes cheveux bruns avec des mèches dorées.

— On va être obligés d'y aller grand-mère, ils vont nous faire sortir, c'est l'heure de ton souper. J'aimerais tant te ramener avec moi, si tu savais !

— Mais on sait tous les trois que c'est impossible, hein ? Vous allez revenir me voir, mes amours ?

— Bien oui ! Et pas juste avec Charles !

— Comment ça ?

— Je vais venir te présenter ton arrière-petite-fille.

— Non ! Je suis arrière-grand-mère ?

— Oui, elle s'appelle Mélanie et elle a tes yeux.

— Ma petite princesse qui a un enfant !

— On a un enfant mamy ! C'est la fille de Charles aussi.

— Vous ne saviez pas que vous étiez frère et sœur quand vous vous êtes rencontrés et vous êtes tombés en amour ?

— Oui.

— Mais c'est merveilleux !

Anne-Marie et Charles quittèrent l'hôpital avec sur leur conscience une grande satisfaction, celle d'avoir retrouvé une grand-maman formidable dans leur vie.

— Madame Jolicœur, je vais vous préparer pour la nuit. Ensuite, si vous avez besoin de quoi que ce soit, vous demanderez garde Chapdelaine. Madame Jolicœur ?

Bernadette Jolicœur venait de passer dans l'autre monde avec sur ses lèvres un sourire qui se perpétuera tout au long de sa nouvelle vie angélique.

— Pauvre femme, elle était tellement bonne ! Elle m'avait demandé la semaine dernière : « Si je meurs pendant votre quart de travail, garde Longchamp, voulez-vous faire le message à mes proches que j'aimerais porter un chapeau à voilette à mes funérailles ? »

Chapitre 23

La nouvelle année 1977

Au palais de justice de Sorel, dans une robe bustier de satin et de crêpe ivoire, Solange était saisissante d'une beauté toute féminine. Ses cheveux clairs bouclés, aux extrémités retenues par des perles nacrées, avaient été sagement remontés pour dégager son visage. Elle avait déposé sur ses yeux une poudre dorée et sur ses lèvres, un rose givré brillait légèrement.

Mario, le futur époux, portant un costume noir très habillé et une chemise blanche avec col italien et boutons de manchettes en argent massif, n'avait d'yeux que pour sa dulcinée.

Le mariage civil fut célébré par le greffier adjoint de la Cour supérieure.

— Avant de vous unir par les liens sacrés du mariage, je vais vous faire lecture de certains articles du Code civil qui vous exposent les droits et les devoirs des époux. Hum… « Article 392… Les époux ont en mariage les mêmes droits et les mêmes obligations, ils se doivent mutuellement respect, fidélité, secours et assistance, et ils sont tenus de faire vie commune. »

On aurait pu entendre une mouche voler tellement les invités étaient accrochés aux paroles de cet homme de loi.

— Mario Martin, voulez-vous prendre comme épouse, Solange Leclerc qui est ici présente ? Répondez : « Oui, je le veux. »

— Oui, je le veux.

— Solange Leclerc, voulez-vous prendre Mario Martin, qui est ici présent, pour époux ? Répondez : « Oui, je le veux. »

— Oui, je le veux.

— Donnez-vous la main. Je vous déclare maintenant unis par les liens du mariage. Vous pouvez échanger les anneaux ! Vous voilà donc mariés suivant la loi. Je vous offre, madame et monsieur, au nom de toutes les personnes ici présentes, et en mon nom personnel, nos meilleurs vœux de bonheur.

D'emblée tous les invités applaudirent les nouveaux mariés alors que leur baiser nuptial s'éternisait, accompagné de la douce musique de Shirley Théroux.

Oui, demain quand j'entrerai dans l'église,
Pour toi seul, je garderai mon sourire,
Pour toi, celui à qui je dirai oui,
Je serai toujours à toi pour la vie.

***

Le 24 décembre au matin, Anne-Marie avait téléphoné à Charles pour l'inviter à passer la nuit de Noël chez elle en compagnie de Solange, Mario et Benjamin, mais à sa grande déception, celui-ci avait décliné l'invitation en lui promettant d'être présent pour inaugurer la nouvelle année 1977.

***

1er janvier 1977

Le manteau blanc était fripé et craquelé. La température était glaciale et le vent mauvais se perdait dans les vastes champs paralysés.

Solange s'affairait aux derniers préparatifs pour que tout soit digne du repas de la nouvelle année. Les invités s'en donnaient à cœur joie en interprétant des chansons folkloriques en attendant de s'asseoir à la grande table en bois massif coquettement décorée de couleurs vives.

— Cela n'a pas de bon sens à quel point toutes ces années ont passé si vite. On est déjà à la porte de 77, sainte mère !

— Bien oui ma vieille ! Je peux t'aider à quelque chose, Solange ?

— Il ne me reste qu'à mélanger la salade, mais si tu veux sortir les pâtés à la viande du fourneau et les couper en pointes, j'apprécierais.

— Hum ! Que ça sent bon. Regarde Benjamin, Solange, il essaie de se lever debout !

— Cré petit loup, il essaie d'imiter Mélanie, mais je ne pense pas qu'il va être aussi précoce qu'elle, je le trouve pas mal paresseux, mon Benji.

— C'est de toute beauté de les voir, sainte mère. Qu'ils ont grandi vite, ces deux-là ! Il me semble qu'on vient juste d'accoucher, toutes les deux !

— Eh oui ! Et moi, j'en ai déjà un deuxième qui grandit dans mon ventre. Je ne sais pas si c'est pareil pour toi, Anne-Marie, mais quand j'étais jeune, j'avais hâte de grandir pour faire partie des grands et puis juste en me retournant, j'y étais déjà parvenue. Toutes ces petites choses de la vie ne nous rajeunissent pas non plus, hein ?

— Oh que non ! Un beau jour, et je te dis que cela va arriver beaucoup plus vite qu'on le pense, on va faire un sacré saut et on va angoisser à voir les rides et les cernes qui soudain seront apparus…

— Voyons donc Solange, on n'est pas rendues-là encore ! On a juste trente-cinq ans !

— Tu vas voir, mon amie, tu m'en reparleras dans quelque temps. Je me revois encore à l'âge de 10 ans quand ma grand-mère m'avait donné mon premier coffre à bijoux en bois d'écorce rose et blanc. Elle m'avait donné la clef comme si c'était un trésor en me disant que cette clef-là ferait danser la ballerine juste pour moi. Mais c'est bien loin tout ça…

— Eh oui ! Ma Solange, c'est comme si dans une vie, on faisait juste un emprunt à la ligne du temps. Et malheureusement, on n'a pas assez de mémoire pour se rappeler tous ces beaux souvenirs-là.

— Exact Anne-Marie. Mais une chose que je suis bien contente de me rappeler, c'est de ma grand-mère tout miel… Elle connaissait par cœur la recette pour se faire aimer de ses petits-enfants !

— Et c'était quoi ses ingrédients ?

— Elle avait tout son temps pour me prendre sur ses genoux et m'entourer de ses gros bras ronds pour me bercer. Et chez elle, je pouvais tout faire ce qui m'était défendu chez mes parents.

— Comme quoi ?

— Comme manger dans le salon, me coucher en même temps qu'elle, c'est-à-dire à dix heures le soir et à n'importe quel moment, j'avais le droit de me coller les doigts avec tout l'assortiment de bonbons poignés en pains dans son gros pot de vitre sur le comptoir.

— Ah oui ! Je me souviens des bonbons de toutes sortes de couleurs dans le temps des fêtes ! Moi, ceux que je préférais le plus chez mamy Bibianne, c'était les blancs avec un contour vert. Tu sais, ceux qui avaient une petite fleur au centre ?

— Oui, oui ! Et moi, j'aimais ceux faits en long, les rouges avec l'intérieur blanc, ils goûtaient la cannelle…

— Et puis moi….

— Hey, les femmes ! Pensez-vous que vous allez la mettre sur la table un jour cette bonne tourtière-là ? On est en train d'agoniser, nous autres !

— Oh ! pauvre Bruno… Moi puis Solange, on jasait des vieilles années, et on avait oublié qu'on était rendues aux portes de l'année 77 !

Le repas du Nouvel An fut un festin rempli de joie et d'allégresse. Après avoir entamé la grosse bûche de chocolat ornée de noisettes et de crème chantilly, Bruno, Charles et Mario se servirent copieusement d'une liqueur d'orange et de cognac, alors que les filles, en nettoyant la montagne de vaisselle en porcelaine, étaient retournées à leurs souvenirs d'enfance.

Mario coupa leur conversation :

— Attention ! Le compte à rebours est amorcé ! Dans cinq, quatre, trois, deux, un… Bonne année ! Et que la fête continue, l'année 76 vient de tirer sa révérence !

L'heure était aux bilans, il fallait tirer un trait sur les mois qui venaient de s'écouler pour enjamber la nouvelle année.

— Attention ! Moi, Mario Martin, je vous souhaite à tous et à chacun de la santé, de l'amour et une vie remplie de belles surprises !

— Oui, Anne-Marie. Moi, Charles Jolicœur, ici présent, je te souhaite sincèrement une vie à venir remplie de tendresse et d'amour, même si je ne suis pas le chanceux qui en profitera, et je suis sincère, crois-moi, tu le mérites tellement, mon cœur.

— Je te remercie Charles, mais moi, je sais que l'amour fait souffrir et c'est pour ça que j'ai décidé de ne plus jamais aimer…

— Sais-tu que tu passes à côté d'une deuxième chance, ma chérie ? J'aimerais donc être un marchand de bonheur et mettre dans ta vie une étincelle de joie !

— La joie de vivre Charles, c'est Mélanie qui me l'apporte, et cela me suffit amplement, crois-moi…

— Non, Anne-Marie. Je suis certain que Mélanie est un rayon de soleil dans ta vie de tous les jours, mais toutes les peines qui se sont emmagasinées en toi depuis 1975, tu ne les as jamais enterrées dans ton jardin, et c'est vraiment dommage.

— J'ai appris à vivre avec, désolée. C'est comme si je ne voulais pas m'en séparer, car au fond de moi, elles appartiennent aussi aux plus beaux jours de ma vie.

— Je t'aime mon amour, même si je sais que je n'ai pas le droit de te le dire… Est-ce que je peux t'embrasser pour te souhaiter une année heureuse pour 1977 ?

— Bien sûr Charles… Et ce baiser-là, je vais le verser au chapitre des jours heureux.

Chapitre 24

Les années 80

Les jeunes années avaient passé trop rapidement et aujourd'hui, en ce jour d'octobre 1987, le saule s'était dépouillé de ses couleurs argentées et le vieux poêle bedonnant, encore de ce monde, se reposait en espérant, malgré son essoufflement et ses crépitements fatigués, survivre à un autre hiver. Ce matin, l'imposante cloche de l'église Sainte-Trinité avait chanté les trente-cinq années de dévotion du curé Forcier. Cet ecclésiastique pouvait être fier de prendre place à la droite du Saint-Père après tant de dévouement auprès de ses fidèles paroissiens.

Déjà, un remplaçant avait été désigné pour succéder à cet homme imposant. Sur le parvis de l'abbatiale, Hervé Allard offrait ses plus sincères condoléances aux paroissiens éprouvés par le décès de leur curé. Dorénavant, celui-ci prendrait place auprès du vicaire Desmarais et du bedeau, Octave Carignan, dévoué à son église depuis maintenant plus de trente-six ans.

Eh oui, après deux ans de sollicitation auprès du Vatican, l'abbé Charland avait enfin réussi à quitter la prêtrise pour convoler en justes noces avec Sylvianne Germain, sa jeune cousine pas très très jolie de Chicoutimi.

Madame Pauline, maintenant âgée de soixante-six ans, avait délégué ses fonctions de ménagère à mademoiselle Marion qui aujourd'hui portait le nom de madame Soullières.

— Une bien belle cérémonie. Il va me manquer ce bon curé Forcier. Je ne sais pas si je vais pouvoir m'habituer au curé Allard, je trouve qu'il a l'air bien froid, cet homme-là...

— Laisse-lui une chance, Anne-Marie. Il vient juste d'arriver dans la paroisse ! On dit qu'il n'y a personne d'irremplaçable, et je suis certaine que d'ici quelques mois les paroissiens seront bien à l'aise avec lui...

— Ouin. Benjamin n'arrivait pas aujourd'hui de Drummondville ? Tu ne m'avais pas dit qu'il finissait ses cours hier ?

— Bien oui, je l'attends vers la fin de l'après-midi, et je peux te dire que Lorie ne tient plus en place... Son grand frère, c'est de l'or pour elle, c'est son idole.

— Son grand frère, il a juste onze ans puis, elle, elle en a dix, sainte mère !

— Qu'est-ce que tu veux, depuis qu'il est pensionnaire, elle s'ennuie de lui comme ça se peut pas... Et Mélanie, elle finit quand à l'école Mère-Marie-Rose ?

— Le 22 juin.

— Est-ce qu'elle va passer une partie de ses vacances scolaires avec son père à Louiseville ?

— D'après moi, elle devrait bien y aller un bon trois semaines…

— Elle y va pas mal plus souvent chez son père depuis qu'il est séparé ?

— Bien oui, tu sais, ce n'était pas l'amour fou entre elle et Mireille… Pauvre Charles, après avoir racheté la maison de notre mère en 83, il ne sera resté avec elle que deux ans. Comme il m'avait dit au téléphone, il était en train de s'arracher les cheveux un à un sur la tête.

— Comment ça ?

— Bien, Mireille travaillait beaucoup avec lui sur la terre, mais là, tout seul, il pense à revendre la maison familiale.

— Tant que ça ?

— Moi, je pense qu'il avait agi sur un coup de tête quand les Taillefer l'ont appelé pour lui dire qu'ils vendaient leur maison. Et aujourd'hui, à quarante-trois ans, je pense qu'il regrette d'avoir laissé son emploi de professeur pour se lancer dans l'agriculture.

— En tout cas, moi je ne le comprends pas. Il n'a jamais voulu prendre la relève de ses parents quand il était jeune et là, il y retourne !

— Dans le temps, c'était pour tenir tête à son père… à notre père.

— Oui, mais il me semble que quand tu es rendu à quarante ans, laisser ta *job* à la commission scolaire pour aller relever une terre, moi, j'y aurais pensé deux fois.

— Oui, et il m'a dit que s'il ne trouvait pas un engagé d'ici l'automne, il remettrait la terre et la maison à vendre.

— Est-ce qu'il veut revenir habiter par ici ?

— Il ne m'en a pas parlé. Tu sais, Mélanie a onze ans. Elle a encore beaucoup besoin de son père, mais pas comme quand elle était au berceau. S'il ne déménage pas ici à Contrecœur, ils vont toujours se rejoindre quand même. Que ce soit à Pâques, à Noël ou aux vacances d'été…

— Et toi, ça se passe comment dans ta vie ?

— C'est sûr que ça fait drôle de le voir à Louiseville, mais c'est la vie, hein ?

— Est-ce qu'il t'a appelée pour te souhaiter bonne fête au moins ?

— Oui, il m'a appelé ce matin.

— J'espère bien, ce n'est pas à tous les jours qu'on a quarante-cinq ans, hein ?

— Ça se peut-tu, quarante-cinq ans ! Et dire que voilà dix ans, on parlait qu'on était trop jeunes pour avoir des rides et tout le tra la la qui vient avec. T'en souviens-tu quand on avait parlé de ça au jour de l'An 77 ?

— Oui, mais aujourd'hui, on est encore deux belles filles, ma vieille. Les rides, on a laissé ça pour les autres…

— Mais c'est certain que si Charles était descendu pour ma fête…

— Bla bla bla… Je t'invite à souper avec Mélanie, OK ?

— Ah oui ?

— Bien là, tu n'es pas pour te faire à souper toi-même le soir de ton anniversaire de naissance !

— Tu es bien fine Solange. Sais-tu que quand je te dis que Charles aura été pour moi le seul amour de ma vie, je suis consciente aussi que tu es ma meilleure amie et que tu n'es jamais sortie de ma vie, toi…

— Voyons Anne-Marie… Bon, je vais y aller moi, si je veux préparer le souper.

— Qu'est-ce que tu me feras de bon pour souper, ma Solange ?

— T'es curieuse toi ! C'est un secret, ma vieille. La seule chose dont je peux t'assurer, c'est que ce ne sera pas de la galette de sarrasin.

— Oh !… tu t'en souviens de ce soir-là, Solange ?

— Comme si c'était hier… Et puis, je peux te le dire, ce sera des fettuccinis à la sauce rosée, car pour moi tu reflètes l'image d'une rose épanouie malgré les déceptions qui ont pu passer dans ta vie.

Le souper d'anniversaire fut délicieux et très animé vu que les deux enfants attablés racontaient des anecdotes et des histoires sans queue ni tête. Les parents se demandaient bien où ceux-ci pouvaient les avoir puisées.

Au dessert, Mélanie sortit de la petite cuisinette avec le gâteau illuminé d'une vingtaine de bougies sur lequel Solange avait inscrit en glaçage rose « Bonne fête ma vieille ». Le jour de sa naissance, Mélanie était arrivée avec des cheveux blonds légers comme de la soie et des yeux couleur d'acier. Aujourd'hui, à onze ans, au-dessus de la valse des chandelles, on ne voyait que deux belles prunelles marron dans un visage encadré d'une longue chevelure d'un brun encore plus sombre que celle de son père. Physiquement, elle ressemblait beaucoup à son père mais, intérieurement, sa mère lui avait légué une belle sensibilité et une féminité naissante.

À neuf heures, Anne-Marie était de retour à la maison très heureuse et émue du geste de son amie Solange. Cette dernière lui avait permis de fêter ses quarante-cinq ans, même si, en l'absence de Charles, la nostalgie l'avait emporté.

Du grenier de mademoiselle Pétronie, où rien n'avait été déplacé depuis plusieurs années, on ne verrait pas d'orage, car ce soir le ciel était clair et constellé d'étoiles s'étalant à l'infini.

Dans le coffre de cèdre, elle ne trouva que de vieux vêtements miteux, une robe en tricot de soie rose décorée de paillettes argentées, sans doute la grande mode durant les années folles. Aussi, elle était tombée sur un élégant chapeau de velours bleu nuit, garni de perles de verre qu'elle déposa sur la tête de mademoiselle Pétronie, sans doute heureuse de dissimuler son petit crâne aux cheveux manquants. Dans la maison de poupée, tous les petits meubles de bois, fabriqués par des mains adroites, retrouvèrent leur teinte d'origine après qu'Anne-Marie les eut dépoussiérés. Elle posa son regard sur le vieux banc de piano où reposaient, dans leur écrin rose, les lettres ficelées de rubans violets usés par le temps. Elle se dit, non, je ne peux pas faire cela… c'est sûrement des secrets que tante Rosalie n'aurait voulu dévoiler à personne, même si elle n'est plus de ce monde. Elle prit délicatement les enveloppes fragiles et poussiéreuses entre ses mains tremblantes pour les jeter dans le brasier du vieux poêle. Mais le ruban violet se brisa et les lettres s'étalèrent sur le sol. L'une d'elles se coinça dans l'une des rainures des planches grinçantes du grenier. Anne-Marie put alors lire ces mots, tracés d'une écriture soignée: « Marie-Anne Jolicœur ».

Ma tendre fille,
Je ne sais pas quelle année il est présentement dans ta vie. Moi, je suis en 1945 et cela fait déjà trois longues années que je suis séparée de toi.
Cette lettre que je t'écris, je vais l'envoyer à ma sœur Rosalie, qui reste dans la ville de Contrecœur, car j'espère qu'un jour, si Dieu le veut, un être cher te la remettra en mains propres. Sinon, quand tu arriveras aux portes du ciel, je prierai un ange de te guider vers moi, si telle est notre destinée.
Si aujourd'hui cette lettre est entre tes mains, c'est que ton frère Charles te l'a remise et qu'il t'a tout raconté au sujet de ma vie de misère auprès de ton père Delphis.
Pourquoi je t'écris si tôt en 1945 ? C'est que je ne sais pas combien de temps je vais rester sur cette terre qui est, pour moi, un enfer de tous les jours.
Je n'irai pas par quatre chemins, car tu es ma fille bien-aimée et tu as le droit de connaître toute la vérité.
Quand tu es née, le 8 octobre 1942, et je te répète ce que ton frère t'a sans doute déjà expliqué, s'il est parvenu à te retrouver, tu as été adoptée le 10 octobre et tes parents adoptifs de Trois-Rivières sont Jean-Paul et Françoise Sirois. Et pourquoi Charles n'a pas pu te donner les noms de ceux-ci ?
C'est que dans la lettre que je vais lui écrire et qu'il ne recevra que le jour de mon décès, je lui révélerai ton existence. De plus, pour être assurée qu'il essaiera de te retrouver, il ne fallait pas qu'il sache qu'il n'est pas ton frère de sang. Sinon, il ne t'aurait probablement pas recherchée avec autant d'ardeur.

— Quoi ?

À la suite de ta naissance, j'ai eu des complications et mon docteur m'avait fortement conseillé de ne plus avoir d'enfants car j'aurais pu y laisser ma vie en accouchant. Nous avons alors décidé ton père et moi d'adopter un petit garçon. Charles est né à Sainte-Ursule, un petit village tout près de Louiseville, le 24 décembre 1943, et son nom à la naissance était Christophe Gagnon. On l'a fait baptiser à l'église Saint-Antoine-de-Padoue le 27 décembre.
Je ne sais pas si tu as une vie heureuse au moment où tu lis cette lettre car, pour moi, tu n'as que trois ans. Mais je souhaite de tout mon être que Charles t'ait retrouvée et que maintenant vous soyez au courant tous les deux et que vous alliez quand même perpétuer l'amour qui vous unit en tant que frère et sœur, même si la vérité a sûrement dû vous surprendre et même vous chavirer.
J'aimerais tant que Charles reste dans ta vie pour te protéger, mon enfant ! S'il te plaît, même si j'ai eu la chance de voir grandir Charles à mes côtés, dis-lui pour moi que je l'ai aimé de tout mon cœur comme mon vrai fils tout comme je t'ai aimée, ma tendre fille qui me manque à m'en déchirer les entrailles.
Aujourd'hui, tu as 3 ans et je te souhaite un joyeux anniversaire de naissance, et je répète ce vœu pour chaque année de ta vie, en attendant que Dieu nous réunisse à tout jamais dans son paradis.

Ta mère, Madeleine, qui t'aime à l'infini
Louiseville, le 8 octobre 1945

— Non et non ! Je vais mourir ! Et tu me souhaites bonne fête ! J'ai quarante-cinq ans maman, pas trois ! Ça fait quarante-deux ans que tu as écrit cette lettre-là ! Pourquoi n'as tu pas dit à tante Rosalie de donner cette lettre à Charles en même temps que l'autre, la journée de ton service, celle où tu lui apprenais que j'étais sa sœur ? C'était faux ! Et tu as détruit ce qu'on avait de plus beau au monde ! On s'aimait comme des fous ! Et à ta petite-fille Mélanie, comment lui expliquer, entre la terre et le ciel, que son père et sa mère se sont séparés par ta faute ? Tout le monde ici-bas pense que nous nous sommes quittés parce qu'on était trop différents, ce n'était pas vrai ! On était le couple le plus heureux de la terre ! Maintenant, je comprends pourquoi Charles t'a laissée te décomposer sous les mauvaises herbes au cimetière, c'est bien tout ce que tu mérites !

« Jamais je ne te pardonnerai de ne pas avoir remis cette lettre à Charles ! Et le berceau, le joli petit berceau qui est devenu celui de ta petite-fille, tu peux me croire qu'il va débouler les marches du grenier assez vite !

« Jamais je ne te pardonnerai ce que tu nous as fait, jamais tu m'entends ? Et puis, à bien y penser, je devrais regarder par terre au lieu de regarder au ciel quand je te parle, car après ce que tu as fait, tu as dû être envoyée directement en enfer.

« Et je n'ai pas fini maman ! Est-ce toi qui vas sortir de ton enfer pour expliquer à Charles qu'il n'était pas ton vrai fils. Non, ne te dérange pas, c'est moi qui vais lui dire. Tu peux rester là avec le diable parce que c'est la place qui te revient de droit.

« Et aussi, si j'avais pu être mise au courant à ma naissance que tu étais aussi cruelle, je t'aurais demandé moi-même de me donner en adoption, sauf que j'aurais choisi moi-même mes parents adoptifs. »

Chapitre 23

L'impasse

Jusqu'à ce que le soleil se lève, Anne-Marie était demeurée près du vieux poêle, tenant la lettre de Madeleine serrée entre ses mains, tandis que les autres, adressées à tante Rosalie, s'étaient volatilisées dans les flammes sans être lues, même si elle se doutait bien que ces lettres parlaient d'elle et de Charles.

Pendant toute son existence, elle avait cherché un sens à sa vie, mais malheureusement, à part le chemin qu'elle avait elle-même dessiné pour Mélanie, personne ne lui avait tracé d'itinéraire.

Jour après jour, elle avait essayé de tirer un trait sur son passé, mais en vain… celui-ci venait encore la tourmenter. Durant dix ans, elle avait su se ménager certains moments de bonheur, mais voilà que la douleur venait à nouveau assombrir ces quelques instants heureux.

Un jour, le curé Forcier avait dit à ses paroissiens: «Semez du bon grain, faites confiance à la vie, laissez le temps faire son œuvre et Dieu vous récompensera.

« Le plaisir se vit, la joie rejoint toutes les âmes, mais le bonheur, si vous ne faites pas d'efforts pour le cultiver, ne poussera pas tout seul. Et surtout, ne tentez pas d'éviter les épreuves qui vous seront imposées, car, tout comme les cailloux qu'on ne prend pas la peine de nettoyer du chemin, tôt ou tard, elles reviendront vous hanter et vous feront trébucher. Et n'oubliez surtout pas qu'il y a toutes sortes de gens dans la création du père, ceux qui donnent l'impression d'être heureux mais ne le sont pas, car dans leur vie ils ont brûlé trop d'étapes. Et les autres, réellement heureux, qui aujourd'hui récoltent un bonheur cultivé prudemment. Et je le répète, sachez que pour atteindre ce bonheur il vous faudra traverser la douleur, comme on ne peut atteindre les rayons du soleil sans d'abord avoir cheminé dans la nuit. » Sans vous manquer de respect monsieur le curé, le Tout-Puissant a oublié de me mettre sur la liste de ses croyants exaucés. Et que Dieu vous bénisse, Amen.

***

— Anne-Marie, qu'est-ce qui s'passe ?

— Je veux mourir Solange !

— Oh non ! C'est Mélanie ?

— Non ! Mélanie est chez Marie-Ève.

— Es-tu malade ?

— Non… oui… je suis malade dans mon cœur, Solange !

— C'est Charles qui t'a fait de la peine ?

— Non, c'est sa mère…

— Elle est morte seigneur de Dieu, comment a-t-elle pu te faire de la peine comme ça ?

— Tiens, lis ça, tu vas tout comprendre.

— Mais, c'est une lettre que tu as prise dans ton grenier ? Où sont les autres ?

— J'ai juste lu celle-là. À ce que tu vois, c'est bien écrit Marie-Anne Jolicœur sur l'enveloppe ?

— Oui, oui, Anne-Marie…

— Alors, tu peux la lire, elle est à moi. Les autres, je les ai toutes brûlées cette nuit.

Pendant que Solange parcourait l'écriture de Madeleine en s'arrêtant sur chaque ligne pour bien comprendre chacun de ses mots, Anne-Marie s'était installée à ses pieds.

— Toutes ces années perdues Anne-Marie ! Mais, sais-tu que c'est merveilleux !

— Quoi ? Qu'est-ce qu'il y a de merveilleux Solange ?

— Anne-Marie ! Vous allez pouvoir vous aimer jusqu'à la fin de vos jours !

— Voyons Solange, arrive dans la réalité, ça fait déjà douze ans ! On ne retourne pas en arrière après avoir vécu autant d'échecs !

Solange se mit à secouer les épaules d'Anne-Marie.

— Hey, réveille ! Je t'ai dit que vous êtes maintenant libres de vous aimer toute votre vie ! Prends ta clé et débarre la porte de ta cage, seigneur de Dieu !

— Il est trop tard Solange, il a coulé trop d'eau sous le pont. On ne refait pas sa vie après avoir passé autant d'épreuves, ce serait au-dessus de mes forces. Oh… pourquoi notre mère a-t-elle pu être aussi méchante ?

— Écoute, écoute-moi !

— Oui…

— Elle a raison Madeleine dans sa lettre…

— Es-tu aveugle, toi ? Elle a tout brisé !

— Non, je ne suis pas de ton avis, moi. Elle a tout simplement voulu que vous vous rejoigniez en tant que frère et sœur, et moi, je trouve qu'elle a bien fait de ne pas dire à Charles qu'il avait été adopté. C'est vrai qu'il n'aurait jamais cherché à te retrouver, car s'il avait su qu'il n'y avait aucun lien de parenté avec toi, vous ne vous seriez jamais rencontrés, et Mélanie ne serait pas de ce monde aujourd'hui.

— Oups… j'arrive au mauvais moment, je pense, moi ? Ça va Anne-Marie ? Est-ce que c'est Mélanie ?

— Non Mario, c'est ma mère qui est sortie de l'enfer hier soir pour me mettre en miettes.

— Hein ? Petit péché que des fois le monde est injuste ! Pauvre toi… Regarde Solange, je vais amener Benjamin avec moi au Canadian Tire, j'ai besoin de nouveaux essuie-glaces, et en même temps, je vais lui acheter son jeu de Monopoly qu'il me demande depuis des semaines…

— C'est correct, faites attention en auto. Vas-tu lui dire à Charles, Anne-Marie ?

— Est-ce que j'ai le choix ? Me vois-tu lui dire qu'il s'appelle Christophe Gagnon, toi ?

— Ouf…

— C'est ça Solange, ouf… ce n'est pas le fils de Madeleine et moi je n'ai aucun lien de parenté avec lui, et je suis la fille légitime de sa mère qui n'est pas du tout la sienne.

— Ça va être un coup dur pour lui, c'est vrai. Mais après que la poussière sera retombée, tu ne penses pas que vous allez pouvoir vous retrouver comme avant tous les deux ?

— Non Solange…

— Tu ne l'aimes plus ?

— Oui, je l'aime…

— Mais ?

— On ne pourra jamais reprendre une vie normale. Mélanie a juste onze ans, comment on pourrait lui expliquer tout ça ? Non, ce serait trop. On va continuer chacun notre route en tant que ses deux parents, mais sans reprendre ensemble, ce sera mieux pour tout le monde.

— Anne-Marie, Charles est son père ! Il n'y a rien à lui expliquer, seigneur de Dieu ! Et tu n'es pas obligée de tout lui dire non plus ! Tu peux la laisser grandir un peu, non ?

— Regarde Solange, on dit qu'on ne peut recoller un vase cassé. Et dire que jusqu'à maintenant, j'ai vécu avec sur ma conscience que Charles en plus d'être le père de Mélanie, il était aussi son oncle. Je ne pourrai jamais revenir en arrière Solange et faire comme si rien ne s'était passé.

— Vas-tu aller le voir à Louiseville ?

— Je n'ai pas le choix, hein ! Si je ne lui dis pas, je vais l'avoir sur ma conscience jusqu'à ma mort.

— Pauvre toi et tu vas lui dire quand ?

— Je ne le sais pas… je ne le sais pas…

***

Déjà le mois de mars et Anne-Marie ne s'était toujours pas libérée de son secret. Elle avait tout simplement décidé de le laisser traîner derrière elle au milieu du chemin où se retrouvaient des centaines de cailloux oubliés. Elle avait aussi décidé d'entreprendre une toute nouvelle vie. Premièrement, elle voulait construire un mur entre Louiseville et Contrecœur en s'efforçant de ne pas le franchir, sauf si c'était pour Mélanie. Deuxièmement, quand Charles visiterait Mélanie dans le rang du Ruisseau, celle-ci serait absente à chacune de ses visites.

Oui, selon elle, la meilleure façon de ne blesser personne autour d'elle était de ne pas ramasser les pierres qu'elle avait laissé traînailler derrière elle.

« De toute façon, j'ai vécu dans une carrière toute ma vie, cela m'apporterait quoi de mieux aujourd'hui ? »

— Maman, où vas-tu ?

— Je vais chez la coiffeuse ma cocotte...

— Et papa ? Tu sais qu'il va être ici dans une heure ? Tu vas le manquer !

— Je n'ai pas le choix Mélanie, mon rendez-vous est à dix heures. C'est à Sorel, et il faut que je prenne le temps de m'y rendre, il est déjà neuf heures et quart ! Dis-lui bonjour de ma part, d'accord.

— D'accord, mais il va être déçu.

***

Au salon de coiffure Guy de Verchères sur la rue Georges à Sorel, Anne-Marie était bien déterminée, ses longs cheveux roux aux reflets d'acajou subiraient une métamorphose.

— Madame ! Vous ne pouvez pas faire ça ! Vous n'aimez pas mieux y penser avant ? Je pourrais juste vous les rafraîchir et vous faire un *brushing* le temps que vous y pensiez sérieusement ?

— Bien non Marguerite, personne ne pourrait me faire changer d'idée, même pas ma coiffeuse. Bon, qu'est-ce que tu me suggères ?

— C'est sûr que les cheveux longs plaisent beaucoup aux hommes, mais...

— C'est justement Marguerite, mon but n'est pas de plaire aux hommes, je veux me plaire à moi-même avant tout.

— Je sais bien Anne-Marie, mais j'ai peur que vous le regrettiez après ! Des cheveux, ça ne se recolle pas, vous savez ?

— Bien oui ! Écoute Marguerite, si cela te fait trop de peine de mettre les ciseaux dedans, je peux prendre une autre coiffeuse. Tiens, regarde Réjeanne, vu qu'elle a une belle petite coupe à la mode, elle voudra peut-être me faire la même que la sienne ?

— Bon bien, je viens de comprendre que vous êtes bien décidée. Vous savez que les cheveux courts sont autant d'entretien que les cheveux longs, sinon plus. On pourrait commencer par une coupe au carré avec une permanente légère juste pour leur donner un peu plus de volume.

— Tu penses ?

— Cela fait combien d'années que vous avez les cheveux aussi longs, Anne-Marie ?

— Oh ! au moins dix-huit ans.

— Oh là là ! bon, allons-y… Comme je vous disais tantôt, vous avez les traits fins et vous pourriez essayer une coupe au carré, quelque chose de moins radical. Vous pourriez ainsi garder pleine longueur sur la nuque, sur le devant et sur les côtés par exemple. Et quand vous vous sentirez prête, vous pourrez aller plus loin et les faire couper plus court.

— Sais-tu que ce n'est pas fou ce que tu dis là !

— Mais je suis là pour que mes clientes ne regrettent pas leur décision, Anne-Marie. C'est sûr que vous pouvez les avoir courts vos cheveux, mais je vous conseille vraiment d'y aller par étapes.

— Comme les cailloux…

— Hein ?

— Oublie ça Marguerite, je me comprends.

Chapitre 26

Le Château

— Regardez madame Martin, ce livre-là, je l'ai réservé ça fait déjà deux semaines et ce matin, vous m'informez que vous ne l'avez pas ?

— Écoutez monsieur Talbot, la personne qui devait me le rapporter hier m'a appelée pour me dire qu'elle était malade et qu'elle ne pouvait pas se déplacer.

— Vous auriez pu aller le chercher ?

— Monsieur Talbot, je suis bibliothécaire, je ne suis pas une messagerie ! Dès que ce livre sera rentré, je vais vous téléphoner.

— Et que ce n'est pas drôle de faire affaire avec du monde incompétent !

— Je vous demande pardon ?

— Je me comprends.

Solange était rouge écarlate.

— Sainte mère Solange, y a mangé de la vache enragée, lui !

— Je ne le sais pas Anne-Marie, mais je m'en fiche comme dans l'an quarante. Moi, du monde effronté comme ça... Tiens, je lui souhaite que les ongles lui tombent puis qu'il attrape des poux.

— Oh! Tu es donc bien sadique! Pauvre de lui, y va trouver ça dur de ne pas pouvoir se gratter...

— Ce sera son problème...

— As-tu remarqué aussi comment il a maigri depuis qu'il n'arrête pas de nous casser les oreilles avec son régime?

— Je n'appelle pas ça maigrir, moi, j'appelle ça se faire sécher pour faire un crucifix, seigneur de Dieu...

— Changement de propos, as-tu lu *Les Pendules* d'Agatha Christie?

— Non, il est bon?

— Mets-en!

— Quelle est l'histoire?

— Naturellement, c'est encore une intrigue avec le détective Hercule Poirot...

— Et les pendules?

— C'est Sheila Webb, une sténodactylo qui est envoyée en mission chez miss Pebmarsh, et quand elle arrive dans le salon de cette mademoiselle Pebmarsh, c'est rempli de pendules et elle trouve un cadavre sur le plancher.

— C'est tout?

— Bien attends! Le pire, c'est que cette miss Pebmarsh, qui était aveugle, venait d'arriver de faire ses commissions et qu'elle a presque marché dessus.

— Ouache!

— Ce n'est pas ton genre de lecture ma Solange, c'est loin de tes petites histoires à l'eau de rose...

— Ouin...

— Mon Dieu, tu as donc bien l'estomac fragile, ma Solange !

— Oh ! Excuse-moi, je pensais encore à ce gros chialeux…

— Oh Solange !

— Mon Dieu, as-tu vu un ours tu es toute blanche ?

— Je vais aller aux toilettes, moi…

Anne-Marie s'était faufilée presque en courant entre deux allées de livres.

— Bonjour madame…

— Monsieur… je peux vous aider ?

— Oui peut-être… Mademoiselle Sirois ne travaille pas aujourd'hui ?

— Oui, oui, je vais aller vous la chercher, elle est dans la salle de visionnement, je crois. Donnez-moi deux minutes, s'il vous plaît.

— Merci madame, c'est gentil…

— Anne-Marie ?

— Oui ?

— Veux-tu bien me dire pourquoi tu te caches comme ça dans les toilettes, toi ?

— Je le connais ce gars-là !

— Puis ? Là, tu fais pareil comme moi quand j'ai vu Mario au Mail Champlain ! Veux-tu bien me dire…

— C'est un monsieur que j'ai rencontré à Sorel quand je suis allée chez la coiffeuse.

— Et il t'a trouvée tellement belle avec ta nouvelle coupe de cheveux qu'il t'a *cruisée* ?

— Ne dis pas de niaiseries Solange ! Nous avons juste jasé.

— Sainte, vous avez jasé pas mal pour qu'il vienne jusqu'à ton travail ! Au salon Guy de Verchères, ils coupent les cheveux des hommes aussi ?

— Non, non… je l'ai rencontré au restaurant Prince Pizzeria…

— Et ?

— Il m'avait dit qu'il viendrait se choisir un livre et moi je lui ai dit tout simplement que je l'aiderais à choisir.

— Puis, asteure qu'il est devant toi, tu te caches ? Regarde ma vieille, on ne change pas de cheval dans le milieu de la côte. Cela fait que tu vas retourner au comptoir pour le servir, d'accord ?

— Je n'ai comme pas le choix, hein ?

— C'est cela ma chère.

Anne-Marie sortit de la salle de bain, et en se retrouvant devant Gilbert, elle s'était mise à bafouiller.

— Bonjour Gilbert, quelle bonne surprise ! Vous n'allez pas bien ? Je veux dire, vous allez bien ?

— Oh oh… en effet, je n'allais pas bien quand je suis arrivé, mais présentement, je peux dire que je me porte à merveille Anne-Marie…

— Vous vous êtes choisi un livre ?

— Non pas vraiment, à vrai dire, je ne connais pas beaucoup d'auteurs…

— Je pourrais vous aider à choisir si vous voulez.

— Vous auriez le temps ?

— Bien oui, c'est mon travail… Vous avez un penchant pour quel genre de littérature ?

— Toute une question Anne-Marie, il y a bien longtemps que je n'ai pas tenu un livre dans mes mains…

— Quand vous lisiez, vous lisiez des biographies, des romans policiers, des livres québécois ou bien de psychologie ?

« Et voilà, je répète encore les mêmes questions que j'avais posées à Charles la journée de notre rencontre ! »

— Peut-être que j'aimerais du québécois ou bien du policier ? Non, pas du policier. Vous comprenez qu'avec mon métier…

— Bien oui. Y aurait *Monsieur Melville* de Victor-Lévy Beaulieu, c'est une trilogie.

— Oui, peut-être, j'ai déjà lu de lui *Race de Monde* et j'avais bien aimé… Oui, je vais prendre celui-là… Et si je vous racontais le premier chapitre de mon roman ?

— Pardon ?

— Écoutez bien… Un jour, au restaurant Prince Pizzeria, un homme gentil, non très gentil et attentionné, aida une jolie jeune femme à faire ses mots croisés en lui disant que le nom du versant d'une montagne se nommait « ubac ».

— Hi hi…

— Attendez, je suis rendu à mon deuxième chapitre !

Anne-Marie venait de perdre son teint de pêche tellement la gêne s'était emparée d'elle.

— Je continue… À la suite de l'aide de ce charmant jeune homme, la jolie femme lui offrit une gomme à mâcher Dentyne.

— Oh ! Vous me mettez mal à l'aise, Gilbert…

— Mais non, mais non… Est-ce que je pourrais me permettre de vous inviter à souper samedi soir Anne-Marie ?

— Je ne sais pas trop…

— Vous me feriez un grand plaisir…

— Et votre…

— Ma femme ? Tout est réglé, c'est pour cela que j'ai attendu trois longues semaines interminables avant de venir vous rendre visite. Je n'aurais pas voulu vous inviter avant d'être libéré de mes engagements.

— Oh, je vois… Et tout s'est bien terminé avec votre femme ?

— Oui, oui, elle va garder les enfants pendant la semaine et je vais les prendre avec moi une fin de semaine sur deux.

— Ils ont quel âge vos enfants ?

— J'ai un grand garçon de 17 ans, Jean-Philippe, il suit son cours au cégep juste ici en face. Ensuite, il y a Maude, quatorze ans, qui va à la polyvalente Bernard-Gariépy et ma petite grenouille, Marie-Josée. Elle a onze ans et elle est en sixième année.

— Vous avez beaucoup de responsabilités.

— Oui, et je suis bien heureux d'être là pour eux.

— À ce que je vois, vous êtes vraiment un père modèle.

— Je n'ai pas de mérite Anne-Marie, c'est eux qui me rendent la vie aussi belle. Et puis, notre petit souper ?

— D'accord, mais je voudrais que…

— Que je ne prenne pas ça comme un souper d'amoureux ?

— C'est ça... J'ai de la difficulté à dire directement ce que je pense, désolée...

— Souvenez-vous bien que les plus belles paroles que peut dire un être humain, ce sont celles qui viennent directement de son âme.

Quand Anne-Marie retourna à l'arrière du comptoir, Solange feignit d'ignorer la conversation qu'elle venait de capter.

— Combien de livres abîmés faut-il descendre au sous-sol Solange pour la vente de la semaine prochaine ?

— Deux boîtes, celles qui sont juste à côté de la corbeille à papier... Et puis ?

— Et puis quoi ?

— Bien là, j'avais bien beau essayer de ne pas vous entendre parler, mais vous étiez quasiment à côté de moi ! Puis, son roman va être édité quand ?

— Quel roman ?

— Celui dont il t'a lu deux chapitres...

— Tu as entendu ça aussi ?

— Je n'étais pas pour aller me cacher dans la salle de bain moi aussi ! Y avait d'autres clients à servir, et toi tu étais trop occupée.

— Je vais dire comme madame Juliette, j'avais le cœur qui me battait comme une pétaque dans un sabot.

— Il te fait de l'effet le beau mâle ! Il ne doit pas être loin de la cinquantaine, si c'est pas un peu plus ?

— Il a juste quarante-huit ans.

— Ah ! Cela doit être ses cheveux gris... En tout cas, il est beau bonhomme.

***

Le vendredi suivant, Anne-Marie avait pris rendez-vous avec Marguerite au salon Guy de Verchères pour rafraîchir sa coupe de cheveux. Par la suite, elle s'était rendue au magasin pour dames Le Chic 80 pour se choisir un nouveau tailleur. Cependant, vu le printemps hâtif, elle avait opté pour une jolie robe de mousseline de couleur ivoire et au magasin de chaussures La Barre, elle recouvrit ses petits panards de délicates sandales blanches aux talons vertigineux.

Dans la matinée du lendemain, suite au coup de fil de Gilbert qui l'informait qu'il avait réservé au restaurant Le Château, un restaurant de fine cuisine française aux spécialités normandes situé sur la route Marie-Victorin à Contrecœur, elle prit un bain rempli d'une mousse parfumée à la lavande. Par la suite, elle prit soin d'enduire son corps d'une crème au lait de chèvre. Assise devant sa coiffeuse en samba, elle se rehaussa le teint d'un léger maquillage, omettant le fard sur les joues pour ne pas masquer ses petites taches de son qui, pensait-elle, ajoutait à sa féminité.

— Maman !

— Oui ma puce…

— Il arrive ton policier !

— Ce n'est pas mon policier Mélanie, c'est un ami…

— D'accord… Wow !

— Tu le trouves beau ?

— Non, c'est son auto que je regardais. Elle est bleue, c'est ma couleur préférée…

— Hi hi…

— C'est un plus vieux monsieur que papa, hein ?

— Mélanie ! Il n'est pas vieux, ce sont ses cheveux gris qui lui donnent un air un peu plus vieux.

— Ah ! Je vais amener Franklin dehors, moi.

— Mélanie, tu ne veux pas que je te présente Gilbert ? Tu pourrais aller promener ton chien après, non ?

À l'entrée de la maison, Gilbert s'attardait un moment pour respirer l'odeur de menthe et d'eucalyptus.

Anne-Marie l'accueillit gentiment en le priant d'entrer pour prendre un apéro et, par la même occasion, lui présenter Mélanie.

— Bonjour jolie demoiselle. Sais-tu, je trouvais ta mère jolie, mais toi tu es vraiment très très jolie.

— Merci monsieur…

— Tu es en quelle année, Mélanie ?

— En sixième à l'école Laplume.

— Ah bien, tu dois connaître ma petite grenouille, elle va à l'école Laplume elle aussi. Elle est dans la classe de sœur Christine, tu la connais ?

— Bien oui, c'est mon professeur !

— Ah bien, ah bien, donc tu es dans la classe de ma fille…

— Peut être monsieur, mais je ne connais pas de grenouille dans ma classe…

— Oh ! ma petite grenouille, elle s'appelle Marie-Josée Sirois.

— Marie-Josée Sirois ? Oui, je la connais, mais je ne lui ai pas parlé souvent.

— Êtes-vous sérieux Gilbert, votre nom de famille est Sirois ?

— Bien oui, vous n'aimez pas mon nom de famille ?

— Non, non, ce n'est pas ça, c'est que mon nom à moi, c'est Sirois aussi !

— Non ! Pas vrai ! Je n'en reviens pas ! On est peut-être parents ?

— Je ne pense pas, hum… je suis née à Trois-Rivières.

— Ah… Mais j'ai déjà eu de la parenté dans le coin de Trois-Rivières, mais je ne les connais pas. Mon père est déménagé à Tracy en 1939 quand j'avais deux mois. C'était le frère de mon père qui restait là.

— Ah ! Mais toi Mélanie, tu ne m'as jamais dit ça qu'il y avait une petite Sirois dans ta classe ?

— Bien là maman, des Sirois, y en a partout ! Comme les Tremblay ou bien les Cournoyer !

— Quant à ça… Il s'appelait comment le frère de votre père, Gilbert ?

— Oh là là… Il faudrait que je demande à mon père, vu que je ne l'ai jamais connu, vous comprenez que je n'ai jamais posé de question sur lui. Quand je vais aller chez mon père sur la rue des Muguets, je vais lui demander. Bon bien, il est six heures et demie Anne-Marie, il faudrait penser à y aller, j'ai réservé pour sept heures. En passant… Vous êtes vraiment resplendissante.

— Oh, merci Gilbert.

— Mon père lui dit à chaque fois qu'il vient nous voir, qu'elle est belle ma mère.

— Mélanie !

— C'est correct Anne-Marie, votre fille a tout simplement dit la vérité, et son père a parfaitement raison lui aussi.

Au restaurant Le Château, le serveur leur avait suggéré un Château Haut-Brion, un cru Bordelais, et ce fut à la lueur des chandelles qu'ils s'étaient délectés d'une soupe de saumon, d'une entrecôte grillée au cœur de camembert et, pour dessert, d'une chartreuse aux pommes et aux abricots. Gilbert était très élégant, vêtu de son costume couleur d'acier, et Anne-Marie était d'une féminité époustouflante dans sa robe ivoire.

— Vous êtes belle… une vraie princesse. Parlez-moi de vous Anne-Marie, s'il vous plaît !

— Oh, j'aimerais mieux que vous me parliez un peu de vous, Gilbert…

— D'accord, mais juste un petit peu… Posez-moi vos questions…

— Parlez-moi de vos enfants…

— Pour mes trois petits trésors, je peux vous dire qu'ils sont des enfants que tous les parents de la terre rêveraient d'avoir. Il y a juste Marie-Josée qui est un peu rebelle. Elle n'accepte pas notre divorce.

— Je la comprends la pauvre petite… Peut-être qu'avec le temps elle va agir comme tous les autres enfants qui sont passés par là et s'habituer à cette nouvelle situation…

— Je le souhaite de toutes mes forces, car pour l'instant elle est assez agressive. Pour mon plus vieux, Jean-Philippe, comme je vous l'ai dit, il fait son cours de mécano au cégep et ses passe-temps sont le hockey, le baseball, le basketball, et cela seulement lorsque je le force à sortir pour qu'il lâche son satané jeu de Nintendo.

— Lui aussi vénère Mario Bros et Luigi ?

— Oui, et je suis à la veille de lui confisquer…

— C'est vrai que ce jeu-là prend tout leur temps. Mélanie en a un aussi. Mais je ne vous cacherai pas que quand elle est partie à l'école, moi-même, je peux passer des heures à me pratiquer pour essayer de gagner contre elle, elle est tellement douée…

— Donc, si je comprends bien, vous jouez à Mario Bros en cachette ?

— Chut Gilbert, je veux seulement essayer de gagner une partie…

— Oh oh, vous êtes ratoureuse, vous !

— Je n'ai pas le choix. Au début, quand je jouais avec ma fille, elle me battait toujours à plate couture ! Avec de la pratique, je pourrais lui montrer que je sais bien jouer moi aussi, non ?

— Mais vous savez bien comme moi que ces jeunes-là ne sont pas faciles à battre ?

— Voulez-vous dire que vous jouez au Nintendo vous aussi ?

— Bien oui… C'est plus fort que moi…

— Et votre autre fille, Maude ?

— Maude, c'est une enfant qui adore l'école. Elle n'est qu'au secondaire et elle rêve de se retrouver à l'université, en médecine pour devenir pédiatre.

— Ah oui ! Elle doit aimer beaucoup les bébés pour s'engager dans des études aussi longues.

— Elle adore les enfants. Et je pense qu'elle a hâte de se marier seulement pour avoir des enfants bien à elle et une vie familiale bien remplie. Et vous, pourquoi ne vous êtes-vous jamais mariée ?

— Incompatibilité tout simplement.

— Tiens donc…

— Quoi ?

— De la façon dont cela est sorti de votre bouche, moi je l'ai entendu comme si vous essayiez de cacher une petite vérité, je me trompe ?

— Mais…

— Ne vous inquiétez pas, je ne vous poserai plus de questions sur un passé qui n'appartient qu'à vous. Ce que je trouve dommage, c'est que vous les avez toujours tassées au fond de vous ces émotions-là, et vous ignorez le grand bien que cela vous apporterait si vous les laissiez s'évader de votre cœur…

— Je comprends votre point de vue Gilbert, mais il faut croire que je ne suis pas encore prête à faire le tri de ces émotions.

— C'est vraiment si terrible, ce que vous avez vécu, Anne-Marie ?

— Oui, c'est ça…

— J'espère bien pour vous qu'un jour tout s'éclaircira, vous le méritez tellement…

— Je l'espère aussi. Je l'espère…

Anne-Marie avait réintégré sa maison à minuit tout comme Cendrillon. Sauf qu'aucun baiser n'avait été échangé dans le carrosse de verre.

Chapitre 27

Retour au bercail

Avril

Bruno était passé rendre visite à Anne-Marie pour lui annoncer qu'il avait enfin rencontré l'homme de sa vie. Bien sûr, elle fut enchantée de cette belle nouvelle, mais aussi un tantinet déçue. Car au fond, elle savait bien que son ami espacerait, malgré lui, ses visites dans le rang du Ruisseau.

— Mélanie va se poser des questions, Bruno, si elle te voit moins souvent… Tu sais, elle t'aime comme si tu étais son vrai oncle…

— Mais, elle va pouvoir comprendre, non ? Tu pourrais lui expliquer ?

— Je vais lui expliquer Bruno, mais pas tout de suite, elle est trop jeune… Et ton ami, Charles-Édouard, il va aller vivre avec toi ?

— Bien non, y a son salon de coiffure sur la rue Sainte-Catherine à Montréal ! Le samedi après-midi, il va monter chez moi où c'est moi qui vais descendre chez lui jusqu'au dimanche soir.

— Et il demeure où ?

— Sur le Plateau-Mont-Royal, un maudit beau coin…

— D'accord, mais tu ne penses quand même pas déménager sur le Plateau ?

— Hey Anne-Marie, calme-toi, ça fait seulement trois semaines qu'on se connaît !

— Excuse-moi Bruno, je t'aime tellement, je ne voudrais pas te perdre… Et comment est-il ton amoureux ?

— Oh, premièrement, il est très intelligent et très cultivé. C'est un grand voyageur, il a presque fait le tour du monde.

— Je suis vraiment contente pour toi… Et son physique ?

— Il est grand, il a les yeux verts et ses cheveux sont châtains coupés très très court, presque rasés.

— Ça fait tout un changement avec ta queue de cheval…

— Bien oui. Des fois, j'ai envie qu'il me coupe mes cheveux aussi court que les siens, mais il dit que ça lui ferait de la peine parce qu'il aime beaucoup mes cheveux longs.

— Moi aussi, j'aurais de la misère à m'habituer. Depuis que j'ai fait ta connaissance chez ton grand-père Midas, je ne t'ai jamais vu autrement qu'avec ta longue queue de cheval. Ça me ferait tout drôle…

— Mais un jour, il va falloir sortir les ciseaux, je suis quand même rendu à quarante-quatre ans…

— Bien oui, mais Bruno, sainte mère, l'âge n'a pas de rapport, ça te fait bien présentement. À cinquante, ça va être pareil et à soixante aussi…

— C'est ça, à soixante, pourquoi ris-tu ? Tu me vois à soixante ans avec ma queue de cheval ?

— Disons que tu pourrais la faire couper au début de la cinquantaine.

— Oh, ça va être avant ça ma belle amie. Où est ma préférée ?

— Elle est à Louiseville avec Charles, elle revient après le souper.

— Ah ! Et Charles, il n'a toujours pas mis sa maison à vendre ?

— Oui, oui, depuis le mois de mars. Mais tu comprends bien que cela peut être un peu long… C'est pas comme une petite maison avec juste une petite cour et quelques fleurs et deux trois arbustes, hein ?

— C'est si grand que ça ?

— Bien oui ! Y a une fraisière, un élevage porcin, et depuis qu'il a racheté la terre, il s'est acheté un cheval. Ne te demande pas pourquoi Mélanie est toujours rendue là, hein !

— Oh là là ! c'est vraiment grand ! Et s'il vend, il veut revenir par ici ?

— Je n'en sais rien… Moi j'aimerais mieux que non, car s'il revenait dans le coin, je le verrais plus souvent et il faudrait probablement que je lui confie des choses qui pourraient lui faire de la peine.

— Que veux-tu dire ?

— Tu connais l'histoire du curé Forcier, l'histoire des petits cailloux ?

— Oui, oui, j'étais dans l'église quand il a fait ce sermon-là. Donc, tu as quelque chose de bien important à lui confier ?

— Oui, mais je ne peux pas en parler… en tout cas, pas pour l'instant.

— C'est correct Anne-Marie… Un jour tu vas lui dire…

— C'est cela… Oups le téléphone, peux-tu répondre le temps que je me lave les mains, j'ai plein de terre noire entre les doigts ?

— Oui, oui… Allo ?

— Désolé, je voulais parler à mademoiselle Sirois. Je dois avoir fait un mauvais numéro.

— Non, non, c'est bien ici… c'est de la part de qui, monsieur ?

— Voyons Bruno, hi hi… tu es donc bien indiscret !

— C'est Gilbert Sirois.

— Très bien, je vous la passe… C'est Gilbert. Est-ce que tu aurais oublié de me dire quelque chose, toi ?

— Mais non. Gilbert, c'est un ami. Je suis allée souper avec lui un soir, c'est tout !

— Et, est-ce qu'il est beau ce Gilbert ?

— Bruno Hamelin ! Reste tranquille, Charles-Édouard ne serait pas content de ton comportement.

— Oui, mère supérieure…

***

Gilbert avait été convié chez Anne-Marie pour un deuxième souper en toute amitié.

Mélanie était rentrée de Louiseville à cinq heures et Charles avait été ravi d'apercevoir la table dressée pour trois. Mais quelle fut sa déception en apprenant qu'un autre homme que lui y était invité. À la suite de quelques échanges, il reprit la route de Louiseville. Anne-Marie lui avait offert de rester dans l'espoir qu'il rencontre Gilbert, mais il n'avait pas voulu.

Après que Mélanie fut sortie de table pour aller chez mamy Joyal, ils discutèrent chaleureusement sans que, dans le ciel bleu clair, aucun nuage gris ne se montre, ni que les rideaux de dentelle blanche ne dansent la valse à trois temps au rythme de la brise d'avril. Gilbert avait quitté Anne-Marie à onze heures en répétant que son gigot d'agneau était parfait.

Et non : il n'y avait eu ni spaghetti ni porto au menu. Et que Dieu bénisse cette belle soirée d'amitié !

***

Au début du mois du muguet, où les vents de mai s'en donnent à cœur joie, Anne-Marie avait reçu un appel de Charles qui lui annonçait son soulagement d'avoir vendu la maison familiale à Louiseville.

— Je suis contente pour toi, Charles… Tu veux déménager dans quel coin ?

— Aucune idée… Cela va dépendre où je vais trouver un poste. C'est certain que j'aimerais revenir à Contrecœur, mais je suis bien conscient que je ne retrouverai jamais une maison comme celle des Hamelin dans le rang du Ruisseau.

Et voilà ! Est-ce qu'Anne-Marie va lui apprendre que pas plus tard que la veille, les Joyal avaient planté une enseigne des Immeubles Simard devant leur maison, suite au transfert de monsieur Joyal à Rimouski.

— C'est certain, Charles, que les gens de Mère-Marie-Rose seraient bien heureux de t'engager à nouveau dans leur école. Tu sais que tu étais bien apprécié dans le temps. Et tu pourrais revoir Doris aussi, elle enseigne encore là.

— Ah oui ! Aux dernières nouvelles, elle devait déménager à Magog.

— Bien non, je l'ai vue à la bibliothèque il y a un mois et elle m'a dit qu'elle enseignait encore là, mais plus l'éducation physique, mais bien les mathématiques, aux enfants de première année.

— Dans le même ordre d'idée, Mélanie m'a fait comprendre qu'elle aimerait bien aller à cette école.

— Ah ! Mélanie ne m'a jamais parlé de ça ! Elle m'a toujours dit qu'elle aimait l'école Laplume à Tracy.

— Bien oui, mais si elle avait pu faire sa sixième année à l'école Mère-Marie-Rose, elle aurait été bien contente.

— C'est étrange, elle ne m'a jamais dit ça ! Elle aime son école Charles, c'est l'autobus qu'elle n'aime pas. Mais comme je lui ai dit, il va falloir que tu te fasses à l'idée, ma fille, y a pas de polyvalente à Contrecœur. Si tu veux aller au secondaire, t'auras pas le choix de prendre l'autobus.

— Bon bien… Tu sais que j'aime beaucoup parler avec toi Anne-Marie, mais il faut que je te quitte. J'ai un rendez-vous chez le notaire Comeau pour signer les papiers de la maison.

— Charles…

— Oui ?

— C'est que la maison des Joyal est à vendre depuis hier...

— Hein ? Et c'est maintenant que tu m'annonces ça ?

— Bien oui, mais j'ai vu la pancarte seulement ce matin en promenant Franklin !

— Dis-moi Anne-Marie...Tu n'accepterais pas que je revienne dans le rang du Ruisseau ?

— Tu te trompes, Charles. J'en serais très heureuse pour Mélanie !

— Mais pour toi, tu ne voudrais pas, c'est ça ?

— Ce n'est pas ce que j'ai dit. Regarde, j'aimerais bien qu'on redevienne voisins Charles...

— Tu es sérieuse ?

— Oui, je suis sérieuse. Je suis certaine que tu serais encore un très bon voisin... La seule chose...

— Ne t'inquiète pas mon cœu... Anne-Marie. Je ne serais pas toujours rendu chez toi, Mélanie est assez grande pour venir me voir toute seule. Et je pense que si j'allais chez toi, Gilbert n'apprécierait pas non plus.

— Bien, voyons, Gilbert n'est pas jaloux ! Il sait bien qu'entre nous deux, c'est une relation amicale, de parents qui voient au bien-être de leur enfant !

— C'est ça Anne-Marie, des parents qui voient au bien-être de leur fille... Dis-moi ?

— Oui ?

— Est-ce que tu pourrais, quand tu auras une minute, aller prendre le numéro de téléphone de l'agent d'immeubles sur l'enseigne pour que je prenne rendez-vous ?

— Regarde, je l'ai sur un bout de papier ici, c'est Jocelyn Hébert au 742-2224. C'est à Tracy.

— Tu avais déjà tout noté ?

— Ce n'est pas ce que tu penses, Charles… Je l'avais noté pour Marcelle, une répartitrice qui travaille pour la ville de Tracy. Elle est venue à la bibliothèque et elle m'a dit qu'elle se cherchait une maison. Elle demeure à Varennes et elle veut se rapprocher de son travail.

— Ah bon ! Donc, si je comprends bien, il faut que j'appelle monsieur Hébert au plus vite si je ne veux pas voir la maison me glisser sous le nez, hein ?

— La balle est dans ton camp Charles. Moi, je t'ai donné son numéro de téléphone.

***

Au mois de juillet, Charles prit possession de cette maison pour la seconde fois. À sa grande satisfaction, rien n'avait changé. Tous ses meubles étaient encore là. Les Joyal, ayant acheté une maison d'un autre style à Rimouski, avaient tout laissé. Il ne restait qu'à aménager une grande patinoire pour Mélanie en vue du prochain hiver.

Madame Tessier, âgée de soixante-sept ans, s'était rendue chez Anne-Marie pour tenter de soutirer des explications.

— Madame Pauline, Charles déménage à nouveau dans le rang du Ruisseau pour reprendre son travail à l'école Mère-Marie-Rose et pour se rapprocher de Mélanie.

— Bien, voyons ma fille, me prenez-vous pour une pas fine ?

— Mais pourquoi vous dites ça ?

— Bien dans ma tête à moi, il est revenu pour vous ! Vous pourriez déménager avec lui, non ? Vous savez, on est en 87, j'ai évolué, cibole ! Vous ne seriez pas obligés de vous marier non plus, tout le monde s'accote de nos jours ! Puis, comme on dit, c'est mieux de vivre en concubinage que de se marier. Si un jour prochain vous voulez encore vous laisser, bien vous ne seriez pas pognés avec tous les maudits papiers. Les familles à tuyaux de poêle sont bien mieux de ne pas se marier. Croyez-moi, c'est bien mieux d'être accoté que d'être mal assis.

— Voyons donc madame Pauline, on est les vrais parents de Mélanie ! Et de toute façon, je ne reprendrai pas avec Charles, j'ai un copain.

— Bien oui, mais regardez, ça arrive souvent que les parents reviennent ensemble !

— Oui ça arrive, mais pas pour moi et Charles, madame Pauline…

***

Octobre

Dans les vergers, les pommes jonchaient le sol de feuilles rougeâtres et dans les potagers ne restaient que quelques citrouilles éparpillées. Charles avait repris son travail à l'école Mère-Marie-Rose et Anne-Marie fréquentait toujours Gilbert à l'occasion. Un soir que celui-ci travaillait à Contrecœur, il était venu lui rendre visite et madame Pauline était apparue chez elle en coup de vent avec son mari Hubert.

— Cibole, que j'ai eu peur !

— Voyons madame Pauline, les gyrophares n'étaient pas allumés à ce que je sache ?

— Je sais bien mademoiselle Sirois, mais depuis qu'on reste dans le rang du Ruisseau, moi puis mon Hubert, on n'avait jamais vu de char de police… Dis-y Hubert !

— Oui, oui, mais on a vu des ambulances en masse, hein Mémène ?

— Oui, la dernière fois, c'est quand ils sont venus chercher Midas Hamelin en pleine nuit… puis en plus, c'était en plein hiver ! Pauvre vieux, il avait levé les pattes bien vite après le jour de l'An.

— Vous ne dormez pas la nuit, vous ?

— Oui, mais je me lève souvent parce que je pogne des crampes dans les mollets, ça fait mal en christie.

— Et vous faites passer vos crampes en écorniflant dans la fenêtre de votre salon ?

— Bien là, faut que je marche pour faire passer ces crampes-là et je marche dans mon salon. Bon bien, tout est bien qui finit bien. Viens Hubert, on va laisser monsieur Sirois et mademoiselle Sirois prendre leur thé. Savez-vous que si vous vous mariiez tous les deux un jour, y aurait pas grand nom à changer… Bon, viens mon mari !

Madame Pauline sortit agrippée au bras de son grand Hubert, et sous son manteau de drap gris, une jaquette de flanelle rayée de jaune et de bleu pendouillait au-dessus de ses chevilles.

Par chance qu'elle n'avait pas omis de chausser ses bottes de marabout, elle aurait pu prendre froid, avoir des crampes aux mollets et elle aurait marché toute la nuit devant la fenêtre de son salon.

Chapitre 28

Moments blancs

L'hiver serait indulgent d'après le bulletin des agriculteurs, cependant l'accumulation de neige serait plus abondante que la saison précédente. Et en cette nuit du quinze décembre, elle recouvrait le sol d'une généreuse couche épaisse d'au moins un pied. Mélanie avait quitté la maison tôt ce matin pour se rendre chez son père afin de déneiger la grande patinoire tant espérée. Des grosses cheminées de pierres s'élevait une fumée blanchâtre, et un arôme de cannelle et de girofle embaumait les cuisines car les préparatifs des fêtes étaient déjà commencés.

— Allo ?

— Allo Anne-Marie, c'est Charles…

— Oui… Mélanie est encore avec toi ?

— Oui, oui, on vient juste de rentrer, la patinoire est terminée.

— Elle doit être contente, la puce ?

— Bien oui. Écoute, j'ai mis nos mitaines et nos tuques dans la sécheuse et quand tout va être sec, je vais l'amener avec moi au Canadian Tire pour lui acheter des nouveaux patins.

— Mais elle en a des patins !

— Oui, mais ils sont beaucoup trop petits, elle va se geler les pieds tout l'hiver, la pauvre petite !

— D'accord, mais tu me diras combien ça va coûter, je te les rembourserai à votre retour de Sorel.

— Écoute, est-ce que je peux faire un cadeau à ma fille de temps en temps, Anne-Marie ?

— Bien oui !

— Bon… En même temps, je veux te dire que c'est moi qui reçois pour le réveillon, à Noël, cette année.

— Ah oui ! Mais…

— Ne t'inquiète pas, Gilbert sera le bienvenu aussi.

— Ah bon ! Et tu veux inviter qui ?

— Solange avec Mario, Benjamin et Lorie, Bruno…

— Mais, c'est que Bruno est avec Charles-Édouard…

— Je vais l'inviter avec Charles-Édouard, c'est tout ! Je pensais inviter les Tessier aussi, qu'est-ce que tu en penses ?

— Je pense que c'est une bonne idée, à moins qu'ils aillent fêter chez Marielle ou Nicole à Boucherville. Tu fais le souper ou le réveillon ?

— Le réveillon. On est plus dans l'ambiance la veille au soir.

— Tu as raison ! En plus à la messe de minuit à l'église Sainte-Trinité, y a toujours une crèche vivante.

— OK pour le 24 au soir alors !

— Mais, tu vas tout cuisiner le repas toi-même ?

— Mais oui, douterais-tu de mes talents culinaires ?

— Tu sais bien que non, Charles. Mais si tu veux, je vais t'apporter deux tourtières…

— Hum, ça sent déjà bon.

— Bon bien, je te remercie pour les patins de Mélanie… Je vais te laisser, je dois aller me préparer, Gilbert vient me chercher à deux heures pour aller faire des courses aux Promenades Saint-Bruno. Est-ce que Mélanie va être revenue pour dîner ?

— Je vais la garder avec moi si tu veux. Je m'occuperai d'elle pendant que vous êtes à Saint-Bruno.

— Elle ne veut plus venir avec nous ?

— Elle m'a dit qu'elle aimerait mieux rester ici cet après-midi. On a prévu de construire un grand banc de glace au bord de la patinoire.

— Quelle bonne idée !

— Bien oui, et j'espère que tu vas venir patiner toi aussi ?

— Je ne sais pas trop…

— Je veux dire, j'espère que tu vas venir patiner avec Gilbert.

— On verra Charles, on verra…

— Ah oui, j'ai une question pour toi pendant que Mélanie est partie dehors.

— Oui ?

— Notre grande fille va avoir douze ans en mars. Tu ne penses pas qu'il serait temps de tout lui expliquer pour nous deux avant qu'elle rencontre un garçon ? On sait tous les deux qu'elle ne pourra pas avoir d'enfants. Là, tout va bien, elle est au courant que je suis son père, mais elle ignore que je suis aussi son oncle… tu comprends ? Il ne faudrait pas attendre trop longtemps…

— J'ai peur qu'elle soit bouleversée et qu'elle nous en veuille, Charles ! Comment penses-tu qu'elle va réagir quand elle va apprendre que son père est le frère de sa mère ?

— Pauvre chouette… Mais, on n'a pas le choix Anne-Marie… on n'a pas le choix…

Et vlan ! La pierre devenue trop lourde demandait à reprendre sa place sur le chemin.

— Charles, bientôt je… Oui bientôt, je vais te parler de quelque chose…

— Quoi ?

— Une… une lettre…

— Quelle lettre Anne-Marie ?

— Une lettre que j'ai trouvée dans mon grenier. Elle était avec les lettres de tante Rosalie…

— Non ! Pas les lettres qu'elle cherchait depuis qu'elle avait déménagé à Boucherville ? Les lettres que Madeleine lui avait écrites avec celle de 1945 qui était pour toi ?

— Tu le savais que Madeleine m'avait écrit une lettre, toi ?

— Oui, mais tante Rosalie m'avait fait promettre de ne pas te le dire en 1974…

— Mais pourquoi ?

— Parce qu'elle pensait que mon oncle André les avait jetées dans le déménagement, et si tu avais été mise au courant, tu aurais été trop déçue de ne pas la lire…

— Ah ! Et tu penses que j'ai eu une grande joie quand je l'ai lue cette lettre-là, Charles ?

— Mon Dieu, Anne-Marie. Qu'est-ce qu'il y avait d'écrit dans cette lettre pour que tu sois si bouleversée ?

— Ça ne servirait à rien, Charles, de t'en parler, je ne pense pas que cela changerait quoi que ce soit…

— Mais Madeleine t'a fait de la peine pourquoi ? Elle n'en a pas assez fait le jour de son enterrement quand tante Rosalie nous a donné sa lettre ? Par chance qu'on a connu notre grand-mère Bernadette avant qu'elle ne meure. Au moins, elle nous a aimés toute sa vie même si on n'était pas à ses côtés !

— Oui, une chance qu'on lui a parlé à mamy Bibianne… Là, tu vas te calmer, ça ne sert à rien de t'emporter comme ça…

— Mais, tu vas me la montrer quand cette lettre-là ?

— Après les fêtes, si tu veux…

— Pourquoi pas aujourd'hui ?

— Parce que je ne peux pas… Au printemps, je te promets de te la faire lire. En attendant, j'aimerais qu'on mette cette discussion de côté, s'il te plaît.

— D'accord, mais une promesse est une promesse, Anne-Marie.

Le soir du 24, dans la fumée des encensoirs de l'église Sainte-Trinité, un petit veau et un agneau réchauffaient l'ange céleste pendant que le chœur interprétait divinement le cantique approprié, *Dans cette étable.* La nef était remplie à capacité, et les derniers arrivés avaient dû se contenter du jubé. Après l'homélie du curé Allard, consacrée une fois encore à la nativité, les chrétiens reçurent l'eucharistie rendue encore plus solennelle par le *Minuit chrétien* interprété sublimement par le ténor de la paroisse, Léopold Grenier.

À une heure, sur le parvis de l'église, à la déception des paroissiens, la neige n'était pas au rendez-vous, bien que, comme pour se faire pardonner, le vent s'évertuait à soulever les derniers flocons fraîchement tombés.

Charles reçut ses invités dans une ambiance de fête. Un immense sapin trônait et embaumait l'intérieur de sa maison et les guirlandes multicolores pendaient au-dessus de chaque fenêtre embuée où Mélanie avait glissé ses doigts pour griffonner un « Joyeux Noël ! » L'âtre crépitait d'une musique agréable et les invités discutaient, buvant du champagne et grignotant des canapés au bleu et aux olives noires. L'hôte s'était surpassé. Une table pour huit personnes avait été dressée sur laquelle il avait déposé devant chaque couvert une petite boîte verte entourée d'un ruban rouge retenu par de jolies clochettes dorées. En guise de centre de table, Charles avait tressé deux jolies couronnes à partir de branches de ses magnifiques sapins bleus, et les avait ornées de deux longues bougies cuivrées.

L'arbre fut dépouillé de ses étrennes avant le repas et les trois enfants aux yeux émerveillés furent enchantés d'y découvrir des présents magnifiques. Le festin que Charles avait cuisiné se termina par une généreuse portion de bûche au nougat arrosée d'un porto millésimé et fut louangé par tous.

— Hey les femmes ! Vous êtes mes invitées, vous n'allez pas commencer à laver la vaisselle quand même ?

Et voilà ! Pour une première fois dans le rang du Ruisseau, les cinq hommes venaient d'écoper de la corvée de vaisselle, et les femmes avaient fini par apercevoir le fond de la bouteille de porto. À trois heures, Charles-Édouard avait sorti de son étui sa guitare Yamaha, et à tour de rôle, les invités venaient se poster devant l'âtre endormi pour interpréter un air de circonstance. C'était madame Pauline, dans sa robe mauve à paillettes datant des années quarante, qui avait rallié tous les suffrages avec la chanson de la Bolduc, *Regardez donc mouman*. À cinq heures, les invités avaient commencé à soulager le lit de Charles des lourds manteaux et des chapeaux de fourrure jetés là à leur arrivée et avaient repris les bottes et les par-dessus entassés dans le grand bain aux pattes arrondies, y laissant une longue flaque grisonnante.

À tour de rôle, ils avaient remercié leur hôte en le félicitant chaleureusement de son accueil et de cette fête qui serait pour eux inoubliable.

***

— Tu peux dormir chez moi Gilbert, si tu veux. Tu n'es pas pour t'en aller chez toi à cinq heures et demie du matin. En plus, avec le vent et la neige qui tombe présentement, il doit y avoir beaucoup de poudrerie sur la route.

— C'est vrai ? Tu veux que je dorme chez toi, Anne-Marie ?

— Bien oui. Demain matin, ça va me prendre quelqu'un pour pelleter ma galerie et mon entrée, non ?

— Eh là !

— C'est une farce Gilbert. Tu sais bien que cela va me faire plaisir de t'héberger.

— Ah oui, en passant, je suis allé chez mon père cet après-midi... je veux dire hier après-midi, et je lui ai demandé c'était quoi le nom de son frère.

— Et puis ?

— Il s'appelait Jean-Paul Sirois, mais il est mort avec sa femme Françoise dans un accident de la route à Sainte-Angèle-de-Laval en 1972.

— Ah bon...

— Cela te dit quelque chose ? Penses-tu qu'on peut avoir un lien de parenté, nous deux ?

— Non, ça ne me dit rien... Mais demain, si tu veux, je vais te raconter une petite histoire. Pas ce soir... Là, si tu veux, je vais te laisser dormir dans ma chambre et moi je vais m'installer sur le divan...

— Mais pourquoi ?

— Je sens que je ne dormirai pas de la nuit avec tout le café que j'ai pu boire... Je ne voudrais pas t'empêcher de dormir.

— Mais tu pourrais t'étendre quand même à côté de moi, je ne m'endors pas non plus ! On pourrait compter les petits moutons ensemble ?

— Non, non Gilbert, je sais ce que cela veut dire pour toi de compter les petits moutons, et je suis trop fatiguée.

Anne-Marie se leva à dix heures et en se regardant dans le miroir de son entrée, elle remarqua ses yeux rougis par le manque de sommeil.

— Bonjour Anne-Marie....

— Ah, bonjour Gilbert... Tu as bien dormi ?

— Comme une marmotte ! C'est l'odeur du café qui m'a sorti du lit... je peux ?

— Bien oui, sers-toi, le sucre est dans l'armoire au-dessus de la boîte à pain.

Gilbert s'était installé confortablement près d'elle sur le divan, et quand il s'était approché pour l'embrasser, elle avait baissé la tête pour enlever une mousse imaginaire sur sa robe de chambre bien nouée autour de sa taille.

— Qu'est-ce qu'il y a Anne-Marie, quelque chose te tracasse ?

— Oui et non...

— C'est quoi l'histoire que tu voulais me raconter cette nuit ?

— Écoute Gilbert, cette histoire que je vais te raconter, ce n'est pas un conte de fées.

— Pourquoi ?

— Je vais aller me chercher un autre café et je vais tout te raconter avant que Mélanie revienne de chez son père.

Elle se leva nonchalamment pour se rendre jusqu'à la cafetière et, dans sa tête, elle essayait de classer les chapitres de son roman.

— Raconte-moi, Anne-Marie...

— Hum... C'est au sujet du frère de ton père.

— Oui, mais tu m'as dit qu'il n'y avait aucun lien de parenté entre nous deux ? Des Sirois, il y en a partout dans le monde, ma belle !

— Tu es mon cousin, mais pas mon vrai cousin.

— Hein ?

— Écoute, quand je suis venue au monde à Louiseville, mes parents m'ont donnée en adoption...

— Voyons donc, toi ! Pourquoi ne m'en as-tu jamais parlé ?

— Tout simplement parce que je n'en voyais pas la nécessité. À l'âge de deux jours, j'ai été adoptée par Françoise et Jean-Paul Sirois de Trois-Rivières.

— Mais dis-moi que je rêve !

— C'est la vérité, Gilbert. Ton père est le frère de mon père adoptif qui est mort avec ma mère adoptive en 1972, à Sainte-Angèle-de-Laval.

— Mais, on n'est pas des vrais cousins ! Cela n'a pas de rapport avec nous deux ?

— Je sais bien Gilbert… mais… je suis bouleversée de savoir que ton père a le même sang que mon…

— Voyons Anne-Marie, ça change quoi dans notre vie ?

— Oui, mais mon père adoptif était un homme très dur.

— Tu veux dire que tu le détestais et que tu penses que mon père à moi était exactement comme le tien, et que moi, en étant son fils, je pourrais avoir ce même mauvais sang qui coule dans mes veines ?

— Ce n'est pas ce que j'ai dit, Gilbert…

— Mais tu le penses ?

— Je… Je suis toute mêlée… oh…

— Viens là ! Je te promets de ne jamais te présenter à mon père si c'est ce que tu souhaites.

— Mais, tu m'as dit la semaine passée qu'il avait hâte de me rencontrer, comment vas-tu lui expliquer cela ?

— Tout simplement en lui disant qu'on a rompu.

— Mais, je ne peux pas t'imposer cela !

— Écoute, moi je t'aime… Et je souhaite qu'un jour tu puisses m'aimer autant.

— Mais…

— Chut ! Je sais très bien que tu aimes encore Charles. Je ne suis pas aveugle, tu sais... Mais je suis bien déterminé à prendre la route avec toi en espérant qu'un jour prochain, je puisse être au premier rang.

— Peut-être qu'on devrait rompre pour vrai, Gilbert... Je me sens vraiment injuste envers toi.

— Je ne veux pas rompre avec toi, je t'aime trop et je suis prêt à prendre le risque. Mais, si aujourd'hui tu es au courant de ton adoption, qui sont tes parents biologiques ?

— Regarde Gilbert, pour la suite du roman, j'ai bien peur de ne pouvoir te le raconter aujourd'hui... s'il te plaît, laisse-moi du temps.

— Ah bon ! Mais j'espère être encore à tes côtés pour t'entendre me le lire, Anne-Marie. Je l'espère.

***

La nouvelle année fut célébrée dans la maison de Solange et de Mario, et tout comme la sainte nuit, elle se déroula dans la joie.

Chapitre 29

Les redoux

Le printemps précoce avait libéré les cours d'eau de leur carapace de glace et il s'employait à redonner à la nature des teintes éclatantes qui faisaient oublier la triste obscurité de l'hiver. Les agriculteurs rêvaient de retourner aux champs, et d'autres, horticulteurs dans l'âme, piaffaient à l'idée de retourner la terre de leur jardin et de leurs plates-bandes pour y planter les arbrisseaux, de tailler les ligneux et de choisir les coloris de leurs fleurs préférées selon un calendrier de floraison bien précis.

Au presbytère de la paroisse Sainte-Trinité, le curé Allard, malgré sa forte constitution, n'avait pas eu d'autre choix que de s'aliter en raison d'une bronchite qui le terrassait depuis déjà une bonne semaine. Et, un peu hypocondriaque, il était convaincu d'avoir frôlé la mort une bonne dizaine de fois.

— Regardez l'abbé, la preuve que je fais encore de la fièvre, elle est sur mon front, il est tout mouillé !

— Bien oui, et on dirait une croix !

— Pensez-vous que c'est un signe pour m'avertir que je vais passer de vie à trépas ?

— Voyons père Allard, vous pouvez bien transpirer, vous êtes enroulé dans cinq couvertures ! Il fait quatre-vingts degrés dans votre chambre !

— Pourriez-vous prendre ma température, l'abbé ? Il me semble que je suis encore plus faible tout d'un coup.

— Je vous l'ai prise, il n'y a pas une demi-heure !

— Oui, je pense que ça va encore plus mal qu'il y a une demi-heure. Ç'a l'air doux dehors ?

— Oui, puis si j'étais à votre place, ce que je ne souhaite pas du tout naturellement, j'endosserais ma soutane, je prendrais mon bréviaire et je ferais une petite marche devant le presbytère.

— Mais, vous voulez que j'attrape mon coup de mort, l'abbé !

— Au contraire, je veux que vous attrapiez un coup d'air frais pour nourrir vos poumons, monsieur le curé. Et ce n'est pas en restant dans votre grand lit avec ces cinq couvertures-là que vous allez prendre des forces, croyez-moi.

— Je ne sais pas trop, voulez-vous reprendre ma température, l'abbé ?

— Père Allard ! Bon, je vais aller voir madame Soullières pour lui donner les directives de la journée… Je vous ai apporté une cloche au cas où vous auriez besoin de moi ou de madame Soullières…

— Mais c'est la cloche de l'autel, l'abbé !

— Eh oui ! et je vous ai aussi apporté de l'eau bénite au cas où vous voudriez faire votre signe de croix avant de…

— Avant de quoi l'abbé ?

— Avant de dîner monsieur le curé, avant de dîner.

« Eh ! que ce n'est pas drôle ! Un homme si gros, qui pense qu'il a toutes les maladies de la terre. Par chance que je ne lui ai pas dit que le bedeau Carignan, malgré son âge, a attrapé la varicelle et qu'il est quand même venu travailler au presbytère ce matin. »

De la sacristie où il vérifiait les vêtements sacerdotaux pour l'homélie du dimanche, le vicaire Desmarais entendit un bruit qui venait de l'église.

Une femme, probablement dans la trentaine, venait de s'agenouiller sur la première marche de l'autel, le visage inondé de larmes.

— Hum…

— J'allais partir mon père, je sais que je n'ai pas le droit de venir comme ça dans la nef, mais je voulais juste être plus près du Seigneur pour lui parler.

— Mais non, mais non… Si vous avez bien remarqué dans le vestibule de l'église, il n'y a pas d'horaire de visite. Même que les grandes portes n'ont jamais eu besoin de clé. L'église est toujours disponible pour tous ses paroissiens, elle ne verrouille jamais ses portes.

Cette jeune fille à la peau satinée était d'une beauté saisissante. Elle portait des vêtements tendance, une minijupe et de grandes bottes en cuir noir à talons aiguilles, et de plus près, l'abbé Desmarais ne lui attribua pas plus de vingt-cinq ans.

Elle avait les cheveux mi-longs couleur de miel et lorsque son regard s'était fixé dans celui du prélat, il fut pris d'une envie folle de l'étreindre pour la consoler doucement de ses peines.

— Vous avez beaucoup de chagrin, mademoiselle ?

— Oui, je ne peux pas vous en parler, c'est trop... c'est trop humiliant, mon père.

— Voyons ma fille, parfois les gens croient que nous sommes là pour juger nos fidèles, comme le faisait jadis le clergé. Alors que nous sommes au service de Dieu pour écouter et alléger les peines de nos brebis. Quel est votre nom mademoiselle ?

— Angèle Paradis.

— Êtes-vous nouvelle dans la paroisse ?

— Bien non ! En plus de la bêtise que j'ai pu faire, je ne me recueille même pas dans ma paroisse !

— Mais toutes les églises accueillent tous les gens de la terre ! Mais pourquoi avoir choisi la nôtre ?

— Je n'ose plus me présenter dans ma paroisse.

— Mais pourquoi, ma chère enfant ? Le Seigneur pardonne tout, il est miséricorde !

— Oui, mais le curé de ma paroisse...

— Voulez-vous m'en parler ?

— J'ai couché avec le vicaire, mon père !

— Oh ! Et le curé a été mis au courant et il vous a chassé de son église, est-ce cela ?

— Non, je ne suis plus capable d'entrer dans mon église. Vous savez, on a commis un sacrilège et je voulais m'éloigner de Louis, je veux dire du vicaire, car il est en réflexion sur son sacerdoce, comme il m'a dit.

— Vous vous aimez vraiment tous les deux ?

— Oui... oh... moi, je l'aime.

— Ma pauvre enfant, vous aimez un homme de Dieu, vous savez qu'il n'y a aucun espoir pour vous de vivre librement votre amour ? Et probablement, cet ecclésiastique est complètement déchiré entre sa vénération pour le Seigneur et l'attirance qu'il éprouve pour vous ?

— Oui, je suis au courant mon père, mais comment je pourrais bien vous expliquer que nos corps n'ont écouté personne quand ils se sont touchés et que l'envie de nous aimer a passé par-dessus tout ?

— Je comprends mon enfant.

— Cela ne vous est jamais arrivé de vous trouver devant une belle femme et d'avoir envie de l'embrasser ou bien seulement de la prendre dans vos bras et la bercer ?

Et, bien que ce fût exactement cette envie qui, à ce moment, l'étreignait, il se força à répondre :

— Non ! Cela ne m'est jamais arrivé, et je souhaite de tout mon cœur d'en être épargné, car la peine qui en résulte doit être déchirante.

— Oui ! Vous comprenez mon père, c'est ce que je vis.

— Pauvre vous !

— J'aurais souhaité être aveugle devant lui, mais même aveugle, je l'aurais aimé quand même. Qu'est-ce que je vais faire ?

— La seule voie de guérison pour vous deux, si naturellement vous vous aimez profondément, ce serait pour lui d'écrire au Vatican pour demander au pape qu'il le libère de sa prêtrise. Mais cela peut être très long, cela peut prendre des années.

— Mais, il me dit qu'il aime Dieu autant qu'il m'aime !

— Alors, s'il ne veut pas se séparer du Seigneur pour n'aimer que vous et qu'il est impossible de vivre dans le péché, il vous faudra beaucoup de forces pour surmonter cette grande peine d'amour.

— Je vais mourir.

— Vous ne mourrez pas, mademoiselle, mais je ne vous mentirai pas que les prochains jours ou les prochains mois seront très pénibles pour votre cœur et votre conscience. Mais, à voir la douceur et la beauté qui habitent votre âme, vous devriez pouvoir en ressortir dignement.

— Vous pensez ?

— Bien oui, et votre nom le dit mademoiselle.

— Comment ça ?

— Angèle Paradis, vous êtes un ange du paradis, mademoiselle. Et un ange du paradis ne peut pas toujours vivre dans la peine. Vous méritez un amour entier et sans condition et vous devez libérer votre conscience du chagrin qui en ce moment fauche tout espoir de bonheur.

— Vous me faites du bien mon père, est-ce que je pourrais revenir vous parler de temps en temps ?

— Bien sûr, la porte de mon église est toujours ouverte pour écouter mes paroissiens.

Mais une partie de sa conscience lui répétait de prendre garde car mademoiselle Angèle était vraiment très belle.

— Je vais venir à la messe de dimanche mon père, et merci beaucoup d'avoir pris le temps de m'écouter.

Elle emprunta l'allée centrale de l'église et le vicaire Desmarais, en la regardant s'éloigner de sa démarche parfaite, pria le Seigneur de ne pas le laisser succomber à la tentation.

***

Malgré quelques quintes de toux, le curé Allard avait pu célébrer la messe le dimanche, assisté de son vicaire. Mais l'abbé Desmarais n'avait pas la tête à la cérémonie, tant il était sous l'emprise de l'ange céleste agenouillé pieusement sur le premier prie-Dieu de la sainte église. Et c'est à la communion, au moment où il avait présenté le corps du christ à cette bouche charnue et que ses doigts par accident avaient effleuré les lèvres rosées, que n'en pouvant plus, il avait dû se jeter au pied de l'autel en implorant le seigneur de le sauver du désir qui venait de s'emparer de lui et qui l'avait complètement bouleversé.

Chapitre 30

La lettre

— Veux-tu un café ou un thé, Anne-Marie ?

— Oh ! sais-tu, je prendrais une bière, moi...

— Hein ! À dix heures du matin ?

— Oui, j'en ai de besoin ma vieille.

— C'est quoi qui te stresse comme ça ce matin, Anne-Marie ?

— La lettre, Solange !

— C'est vrai, tu avais dit à Charles que tu lui donnerais au printemps !

— Oui, mais j'aurais dû la brûler avec les autres cette lettre-là.

— Tu aurais pu, oui. Mais un jour, ses cendres seraient revenues te hanter et tu n'aurais pas été plus avancée.

— Tu as bien raison.

— Comment penses-tu qu'il va prendre ça, Charles ?

— Je pense qu'il va m'en vouloir beaucoup.

— Oui probablement, surtout de ne pas la lui avoir montrée tout de suite au mois d'octobre passé. Cela fait déjà cinq mois, tu sais ?

— Oui, je suis terrorisée de la lui remettre.

— Quand vas-tu la lui remettre ?

— Au mois de décembre, je lui avais dit que je la lui donnerais au printemps, mais je pense bien qu'il ne voudra pas attendre jusque-là.

— Donne-lui aujourd'hui Anne-Marie, seigneur de Dieu ! Après qu'il aura fait sa crise, la poussière va retomber, tu ne penses pas ?

— Ai-je le choix ?

— Non.

Anne-Marie toute sa vie avait aspiré à un bonheur auquel elle n'avait jamais eu droit. Malgré tout, aujourd'hui elle n'avait besoin de rien. Elle avait su offrir une vie heureuse à sa fille et de ça elle était très fière. Jour après jour, elle avait acquis un peu plus d'indépendance, mais son âme meurtrie saurait-elle encore aimer ?

Assise sur la berceuse avec Franklin qui avait remplacé Grison, elle se leva pour prendre la lettre de Madeleine qu'elle avait pris soin de conserver entre le sommier et le matelas de son grand lit turquoise et, d'un pas décidé, elle s'engagea dans le rang du Ruisseau vers la maison de Charles. Quelques plaques blanches glacées subsistaient encore ici et là sur la route. Elle se baissa, choisit une pierre parmi tant d'autres et la lança violemment au bord du chemin.

— Bonjour Anne-Marie ! Entre, je vais te faire un café. Comment vas-tu ?

— Ça va Charles. Je vois que tu as commencé ton jardin ?

— Oh ! J'essaie de faire pousser mes plants de tomates pour le mois de mai, mais on dirait que je n'ai pas le pouce vert comme toi. Ils ne veulent pas sortir de la terre, on dirait qu'ils sont gênés.

— Tu arroses bien trop la terre, tes graines sont noyées !

— Tu penses ?

— Bien oui. Regarde ! Le soleil qui entre sur le bord de ta fenêtre n'est pas aussi chaud que le soleil du mois de mai, c'est pour cela qu'avec toute l'eau que tu mets dans tes pots, la terre n'a pas le temps de sécher. Tes graines ont toutes pourri dans cette bouette-là !

— Eh bien ! Il va falloir que tu me donnes des cours, Anne-Marie…

— Il le faudra en effet. Sinon, les petites fleurs d'avril n'auront aucune chance avec toi.

— Ouin… Mélanie est partie avec qui ?

— Elle est partie magasiner au Mail Champlain avec Gilbert et sa fille.

— Ah ! Elle a l'air à bien s'adonner avec la petite Sirois ?

— Oui, elles sont toujours ensemble, ces deux-là.

— C'est bien ça… Et Gilbert, il va bien ?

— Je ne sais pas.

— Comment ça, tu ne le sais pas ?

— On ne sort plus ensemble…

— Ah ! Pourtant, vous aviez l'air à bien vous entendre tous les deux ?

— Oui, on s'entendait bien, jusqu'à ce que je connaisse ses racines.

— Ah ! En fin de compte, c'est un Sirois dans la lignée de tes parents adoptifs ?

— Bien oui… C'est le neveu de Jean-Paul et Françoise Sirois.

— Non ! Es-tu sérieuse, toi ?

— Oui ! Son père est le frère de Jean-Paul… Et j'étais incapable de continuer cette relation.

— C'est certain que même si vous n'avez aucun lien de parenté, cela devait faire bizarre pour toi ? Est-ce que ça va te lâcher un jour cette histoire de famille, Anne-Marie ?

— Oui, elle va me lâcher Charles, cela ne peut pas faire autrement avec cette lettre… Je crois bien que cette lettre est la toute fin de mon histoire bouleversante. C'est seulement dommage que j'aie vécu avec ça toute ma vie. J'aurais aimé moi aussi semer du bon grain pour récolter une vie heureuse, mais il faut croire que je dois avoir mis trop d'eau, car je n'ai jamais rien récolté de bon.

— Voyons Anne-Marie, tu as Mélanie, tu n'as pas tout perdu !

— Oui j'ai Mélanie, Charles. Mais à part de cela, veux-tu me dire quand le Bon Dieu est passé, parce que moi je l'ai manqué d'aplomb ? Peut-être que je suis née seulement pour faire un acte de présence sur la terre et m'en retourner avec ma petite vie ?

— Qu'est-ce qu'elle t'a fait notre mère pour que tu sois si agressive, Anne-Marie ?

— Elle m'a fait autant de mal qu'elle t'en a fait, Charles… Tiens… Je vais aller boire mon café sur la galerie pendant que tu vas lire la lettre, il fait tellement beau dehors…

Même si Charles devenait rancunier envers Anne-Marie après avoir lu cette lettre, elle ne pourrait pas être plus effondrée qu'elle ne l'était déjà. Le fil de fer sur lequel elle avait tenté de se tenir en équilibre durant toute sa vie venait de se rompre et elle se retrouvait enfin les deux pieds sur terre.

« J'ai maintenant quarante-cinq ans, sainte mère ! se répétait-elle, et avant d'en avoir soixante-dix, je veux pouvoir enfin profiter des vingt-cinq années que la Providence voudra bien m'allouer pour aimer la vie. »

— Anne-Marie !

— Oui Charles…

— Mais pourquoi ne pas m'avoir montré cette lettre-là avant ? J'avais le droit de savoir moi aussi que je m'appelais Christophe Gagnon, tu ne penses pas ?

— Quelle différence cela peut bien faire Charles ? J'ai vécu quarante-cinq ans avec le nom d'Anne-Marie Sirois, moi ! Je sais que tu es déçu, et j'en suis désolée…

— Tu es désolée ? J'espère bien que tu es désolée… Vois-tu, depuis le mois de décembre, toi et moi on a déjà perdu trois mois !

— Quoi ? Mais on n'a rien perdu du tout Charles ! On a pu faire la lumière sur notre passé, oui, mais on n'a rien perdu ! Tout ce qu'on a perdu, c'était avant le mois de décembre. Maintenant que l'on sait qu'entre nous deux il n'y a aucun lien de parenté, on n'aura même pas besoin de l'expliquer à notre fille. Elle va pouvoir se marier et avoir des enfants, et tout ce que je lui souhaite, moi, c'est que sa vie se déroule normalement et qu'elle ne soit pas gâchée comme la mienne. Tout est bien qui finit bien.

— Tu penses cela toi ? Je t'ai aimée toute ma vie et là tu dis que tout est bien qui finit bien ?

— Quoi ? Veux-tu dire que tu voudrais faire comme si rien ne s'était passé, Charles ?

— Exactement, Anne-Marie... Je ne suis pas Charles Jolicœur, je peux t'aimer, te rendre heureuse et te faire l'amour jusqu'à la fin de mes jours !

— Voyons donc, toi ! Arrive en 1988 ! On ne se remettra jamais ensemble après tout ce temps !

— Mais pourquoi ?

— Y a coulé bien trop d'eau sous le pont depuis que sœur Marie-Jésus t'a donné mon baptistaire, Charles ! Et puis, on pourrait reconstruire avec quoi, tu penses ? Tout n'est que ruines ! Depuis qu'on s'est connus nous deux, on n'a récolté que la souffrance !

— Mais on s'est aimés comme des fous, Anne-Marie ?

— Oui, mais il y a longtemps de cela, Charles. Ça fait déjà quinze ans !

— Tu ne m'aimes plus, mon cœur ?

— Charles... tu sais que je t'ai toujours aimé, mais je pense que ce serait mieux pour nous deux de continuer notre vie chacun de notre côté. Et Mélanie a grandi entre Louiseville et Contrecœur sans jamais se plaindre de rien. Elle s'est même habituée de nous voir rester tous les deux dans le rang du Ruisseau sans se demander si un jour on reviendrait ensemble.

— Et si je te disais que ce que notre fille souhaite le plus au monde c'est qu'on revienne ensemble toi et moi ?

— Elle t'en a parlé ?

— Ah oui ! Et pas seulement une fois !

— Elle ne m'en a jamais parlé à moi pourtant !

— Lui en as-tu déjà parlé, toi ?

— Non, je n'en voyais pas la nécessité. Je la voyais heureuse et je pensais que sa vie était quand même comblée en sachant qu'on était restés de bons amis tous les deux.

— Eh non ! Quand je suis revenu dans le rang du Ruisseau à l'automne, pour elle, son rêve se réalisait… mais j'ai dû lui faire comprendre à maintes reprises que parfois les couples heureux ne ressentent pas toujours le besoin de vivre ensemble.

— Oh… pauvre petite puce.

— Anne-Marie…

— Oui…

— Veux-tu m'épouser ?

— Charles !

— Tu es ma vie, Anne-Marie. Et s'il te plaît, si tu acceptes cette demande que je te fais presque à genoux, ne le fais pas seulement pour Mélanie, accepte pour toi, si naturellement, après quinze ans, tu veux bien passer les années qu'il te reste à mes côtés.

— Oui, je le veux !

***

Alors qu'au cimetière de Louiseville, la tombe de Madeleine, désherbée et fleurie, se réchauffait aux bienfaisants rayons du soleil, Charles et Anne-Marie, ayant enfin pardonné, scellaient leurs destins d'un doux baiser, tendrement échangé au pied de l'autel de l'église Sainte-Trinité.

Fin du tome 1

Remerciements

Un grand merci à toute l'équipe de Guy Saint-Jean éditeur.
Merci à mes deux amours, mes enfants, Jessey et Mélissa, ainsi qu'à mes petits-enfants, Sarah-Maude, Myalie et Benjamin.
Merci à mon conjoint Gérald qui n'a jamais cessé de croire en moi.
Merci à mes sœurs, qui sont avant tout pour moi mes meilleures amies.
Merci à ma mère Henriette et mon père Fernand qui quotidiennement m'encouragent du haut de leur paradis.
Un grand merci à vous, chers lecteurs.

www.lucyfrancedutremble.com

Tome 2
Le chemin des aveux
(première partie)

Note de l'auteure

Que de tendres saisons ont bercé le rang du Ruisseau durant ces cinq belles années… Et je peux vous dire qu'il est demeuré indemne, mis à part une nouvelle construction qui y a été érigée.

Après son union avec Charles au pied de l'autel de l'église Sainte-Trinité, le deux avril 1988, dans la jolie ville de Contrecœur, Anne-Marie s'était installée dans la demeure de celui-ci avec leur fille, Mélanie. En cette année 1993, Anne-Marie portait fièrement ses cinquante et un ans. Seuls quelques brins argentés avaient adhéré à sa coiffure acajou et de petites commissures s'étaient étalées autour de ses yeux couleur terre.

Charles, âgé de cinquante ans, avait poursuivi son enseignement à l'école primaire Mère-Marie-Rose. Son teint hâlé subsistait toujours, mais des traits de sagesse encerclaient son regard marron, et ses cheveux brun foncé n'avaient pu échapper au sablier du temps.

Le jour de la cérémonie du mariage de ses parents, heureuse de la joie qui l'habitait, Mélanie avait été chagrinée de quitter son petit refuge, qui naguère avait appartenu à la tante d'Anne-Marie, Rosalie Demers. Depuis, des reflets dorés s'étaient faufilés dans sa longue chevelure brune et elle s'était acclimatée au port de ses verres rectangulaires au contour cuivré. Âgée de dix-sept ans, Mélanie terminerait bientôt ses études secondaires pour ensuite se diriger vers une nouvelle rentrée au cégep.

Solange Leclerc, liée d'une grande amitié avec Anne-Marie, demeurait toujours dans le rang du Ruisseau, et ce, depuis son mariage avec Mario Martin, célébré le vingt-trois décembre 1976. Leur fils, Benjamin, avait maintenant dix-sept ans et leur fille cadette, Lorie, en coiffait seize.

Bruno, à l'âge de cinquante-trois ans, avait inauguré sa clinique de denturologie sur la rue Charcot à Boucherville. En 1992, Charles-Édouard était sorti de sa vie et Bruno avait accueilli, dans son fastueux loft du Plateau-Mont-Royal, Jasmin Frigon, un jeune homme âgé de vingt-six ans.

Madame Pauline régnait toujours dans le rang du Ruisseau et, comme elle dit: « J'ai juste soixante-douze ans, j'ai toute la vie devant moé, cibole ! » Ce qui veut dire toute la vie pour s'intéresser à son entourage et récolter les potins de la paroisse Sainte-Trinité. Et son mari Hubert ne se lasse pas de l'entendre se répéter…

La correspondance établie entre Annick Chénier, de Grand Rivers, et Anne-Marie, s'était dissoute. Vu les circonstances de la vie, elles ne s'étaient pas revues depuis l'année 1984.

Au presbytère Sainte-Trinité, le curé Allard, qui avait succédé au père Forcier en 1987, même s'il montrait une corpulence impressionnante, était encore affublé de toutes les maladies de la terre.

Pour ce qui est du vicaire Desmarais, il avait mis de côté son sacerdoce pour rejoindre un ange du paradis aux abords du fleuve Saint-Laurent, à l'arrière d'une vieille maison abandonnée.

Oscar Carignan, âgé de soixante-douze ans, avait légué son titre de bedeau de la paroisse à Jacques Lavoie, un homme de quarante-sept ans.

Rachèle Marion, fidèle au poste en tant que cuisinière du curé Allard, depuis son mariage avec Jean-Denis Soullières, avait mis au monde trois garçons : Victor, Valère et Vincent.

En cette année 1993, monsieur Robert Bourassa régnait toujours en tant que premier ministre du Québec, et cela, depuis 1985, et Martin Brian Mulroney était toujours présent en tant que premier ministre pour le Parti progressiste-conservateur du Canada.

Dans le monde de la chanson, Céline Dion nous interprétait *The power of love*, Daniel Bélanger chantait, sur son album *Les insomniaques s'amusent*, la chanson *Sèche tes pleurs*, Dédé Fortin nous parlait de sa *P'tite Julie* et de sa *Rue Principale* et Jean-Pierre Ferland charmait les femmes avec son succès *T'es belle*.

Devant le grand écran, des gens versaient des larmes en visionnant *L'été de mes onze ans* et d'autres appréciaient le film québécois de l'heure, *La Florida,* mettant en vedette Rémi Girard, Pauline Lapointe, Marie-Josée Croze et Guillaume Lemay-Thivierge.

Voilà, je ne voudrais pas vous faire patienter éternellement, je suis consciente que tout comme moi, vous êtes impatient de réintégrer à nouveau le rang du Ruisseau.

Bonne lecture !
Lucy-France

Chapitre 1

Mélanie

Mars 1993

En cette matinée printanière, la pénombre du ciel s'était retirée pour dévoiler un soleil éclatant. L'arrivée du doux temps venait d'effacer le tapis blanc pour exposer ses sous-bois afin qu'ils puissent se réchauffer et donner à leurs grands végétaux l'opportunité de se ballonner de leurs eaux sucrées.

Dans le rang du Ruisseau, des croissants de neige granulée persistaient encore au creux des ornières et l'odeur de boue et de feuilles rouillées excitait l'odorat des agriculteurs, eux qui, prochainement, partiraient dans leur pâturage pour enlever les pierres et retourner la terre endormie.

— Charles, si tu rajoutes de l'eau, tu vas encore les noyer… comme l'an dernier !

— Ouin… Et il va nous falloir acheter nos plants de tomates au marché. Où est Mélanie, mon cœur ?

— Elle est partie à la bibliothèque de Tracy avec Lorie. Elle désirait emprunter le nouveau roman d'Arlette Cousture, *Ces enfants d'ailleurs.*

— Tu aurais pu lui en prendre un lundi…

— Elle voulait aussi aller nager à la piscine. Ne t'inquiète pas, elle va prendre le bus de quatre heures cet après-midi. Je trouve que tu la couves trop, notre fille, Charles. Elle va avoir dix-huit ans, sainte mère…

— Bien oui… Et dire qu'elle va rentrer au cégep en septembre…

— Elle veut apprendre à conduire l'auto. Mais ce n'est pas urgent. Elle va voyager avec moi le matin et après sa première année au cégep, on verra.

— Quelle voiture conduirait-elle ? La tienne ou la mienne ?

— Hi ! hi ! Ne t'inquiète pas… Elle va prendre ma vieille Ford Granada. Elle ne touchera pas à ta Golf, si c'est ce qui te rend nerveux.

— Ah ! D'accord. Je suis rassuré, là…

L'ancienne maison de Midas et de Juliette Hamelin avait gardé son authenticité. Seules des restaurations mineures avaient dû y être exécutées. Les murs s'étaient enrobés de teintes à la mode et les parquets en bois de chêne naturel s'étaient habillés d'un nouveau vernis. Le vieux poêle émaillé de blanc et rehaussé de chrome, datant de 1910, crépitait avec allégresse et la salle de bain habitée de son comptoir de marbre rosé se mirait dans le lustre de la grosse baignoire aux pattes arrondies. La chambre à coucher s'était enveloppée d'ivoire pour escorter les meubles en noyer satiné. Dans la seconde pièce, l'imposant secrétaire en érable de style mission s'était vu repoussé vers le mur pour donner l'espace au petit lit égayé d'une douillette colorée de teintes pastel et, sur les murs, on ne voyait que des affiches du groupe de l'heure : New Kids On The Block.

En 1990, Charles avait rebâti la grande galerie et, dans la cour arrière, le vieux puits délaissé se reposait près des imposants sapins bleus. La balancelle avait aussi profité d'une cure de rajeunissement. Cette dernière avait échangé son teint verdâtre pour un rose satiné.

— Que dirais-tu si on allait scruter les vitrines aux Promenades Saint-Bruno, mon cœur ? J'aimerais me rendre chez La Baie pour me trouver de nouveaux pantalons…

— Que fais-tu de Mélanie ?

— Elle a une clef, non ? On n'a qu'à lui laisser un mot sur la table de la cuisine…

— Hum… C'est tentant ! J'ai besoin d'une nouvelle paire de jeans. On pourrait se rendre chez Jacob…

— Allez ! Prépare-toi, sinon je mange toutes les petites fraises qu'il y a sur ton joli pyjama.

— Hi ! hi ! Ce ne sont pas des fraises, Charles, mais des cerises…

— Ah bon !

***

À la suite d'une plaisante rencontre sur le mail des Promenades Saint-Bruno, Anne-Marie, Charles, Solange et Mario s'étaient donné rendez-vous au restaurant Mikes sur la rue Quevillon à Varennes.

— Une chance qu'on a bu juste une bière, Anne-Marie. La balade en taxi nous aurait coûté cher, seigneur de la vie !

— Bien oui ! Et j'espère pour toi, mon cher mari, que tu ne *calleras* pas l'orignal sur le bord du fossé en remontant à Contrecœur !

— Voyons, Anne-Marie ! Je n'ai pris que trois bières, tornon ! La dernière fois que j'ai eu l'estomac viré à l'envers, c'était au jour de l'An 89 !

— Ah ! Si tu as mal aux cheveux ce soir, ne viens pas te plaindre !

— Cré petit cœur ! Puis... Mario, quelles sont tes prédictions pour les finales de la Coupe Stanley cette année ?

— Moi, je sais que nos Canadiens vont remporter la Coupe et je peux te prédire que les Nordiques de Québec, cette année, ils vont manger une volée !

— En tous les cas, c'est triste pour Mario Lemieux, des Penguins de Pittsburgh... Il a manqué des matchs cette année. Maudite maladie d'Hoch...

— La maladie d'Hodgkin...

— Oui, Mario... Il est allé voir son médecin pour une bosse dans le cou et il lui a annoncé qu'il était atteint d'un cancer !

Pendant que les hommes poursuivaient leur conversation, les femmes, elles, se remémoraient la journée du sept février, où la jolie Josée Chouinard avait remporté le titre de championne féminine de patinage artistique et le jour du onze mars, où Isabelle Brasseur et Lloyd Eisler avaient remporté la médaille d'or du Championnat mondial de patinage artistique en couple à Prague.

— Ouf ! Je te donne raison, Solange. De toute beauté ! Moi, quand je les regarde glisser sur la grande patinoire et qu'ils exécutent un triple axel ou bien un quadruple-triple boucle, le cœur me chavire, sainte mère ! J'ai toujours une peur bleue qu'ils aboutissent dans la bande !

Comme on dit, un sujet n'attendait pas l'autre. Le récent album de Francine Raymond, *Les années lumières*, était très apprécié. *Le rap à Ti-Pétang* de La Bottine souriante incitait les mordus de la cabane à sucre à « taper du pied ». Claude Meunier et Serge Thériault s'étaient avérés loufoques dans leur nouveau téléroman *La p'tite vie*, qui passait sur les ondes de Radio-Canada le lundi soir. La jeune Vada faisait perler des larmes en interprétant la chanson *Smile* dans le film *L'été de mes onze ans*. Sans oublier *Beethoven*, ce film sorti en décembre que les enfants aimaient tellement qu'en quittant la salle de cinéma, ils demandaient à leurs parents de leur acheter un Saint-Bernard.

— Il va y avoir une grande fête pour le 325e anniversaire de Contrecœur au mois de juin aussi !

— Exact, Mario. On n'a pas fini de fêter cet été, sainte mère !

— Tu as raison, mon cœur. Et d'après ce que j'ai pu lire dans le journal, cette fête s'annonce très belle. Ça fait deux ans que le directeur des loisirs, Yvon Boisvert, en parle, tornon ! La fête va commencer le vingt-trois juin et va s'échelonner jusqu'au mois de septembre. Il va y avoir un cirque, le chanteur Richard Séguin, la course de rabaskas sur le fleuve et une partie de baseball entre les Nordiques et nos Chevaliers de Colomb. Une grande messe va être célébrée par monseigneur Bernard Hubert dans le parc Cartier-Richard ! Il va aussi y avoir une journée de retrouvailles à l'aréna avec la troupe folklorique V'là l'bon vent.

— Bien oui, chéri. Et le 325e va porter le nom de *Cœur contre Cœur.* Quel beau titre !

— Oui, mon amour... Ils se sont inspirés de nous deux pour le titre de cette fête...

— Hi ! hi ! Tu es drôle, mon amour !

Une épinglette régnerait pour les festivités. Elle servirait de laissez-passer aux Contrecœurois. Pour la dessiner, Éric Plouffe s'était inspiré du moulin banal, symbole de leurs origines et du travail de leurs grands bâtisseurs sur cette terre les ayant nourris depuis des siècles.

***

Au mois de Marie, les enfants avaient du mal à écouter leurs parents, vu l'approche de la fin des classes. Ils sortaient les soirs de semaine et ils rataient le couvre-feu de vingt heures. Ils essayaient de se déculpabiliser en se défendant d'avoir emprunté un raccourci qui aurait dû s'avérer le chemin le plus court, mais qui les avait dirigés là où ils n'allaient pas.

Des hirondelles avaient déjà fabriqué leur nid dans un recoin de la toiture de la maison afin d'y loger leur dernière couvée et une autre volée s'était camouflée au creux des grands conifères et se chamaillaient en becquetant une nouvelle arrivée de vermisseaux.

Le ciel bleu se présentait comme un temps propice pour labourer et ensemencer les terres et dans la cour arrière, chez les Jolicœur, un parfum printanier embaumait la grande véranda et les lilas plantés au coin du potager dansaient au gré du vent.

— Regarde, Charles, je monte les petites buttes pour les concombres ici dans le coin. Elles vont pouvoir s'étendre jusqu'aux grands sapins bleus.

— D'accord, mon cœur. Et moi, je vais semer les petites fèves à côté des radis. Mais pour les tomates, j'ai bien peur qu'on manque de place…

— Il nous reste une poche de terre noire avec une pelletée de fumier, Charles. On pourrait les planter au pied du vieux puits…

— Bien oui ! Je vais creuser une petite rigole autour… Eh ! maudit !

En enjambant les contenants de plastique qui abritaient les jeunes plants de tomates, Charles avait posé un pied sur les dents du râteau. Celui-ci s'était levé et était venu se cogner sur son front.

— Hi ! hi ! Tu ne l'avais pas vu, le râteau ? Tu ne t'es pas fait mal, mon amour, j'espère…

— Non, non… Je vais m'en tirer avec un bleu sur le front.

— Turlututu, ti-minou poilu… C'est moi !

— Hi ! hi ! Salut, Mario… Est-ce que vous avez déjà terminé votre jardin, Solange et toi ?

— Bien oui ! Solange a déjà sorti son gros chaudron pour arroser !

— Mon Dieu ! Pourquoi elle ne prend pas le boyau d'arrosage ? lui demanda Charles.

— Je vais t'expliquer un truc, Charles. Au début du printemps, on a placé un grand tonneau au bas d'une gouttière dans le but que l'eau de pluie s'y accumule et cette eau, on la prend pour arroser notre jardin et nos plates-bandes.

— Voilà une bonne idée, Mario !

— Bien oui ! Une façon de faire écologique. Et on va avoir les plus belles tomates du rang du Ruisseau !

— Ouin… Pour les tomates, on verra au mois de juillet si tu veux, mon Mario…

— Si tu ne veux pas te retrouver avec le deuxième prix, moi, je te conseillerais de commencer à chercher des vieux tonneaux. Selon moi, l'eau du ciel est miraculeuse. Solange se lave les cheveux avec cette eau et elle dit que sa coiffure en ressort plus brillante.

— Ici, c'est Franklin qui a une tête brillante, Mario.

— Qu'est-ce que tu veux dire, Anne-Marie ?

— Tu vois, il vient de s'asseoir au bas de la gouttière au coin de la galerie. Pauvre petit pitou… Il va attendre longtemps, il ne pleuvra pas aujourd'hui.

— Bien… j'ai mon voyage ! Un chien qui prend sa douche !

— Bien oui, mon Mario. Anne-Marie dit vrai. Quand Franklin a fini de prendre sa douche, il court s'installer sous la sortie d'air de la sécheuse sur le côté de la maison pour se faire sécher les poils.

— Voyons donc, Charles ! Tu me fais marcher, là…

— Ha ! ha ! On lui met des rouleaux sur la tête le samedi.

— Hein, hein… Va au diable, Charles Jolicœur ! Tiens… la belle au bois dormant qui arrive ! Tes petits yeux noisette sont froissés, Mélanie ! Est-ce que tu aurais encore couru la galipote hier soir, toi ?

— Mais non, Mario... Le père de Marie-Josée est venu me reconduire à dix heures. Je n'ai pas dormi tout de suite en rentrant. J'ai niaisé, comme on dit.

— Ah ! Et tu as niaisé à faire quoi ?

— J'ai gratté ma guitare... Je compose une chanson.

— Ah oui ? Est-ce que tu peux m'en fredonner un petit bout ?

— Non. Je suis gênée...

— Moi, je suis certain que tu as une belle voix. Si tu chantes comme ta marraine Solange, tu chantes comme une diva !

— Je ne l'ai jamais entendue chanter Solange, moi !

— Anne-Marie, Solange a une voix d'ange quand elle interprète *Tellement j'ai d'amour* de Céline Dion...

— Sainte mère, voilà un talent caché de Solange ! Où es-tu allée avec Marie-Josée, Mélanie ?

— Monsieur Sirois nous a conduites à Sorel. Auparavant, il s'est arrêté voir son père sur la rue des Muguets à Tracy pour lui emprunter son rotoculteur pour désherber son jardin.

— Monsieur Sirois, le frère de Jean-Paul...

— Hein ?

— Non, laisse, ma puce. Un jour, je vais te raconter une histoire...

— Quelle histoire, maman ?

— Comme... des petites branches de mon arbre généalogique.

— D'accord. Les gens pensent que je suis la sœur de Marie-Josée du fait qu'on porte le même nom de famille. Moi, je ne comprends pas. Mes cheveux sont bruns et ceux de Marie-Josée sont blonds. Et elle a les yeux verts…

— Oui, je le sais, ma fille. Et n'oublie jamais ton patronyme: Marie, Solange, Mélanie Sirois Jolicœur. Où es-tu allée après ?

— On voulait se rendre à *Regard sur le fleuve* pour se promener, mais on a choisi de passer la soirée dans le parc du Carré royal. Il y avait deux chansonniers qui jouaient du Paul Piché comme le vrai.

— Il y avait beaucoup de gens à cette soirée-là ?

— Certain ! Je dirais deux cents personnes… Mais pas autant qu'au Festival de la gibelotte au mois de juillet.

— Ce fameux festival… Est-ce que tu as l'intention d'y passer encore dix jours au mois de juillet, Mélanie ?

— Oui, maman. Je vais rester chez Marie-Josée, comme l'an dernier. On n'a qu'à traverser le pont Turcotte pour s'y rendre…

— Je n'aime pas te voir traîner là tous les soirs. Il y a des kiosques de bière et des gens que tu ne connais pas qui viennent de partout.

— Voyons, maman… j'ai dix-sept ans, pas dix !

— Je le sais bien, ma puce… Mais moi, à dix-sept ans, je lisais, je travaillais dans le jardin, ce que toi, tu ne fais pas…

— Maman, tu sais que je n'aime pas voir mes ongles crasseux de terre noire et que j'ai une peur bleue des araignées et des vers à soie ! Ça me lève le cœur ! Regarde, la semaine dernière, je vous ai aidés ! J'ai tondu le gazon et j'ai garni les jardinières au-dessus de la porte d'entrée en avant !

— Bien oui, ma fille… Mais si je n'avais pas vérifié la terre, les aurais-tu plantés, les saint-joseph ?

— Euh… non, maman.

— Hi ! hi ! Que je peux t'aimer, toi !

***

Que font les amoureux le samedi soir lorsque la petite brise ramène avec elle les rideaux de dentelle qu'Anne-Marie a accrochés dans l'encadrement de la fenêtre, cette vitrine enrobée de petites perles limpides en face de la table où ne subsistent que deux verres de vin rouge et deux bougies achevées…

— Dieu que tu es belle, Anne-Marie !

— Voyons, Charles…

— Est-ce que Mélanie est censée revenir tard de chez Solange ?

— Oui, elle et Lorie se sont loué un film. *Le garde du corps*, avec Kevin Costner et Whitney Houston.

— Moi, je vais personnifier ton garde du corps si tu veux ce soir… pour surveiller toutes les parties de ta belle silhouette.

— Hi ! hi !

Déjà, les mains de Charles glissaient sur sa poitrine ronde et le goût des baisers humides qu'Anne-Marie lui rendait lui donnait une envie folle de se faufiler entre ses cuisses afin de goûter au parfum charnel. Il l'avait soulevée pour la déposer sur la courtepointe qui avait été ourdie des mains adroites d'une certaine Aline Taillefer, cette femme généreuse qui se reposait dans le vaste ciel étoilé.

Les astres s'étaient dissimulés derrière les nuages noirs et sous le clapotis de la toiture d'acier ondulée, sur la couverture où Charles et Anne-Marie s'aimaient à en perdre haleine, les jolies marquises venaient de laisser choir leurs ombrelles de satin bleu.

Chapitre 2

La fête nationale

Chaque année, au mois de juin, les Québécoises et les Québécois se réunissaient pour célébrer leur grande fête nationale, la Saint-Jean-Baptiste. Les origines de cette kermesse remontent maintenant à deux mille ans. Celle-ci s'avérait la célébration païenne du solstice d'été. Au tout début, cette grande fête se déroulait le vingt et un juin. À l'arrivée du christianisme, vu que les deux fêtes avaient pour symbole la lumière, elles furent fusionnées pour être célébrées le vingt-quatre juin.

Avant la Révolution française, la Saint-Jean-Baptiste était une fête très populaire en France. Durant la nuit du vingt-trois au vingt-quatre juin, à Paris, le roi de France allumait lui-même le feu de la Saint-Jean. Les premiers feux en Nouvelle-France datent de 1638. Saint Joseph se voyait le protecteur de ce nouveau pays, tout comme le saint Patrick des Irlandais.

À la fin des années soixante-dix, cette célébration devint une fête nettement politique. Une belle fête à l'occasion de laquelle un grand défilé déambulait dans les rues au son de la musique antillaise. Aussi, des cornemuses écossaises et des chansons traditionnelles du Québec résonnaient de partout.

Ce soir, dans la belle ville de Contrecœur, le président des célébrations du 325e anniversaire, monsieur Richard Grenon, venait de déclarer haut et fort: « Et que la fête commence ! »

Pour cette fête mémorable, une chanson avait été composée par monsieur Normand Perron, un résidant de la ville de Contrecœur. Déjà, beaucoup de citoyens possédaient leur album souvenir, un splendide ouvrage relié de six cent six pages éveillant en chacun d'eux un sentiment d'appartenance et une profonde admiration à l'égard de leurs ancêtres, les grands bâtisseurs de leur passé.

— Un moment magique !

— Oui, mon cœur. Il est déjà onze heures, tu sais !

— Il est déjà si tard ? Je croyais qu'il était dix heures. À l'heure qu'il est, les jeunes qui sont restés sur le site vont faire leurs niaiseries et les policiers vont les ramener à l'ordre pour qu'ils regagnent leur lit.

— On ne fêtait pas aussi tard dans notre temps, Charles !

— Ha ! ha ! Je peux te dire, ma belle, que dans la ville de Louiseville, la fête de la Saint-Jean s'éternisait jusqu'aux petites heures ! Je peux aussi t'affirmer que notre feu d'artifice était encore plus flamboyant que celui de Sorel !

— Comment ça, plus flamboyant que le feu de Sorel ? Tu n'es jamais allé fêter à Sorel dans ton jeune temps, toi…

— Bien non, ma douce… À onze heures, le soir du vingt-trois, en regardant notre grand feu à Louiseville, on pouvait voir aussi celui de Sorel en regardant au large du fleuve Saint-Laurent.

— Eh bien, moi, je n'ai jamais fêté la Saint-Jean-Baptiste à Trois-Rivières avant de déménager sur la rue des Forges. Du temps de ma jeunesse, oui, j'entendais les pétarades, mais mes parents adoptifs me privaient de tout. Par chance que le lendemain, mamie Bibianne me décrivait ce qu'elle avait pu contempler la veille ! La même rengaine se présentait la semaine suivante à la fête du Canada.

— Pauvre amour… Une enfance perdue. C'est pour cette raison que tu ne peux pas priver ta fille de s'amuser, ce que toi, tu n'as pas pu faire durant ta jeunesse ?

— Pourquoi me dire des paroles pareilles, Charles… Je suis assez sévère avec notre fille !

— Dis-moi pourquoi elle n'est pas encore rentrée…

— Sainte mère ! Est-ce que tu l'as vue, toi, ce soir avec Marie-Josée ? Moi, je ne les ai pas aperçues de la soirée ! Je n'ai rencontré que Benjamin et Lorie vers les neuf heures. Viens, Charles, on retourne la chercher.

— Voyons, Anne-Marie… Elle devrait rentrer d'une minute à l'autre ! Elle n'est pas sortie seule, Marie-Josée l'accompagne et son père travaille aussi sur le site. Tu ne devrais pas t'inquiéter, mon cœur. Oups ! En parlant de Gilbert, voilà l'auto-patrouille qui arrive…

— Ah bien… maudit ! C'est Gilbert qui les a ramassées !

À onze heures, l'auto-patrouille s'était aventurée vers la marina de Contrecœur devant l'église Sainte-Trinité, où la répartitrice venait de communiquer une petite émeute à Gilbert Sirois. Des adolescents brisaient des bouteilles de bière aux abords de l'embarcadère. Après avoir inscrit quelques notes dans son calepin noir devant les enfants apeurés, celui-ci avait décidé de mener une inspection dans les secteurs les plus ténébreux du port de plaisance. Quatre jeunes adolescents bien dissimulés derrière la cantine Cap'tain Dan s'adonnaient à s'échanger une cigarette. Une cigarette sans bout-filtre dont les policiers savaient tous détecter le contenu: du cannabis, appelé marijuana.

— Oh non! Voilà mon père!

— Venez ici tous les quatre…

— Papa, c'est la première fois que je fume du *pot*, je te le jure!

Les phares de la voiture montraient quatre adolescents apeurés.

— Donnez-moi tous vos noms et l'adresse de votre domicile…

— Monsieur, c'est la première fois qu'on fume un joint… Vous n'allez pas le dire à nos parents?

— Votre nom, j'ai dit!

— Je m'ap… m'appelle Kevin… Kevin Plourde, monsieur.

— Où demeures-tu?

— Sur la rue L'Heureux, monsieur.

— Toi?

— Wil… William Gendron. Je reste sur la rue Hurteau, monsieur l'agent.

— Vous deux, vous allez rentrer chez vous immédiatement.

— Allez-vous appeler nos parents ?

— Non. Mais je vous préviens, si je vous revois dans les parages avec un joint dans les mains, je vous arrête ! Allez ! Déguerpissez !

Marie-Josée et Mélanie étaient terrifiées.

— Vous deux, montez dans la voiture, je vous reconduis dans le rang du Ruisseau.

Un silence morbide régnait à l'arrière de la voiture. Gilbert maintenait toujours son regard de glace et à toiser son profil, ses dents semblaient prêtes à éclater en mille morceaux.

— Sainte mère… Qu'est-ce qui s'est passé pour que vous arriviez en voiture de police, les filles ?

Pauvres petites… Elles voulaient bien essayer de donner une explication, mais aucun son ne sortait de leur bouche tellement leur gorge était nouée.

— Bonsoir, Anne-Marie… Charles… J'ai vu nos deux jeunes filles traverser la rue Marie-Victorin tout près de l'église et j'ai voulu les reconduire moi-même à la maison. Personne ne peut savoir ce qui pourrait survenir à minuit quand les jeunes reviennent de festoyer. Souvent, il y a de petites émeutes ou tout simplement des écervelés qui ont bu comme des ivrognes. Souvent, ces jeunes en sont à leur première expérience et on ignore comment ils pourraient réagir. J'ai tenté ma chance de faire monter les filles dans ma voiture de patrouille, malgré que je sache que les gens n'y viennent que quand ils sont en état d'arrestation d'habitude.

— On vous remercie beaucoup, Gilbert. On apprécie votre geste.

— Ce n'est rien, Charles.

En fixant les jeunes filles d'un regard noir, Gilbert poursuivit :

— Vous savez, dans de grandes festivités comme celle de la fête nationale, on voit souvent les adolescents avec une bouteille de bière ou bien un joint de marijuana dans les mains...

— Sainte mère ! S'il fallait que j'apprenne que ma fille a fumé de la drogue, je ne m'en remettrais jamais !

— Pareil pour moi, Anne-Marie. Je ne voudrais jamais que Marie-Josée touche à ce poison-là. Je dois vous quitter. Je dois retourner à mon poste, il est passé minuit et il y a encore beaucoup de jeunes qui s'amusent à la belle étoile.

***

Une légère brise s'était levée et tout le décor champêtre s'était mis à valser pour répandre son doux parfum fruité. Les champs d'agronomie s'étaient couronnés de verdure et dans les sous-bois, la douce mélodie des eaux pressées roulait sous les branches brisées des éminents végétaux.

Sur la grande véranda de la petite maison d'Anne-Marie, ce refuge où elle avait passé des soirées à contempler les étoiles en merveilleuse compagnie, que ce soit avec elle-même ou avec Mélanie, une fillette de quatre ans prenait la collation en compagnie de ses poupées, vêtues de rose et de lilas. Quand le ciel noirâtre se tourmentait, elle installait sa fille sur le rebord de la lucarne, tout près de la poupée aux cheveux manquants, ce refuge mystérieux où tout était demeuré intact, mis à part un nouveau coffre de cèdre habité d'effets personnels qui avaient appartenu à sa grand-mère, cette femme angélique qui jadis avait bercé son enfance.

— Bonjour, Élodie !

— Madame Pauline ! C'est quoi que t'as sur la tête, toi ?

— Ça, ma fille, c'est une cornette pour travailler dans mon jardin. Tu vas sûrement me dire que ça ressemble pas pantoute à un chapeau, mais moi, j'te dis que c'en est un vrai. C'était à mon vieux père Alcide.

— Oh ! Y avait un drôle de nom, ton père !

— Bien oui ! Pis ma mère s'appelait Blandine… C'est encore plus un drôle de nom, hein ?

— Oui. Hi ! hi ! Ton chapeau…

— Qu'est-ce qu'y a, mon chapeau, mon petit brûlot ?

— Je trouve qu'il ressemble à l'abat-jour de la lampe de notre salon…

— Ben coudonc ! Ta mère est-tu là ?

— M'man !

Angèle Paradis, une jolie femme de trente-cinq ans à la peau satinée dont la chevelure mi-longue couleur de miel se mariait parfaitement à ses prunelles de jade, était apparue dans l'embrasure de la porte-moustiquaire munie d'un rouleau à pâtisserie, le nez picoté de farine.

— Mon doudou, madame Paradis… Vous êtes de bonne heure su' le rouleau à pâte c't'avant-midi, vous !

— Hi ! hi ! Même si on est samedi, madame Pauline, je dois les rouler, ces tartes-là… Je travaille au IGA cet après-midi.

— Avez-vous une gardienne pour la petite ? Je pourrais vous la garder, moi…

— Vous êtes bien gentille, Laurence va la prendre chez elle.

— En parlant des Michon…

— Oui ?

— Ça se peut-tu avoir défait tout le décor du rang du Ruisseau comme ça en bâtissant une maison de même !

— Bien voyons… vous ! Ils ont une belle maison !

— Moi, je la trouve ben laide… A' va pas pantoute avec nos maisons centenaires. En tout cas… Pis elle, la Laurence, c'est une belle femme en maudit !

— Oui. Elle est jolie et aussi très gentille. Élodie l'aime beaucoup.

— On peut pas en dire autant de son mari Henri, y est laid comme une plaie d'Égypte, cibole !

— Madame Pauline ! La beauté, ce n'est pas ce qu'il y a de plus important dans la vie !

— Ouin… Mais vous allez voir dans quèque temps d'icitte… Ça fait peut-être huit mois qu'y sont mariés, ces deux-là ?

— Quel est le rapport ?

— Je me comprends, Angèle. L'amour rend aveugle, mais le mariage rend la vue, lui ! Vous m'en donnerez des nouvelles dans un an ou deux…

— Ne faites pas votre prophète de malheur, vous là ! C'est vrai que monsieur Michon n'a pas été gâté par la vie, mais c'est un sacré bon bonhomme, comme on dit…

— Oui, c'est un bon gars, Angèle, mais y est laid en cibole pareil !

— Bon. Pour quelle raison étiez-vous venue me voir, madame Tessier ?

— Pour pas grand-chose, ma fille. Je voulais vous demander si vous auriez pas une couple de pruneaux qui traîneraient dans vos armoires... Chus constipée sans bon sens.

— Vous n'êtes pas chanceuse, je n'aime pas les pruneaux. Si vous voulez, je peux vous en rapporter du IGA, je termine à cinq heures et demie.

— Eh ! que vous êtes fine, vous ! Mais je veux des pruneaux dénoyautés. Rapportez-moé pas des pruneaux avec des noyaux, je m'enrage après ça, moé !

— Ne craignez rien, je vais vous rapporter les bons.

— Bon. Ben, merci, ma fille. Salut, mon petit brûlot...

— Bye ! madame Pauline !

— Cré maudit qu'a' me rappelle quèqu'un c't'enfant-là... Pis je peux pas dire à qui a' me fait penser !

— Élodie ressemble à sa grand-mère Rita. Ma mère a les cheveux aussi bruns que ceux d'Élodie.

— Oui, je comprends ben, mais sa face me dit quèque chose... Bon, j'vas vous quitter. Je peux pas laisser Hubert trop longtemps tu-seul, des plans pour qu'y mette encore notre chat Ti-Mine dans le frigidaire.

Madame Pauline était toujours dans une forme physique étonnante, malgré son arthrite, qui lui maraudait une grande partie de ses nuits. Elle vaquait toujours à ses tâches domestiques, mais elle avait été contrainte de faire appel à un « homme à tout faire » pour tondre la pelouse, astiquer les fenêtres et déneiger les galeries et le stationnement de la voiture durant les saisons froides. Son compagnon de vie était atteint de la maladie d'Alzheimer et une présence continue s'avérait nécessaire pour lui.

***

Dans le quadrilatère du presbytère de la sainte église Sainte-Trinité, le paysage ressemblait à une jungle envahie d'une innombrable variété de fleurs et d'arbustes qui passaient du vert tendre au vert foncé. Les feuillus s'étaient revêtus d'une teinte argentée et des papillons exécutaient des arabesques sur le calice des roses, ceux-ci ayant emprisonné dans leur cœur la fraîche rosée du matin.

Cette matinée, le soleil brillait d'une intensité flamboyante. Le curé Allard se dépêtrait du mieux qu'il pouvait pour recoller les pots cassés de son bedeau, Jacques Lavoie. Ce dernier, âgé de quarante-sept ans, avait succédé à Octave Carignan, un homme aussi large que sa petite taille d'un mètre cinquante-cinq. Contrairement à Octave Carignan, qui n'incarnait aucune motivation pour le travail, monsieur Lavoie représentait la vaillance, mais il ne savait pas utiliser ses moments de laisser-aller lors de ses journées de congé. Son estomac ne cessait de se gonfler de toutes les variétés de boissons alcoolisées.

— Miséricorde, bedeau ! Vous êtes donc bien brise-fer ! C'est la seconde fois depuis une semaine que vous surgissez devant moi avec la corde de la tondeuse dans les mains ! Vous ne pourriez pas vous montrer un peu plus délicat avec les outils que la fabrique nous permet d'acheter ?

— Ben… c'est toujours ben pas de ma faute si ce moulin à gazon là, y a une petite corde de *fifi*, bâzwelle !

— Ce n'est pas seulement la corde de la tondeuse que vous avez brisée, bedeau ! Hier, vous avez arraché celle du taille-bordures aussi ! Si vous ne pouvez pas avoir la poigne plus douce, je vais être dans l'obligation de vous trouver une autre besogne pour utiliser votre temps.

— C'est comme vous désirez, mon père. Vous voulez que je fasse quoi d'abord pendant que vous allez réparer le moulin à gazon ?

— Prenez les ciseaux et allez tailler la haie sur le côté du presbytère. Ensuite, vous désherberez les plates-bandes.

Le bedeau s'était esquivé en un temps record et avait commencé à entailler les petites brindilles qui se trouvaient à la cime de la haie parsemée de minuscules fleurs blanches. La taille allait bon train malgré un petit nuage qui venait d'envelopper d'un trait l'astre lumineux pour laisser choir ses gouttelettes sur la tête du bedeau, celles-ci ne s'attardant nullement sur ses cheveux noirs, raides comme des clous. Mais, malencontreusement, d'un coup de ciseau, la vis rouillée retenant les deux lames fut sectionnée et, comme on dit, chanceux comme un bossu, ce dernier se retrouva avec deux longs couteaux dans ses mains.

— Miséricorde ! Je n'en reviens tout simplement pas ! Arrêtez de vous faire sécher sur pied, bedeau ! Allez prendre une pause dans la cuisine avec madame Soullières. Je ne veux pas vous revoir ici avant une demi-heure. En montant les marches du presbytère, ne mettez surtout pas votre bras sur la rampe, celle-ci pourrait vous rester dans les mains !

Une émanation d'érable parfumait l'entièreté de la cuisine et Rachèle Marion, madame Soullières, s'apprêtait à évacuer du four une demi-douzaine de muffins bien dorés.

— Ça sent ben bon icitte, Rachèle !

— Tiens, voilà mon bedeau préféré ! C'est l'odeur des muffins aux pacanes et au beurre qui est allée vous émoustiller les narines jusque sur le terrain du presbytère ?

— Non, c'est pas ça... C'est le curé qui s'est débarrassé de moi avec ses garcettes en l'air !

— Qu'est-ce que vous avez encore brisé ?

— La petite christie de corde du moulin à gazon a lâché, pis les ciseaux pour tailler la haie aussi. C'est pas de ma faute si le curé est trop pingre pour acheter des nouveaux outils ! Y tombent en ruine, barnache ! Ça fait que je bisoune avec des outils tout rouillés pis ça adonne que c'est quand c'est moi qui m'en sers qu'y me pètent dans les mains !

— Pauvre bedeau ! Venez vous asseoir, je vais vous servir une tasse de thé avec un muffin.

— Vous, vous êtes un ange... Pourquoi vous chialez jamais après moi, vous ?

— Tout simplement parce que vous n'avez encore rien brisé dans ma cuisine !

— Ha ! ha ! Dites surtout pas ça, je pourrais casser ma tasse ! Pis vos petits gars, y vont comment ?

— Ils vont très bien, bedeau. Victor va entrer en maternelle en septembre à l'école Mère-Marie-Rose. Valère me fait damner avec ses mauvais coups et Vincent, à huit mois, commence à examiner ses frères pour les imiter quand il se mettra à marcher.

— Trois petits marmots indisciplinés ?

— Ce ne sont que des enfants, bedeau… S'ils étaient trop sages, Jean-Denis et moi, on se poserait des questions à savoir s'ils sont en santé…

— Quant à ça… Y étaient mauditement bons, vos gâteaux aux pécanes, Rachèle ! Merci ben ! J'vas retourner aider le curé Allard, même si je sais ben qu'y va me péter une dépression quand y va me voir retontir dans le jardin.

— Hi ! hi ! Faites attention en sarclant le jardin… La dernière fois, vous avez arraché les tiges des échalotes !

— Ouais… Mais savez-vous c'est quoi l'affaire la plus importante, dans tout ça ?

— Non…

— Les anigozanthos. Les fleurs préférées de notre défunt père Forcier… Je crois ben que si par mégarde je les arrachais, le curé Allard me prendrait dans ses grosses mains pour me tordre jusqu'à tant que je ressemble à un *spring* !

— Hi ! hi ! Est-ce que vous avez croisé le vicaire Desmarais ce matin ?

— Non, pas encore… Y est parti à huit heures à matin, c'est sa journée de congé aujourd'hui. Y s'en allait visiter sa vieille mère à Saint-Laurent-du-Fleuve. Moi, je l'ai jamais vue, sa mère, à' messe du dimanche matin… Vous ?

— Je ne pense pas qu'elle puisse y aller. Le vicaire Demarais m'a confié qu'elle est semi-voyante et qu'elle s'enfarge continuellement partout où elle met les pieds.

— Eh ben !

— Est-ce que vous n'auriez pas un lien de parenté avec cette vieille femme, bedeau ?

— Hein, hein… Très drôle !

— Bien… vous avez vos deux yeux et vous vous accrochez les pieds continuellement !

— Ça fait longtemps que j'ai pas piqué du nez, Rachèle !

— Vous avez raison. La dernière fois que je vous ai surpris à plat ventre, c'est lundi passé quand vous êtes monté sur la couverture du presbytère pour recoller les bardeaux brisés.

— Ben oui, ben oui… Y avait une marche de pétée après l'escabeau, barnache ! C'est toujours ben pas de ma faute !

— Elle n'était pas *pétée*, comme vous dites, avant que vous mettiez votre botte dessus !

— Mes bottes pèsent une tonne ! C'est juste à cause de ça, sinon cette marche-là aurait jamais fendu en deux !

Chapitre 3

La rentrée

Étendus sur une légère pente tapissée de verdure face au fleuve Saint-Laurent, deux adultes, main dans la main, captaient sur leurs visages les chaleureux rayons du midi. Au large, des achigans et des perchaudes exécutaient des pirouettes pour s'immerger au centre des petits moutons d'écume blancs agrippés aux vagues pressées de se perdre sur une route sans fin.

Depuis maintenant cinq ans, tous les mercredis, Guillaume Desmarais quittait ses vêtements sacerdotaux pour retrouver son ange du paradis aux abords de ce panorama marin. Cet homme, beau à quarante ans, portait dans son âme une grande tendresse. Il montrait une assiduité envers son Dieu, qu'il vénérait et implorait tous les jours de lui pardonner ses moments de faiblesse. Il n'avait jamais pu trancher et mettre une croix sur une de ses deux idylles.

À la fin de la saison des couleurs, alors que les nuages persistaient à tamiser le ciel, le couple s'était réfugié près de l'affluent dans une vieille maison abandonnée.

Depuis le jour où Angèle Paradis s'était présentée au pied de l'autel de l'église Sainte-Trinité, une attirance pour le vicaire Desmarais s'était installée en elle.

— J'aimerais aller palper les nuages pour voir si vraiment ils ont la même texture que la ouate.

— Hi ! hi ! Mais tu n'aurais pas le temps, Guillaume… Il est déjà quatre heures et il faut qu'on rentre.

— Le temps s'est écoulé trop vite, Angèle. J'aurais espéré encore t'aimer jusqu'à demain matin…

— Tu demandes l'impossible à Dieu, mon bel amour ! Ton sacerdoce t'attend et Laurence attend mon arrivée pour rentrer chez elle. Je lui ai dit que je serais de retour à la maison à quatre heures trente.

— Notre fille, comment va-t-elle ? Si tu savais comme je peux avoir envie de la serrer sur mon cœur quand je la vois à la grande messe du dimanche matin !

— Écoute, Guillaume… Élodie est le fruit de notre amour. Nous savons tous les deux que le jour où je suis tombée enceinte, nous n'avons pas pris contact avec une faiseuse d'anges…

— Oui, je comprends, mais comment pourrais-je t'expliquer que j'aime trois personnes à la fois ? Je suis heureux dans la maison du Seigneur et je voudrais être à vos côtés dans le rang du Ruisseau. Éclairez-moi, mon Dieu, s'il vous plaît !

— Moi, je vais patienter et attendre que ta conscience te dicte le chemin à suivre.

— Tu ne m'attendras pas toute ta vie, Angèle ! Il te faut un homme à tes côtés et Élodie va chercher son père toute sa vie !

— Je suis d'accord avec toi, Guillaume, mais laissons le temps suivre sa route et nous verrons. Pour l'instant, je m'accommode très bien de ma situation monoparentale. Un jour prochain, nous en reparlerons, d'accord ?

***

Au mois de juillet, les citoyens abordaient déjà le sujet de la rentrée scolaire, malgré un climat enlevant l'envie aux étudiants de réintégrer les classes qui approchaient.

— Tu ne t'ennuieras pas au cégep, ma fille. Tes cours en soins infirmiers vont te voler une grande partie de tes soirées.

— Maman… Je voudrais te parler… Et j'aimerais que papa soit là aussi.

— Sainte mère, tu ne vas pas nous annoncer que tu quittes l'école ?

— Non, non… ce n'est pas ça. Où est papa ?

— Attends, je vais l'appeler. Il est en train de laver sa voiture dans l'entrée.

Mélanie avait posé ses fesses sur le bout de la chaise et ses genoux s'entrechoquaient à répétition. Ses mains étaient nouées si serré qu'elles avaient pris une teinte blanchâtre.

— Qu'est-ce qui se passe, Mélanie ? Tu es fébrile vis-à-vis ton entrée au cégep ?

— Laissez-moi vous expliquer…

— Vas-y. On t'écoute…

— Voilà, je ne veux plus aller étudier au cégep de Tracy.

— Pourquoi ?

— Attends, maman…

— D'accord. Explique-nous, ma puce.

— Je veux étudier dans un autre cégep.

— Hein ? Dans quel cégep ? Charles… tu ne dis pas un mot, toi ?

— Laisse-la parler, mon cœur.

— Oui, oui…

— Au cégep de Tracy, ils ne donnent pas le cours que je veux entreprendre.

— Mélanie, tu t'y étais inscrite en soins infirmiers !

— Tu as raison, maman, mais j'ai changé d'idée. Je veux devenir hygiéniste dentaire.

— Mon Dieu !

— À quel endroit se donne-t-il, ce cours, ma fille ? s'enquit Charles.

— À Saint-Hyacinthe, papa. Regardez, j'ai les documents et le formulaire d'inscription.

— Eh bien ! Tu n'as pas perdu de temps, ma fille ! Hygiéniste dentaire ! Un beau titre, Anne-Marie !

— Oui, Charles, mais il y a un *mais*…

— Lequel ?

— Il faudra que Mélanie se cherche un logis… Oh ! Ma puce qui quitte la maison…

— Ne pleure pas, maman. Je vais revenir à Sorel les week-ends. Lorsque vous ne pourrez pas venir me reconduire ou bien venir me chercher, je vais prendre l'autobus.

— Comment vas-tu faire pour ta lessive et tes repas ?

— Maman… On est trois filles de la polyvalente Bernard-Gariépy à vouloir suivre ce cours. On pourrait se louer un petit appartement meublé, ce qui diminuerait les frais.

— Les deux autres filles, leurs parents ont donné leur accord ?

— Certain ! Il ne leur reste qu'à trouver un logement.

— Où se trouve-t-il, le cégep de Saint-Hyacinthe, ma fille ?

— Il se situe sur la rue Boullé… Et pas loin, sur la rue Sicotte, il y a des logements pour les étudiants. Dans les années soixante-dix, ce cégep a formé celui de Drummondville et celui de Tracy. Regardez la photo !

— C'est gigantesque !

— Oui, papa. Il peut accueillir jusqu'à deux mille étudiants. Vous m'avez dit que vous me laisseriez suivre mes cours de conduite l'an prochain. Je pourrais voyager avec une de vos voitures…

— Ce sera difficile, Mélanie. Ta mère travaille à Tracy et moi à Contrecœur.

— D'accord. Louise et Julie possèdent leur permis de conduire. Je pourrais voyager avec elles de temps en temps.

— Écoute, Mélanie. Ton père et moi, on ne les connaît pas, ces jeunes filles !

— Je vais vous les présenter bientôt, maman.

— Tu as déjà rencontré leurs parents ?

— Oui. Ils sont gentils. Les parents de Loulou, Louise Janvier, sont professeurs à l'école primaire de Sainte-Victoire et le père et la mère de Julie… Julie Boutin, ils travaillent tous les deux dans un cabinet d'assurances à Verchères.

— Eh bien… Qu'en penses-tu, Charles ?

— Moi ? Je veux ce qu'il y a de mieux pour notre fille ! Si elle veut devenir hygiéniste dentaire, bien, elle le deviendra.

— Merci, papa ! Merci, maman…

— Que je peux t'aimer, toi ! Quand débuterais-tu tes cours ?

— Le premier trimestre va commencer au début de septembre, incluant vingt-cinq heures de cours par semaine. En première année du programme, je vais visiter les cabinets privés.

— Quelle est la durée de ton cours d'hygiéniste ?

— Trois ans, papa.

— Ouf ! On va s'ennuyer de toi, ma puce !

— Mais tu ne penses pas que ça en vaut la peine ?

— Oui, ma fille. Et quels sont les critères demandés ?

— Ils demandent un examen médical et une vaccination. Pour ce qui est des qualités requises, je crois que j'ai une bonne habileté à communiquer, une bonne dextérité manuelle, une excellente santé avec une hygiène soignée, l'esprit d'équipe, le sens des responsabilités, et je suis minutieuse.

— En effet, ma fille, tu réponds à tous ces critères.

— L'évidence est là, papa. C'est toi et maman qui me les avez transmises !

— Cré petite puce ! répondit Anne-Marie.

— Le département de techniques d'hygiène dentaire est agréé par la Commission de l'Association dentaire canadienne. Il me faudra seulement me procurer un ensemble de curettes pour les cinquième et sixième trimestres.

— Un ensemble de curettes ?

— Oui… des instruments pour le détartrage des dents.

— Ah bon ! Et les autres matières à part celles de ta technique ?

— Il y a des cours d'éducation physique et de communication, un cours en langue, un en littérature et un en anglais. Pour ce qui est de ma technique, je vais avoir les cours microbiologie dentaire, immunologie, anatomie et physiopathologie, profession en hygiène dentaire, anatomie de la cavité buccale et bla-bla-bla.

— Mais que veut dire *physiop*...

— Physiopathologie ? C'est l'étude des différentes pathologies dentaires, comme l'inflammation, les caries, les maladies, les infections, l'abrasion, l'érosion, les fractures des dents, les anomalies du développement dentaire et bla-bla-bla...

— Tu connais déjà la signification de tous ces grands mots, Mélanie ?

— Ce ne sont que des noms, papa. Je ne connais pas toute leur signification !

— Quand as-tu l'intention de te rendre à Saint-Hyacinthe pour te chercher un appartement ? lui demanda-t-il.

— Au moment où vous serez prêts ! Il ne faudrait pas tarder, je ne voudrais pas me retrouver dans un taudis, vous comprenez ?

***

La fin de la saison estivale s'était esquivée vitement et déjà le bleu du ciel s'assombrissait tôt. La brume du crépuscule volait au ras des terres et la rosée du matin enveloppait le paysage. Dans les sous-bois, les amoureux de la nature déambulaient et, instinctivement, ces derniers soulevaient les feuilles gercées sous leurs pas, comme pour essayer d'y dénicher les trésors endormis de l'été.

Pour la majorité des gens, l'automne se présentait comme une saison austère, mais pas pour les habitants du rang du Ruisseau. Les feuillus tournaient du vert au rouge et au jaune doré. Le temps était venu de laisser dormir les jardins jusqu'au prochain printemps pour apprivoiser la saison froide.

— Tiens... Salut, ma vieille ! Je craignais que tu ne te présentes pas au travail ce matin. Monsieur Duchesne te cherche depuis l'ouverture de la bibliothèque...

— Pourquoi me cherchait-il, Solange ?

— Il voulait savoir si tu avais reçu la liste des nouveautés du mois d'octobre.

— Je l'ai reçue hier, cette liste-là. Je l'ai déposée sur son bureau avant de partir à cinq heures ! Comme d'habitude, il n'a rien vu ! Une vraie queue de veau, ce Marcel Duchesne ! Tiens, voilà notre chialeux de monsieur Talbot ! Mon Dieu... Il prend du poids tous les jours, lui ! Avant, il incarnait la maigreur !

— Tu as raison... Et aujourd'hui, il ressemble au bonhomme Humpty Dumpty.

— Hi ! hi !

— Ma belle filleule aime-t-elle ses cours au cégep de Saint-Hyacinthe ?

— Mélanie aime ses cours et je peux te confier que pour trois jeunes filles de cet âge, leur logement est propre. Et ton Benjamin... comment ça se passe pour lui à Trois-Rivières ?

— Je n'aurais pas pensé que mon fils suivrait son cours en techniques policières aussi sérieusement ! Par contre, son logement sur la rue Provencher est toujours en désordre. Quand on lui rend visite, Mario et moi, je nettoie la vaisselle qui traîne dans l'évier depuis une semaine. Et ça, c'est sans te parler du linge éparpillé, que ce soit sur le divan ou bien sur son lit ! Et je ne te décrirai pas sa salle de bain...

— Comment peut-il s'accoutumer à vivre dans une maison désordonnée comme ça ? Toi qui soignes si bien ta demeure, ma Solange...

— Tu sais, Anne-Marie, ce n'est pas moi qui habite dans ce bordel. Ce qui est important, c'est que Benjamin se passionne pour ses études. Il s'ennuie beaucoup de Véronique depuis qu'elle est partie étudier à Chicoutimi.

Benjamin naviguait dans l'année de ses dix-huit ans. Tout comme ceux de son père Mario, ses cheveux frisottés annonçaient un brun clair et il avait le regard cristallin de sa mère Solange. Sportif à ses heures, Ben affectionnait le tennis, le ballon-volant et bien naturellement son Super Nintendo.

Chapitre 4

Une lettre de Louiseville

Vingt-quatre décembre 1993. Des gens démunis avaient profité d'une occasion de mettre une petite croix sur leur vie de misère, vu la récolte abondante des bénévoles de la paroisse lors de la guignolée de la semaine précédente. Une intensité émotive s'était hissée dans tous les cœurs des adultes contemplant leurs tout-petits en train de déballer les présents usagés qu'ils n'auraient probablement jamais pu leur offrir.

Le vent mauvais de décembre avait couronné d'un blanc pur la cime des grands conifères attirés vers le ciel étoilé et les toitures des maisons frigorifiées s'étaient agrémentées d'une lourde carapace givrée. Sur le parvis enneigé de l'abbatiale Sainte-Trinité, où les empreintes de pas s'estompaient sous la chute des gros flocons blancs, les vœux de bonheur, de santé et de prospérité se perpétuaient à la queue leu leu.

Le vicaire Desmarais avait célébré la messe chrétienne, son supérieur étant alité depuis deux jours. L'imposant prélat était victime d'un léger rhume,

rhume qui prenait pour lui l'ampleur d'une fatale pneumonie qui l'emporterait au paradis.

Chez Anne-Marie et Charles, des guirlandes parcouraient tous les murs de la maison et la grande table en merisier s'était vue joliment décorée de rouge éclatant et d'argent. Ginette Reno fredonnait des airs de circonstance, tout près des albums du groupe La Bottine souriante, n'espérant que le bon moment pour faire « taper du pied » les adeptes du folklore québécois.

— Comment vas-tu, Bruno ? Je m'ennuie de toi, tu sais…

— Tu sais, mon amie, j'ai vécu l'enfer depuis que Charles-Édouard m'a laissé. Ça m'a pris tout mon petit change pour que je me présente chez toi ce soir.

— Je te comprends, Bruno… mais après deux ans, tu mérites de l'oublier et de recommencer à vivre !

— Je te comprends, Anne-Marie, et je peux te rassurer en te confiant que j'ai rencontré quelqu'un il y a deux mois.

— Hein ? Bien, voilà toute une nouvelle !

— Oui. Un homme gentil. Sa compagnie me réchauffe, mais je ne l'aime pas.

— Que veux-tu dire ?

— Je veux tout simplement te dire que oui, j'ai remplacé Charles-Édouard, mais on dirait que j'espère de Grégoire qu'il possède les mêmes qualités que lui…

— Pauvre Bruno ! Quel est son nom de famille ?

— Mendoza… Grégoire Mendoza. Il demeure au Québec depuis vingt ans.

— Pourquoi me préciser qu'il réside au Québec depuis vingt ans, Bruno ? Il n'est pas Québécois ?

— Non. Sa famille demeure à Margarita, au Venezuela.

— Tu veux dire qu'il est noir ?

— Chut ! Oui. Je dirais qu'il est mulâtre...

— Oh ! Quel âge a-t-il ?

— Trente-huit ans.

— Dans quel coin demeure-t-il à Montréal ?

— À Montréal ? Dans le Vieux-Port. Je l'ai rencontré au bar Météor, sur Sainte-Catherine Est. Un bar gai ouvert depuis 1986.

— Tu n'as pas peur de te tenir dans ce genre d'endroit ?

— Où veux-tu que j'aille pour rencontrer des gens ?

— Ouin...

— Le Météor est un endroit très bien. C'est un club de rencontre identique à tous les autres clubs que les hétérosexuels fréquentent. Il y a de la danse, des performances musicales, des soirées disco. Quand j'ai commencé à visiter ces bars, je m'y voyais mal à l'aise. Aujourd'hui, je les vois différemment. Mon monde se trouve là, tu comprends ?

— Oui, je te comprends très bien, Bruno, sauf qu'il ne faut pas que tu oublies que nous, on est aussi dans ta vie. On t'aime. Si tu veux bien nous y laisser une petite place...

— Merci, Anne-Marie. Tu représentes pour moi la meilleure amie du monde, tu sais...

— Oui. Tu as choisi la vie qui te convenait et je m'en vois très heureuse pour toi.

— Ce n'est pas l'avis de tous les gens...

— Envoie-les chez le diable, eux autres. Présentement, tu te gruges le cœur à petites bouchées. Tu mérites une grande aventure sentimentale, Bruno ! Tu me dis que tu le connais depuis déjà deux mois et tu ne me l'as pas encore présenté ?

— Je pensais…

— … que moi, ta grande amie, j'aurais refusé de le rencontrer vu qu'il est Vénézuélien ?

— Bien…

— Voyons, Bruno… Arrive en 1993, sainte mère !

— Tu me fais du bien, Anne-Marie. Ce n'est pas facile pour moi… Je suis…

— Ça, c'est toi qui le dis ! Moi, je ne vois aucune différence entre les gens, qu'ils soient Mexicains, Japonais, Italiens ou bien Grecs. Un homosexuel, pour moi, c'est la même chose qu'un hétérosexuel, c'est un être humain qui peut être intelligent, attachant et se montrer cent fois plus riche en sincérité que bien des gens qui vivent sur cette planète.

— Je vais venir vous le présenter après les fêtes si vous voulez.

— J'y compte bien !

Au moment de se présenter à la table dressée pour dix convives, Anne-Marie accueillait chaleureusement Angèle Paradis et sa fille Élodie. Dans la matinée, Anne-Marie s'était rendue au marché d'alimentation IGA. En déposant ses victuailles sur le comptoir où Angèle travaillait, Anne-Marie avait questionné cette jeune mère de famille pour savoir où elle festoyait la nuit de Noël avec sa fille.

— Vous savez, madame Jolicœur, la fête de Noël, pour moi, s'avère une journée semblable à toutes les autres, sauf à l'heure du souper, où je donne les cadeaux à ma fille… à sept heures, avant de la mettre au lit.

— Vous n'avez aucune famille dans le coin ?

— Je ne vois que très rarement ma mère. Elle demeure à Magog. Et mon père, Dieu seul sait où il peut bien traîner dans ce monde…

— Pauvre madame Paradis… Pourquoi ne pas venir passer la nuit de Noël avec nous tous ? Je vous invite !

— Oh ! Si vous saviez le plaisir que vous me faites ! La toute dernière fois que j'ai passé une nuit de Noël en famille, cela fait bien longtemps. Par contre, je suis mal à l'aise, madame Jolicœur. Je ne connais pas vos invités…

— Vous connaissez Solange, Mario, Benjamin et Lorie ?

— Certain ! Lorie est si gentille ! Elle est déjà venue à la maison pour jouer avec Élodie.

— Vous connaissez monsieur et madame Tessier ?

— Qui ne connaîtrait pas madame Pauline, ici, à Contrecœur ?

— Hi ! hi ! Vous avez bien raison, Angèle… Je peux vous appeler Angèle ?

— Bien sûr !

À la suite des présentations et des vœux de Noël, Angèle s'était attablée à la gauche de Bruno et Élodie avait été installée dans l'ancienne chaise de Mélanie, que Charles avait récupérée exclusivement pour elle après avoir déverrouillé le grenier de mademoiselle Pétronie. Le vin fusait dans les gros ballons de cristal et le festin mijoté par Anne-Marie et Mélanie avait été complimenté divinement. Lorie avait exercé ses talents d'hôtesse, vu son affection particulière pour le merveilleux monde de l'hôtellerie. En suivant ce cours à la fin de ses études secondaires, elle aurait l'occasion de se libérer d'une gêne incontrôlable, cette gêne qui se collait à elle depuis sa tendre enfance. Sa petite taille d'un mètre vingt-cinq lui volait totalement sa confiance en elle. « Elle ne devrait pas, elle est si mignonne… Elle représente la douceur même. » Contrairement aux cheveux de son frère Ben, les siens étaient lisses et d'un châtain doré, et ses yeux, d'un bleu profond, captivaient tous les regards qui y pénétraient.

Deux semaines plus tôt, Lorie avait fait la rencontre de Yan Doucet à la piscine de Tracy, un garçon qui étudiait en gestion informatique au cégep de cette ville. Ce grand gaillard d'un mètre cinquante-quatre avait surgi de l'eau comme une flèche. En nageant vers Lorie, il lui avait glissé : « Dis-moi pourquoi une jolie sirène comme toi se retient de venir patauger dans cette eau limpide avec le beau dauphin que je suis ? »

— Mais qui es-tu ? Je ne t'avais jamais aperçu ici auparavant…

— Je suis le prince de tes rêves et je vois en toi une déesse…

Ce soir, ce bel apollon célébrerait la fête de Noël avec ses *chums*, comme ils se l'étaient promis au tout début du mois de décembre.

***

À deux heures trente dans la nuit, comme toutes les années précédentes, l'âtre du foyer endormi avait été visité par les candidats donnant une prestation musicale. Tout comme l'an dernier, madame Pauline, toujours enrobée de sa robe mauve incrustée de paillettes des années folles, avait remporté tous les suffrages en interprétant la chanson *Les maringouins* de La Bolduc, écrite en 1930.

— Pourquoi n'as-tu pas voulu chanter, Solange ? Mario nous a dit dans le jardin cet été que tu chantais comme une diva !

— Hein ? Mon mari vous a dit une niaiserie pareille ?

— Certain ! Il nous a dit que tu interprétais la chanson *Tellement j'ai d'amour* comme une diva !

— Mario vous a bien eus, tous les deux ! Je n'ai jamais chanté de ma sainte vie…

— Anne-Marie !

— Mario Martin !

— Oui ?

— Tu es un beau menteur, toi !

— Ha ! ha ! Mais dis-moi, Anne-Marie, mon amie…

— Quoi ?

— Oups ! La madame est fâchée ?

— Pas du tout ! Que veux-tu savoir ?

— Est-ce que ta sécheuse est brisée ?

— Non, pourquoi ? Ma sécheuse fonctionne très bien !

— D'accord… Alors, explique-moi pourquoi Franklin a les poils raides comme des clous. Charles ne lui a pas mis des rouleaux à friser pour cette belle occasion ?

— Va péter dans les fleurs, Mario Martin !

— Hum… Ça va être difficile, on se trouve au mois de décembre !

— Tu ne perds rien pour attendre, toi… Attention tout le monde ! Moi, je porte un toast à mon amour, Charles, qui a fêté ses cinquante et un ans aujourd'hui… euh… je veux dire hier !

— Bon anniversaire, Charles ! ! ! ! !

C'est ben pour dire
On a beau pus être un enfant
Pis être capable de faire face à la vie
Pis, en ce moment, ben
J'ai comme des boules dans gorge
Pis si c'était pas de ce maudit orgueil
Ben j'cré ben que j'braillerais

Ah, c'est une grande chose pareil
Un p'tit enfant vient au monde
Pis toute la terre le sait
Ti-Jésus, même nous autres icitte dans l'bois
Qui te blasphème à grande journée
Tu sais que c'est pas pour mal faire
On a appris à sacrer avant de marcher
C'est pas pour être méchant Ti-Jésus
Toé, tu nous connais icitte
Les gars de bois, tu l'sais

Hé les gars ! vous êtes ben tranquilles !
Sept, huit, neuf, dix, onze, douze
Joyeux Noël tout le monde ! ! ! ! ! ! ! !

Il est né le divin enfant
Jouez hautbois, résonnez musettes

Il est né le divin enfant
Chantons tous son avènement...[1]

***

L'année 1993 tira sa révérence dans la demeure des Tessier, malgré l'absence de lucidité d'Hubert, qui avait enfourné les salades de chou et de macaroni au-dessus des pâtés à la viande et de la dinde bien dorée.

***

À la fin de janvier, la neige avait chuté en abondance et en cette matinée du vingt-deux, la fine poudre soulevée par un vent à écorner les bœufs avait adhéré à tous les obstacles qu'elle avait croisés sur son passage.

— Prenez garde, madame Jolicœur, c'est glissant ! Y a de la glace bleue en dessous de la maudite neige ! Rendez-vous pas à votre boîte à malle, je vous rejoins pour vous le porter en main propre, votre courrier.

— Merci beaucoup, monsieur Pouliot. Vous avez franchi toutes ces lames de neige pour me donner une seule lettre ?

— C'est pas grave. Elle vient de Louiseville, votre lettre. Bonne journée !

Qui, de Louiseville, pouvait bien lui adresser une lettre ? Ses parents biologiques étaient décédés depuis plusieurs années et sa grand-mère, Bernadette, l'avait quittée en 1976.

---

1 *Noël au camp*, interprété par Tex Lecor, 1968.

— Peut-être une missive des Péloquin, les propriétaires de l'ancienne maison de Charles...

Mes chers neveux,

Pardonnez-moi cette intrusion dans votre vie. Nous n'avons jamais eu l'occasion de nous rencontrer. Je suis Albert Jolicœur, le fils de Bernadette et Bertrand Jolicœur et le frère de votre père Delphis.

— Sainte mère !

Si après tant d'années je vous fais parvenir cette lettre, c'est pour vous informer que lors du décès de ma mère, votre grand-mère, je demeurais déjà sur la terre familiale que cette dernière m'a léguée.
Aujourd'hui, vu mon âge avancé, je veux vous informer du testament de ma mère. Sur le document notarié, elle avait ajouté une condition, celle qu'au moment de mon décès, la maison ainsi que les autres biens vous reviennent de droit.

— Hein ? Voyons donc, ça n'a pas de sens !

Prière de me pardonner d'avoir ressuscité en vous des passages douloureux de votre enfance à Louiseville. Oui, je connais votre vie passée. Ma mère, votre mamie Bibianne, m'a déjà parlé de vous deux.
J'ignore si vous avez eu la chance de la côtoyer durant votre adolescence. Lorsqu'elle prononçait vos noms, en particulier celui d'Anne-Marie, je peux vous

affirmer que ses yeux ne se remplissaient pas de larmes, mais bien de petites perles pétillantes d'amour.
Nous ne nous sommes pas croisés aux funérailles de ma mère à l'église Saint-Antoine-de-Padoue. Je vous avais remarqués au moment du sacrement de l'eucharistie. En parcourant la grande allée, vous aviez déposé votre main pour une toute dernière fois sur la tombe de ma mère... de votre grand-mère.
Je suis parfaitement conscient que je n'aurai jamais la joie de vous rencontrer. Il n'est pas important pour vous deux de connaître un oncle que vous n'avez jamais côtoyé. C'est bien dommage...
J'ai été marié, mais je n'ai pas eu la joie d'élever une famille. Ma femme, votre tante Marie-Anna, est décédée l'an dernier. Ici, dans la maison, j'ai conservé dans une boîte des effets personnels de votre grand-mère que vous allez récupérer à la suite de mon décès. Cette boîte renferme des photographies, de la lingerie et des bijoux.
Cette lettre est la toute première que vous tenez entre vos mains et elle sera aussi la toute dernière. Merci de l'avoir lue.

Albert Jolicœur

P.-S. Maman me parle du ciel où elle vit et je peux vous assurer qu'elle est bienheureuse dans son paradis.

— C'est incompréhensible, Anne-Marie ! On ne peut pas accepter tous ces biens !

— Notre oncle Albert est seul et n'a pas d'enfants, Charles. Si on refuse cet héritage, où crois-tu qu'il va se retrouver ?

— J'en suis bien conscient, mais n'en parle pas comme de notre héritage à tous les deux. Je n'ai aucun lien de parenté avec les Jolicœur.

— C'est tout comme, Charles, tu es mon mari !

— Je comprends, mais c'est le nom de Christophe Gagnon qui se trouve sur mon baptistère.

— Ouin… Et ce baptistère, tu ne l'as jamais eu entre tes mains.

— Non. Et si je voulais récupérer mon acte de naissance… où suis-je né, moi ? Dans la maison de Sainte-Ursule ou bien à l'hôpital Comtois de Louiseville ?

— Est-ce que tu aimerais savoir le nom de tes parents biologiques, Charles ? On pourrait se rendre à l'hôpital pour récupérer ton attestation de naissance !

— Non, ce n'est pas important…

— Ils ne sont peut-être pas décédés, tes parents…

— Laisse tomber, Anne-Marie. S'ils m'ont donné en adoption à ma naissance, ils ne méritent sûrement pas d'être connus.

— Voyons, mon amour, ils devaient bien avoir une bonne raison de le faire, ne crois-tu pas ? Toi, tu as bien entrepris des recherches pour me retrouver !

— Oui, mais regarde toutes les années qui nous ont séparés ! Non, je ne veux pas retourner dans un passé qui pourrait me blesser. Quel âge a-t-il, ton oncle Albert, aujourd'hui ?

— Hum… Je dirais dans les soixante-quinze ans. Il faudrait le rencontrer avant qu'il décède, Charles.

— D'accord, mon cœur. Ta grand-mère Bernadette nous l'avait décrit comme un homme très bien à l'hôpital de Nicolet.

— Il n'y a aucune adresse postale sur l'enveloppe.

— Regarde… On va communiquer avec Bell Canada et si le nom de ton oncle est inscrit dans le bottin téléphonique de Louiseville, la téléphoniste va nous transmettre ses coordonnées.

— Je ne souhaite pas lui téléphoner, Charles. C'est un inconnu pour moi. Le ferais-tu à ma place, mon chéri ?

— Oui, mon cœur.

— Merci, mon amour ! Je ne sais pas si sa maison se trouve près de celle de Madeleine et Delphis…

— Je n'en ai aucune idée, ma belle. La ville de Louiseville s'avère petite, on n'aura aucune difficulté à trouver cette maison.

— Ça m'intrigue, Charles. Sais-tu qu'en pénétrant dans cette maison, je vais visiter le passé de mamie Bibianne avant qu'elle déménage à Trois-Rivières ?

— Si on y allait ce soir ?

— Non. Je préférerais m'y rendre quand il fera jour. Pourquoi pas demain ? Mélanie pourrait nous accompagner…

— Tu as oublié, ma belle, que notre fille passe la fin de semaine à Saint-Hyacinthe avec ses amies.

— Sainte mère ! J'avais oublié… On ira la semaine prochaine…

***

À dix-neuf heures, sur la rue Sicotte à Saint-Hyacinthe, Mélanie, Julie et Louise avaient convié Karine, une cégépienne de Marieville, pour une « soirée de filles ». Au menu : des ailes de poulet bien épicées, des frites McCain, une salade César et bien sûr, une bière fraîche aromatisée de jus de tomate, le cocktail assidu des Soreloises et des Sorelois.

— Ouache ! Jamais !

— Tu manques une occasion de te délecter, Karine ! Beaucoup de gens de Sorel prennent leur bière avec du jus de tomate…

— Je te ferai remarquer, Mélanie Sirois-Jolicœur, que je ne suis pas de Sorel, moi !

— Moi non plus. Je suis née à Contrecœur, ma chère.

— À ce que je vois, tu te tiens souvent à Sorel, hein ? Une tire-bouchonne ! Hi ! hi !

En terminant leur cours au cégep, Mélanie et Louise s'étaient dirigées vers le club vidéo pour réserver deux films : *Mon fantôme d'amour*, sorti en 1991, mettant en vedette Patrick Swayze, Demi Moore et Whoopi Goldberg, et *Pretty Woman*, un film de 1990 avec la séduisante Julia Roberts et le très beau Richard Gere.

— Taisez-vous ! Le film commence, les filles !

— Voyons, Mélanie ! s'esclaffa Julie. La chanson *Pretty Woman*, on la connaît toutes par cœur !

Pretty woman, walking down the street
Pretty woman, the kind I like to meet
Pretty woman
I don't believe you, you're not the truth

No one could look as good as you…
Mercy…[2]

À la fin de la première projection, déjà plusieurs bouteilles de bière achevées traînaillaient sur la table de mélamine blanche du salon et le bol de maïs soufflé avait été vidé. Au moment de glisser la deuxième cassette dans le magnétoscope, Karine et Julie avaient décidé d'aller à l'hôtel des Seigneurs sur la rue Johnson. Le but de leur sortie : s'émoustiller à la discothèque Le B-52, mais spécialement, comme elles avaient dit, pour *cruiser.* Seules Mélanie et Louise étaient restées étendues sur le grand fauteuil de style colonial garni de coussins de toutes les dimensions, toutes les deux emmitouflées dans une épaisse couverture de laine.

— J'aimerais prendre la place de Molly, moi…

— Hi ! hi ! Telle que je te connais, Mélanie, petite rêveuse comme tu es, tu serais tombée dans les bras de Sam avant même d'avoir fait tourner le tour de potier ! Regarde, Molly a la figure toute barbouillée d'argile. Excitant, non ?

— Oui, oui… Ouf ! qu'il est beau, Patrick Swayze !

— Comment trouves-tu Denis Brière, au cégep, Mélanie ?

— Pourquoi me poser cette question, Loulou ?

— Tu ne vas pas me dire que tu n'as jamais remarqué que Denis n'arrête pas de t'espionner ?

— Non, pas du tout ! Lave tes lunettes quand tu vas à tes cours, Louise…

---

2 *Pretty Woman*, interprétée par Roy Orbison, 1964.

— Je te jure qu'il te regarde continuellement, moi ! Je ne suis pas folle ! Il m'a demandé de quelle ville tu venais !

— Dis-moi, Louise… quel plaisir je pourrais retirer en sortant avec un gars qui habite probablement aux îles Moukmouk ?

— Tu es dans le champ, Mélanie. Il demeure au centre-ville de Saint-Hyacinthe.

— Sérieusement ? Comment le sais-tu, toi ?

— J'ai dîné avec lui un midi à la cafétéria.

— Et ?

— J'ai vu qu'il ne s'intéressait pas à moi, mais bien à toi.

— Tu veux me dire qu'il t'attire ?

— Avant, oui. Mais ces temps-ci, j'observe les allées et venues de Jacob Tardif.

— Jacob Tardif…

— Mais oui, Mélanie ! On l'a toutes les deux connu au deuxième étage du cégep au carrefour Saint-Maurice !

— Oui, oui ! Je m'en souviens, là ! Euh… un beau bonhomme !

— Mets-en ! Je me demande s'il est célibataire.

— Où demeure-t-il ?

— Aucune idée !

— Chut ! Whoopi Goldberg essaie de faire revenir Sam !

— Tu veux dire Oda Mae Brown… celle qui parle aux morts ?

— Arrête de te moquer, tu sais très bien ce que j'ai voulu dire !

Chapitre 5

Saint-Hyacinthe

Lundi midi, à l'entrée de la cafétéria du cégep, tout près du local de la radio étudiante CBRL, des enseignants parlementaient de politique et de sport.

Concernant la politique au Québec, Robert Bourassa, surnommé « le père de la Baie-James », ne s'était pas représenté aux élections du onze janvier précédent et Daniel Johnson était le vingt-cinquième premier ministre à régner sur le Québec.

La première femme première ministre du pays, Kim Campbell, avait été élue le treize juin 1993. Toutefois, son mandat s'était avéré très court. Le vingt-cinq octobre, les Canadiens élisaient un nouveau gouvernement libéral, celui du très honorable Jean Chrétien.

Le vingt-huit avril 1993, les Canadiens de Montréal gagnaient en six parties les séries préliminaires contre les Nordiques de Québec. Le neuf juin, le Tricolore remportait la Coupe stanley, qu'il avait disputée aux Kings de Los Angeles.

Aujourd'hui, le sujet de l'heure était que les citoyens du Québec craignaient une seconde victoire, vu l'émeute déclenchée après le dernier match, tout comme en 1986 lorsque le centre-ville de Montréal et une partie de la rue Sainte-Catherine avaient été livrés au pillage, avec pour résultat des dégâts évalués à plus de dix millions de dollars.

— Je ne comprends rien à ton histoire d'ordinateur, Denis. Moi, j'étudie en hygiène dentaire, ce qui est complètement différent.

— Tu ne manges pas tes rondelles d'oignon, Mélanie ?

— Non, tu les veux ?

— Certain ! Je vais au comptoir me prendre du ketchup. Je reviens.

Pendant que Denis se rendait au comptoir des condiments, un de ses collègues de classe s'était joint à lui pour lui poser des questions concernant leur dernier cours de gestion informatique, qu'ils venaient de quitter.

— Puis, Mélanie… comment le trouves-tu, Denis ?

— Très intéressant, Loulou. Sa connaissance des ordinateurs est impressionnante, une vraie *bolle* !

— Ce n'est pas ce que j'ai voulu dire, Mélanie. Tu le trouves beau ?

— Bien sûr qu'il est beau.

— De quel coin est-il natif ?

— Tu ne devineras jamais, Louise… De Contrecœur !

— Ce n'est pas vrai !

— Il demeure sur la rue Lajeunesse.

— Tu ne l'avais jamais rencontré auparavant ? Même pas à la polyvalente Bernard-Gariépy à Tracy ?

— Ça aurait été difficile, il a étudié à l'école secondaire De Mortagne à Boucherville.

— Intéressant ! Qu'est-ce qu'il y a, Mélanie, il ne te plaît pas ?

— Oui, il me plaît, Louise. Mais je le trouve trop beau pour moi.

— Tu n'es pas sérieuse ? Tu es très belle, toi aussi !

— Peut-être, mais pas assez pour lui. Il y a plein de jolies filles au cégep qui ne demandent qu'à se retrouver dans son lit. Pourquoi me choisirait-il, moi, Mélanie Sirois-Jolicœur, dis-moi ?

— Tu te sous-estimes, Mélanie Sirois.

— Je suis réaliste, Louise.

Pauvre petite. Elle parlait comme sa mère Anne-Marie. Telle mère, telle fille ! « Bien voyons, Solange ! Dis-moi pourquoi un homme de cette classe pourrait s'intéresser à une vieille laide comme moi… »

***

En quittant son cours de microbiologie dentaire, Mélanie s'était heurtée à Denis, qui l'attendait patiemment depuis un bon dix minutes. Ce garçon d'un mètre cinquante-cinq aux cheveux châtains et aux yeux verts l'invita à faire une visite guidée au centre-ville de Saint-Hyacinthe, où ils se retrouvèrent dans un petit resto sur la rue des Cascades.

Saint-Hyacinthe. Tout débuta en 1748, lorsque le roi Louis XV concéda un territoire portant le nom de seigneurie Maska à François-Pierre Rigaud de Vaudreuil. En 1753, Jacques-Hyacinthe Simon, dit

Delorme, acquit la seigneurie de Maska et lui donna le nom de Saint-Hyacinthe.

Saint-Hyacinthe devint un village en 1849, une ville en 1850 et une cité en 1857. En 1976, Saint-Hyacinthe fusionna avec trois municipalités : La Providence, Saint-Joseph et Deauville. Située au cœur de la Montérégie et à proximité de Montréal, Saint-Hyacinthe est la ville-centre d'une grande région agricole reconnue comme capitale agroalimentaire du Québec, vu ses institutions d'enseignement, ses laboratoires de recherche et ses industries agroalimentaires.

Au siège de l'évêché, depuis 1852, Saint-Hyacinthe compte neuf paroisses et plusieurs communautés religieuses, dont trois fondées dans cette ville même : les sœurs Adoratrices du Précieux-Sang, les sœurs Saint-Joseph et les sœurs de Sainte-Marthe.

Si vous visitez Saint-Hyacinthe, ne quittez jamais cette belle ville sans effectuer une halte champêtre et patrimoniale dans ses divers attraits touristiques : le jardin Daniel A. Séguin, le Marché Centre, établi depuis 1876, la porte des Anciens-Maires (1927) et l'église Notre-Dame-du-Rosaire (1877).

— C'est un magnifique centre-ville, Denis ! Je vais le visiter plus souvent au printemps, parce que zieuter les boutiques par un froid pareil, ce n'est pas plaisant.

— Je vais t'y conduire aussi souvent que tu le voudras, Mélanie. Si tu veux, je te ferai visiter les plus jolis sites de cette belle ville.

— J'aimerais voir le Marché Centre en premier, Denis. Il me semble très chaleureux et aussi très vieux. De quelle époque date-t-il ?

— Le Marché Centre ? Il a un passé riche d'un siècle. Il s'agit d'un des plus vieux marchés du Canada.

— Vraiment ?

— Oui, ma chère. En 1830, il y avait dix-huit étals, de grandes tables où les bouchers débitaient leur viande. En 1850, il était ouvert du lever jusqu'au coucher du soleil, sauf le dimanche et les jours fériés. Ces commerçants vendaient du foin, des animaux vivants, du charbon, du bois de corde et de construction, de la tourbe, de la pierre et de la brique.

— Où as-tu pris tous ces renseignements ?

— Mon père enseigne l'histoire à l'école secondaire De Mortagne à Boucherville.

— Je vois ! C'est très intéressant…

— Bien oui… Malheureusement, en septembre 1876, il fut la proie des flammes et les citoyens ont soupçonné un incendie volontaire.

— Voyons, toi !

— Eh oui ! Le feu est devenu fort, il a détruit les trois quarts de la ville…

— Hein ?

— En le rebâtissant, en 1877, ils ont érigé une salle de spectacles, au deuxième étage, qui fut achalandée jusqu'en 1884. Quand on ira au Marché Centre, je vais te faire voir l'ancien abreuvoir, qui date de 1879. C'est le dernier seigneur de Saint-Hyacinthe, Robert A. Jones, qui l'avait offert aux citoyens.

— Il existe encore ?

— Certain ! Je le vois tous les jours de la fenêtre de mon logement. Il est sur la rue Saint-Denis et je demeure sur cette rue.

— Eh bien !

— À l'époque, cet abreuvoir servait à désaltérer les animaux d'un côté et les humains de l'autre.

— Quelle époque !

— Une époque difficile, tu veux dire ! En 1898, le marché comprenait quarante-deux étals de bouchers, deux étals de commerçants de cuir, un restaurant et la salle de spectacles dont je t'ai parlé tout à l'heure. Depuis 1985, à l'intérieur de ce marché, il y a plusieurs commerces alimentaires ouverts à l'année. Durant la saison estivale, à l'extérieur il y a plusieurs présentoirs de maraîchers et de fleuristes.

— J'ai bien hâte de tout visiter !

— Tu vas être enchantée ! Et là, j'aimerais qu'on casse la croûte si tu veux bien. Après, je t'emmène visiter mon petit chez-moi sur la rue Saint-Denis.

— Ça me plairait beaucoup, Denis, mais je dois travailler sur mon cours d'anatomie de la cavité buccale ce soir. Il faudrait que tu viennes me reconduire au plus tard à sept heures.

— Promis ! Je vais te reconduire à sept heures, pas une minute plus tard !

— D'accord. La voiture que tu conduis, elle appartient à ton père ?

— Non, pas du tout !

— Elle t'appartient ?

— Elle est à mon frère Christian.

— Il n'a pas besoin de son auto ?

— Aucunement. Christian se trouve à deux pas de son travail et lorsqu'il est dans l'obligation de se déplacer, il préfère prendre le transport en commun.

— Quel âge a ton frère ?

— Vingt-trois ans.

— Il demeure à Contrecœur ?

— Non, non. Il reste sur la rue Charcot, à Boucherville.

— Le monde est petit ! Mon oncle, euh… je veux dire Bruno, a une clinique de denturologie sur la rue Charcot !

— Ce n'est pas vrai ! Bruno Hamelin ?

— Oui, tu le connais ?

— Bien sûr ! Mon frère Christian travaille pour lui depuis l'an passé.

— Non ! Je n'en reviens pas ! Bruno est comme mon vrai oncle. C'est un homme exceptionnel et je l'adore.

— Je n'en doute pas, Mélanie. Je l'ai croisé à la clinique en allant voir mon frère. Un homme très sympathique. Il est gai, je crois…

— Oui. Tu ne portes pas de prothèses dentaires ?

— Non. Je respecte beaucoup les denturologistes, mais j'aimerais bien emmener mes dents naturelles avec moi au paradis.

— En effet, tu as une très belle dentition, Denis.

— Merci. Tes dents sont aussi magnifiques, Mélanie.

— Merci…

Le logis de Denis s'avérait être un petit loft. Une petite cuisinière portative comprenant deux éléments reposait sur le bout du comptoir, un réfrigérateur de bar ronronnait près de l'évier et un divan-lit trônait face à la table de cuisine en bois accompagnée de deux chaises dépareillées.

— C'est tout petit chez toi, Denis !

— En effet, mais je viens ici seulement pour dormir. Je prends tous mes repas à la cafétéria du cégep et les fins de semaine, je suis à Contrecœur chez mes parents.

— Oups ! Déjà six heures et demie…

— Tu as bien le temps de t'asseoir quelques minutes pour prendre un jus d'orange ?

— D'accord. Pour un tout petit verre.

Mélanie était saisissante dans son jean foncé et son chandail à col roulé d'un bleu très pâle. Ses longs cheveux d'un brun acajou avaient été remontés en un lâche chignon et à ses côtés, un Denis admiratif ignorait s'il devait l'étreindre ou bien ne rien bousculer. Dans tout son être, un amour réel venait de s'élever.

— Je dois rentrer, Denis, sinon…

— Sinon ?

— Euh… Tu viens me reconduire ?

— Bien sûr.

***

Quand Mélanie réintégra le logement, Julie et Louise étaient en train d'écouter le téléroman *4 et demi* sur la chaîne télévisuelle de Radio-Canada. Ces dernières ne levèrent aucun regard sur leur amie. Aussitôt que Mélanie s'installa par terre en empoignant un gros coussin bleu, le bombardement de questions débuta.

— Qu'avez-vous mijoté tous les deux depuis quatre heures ? Vous vous êtes embrassés ?

— Wo ! Julie… On n'en est pas encore rendus là !

— Est-il gentil ? lui demanda Louise.

— Très gentil !

— Allez… parle, Mélanie !

— Denis me plaît énormément, Julie. Il se passionne pour l'histoire et ses cours en gestion informatique.

— Tu es allée chez lui ? répliquèrent les deux amies.

— Oui. On a jasé en prenant un jus d'orange.

— Vous avez seulement pris un jus d'orange ?

— Qu'espérais-tu, Louise, que je te dise que je lui ai sauté dessus ?

— Mais… vous vous êtes au moins embrassés ?

— Même pas.

— Tu me parais triste, lui confia Julie.

— Je le suis… Denis est très intelligent et moi, je n'ai pas autant de connaissances que lui.

— Bien, j'ai mon voyage ! s'exclama Julie. Il n'est pas plus intelligent que toi, Mélanie ! Il est seulement différent, c'est tout ! Si tu lui parlais de tes cours, est-ce qu'il comprendrait tous les grands mots à cent piastres que tu emploierais ?

— Tu as peut-être raison, Julie !

— Oui, ma belle… Vous allez vous revoir ?

— Oui.

— Quand ? lui demanda Louise.

— Samedi prochain.

— Où ?

— Détends-toi, Loulou ! On dirait madame Pauline, qui veut tout savoir !

— Madame Pauline ?

— Hi ! hi ! Un jour je vais te la présenter. Elle demeure dans le rang du Ruisseau. Cette femme ressemble vraiment à Laïse Bronsard, qui joue le rôle de la commère du village dans le téléroman *Entre chien et loup*.

— Ah bon ! Denis va chez toi samedi pour que tu le présentes à tes parents ? poursuivit Julie.

— Oui, je vais le leur présenter puis on va partir immédiatement à la cabane à sucre de son grand-père.

— Oh ! Ne mange pas trop de tire d'érable, lui suggéra Louise. Une hygiéniste dentaire avec des trous dans les dents, ce n'est pas bien vu… Hi ! hi !

— Ne t'inquiète pas, Louise, je traîne toujours ma brosse à dents et mon tube de dentifrice avec moi.

— J'y pense, Mélanie…, ajouta Julie.

— Oui ?

— Un repas de cabane à sucre en janvier ?

— Oui, mais avec du sirop de l'an passé…

***

Samedi arriva et Mélanie se voyait très fébrile. Onze heures venaient de sonner et d'ici les cinq prochaines minutes, Denis Brière poserait ses pieds sur le paillasson de la porte d'entrée des Jolicœur. Mélanie portait un pantalon de denim noir et un chandail à col roulé rouge cerise accompagné d'une veste noire incrustée de gros boutons à pression.

— Je défais tout mon *look* avec ces grosses bottes, maman ! Si au moins elles étaient noires… Elles sont laides comme des vêtements de chasse !

— Écoute, ma puce… tu crois que Denis va regarder les chaussures que tu portes ? Tu ne vas pas te pavaner sur une passerelle, tu vas dans une cabane à sucre, sainte mère !

— Bien là, maman… on ne voit que mes grosses bottes !

— Mélanie… Je t'observe présentement et je peux t'affirmer que je ne vois que ton joli minois.

— C'est vrai ?

— Est-ce que je t'ai déjà menti ?

— Non, maman. J'ai mis un peu de maquillage. Est-ce exagéré ?

— Pas du tout, c'est très bien. Oups ! J'ai entendu frapper à la porte d'entrée !

Un Denis vêtu d'un jean et d'une veste Levi's se présenta avec un large sourire. Mélanie eut un rire explosif en apercevant les bottes de Denis, identiques aux siennes. « La salière et la poivrière… »

— Allô, Denis. Je te présente mon père, Charles, et ma mère, Anne-Marie.

— Bonjour, je suis très heureux de vous rencontrer… Mélanie n'arrête pas de me parler de vous.

— Voyons, Denis ! Je ne te parle pas seulement de mes parents !

— Mélanie… Est-ce que tu m'as beaucoup parlé de toi depuis une semaine ? Je sais que ton père enseigne à l'école Mère-Marie-Rose ici à Contrecœur, que ta mère exerce la profession de bibliothécaire à la bibliothèque de Tracy, que ton chien a pour nom Franklin, que tes amis qui habitent dans le rang du Ruisseau se nomment Benjamin et Lorie et que Laïse demeure à deux maisons de chez toi.

— Mélanie, on n'a pas de Laïse dans le rang du Ruisseau ?

— Euh… c'est madame Pauline, maman.

— Hi ! hi ! Mais je te donne raison, ma fille. À vrai dire, elle est la copie conforme de la femme du bedeau dans *Entre chien et loup.*

— Mélanie m'a dit que tu suivais des cours en gestion informatique au cégep de Saint-Hyacinthe ?

— C'est exact, monsieur Jolicœur.

— Pourquoi étudier à Saint-Hyacinthe quand ces cours se donnent au cégep de Tracy ?

— Je comprends votre question, monsieur Jolicœur. C'est que je savais qu'en entreprenant mes études à Saint-Hyacinthe, je rencontrerais Mélanie…

— Oh ! belle déduction ! Un romantique comme moi à ce que je vois…

— Peut-être bien, monsieur Jolicœur ! À vrai dire, j'ai suivi mon ami Philippe Goyette. On est inséparables. Lui, il étudie en sciences humaines.

— Philippe Goyette ? Je lui ai enseigné !

— Ah oui ?

— Comment se fait-il que je ne t'aie jamais remarqué à l'école Mère-Marie-Rose ?

— J'ai étudié à l'école primaire Les Trois Saisons, à Boucherville, et j'ai aussi fait mon secondaire à Boucherville. Mon père a toujours enseigné dans cette ville.

— Je vois.

— On va devoir vous laisser, monsieur et madame Jolicœur… Mon grand-père et ma grand-mère souhaitent notre arrivée pour midi à leur cabane à sucre.

— Allez, allez… les jeunes. On en profitera pour faire plus ample connaissance un autre jour, car moi aussi je pars pour Louiseville avec la femme de ma vie.

Chapitre 6

Retour vers le passé

Sur le traversier de Sorel se dirigeant vers le débarcadère de Saint-Ignace-de-Loyola, Anne-Marie et Charles étaient perdus dans leurs pensées. Vingt et un ans s'étaient écoulés depuis la dernière visite d'Anne-Marie à Louiseville, cette ville où elle avait poussé son premier soupir. La semaine précédente, Charles avait pris en note l'adresse civique d'Albert Jolicœur et ils avaient décidé d'un commun accord de ne pas prévenir ce dernier de leur visite. Cette demeure qui autrefois, dans les années quarante, avait été habitée par Bernadette et Bertrand Jolicœur, se trouvait dans le rang voisin de la maison de Delphis et Madeleine Jolicœur.

Charles s'était vu ébranlé en apercevant la maison de son enfance complètement laissée à l'abandon. Les propriétaires occupants, les Péloquin, l'avaient tout simplement ignorée pendant plusieurs années. Vu l'épaisse couche de neige compactée sur le quadrilatère de la maison, on ne pouvait distinguer si le tapis de verdure et les couleurs florales avaient été bien soignés.

S'étaient-ils simplement endormis en se languissant de l'arrivée du prochain printemps ou bien ne faisaient-ils que subsister en un spectacle désolant ? On pouvait apercevoir que la toiture, d'où des fragments de neige avaient glissé, cheminait vers la détérioration. La grande galerie agrippée à la maison était dépourvue de plusieurs lattes de bois et les fenêtres embuées avaient trépassé.

Comme le stationnement de l'entrée était inoccupé, Charles avait pris la décision de s'aventurer dans la cour arrière. Catastrophe ! Le hangar était incliné vers le sol gelé et à voir ce qui subsistait de l'écurie, c'était une évidence même qu'aucune bête n'y habitait plus depuis fort longtemps. Une vue désolante. La balançoire de Madeleine avait disparu et la vieille faucheuse rouillée persistait toujours sous un amas de neige maculée. Un chien bâtard, peut-être issu de l'accouplement d'un golden et d'un labrador, était enchaîné à un gros piquet enfoncé dans la glèbe congelée. Cette pauvre bête geignait près d'un grand bol vide oxydé par les intempéries.

— Il crève de faim, ce chien ! Pourquoi garder un animal si c'est pour le laisser mourir à petit feu ?

— Pauvre bête... On ne peut pas le laisser agoniser, Charles ! Il faut communiquer avec l'Escouade canine !

— Je comprends, mon cœur. Mais tu sais ce qu'ils vont faire de ce chien ? Il est tellement en mauvais état qu'ils vont l'euthanasier !

— Oh non ! Il a l'air si affectueux...

Un homme bien mis se présenta avec un attaché-case à la main.

— Bonjour ! Je passais devant la maison et j'ai vu une voiture dans l'entrée. Vous désirez visiter la maison ?

— Non, non... Je suis Charles Jolicœur. Et vous ?

— Jean-Robert Méthot, agent immobilier.

— Ah bon ! Donc, cette maison est à vendre ?

— Exactement. Et depuis un bon moment déjà. Je passe ici de temps en temps pour nourrir le chien.

— Vous voulez dire que ce chien a été abandonné par ses propriétaires ?

— Certes. Ils sont déménagés à Joliette.

— C'est inhumain !

— Vous savez, monsieur Jolicœur, du monde sans-cœur il en existe partout sur la planète. Si j'avais eu du temps à lui consacrer, je l'aurais adopté, ce chien, mais c'est impossible. Excusez-moi, je dois me rendre à l'intérieur de la maison pour lui prendre de la moulée et de l'eau. Vous voulez entrer pour vous réchauffer ?

— Non, merci ! Ma femme et moi connaissons très bien l'intérieur de cette maison.

— Vraiment !

— Cette terre a appartenu à nos parents dans les années quarante et on serait trop déçus de voir ce qu'il reste de cette maison.

— En effet... cette maison est souillée.

Le chien affamé engloutissait la nourriture à s'en étouffer devant Anne-Marie qui pleurait en silence. « Mon Franklin est un roi, sainte mère... »

— Il incarne la pitié, ce pauvre chien, Anne-Marie.

— Moi, j'ai le cœur en bouillie.

— Si on le prenait avec nous pour lui donner une bonne vie ? On ignore quel âge il peut avoir, mais peut-être qu'il vivrait sainement avec nous dans le rang du Ruisseau encore quelques années…

— Tu accepterais qu'on le prenne, Charles ? Je n'osais pas te le demander.

Monsieur Méthot déroba une vieille couverture de laine dans la maison pour la déposer sur le siège arrière de la voiture de Charles, encore tiède. Le gros toutou brun, déjà baptisé du nom de Charlemagne, se laissa choir comme une masse en poussant un soupir d'apaisement.

Dans le rang voisin, une maison âgée de plus de cent cinquante ans respirait une santé appréciable. Cette demeure avait gardé toute son authenticité des années 1800. La toiture, recouverte récemment d'un bleu royal, se préparait à fêter un autre centenaire et la fenestration avait traversé les années avec endurance. Au loin, sur la terre agricole, on pouvait remarquer des bâtiments qui jadis avaient été occupés par des troupeaux, peut-être des porcs, des moutons, des vaches ou des chevaux.

La grande véranda, nettement dégagée des intempéries, était recouverte d'un tapis synthétique brun et deux longs bancs de bois étaient adossés à un muret paré de pierres des champs. Sur le seuil de la porte d'entrée, un homme grand et très droit se présenta devant eux. Il portait une chemise à carreaux bleu et jaune et un pantalon de laine noir. Sa chevelure à peine rutilante révélait un brun dominant.

— Bonjour, monsieur Jolicœur. Je suis Charles…

— Et cette belle enfant est Anne-Marie ! Vous avez les yeux de votre grand-mère Bernadette, ma fille.

— Vous, je croyais…

— Que je ressemblerais à votre père Delphis ?

— Oui. Je suis désolée.

— J'en étais certain…

— Je ne l'ai jamais connu, mon… Delphis. Dans le grenier de mademoiselle Pétronie, j'ai le coffre que grand-mère Bernadette gardait dans sa petite chaumière et à l'intérieur, il y a une photographie de Delphis et Madeleine.

— Beaucoup de souvenirs ont été conservés dans ce grenier ?

— Oui, et ce grenier est maintenant fermé à clef. J'ai loué ma maison pour emménager avec Charles et Mélanie.

— Pardonnez-moi, Anne-Marie, je ne vous suis plus du tout. Vous demeurez chez votre frère et Mélanie est votre fille ?

— En effet. Elle va avoir dix-huit ans au printemps.

Cet homme chaleureux ne comprenait plus rien. « Pourquoi une femme dans la cinquantaine ressentait-elle le besoin d'habiter avec son frère ? »

Cette grande maison canadienne était enveloppée d'une chaleur confortable et tout ce qu'Anne-Marie caressait du regard lui donnait la douce impression que mamie Bibianne soufflait une légère brise sur son cou. Le vaste salon était rehaussé de tentures en velours ivoire et d'un magnifique tapis persan rouge bordeaux ourdi à la main. Deux jolies bergères blanches accompagnaient un grand divan aux pattes sculptées de style provençal français dans des coloris de beige et de bourgogne.

— Oncle Albert… Charles n'est pas mon frère…

— Voyons, toi ! Vous…

— Vous pouvez me tutoyer, mon oncle.

— Oui, bien sûr, Anne-Marie. Toi, Charles, tu ne dis pas un mot ?

— Je crois que je vais vous laisser seuls un moment. Je vais aller voir mon chien dans la voiture.

— Vous avez un chien ?

— Oui, il se nomme Charlemagne, répondit Anne-Marie.

— Fais-le entrer, Charles ! On gèle dehors, sacréfice…

— Peut-être tantôt. Je veux vous laisser discuter un moment.

Le coucou venait de chanter trois heures et le thé dans les tasses de porcelaine avait tiédi. Probablement que ce service à thé cerclé d'or aux pétales rosés avait appartenu à Bernadette.

— La lettre de Madeleine est arrivée sur le tard, comme on dit, dans votre vie, mon enfant…

— Je l'ai trouvée dans mon grenier en 1987. Elle datait de 1945. Cette lettre, je l'ai cachée à Charles pendant un an. J'étais trop bouleversée.

— Mélanie est au courant pour l'adoption de Charles ?

— Oui. Dernièrement, on lui a tout raconté. Mélanie a eu beaucoup de chagrin.

« Vous auriez pu vous aimer et habiter ensemble depuis que je suis au monde. C'est injuste, maman ! »

— Madeleine ne pouvait pas savoir, ma pauvre fille… Elle vous protégeait tous les deux. Selon ce que tu viens de me raconter, elle voulait que Charles te recherche à tout prix, même si elle savait qu'il n'y avait aucun lien de parenté entre vous deux.

— Exactement ! Et on profite du moment présent et de l'avenir que Dieu voudra bien nous allouer.

— Vous êtes jeunes et vous avez de belles années devant vous. Comme on dit, vous êtes en train de rattraper le temps perdu...

— Croyez qu'on en profite ! Oups ! Déjà quatre heures et demie ! On va être obligés de vous quitter, mon oncle.

— J'aurais souhaité vous garder encore avec moi, mais je dois me rendre à mon tournoi de quilles. Je peux compter sur vous deux pour une prochaine visite avec votre fille Mélanie ?

— Certainement, je vous en fais la promesse. Maintenant que j'ai votre numéro de téléphone, je vais communiquer avec vous pour vous annoncer notre prochaine visite. On apportera aussi le souper si ça ne vous offusque pas.

— J'accepte votre offre avec grand plaisir ! Depuis que Marie-Anna est morte, mes repas ne sont pas très équilibrés. En revanche, un ragoût de boulettes et des raviolis en conserve, ce n'est pas mauvais non plus !

— Hi ! hi ! Je vous avoue que Charles et moi, de temps en temps, on ne déteste pas un bon spaghetti Catelli, même si on a une sauce maison dans le réfrigérateur.

— Pour moi, le choix ne serait pas difficile, ma fille ! Je choisirais la sauce maison !

— Tu as compris le message, mon amour ?

— Te voilà, toi ! Bien sûr que j'ai compris le message.

***

Un feu de bois d'érable embaumait et attiédissait agréablement la petite cabane à sucre érigée en bois rond. Le couple de septuagénaires Laurier et Carmen Brière accueillirent leurs jeunes invités chaleureusement. Carmen portait laborieusement ses soixante-dix ans et nous pourrions dire d'elle qu'elle était une chanteuse-née. Elle connaissait par cœur toutes les paroles des chansons de son idole, Luis Mariano.

Carmen et Laurier Brière représentaient le couple parfait des années quarante, c'est-à-dire un couple ayant eu une vie remplie d'embûches, passée à empiler et coffrer la totalité de leurs économies. Carmen était une grande femme au dos légèrement courbé et Laurier, un petit homme au crâne dégarni avec un abdomen proéminent.

— Venez vous assir, les jeunes ! J'espère ben que vous aimez la soupe aux pois pis le ragoût de boulettes ?

— Grand-mère, c'est toi qui fais la meilleure soupe aux pois de Contrecœur !

— En ce qui me concerne, madame Brière, je vais me régaler ! J'adore le ragoût… Ma mère n'en cuisine jamais, mon père n'aime pas ce plat.

Le modeste repas fut englouti allègrement à la table dressée de vaisselle dépareillée recouverte d'une nappe décorée de feuilles de gui.

— Pis toi, ma petite Mélanie, restes-tu pas loin de Denis à Saint-Hyacinthe ?

— Assez loin, madame Brière. Je demeure près du cégep et Denis reste au centre-ville.

— Ah bon ! Voyons, Laurier, c'est ta deuxième assiettée de ragoût ! Ç'a pas d'allure, tu vas péter au frette !

— Laisse-moé donc manger à ma faim, ma femme! Quand les Pâques vont arriver, j'vas me mettre au régime.

— Toi pis tes Pâques de renard. Lui, les enfants, y fait ses Pâques après Pâques. Pis ça dure pas longtemps! C'est pour ça qu'y est gros pis qu'y porte des bretelles! Sinon, y aurait toujours les culottes en dessous de sa grosse bedaine…

— Bon ben… j'ai ben mangé, moé. Viens avec moé, Denis. Y faut que je sorte mes grappins à neige, mon char est calé dans neige jusqu'aux portes, caltor. Si on veut pas passer la nuite icitte, y faut la pelleter, c'te viarge de neige-là!

— Bien sûr, grand-père. Ça va nous faire digérer. Tu viens respirer du bon air, Mélanie?

— Je la garde avec moi, ta blonde, mon ti-gars. On a des affaires à se raconter toutes les deux pis on a pas besoin de vous deux pour faire ça.

— Oui, Marie-Catouche… On a tout compris! Viens, mon Denis…

Depuis sa naissance, Mélanie n'avait jamais eu le bonheur de mettre sur ses lèvres ces mots si réconfortants de *grand-mère* et *grand-père*. Bien sûr, son père avait louangé sa grand-mère Madeleine, lui parlant d'elle comme d'une personne douce et aimante, mais les bras d'une grand-maman berçant sa petite-fille sur ses genoux en lui fredonnant une douce mélodie, Mélanie aurait souhaité conserver ces doux souvenirs dans son cœur.

Laurier et Carmen avaient totalement refusé de s'aventurer sur la route des années modernes. Ils étaient demeurés ancrés dans leur époque, cette époque qui, à leurs yeux, s'était avérée la plus belle. « Pourquoi suivre la mode quand on est si ben dans nos vieilles guenilles, hein, mon vieux ? Pourquoi essayer des nouvelles récettes de cuisine si après, on revient toujours à nos anciennes récettes ? Pourquoi acheter toutes les sortes de savon qui sentent le citron ou ben la poudre pour bébé ? »

— Le savon du pays, avec quels ingrédients le fabriquez-vous ?

— Ça, mon petit lapin, le savon d'habitant, c'est pas compliqué à faire. Pour une récette, ça prend un d'mi-gallon de cendre de bois, un gallon d'eau, dix livres de gras pis une poignée de sel.

— C'est tout ?

— Oui, ma fille ! On fait bouillir la cendre avec l'eau pendant deux grosses heures pis après, on laisse froidir jusqu'à tant que l'eau devienne claire. Après, on fait bouillir le lard jusqu'à tant que ça épaississe. Après, on écume, on met le sel pis on attend encore que ça frédisse. Quand c'est prêt, ben on coupe le savon en gros morceaux.

— Ce savon ne doit pas sentir très bon…

— Y sent rien. Parle-moi pas des savons qui sentent le parfum à plein nez ! Nous autres, quand on se lave, ben on se lave ! On n'a pas besoin de sentir la guidoune après, tu comprends ?

— Oui, oui…

— Regarde ben, mon petit écureuil… Ta mère achète du savon en barre pour se laver, du savon en poudre pour faire son lavage, du Windex pour laver ses châssis pis du savon liquide pour laver sa vaisselle. Ça finit pus !

— Vous ne pouvez pas mettre un savon du pays dans votre laveuse…

— Quelle laveuse ? J'ai pas de laveuse à linge, moi !

— Vraiment ?

— J'ai toujours lavé mes guenilles dans le lavabo de ma cuisine, pis mon linge, y est aussi net que le tien !

— Je n'en doute pas, mais c'est beaucoup plus long !

— T'as raison, mon petit oiseau, mais une laveuse, ça magane toute le linge. Regarde la blouse pis la jupe que j'ai su' le dos… J'ai c'te linge-là depuis au moins vingt ans ! Ma blouse est restée blanche pis ma jupe noire est pas devenue grise !

— Bien oui…

La vieille Pontiac de Laurier avait été délogée et bien disposée à reprendre la route en direction de Contrecœur.

— Vois-tu, mon petit gars, c'est pas pratique un maudit char en hiver… On avait moins de misère avec nos chevaux dans le temps. Viens, on va rejoindre les créatures. Elles doivent ben avoir fini de mémérer, hein ?

— Il va falloir que je fasse sécher mes bottes, j'ai les pieds tout trempés.

— On va les installer s'a bavette du poêle, y est encore tiède.

Mélanie refusa de quitter ce petit refuge chaleureux avant que le couple septuagénaire ne leur détaille le jour de leur rencontre.

— On restait tous les deux à Saint-Antoine-sur-Richelieu. On s'était connus à' petite école du rang pis laissez-moi vous dire que votre grand-père, c'tait pas un mangeux de balustres !

— Un mangeux de quoi ?

— Ça veut dire que Laurier, y allait jamais à messe le dimanche matin, Denis.

— Ah !

— Mais, ma femme... mes vieux y allaient pas à messe, caltor ! Comment voulais-tu que je m'y rende ? Vous autres, vous étiez une famille tricotée ben serré, vous aviez toutes vos culs dans même culotte ! Ça fait que quand votre père vous disait « Envoyez ! On s'en va à' messe... » ben... toute la trâlée embarquait dans le boghei !

— Ben oui, mon vieux... ben oui. Bon, je continue mon histoire. Dans ce temps-là, à' petite école, vous comprenez que c'tait pas comme vous autres, les jeunes d'aujourd'hui. On se pavanait pas la main dans la main, hein ? Ça fait qu'y fallait attendre d'être plus vieux pour demander la permission à nos parents d'aller veiller au salon le samedi soir pis de prendre une tasse de thé le dimanche après-midi. On pouvait jamais être tu-seuls, non plus... Ça nous prenait un chaperon !

— C'était sévère dans votre temps, grand-mère !

— Oui, mon gars ! Si on voulait se donner un petit bec, fallait s'arranger pour se voir en cachette sur une botte de foin dans l'écurie. Continue, Laurier. On est rendus à quand t'avais demandé ma main à mon père Siméon.

— Y était temps que tu me laisses parler, ma vieille ! Bon... Quand j'ai demandé la main de Carmen à son paternel quand al' a eu dix-huit ans, en 1941, son vieux m'a dit: « Y a pas de trouble, mais t'as besoin d'être capable de la faire vivre pis d'y donner au moins dix enfants. »

— Toute une famille !

— Oui, ma fille ! Mais moé, avec ma tête de cochon, je lui en ai donné juste cinq. C'était ben assez. C'est ton père, Denis, qui est arrivé le dernier… pis laisse-moé te dire que c'était un maudit braillard !

— Aujourd'hui, mon père ne pleure plus, mais il rouspète continuellement…

— Ça me surprend pas pantoute, y a toujours été soupe au lait !

— En quelle année êtes-vous déménagés à Contrecœur ?

— Laisse-moi parler un peu, Laurier… T'arrête pas de te faire aller le mâche-patates depuis une heure ! Bon. Quand on s'est mariés, Laurier pis moi, on est allés rester chez ma mère…

— Ta mère…

— Laisse ma mère tranquille, Laurier Brière ! A' t'achale pus, ça fait vingt ans qu'al' est six pieds sous terre…

— Bon, bon. OK…

— On restait chez mes parents pis quand je suis tombée en famille de ma première, Jeanne-d'Arc, vu que Laurier travaillait à l'usine de bottines à Contrecœur, on s'est bâti une maison dans le village, pis on reste là depuis cinquante-deux ans.

Laurier reprit la conversation.

— Ouin… Y va falloir y aller, les enfants, y commence à faire noir… Là, vous deux, vous allez me promettre de r'venir manger un vrai repas de cabane à sucre avec vos parents au printemps. Aujourd'hui on a mangé du sirop de l'année passée, mais rendus là, on va avoir du sirop frais faite, pis de la première qualité en plus !

Chapitre 7

Cœurs à la dérive

Les chauds rayons de mars s'infiltraient doucement dans le paysage endormi. Les animaux des bois, grands ou petits, se nourrissaient dans les failles des branches démantelées des végétaux incrustées de bourgeons et la neige accumulée de l'hiver s'estompait rapidement, frémissant sur le sol gelé.

Samedi matin, cinq mars. Charles et Mario avaient pris la route pour se rendre à Saint-Basile-le-Grand, cette ville née en 1870 dont les habitants portent le gentilé de Grandbasilois.

— Éric ne s'y connaît pas beaucoup en plomberie, Charles. Il veut changer son cabinet de toilette d'endroit, vu qu'il s'est installé un grand bain avec des marches. Vu que toi, mon ami, t'es habile dans la pose de céramique, tu pourrais recouvrir le mur au-dessus du comptoir pendant que je changerais la vieille plomberie…

— Ce sera un grand plaisir pour moi, Mario. Si naturellement, Éric est bien outillé pour ce genre de travail. Je ne voudrais pas tout briser…

— Ne t'inquiète pas. Il m'a dit hier soir au téléphone qu'il avait loué les outils appropriés. Oups ! Attention à la suspension de ta Golf, mon vieux !

— Oui, oui… J'ai cru voir une flaque d'eau.

— Regarde, Charles…

— Quoi ?

— On dirait la voiture du curé Allard au bord de la route…

— Des Oldsmobile bleues comme celle du curé, il y en a à tous les coins de rue, Mario…

— Je suis d'accord avec toi, mais la Honda Civic rouge avec une aile endommagée comme celle de madame Paradis, tu vas me dire que ce n'est pas la sienne ?

— Tornon ! Penses-tu comme moi ? Le curé Allard et Angèle Paradis ?

— Voyons, Charles… Tu sais bien que notre curé ne peut pas…

— Tu as raison. Alors pourquoi se sont-ils rendus dans cette vieille maison ?

— Je n'en ai aucune idée. Tu as suivi la série *Les oiseaux se cachent pour mourir* à la télévision ?

— Certain, Mario, que je l'ai suivie ! Entre toi et moi… le père Ralph de Bricassart est très beau et beaucoup plus jeune que le curé Allard, non ? D'un autre point de vue, Meggie Cleary aurait pu être la fille du père Ralph…

— Je n'en reviens pas !

— Écoute, Charles… On ne sautera pas tout de suite aux conclusions si tu veux…

— Moi, je te dis que c'est eux, Mario. Si tu veux, on ne parlera pas de ce qu'on vient de voir à nos femmes.

— D'accord.

Dimanche matin, sur le parvis de l'église Sainte-Trinité, l'ecclésiastique Allard accueillait ses fidèles paroissiens avec dignité. À sa droite, le vicaire Desmarais adressait aussi ses salutations aux gens.

Charles ne souhaitait pas s'aventurer, comme on dit, sur un terrain glissant, mais il désirait s'assurer que la veille, il avait fait erreur sur la personne.

— Mes salutations, madame et monsieur Jolicœur.

— Bonjour, mon père ! répondit Anne-Marie. Vous allez bien ?

— Oui, ma fille. Euh… J'ai bien peur que ce ciel gris nous apporte une dernière chute de neige…

— La fameuse tempête des corneilles… Oups ! Voilà Solange… Excusez-moi, mon père, elle m'apporte le formulaire d'inscription pour nos cours de danse aérobique.

— Allez, allez… mon enfant. Et vous, Charles, vos étudiants ne vous donnent pas trop de cheveux blancs à l'école Mère-Marie-Rose ?

— Mes élèves ? Des anges, monsieur le curé !

— Tant mieux… Dites-moi, Charles…

— Oui ?

— Est-ce que vous vous y connaissez en plomberie ?

— Non, mais Mario, le mari de Solange, a une grande connaissance dans ce domaine. Quel est le problème, mon père ?

— La robinetterie de la cuisine est endommagée. Je souhaiterais ne pas avoir recours au bedeau Lavoie, il brise tout ce qu'il touche, miséricorde ! Monsieur Martin n'est pas ici ce matin ?

— Mario est parti à Trois-Rivières, chez son fils Benjamin, pour lui apporter des victuailles que Solange lui a cuisinées pour la semaine. Il va assister à la messe de cinq heures.

— Merci, Charles. Je vais solliciter ses talents de plombier ce soir.

— Vous en serez très satisfait, monsieur le curé. Il a remis à neuf la tuyauterie de la salle de bain de son beau-frère Éric hier. Quand on s'est rendus à Saint-Basile, on a vu votre voiture sur le bord du chemin devant une vieille maison à la hauteur de Saint-Laurent-du-Fleuve. Pour une soixante-dix-neuf, elle reluit comme un sou neuf !

— En effet, j'en ai bien pris soin. Quand vous l'avez vue hier matin, mon auto, c'est que le vicaire Desmarais me l'avait empruntée. Il va visiter sa vieille mère le mercredi et le samedi. Cette femme ne peut pas se déplacer aisément, vu sa vision restreinte.

***

À quatorze heures, Charles piétinait ici et là devant sa maison du rang du Ruisseau. Chez Solange, les deux amies pratiquaient des pas de danse en vue de leur prochaine séance d'aérobie.

— Mario !

— Seigneur, Charles, tu m'espionnes maintenant ?

— Tu sais bien que non… J'attendais que tu reviennes de Trois-Rivières. Entre un moment, je vais te donner des nouvelles fraîches concernant notre journée d'hier.

— Que veux-tu dire ?

— Je veux te parler de la vieille maison qu'on a vue à Saint-Laurent-du-Fleuve hier matin.

Les deux hommes, installés confortablement sur le divan du salon, sirotaient un verre de cognac.

— Parle, Charles !

— Ce n'était pas le curé Allard, Mario.

— Je te l'avais dit qu'il n'y avait pas seulement qu'une Oldsmobile bleue dans le coin, Charles…

— La voiture était bien celle du curé.

— Hein ? Qui la conduisait alors ?

— Le vicaire Desmarais.

— Tu veux dire que Guillaume Desmarais et Angèle Paradis…

— J'ai bien peur que oui… Attends, toi… Ah bien ! maudit !

— Quoi ?

— Est-ce que tu te souviens du soir de Noël quand madame Tessier a parlé de la petite Élodie ?

— Dis-moi que je rêve ! Madame Pauline avait dit que cette enfant-là ressemblait à une personne dont elle ne pouvait pas nommer le nom !

— Élodie serait la fille du vicaire Desmarais… Tu te rends compte que ces deux personnes-là s'aiment depuis cinq ans, Mario ?

— Je ne sais plus quoi te dire… Une chose est certaine, je ne peux pas cacher cette histoire à Solange.

— Moi non plus. Je ne cache rien à Anne-Marie.

***

La douceur du temps révélait le retour d'un nouveau printemps. Dans la demeure des Jolicœur, les invités espéraient impatiemment le retour de Mélanie. Dix-huit printemps s'étaient écoulés depuis sa naissance. Tout ce que Charles et Anne-Marie avaient souhaité depuis que leur fille avait fait un joli clin d'œil à la vie, c'était qu'elle reflète la santé et la joie de vivre.

Le passage sur terre est bref. Il ne faut pas le traverser en voyageurs pressés. Si nous demandions à nos aînés de nous décrire les années qui les ont précédés, ils nous confieraient qu'ils se souviennent de leur époque où l'amour n'a passé qu'un court moment. Si aujourd'hui, ils se plaignent d'être délaissés, c'est que dans leur règne de parents, ils avaient espéré transmettre à leurs enfants les bonnes valeurs. Oui, ils les aimaient, jusqu'à en oublier qu'ils étaient les créateurs de leur propre vie. Le temps s'était écoulé et leur santé expirait doucement. Ils poursuivaient leur chemin avec, sur leurs joues fripées, des baisers déposés par leurs petits-enfants, en étant enveloppés dans les bras de leurs enfants. Pourquoi le Seigneur n'avait-il pas alloué deux vies à ses enfants, une première pour procréer et la suivante pour admirer toutes les beautés du monde ?

Mélanie s'était vue choyée pour son dix-huitième anniversaire de naissance. Elle avait reçu de Charles et Anne-Marie un vélo de montagne et de sa marraine Solange un joli cœur orné d'un diamant, accroché à une chaîne en or dix carats. De Bruno, elle avait reçu une carte de souhaits à l'intérieur de laquelle se trouvait une invitation pour deux personnes au restaurant Le Château, situé sur la route Marie-Victorin à

Contrecœur. Denis lui avait présenté, dans un joli coffret rose, un jonc d'amitié.

Ce jonc d'amitié est aussi le symbole de l'amour que j'ai pour toi, Mélanie. J'aimerais t'offrir, à la fin de nos études, c'est-à-dire en décembre 1996, une bague de fiançailles.

Je t'aime
Denis
xxx

***

À la fin de la troisième semaine du mois de mars, vu les dernières précipitations, il était déconseillé de s'aventurer sur les cours d'eau gelés. Il était faux de dire que les lacs et les rivières étaient assez sécuritaires pour y risquer une enjambée. Si cette glace pouvait sembler rigide en toisant son épaisseur, elle pouvait aussi se montrer fragile. D'ici peu, la fonte des neiges pourrait augmenter le débit de l'eau et provoquer une érosion prématurée.

Sur la route du bonheur, pendant que deux amants se cachaient pour s'aimer, les glaces brisées s'agrippèrent à la berge, au pied du vieux chalet, pour le ramener avec elles. Après une glissade de deux mètres, le vieux refuge fut englouti par le fleuve.

***

Au presbytère Sainte-Trinité, le curé endossait cet accident dont il ne pouvait être le responsable et Rachèle ainsi que Jacques Lavoie essayaient d'apaiser leur peine.

— Ils avaient pris rendez-vous avec le Seigneur... Si j'avais su avant, j'aurais suggéré au vicaire Desmarais de contacter le Vatican, miséricorde !

— Vous n'y êtes pour rien, mon père, lui confia Rachèle. On ne pouvait rien faire pour la destinée de ces malheureuses personnes. Pauvres gens, ils sont morts gelés dans l'eau du fleuve... Jamais je ne m'en remettrai...

— La pauvre enfant de madame Paradis... où va-t-elle se retrouver maintenant qu'elle est orpheline ?

— Madame Michon a appelé tout à l'heure, monsieur le curé..., confia le bedeau Lavoie. Elle m'a dit de vous prévenir qu'elle va venir vous voir avec son mari Henri en fin d'après-midi.

Dans le rang du Ruisseau, Charles et Anne-Marie tremblaient en essayant de soulager les larmes de Solange et de madame Tessier. C'est Gilbert Sirois qui s'était présenté sur les lieux de l'accident tragique à la suite d'un appel téléphonique d'un passant qui venait d'assister à cette scène bouleversante.

Les deux documents qui avaient été trouvés étaient un permis de conduire dans le coffre à gants de la voiture d'Angèle Paradis et une lettre dans l'automobile du curé Allard, une missive écrite de la main de Guillaume Desmarais adressée au Vatican de Rome.

À la suite de cet incident mortel survenu dans la matinée à onze heures trente, Anne-Marie s'était dirigée vers la maison de Laurence Michon.

— Pourquoi, madame Jolicœur ? Pourquoi...

— Je ne le sais pas, madame Michon. Je ne le sais pas…

— Qu'est-ce que la petite va devenir ? Orpheline à quatre ans ! Est-ce que je pourrais garder Élodie, vous pensez ? Je détiens une lettre écrite des mains de madame Paradis…

— Il vous faudra entreprendre des recherches, madame Michon, pour rencontrer les personnes-ressources qui pourraient vous guider. La lettre que vous détenez, madame Michon…

— Elle dit que s'il lui arrivait un malheur qui lui enlèverait ses facultés mentales ou bien qu'elle décédait d'un accident… Oh…

— Prenez votre temps, madame Michon… Je peux vous appeler Laurence ?

— Oui, Anne-Marie. Elle dit qu'elle voudrait que je prenne sa fille avec moi… Et aussi, euh… j'étais au courant…

— … que l'abbé Desmarais était son père ?

— Vous le saviez, Anne-Marie ?

— Élodie ressemble à son papa, Laurence…

Trois jours après, à la suite des funérailles, le prélat avait contacté à regret le diocèse pour solliciter la présence d'un nouveau vicaire pour la paroisse Sainte-Trinité. Laurence et Henri Michon avaient amorcé leurs recherches pour l'adoption d'Élodie. Charles et Anne-Marie avaient libéré en deux heures les effets personnels de la défunte, qui auparavant logeait dans la petite maison du rang du Ruisseau.

Chapitre 8

Marielle Tessier

Deux mois s'étaient écoulés et en cette période des lilas, l'astre chaleureux n'avait su apaiser la souffrance plaquée au cœur des citoyens de Contrecœur. Un nouveau vicaire de cinquante et un ans du nom de Lambroise Guillemette, un homme de petite taille à la chevelure clairsemée où des fils argentés subsistaient, s'était présenté au presbytère et déjà, il secondait adroitement son supérieur. Les cultivateurs avaient regagné leur champ d'agriculture et en dépit des terrains remplis de boue, les semences se déroulaient aisément.

Le dix-neuf mai 1994, le Canada ne parlait que de cette grande dame décédée à New York, sa ville natale, madame Jacqueline Bouvier Kennedy, épouse de John Fitzgerald Kennedy, qui avait été le trente-cinquième président des États-Unis du vingt janvier 1961 au vingt-deux novembre 1963. Quelques années après le décès de son mari, celle-ci avait convolé en justes noces avec l'armateur milliardaire grec Aristote Onassis. Depuis la mort de son second mari, elle avait entrepris une carrière d'éditrice à New York, profession qu'elle avait exercée jusqu'à son décès.

Au Québec, en janvier, Robert Bourassa quittait ses fonctions politiques.

Dans le milieu cinématographique, le quatre mars, le Canadien John Franklin Candy, né à Toronto, quittait le monde du cinéma, s'éteignant à l'âge de quarante-quatre ans. Nous le connaissions pour le rôle d'Uncle Buck et son grand talent de comédien dans le film *Maman, j'ai raté l'avion.*

Dans le monde musical, Céline Dion, la grande interprète québécoise née à Charlemagne en 1968, s'unissait à René Angélil le dix-sept décembre à la basilique Notre-Dame de Montréal.

Aussi, Roch Voisine nous interprétait, sur son album *Coup de tête*, *Jean Johnny Jean*, *Ma lady mon secret* et *Miss Caprice* alors que le groupe Zébulon nous dévoilait que *Les femmes préfèrent les Gino.*

À la bibliothèque de Tracy, *Un ange cornu avec des ailes de tôle* de Michel Tremblay et *La fille de Joseph* de Louise Tremblay-D'Essiambre venaient de rejoindre les premiers rangs sur le présentoir des nouveautés.

— Dieu du ciel que j'ai hâte de lire ce livre de Michel Tremblay !

— Quelle est l'histoire, Solange ?

— Ce n'est pas un roman, mais une autobiographie. Il raconte ce qui l'a amené dans le monde de la lecture et il décrit son enfance et son envie d'écrire. Ce livre contient plusieurs anecdotes qui se sont déroulées en compagnie de sa mère.

— Hum… intéressant ! J'ai croisé Laurence Michon au IGA hier. Elle est renfermée dans sa bulle, la pauvre. Combien de temps le Centre Jeunesse va-t-il prendre pour retrouver la grand-mère d'Élodie ?

— Je n'en connais pas la réponse, Anne-Marie. Laurence m'a dit qu'Angèle l'avait informée que sa mère Rita demeurait à Magog. C'est comme chercher une aiguille dans une botte de foin…

Une grande déception attendait Laurence et Henri Michon. Élodie serait placée par le Centre Jeunesse. Au Québec, les adoptions sont gérées et contrôlées par cet établissement. Ce sont eux qui choisissent la famille adoptive pour un enfant qu'ils ont sous leur tutelle. La lettre de la mère ne représente aucune valeur légale. Comme la lettre écrite de la main d'Angèle Paradis ne faisait pas mention d'un père biologique existant, Élodie serait proposée en adoption à un membre de la famille élargie de la mère, soit madame Rita Paradis, sa grand-mère. Cependant, il faudrait trouver cette dame.

S'il advenait que la grand-mère ne soit pas localisée, la fillette serait placée dans une famille d'accueil. Si le Centre Jeunesse retrouvait la grand-maman, on lui demanderait si elle accepterait d'adopter sa petite-fille de quatre ans. Dans le cas d'un refus, le Centre Jeunesse confierait l'enfant en adoption à une famille qu'il aurait lui-même choisie. En pratique, à ce stade, Laurence et Henri Michon pourraient devenir les parents adoptifs d'Élodie. Naturellement, s'ils pouvaient prouver être la meilleure famille pour cette enfant.

— Toi, Anne-Marie, que vas-tu faire de ta maison ?

— Je ne sais pas encore, Solange. Peut-être la louer à nouveau…

— Pourquoi ne la vendrais-tu pas ?

— Mélanie serait triste de voir d'autres gens y habiter. Elle a grandi dans cette maison jusqu'à l'âge de douze ans. Mais je doute qu'elle revienne vivre à Contrecœur.

— Comment ça ?

— Elle se plaît à Saint-Hyacinthe…

— Tu penses qu'elle voudrait s'y installer définitivement ?

— J'en ai bien peur… Tu sais, ma puce est rendue à dix-huit ans. Elle est libre de mener sa vie comme elle l'entend.

— Alors, qu'est-ce qui t'empêche de la vendre, ta maison, Anne-Marie ?

— Ma fille… Elle m'a demandé de lui garder pour ses vacances. J'aimerais la voir séjourner dans mon petit refuge au temps des fêtes ou durant ses semaines de vacances l'été…

— Une petite larme, mon amie ? En attendant ce jour, tu pourrais la louer… Mélanie va demeurer encore deux ans sur la rue Sicotte à Saint-Hyacinthe !

— Tu as raison, Solange.

— Tu savais que Marielle, la fille de madame Tessier, s'est séparée il y a deux semaines ?

— Voyons, toi ! Charlemagne, va te coucher sur le tapis, là…

— Marielle quitterait Saint-Jean-sur-Richelieu pour revenir s'installer à Contrecœur.

— C'est madame Pauline qui t'en a informée ?

— Oui. Tu connais madame Pauline, elle en met toujours plus qu'il en faut !

— Elle ne doit pas accepter la séparation de sa fille… Donc, son idylle est terminée avec Daniel ?

— Tu ne devineras jamais quelle est la raison de sa séparation, Anne-Marie.

— Sainte mère, tu m'inquiètes ! Qu'est-ce qui s'est passé de si grave ?

— Daniel est tombé amoureux de Nicole.

— La sœur de Marielle ?

— Oui, ma vieille.

— Tu me fais marcher ?

— Non, mon amie. Madame Pauline m'a divulgué à ce propos qu'elle était pognée entre deux feux. Que Nicole lui avait dit que Marielle ne ressentait plus rien pour son Daniel et qu'elle avait le droit de sortir avec lui.

— Mon Dieu !

— Pourquoi n'offrirais-tu pas ta petite maison à Marielle, Anne-Marie ?

— Elle ne s'est pas trouvé de logement ?

— Pas encore. Madame Tessier m'a dit qu'elle venait à Contrecœur cet après-midi pour visiter deux logements dans le village.

— Je vais téléphoner à madame Pauline pour lui en glisser un mot. Si Marielle est intéressée quand elle arrivera de Saint-Jean, elle n'aura qu'à venir me voir. Pour la visite de ma maison, elle se fera en deux minutes, elle est déjà venue me visiter quand j'y habitais.

***

Marielle s'était présentée chez Anne-Marie à treize heures et avait signé un bail d'une durée d'un an.

Tout comme Anne-Marie, elle portait fièrement ses cinquante-deux ans. Une jolie rouquine à la silhouette, comme on pourrait dire, « bien roulée », mais d'une allure un peu masculine.

— Oui, je te laisse ma maison en location, Marielle, mais à une condition : le grenier est verrouillé et j'aimerais que tu respectes ma demande, celle de ne pas le visiter.

— Je te fais la promesse de ne pas grimper au grenier, Anne-Marie. Regarde ton gros toutou… Il a collé son museau sur la vitre…

— Charlemagne est un gros chien de poche…

— Fais-le rentrer dans la maison… Je trouve qu'il fait pitié.

— Comme tu veux. C'est à tes risques. S'il met ses grosses pattes dans ta maison, il récidivera.

— On va faire la garde partagée ! Ton petit Franklin, quel âge a-t-il maintenant, Anne-Marie ?

— Franklin a sept ans. Et il s'ennuie de Mélanie depuis qu'elle étudie à Saint-Hyacinthe. Depuis combien de temps étais-tu mariée avec Daniel ?

— Vingt-quatre ans.

— C'est triste. Je ne veux pas m'étendre sur le sujet, comme on dit, mais ta sœur Nicole…

— Ma sœur Nicole ignore dans quel gouffre elle vient de s'enfoncer. Elle va oublier son identité comme j'y ai perdu la mienne.

— Que veux-tu dire ?

— Daniel ne changera pas. C'est un contrôleur-né et il est très doué dans ce domaine ! Il m'a enfermée à double tour durant vingt-quatre ans, celui-là.

— Et tu gardais ça dans ton cœur quand tu venais prendre ton café ?

— Ça aurait servi à quoi ? J'étais soumise à Daniel. Pour moi, il représentait mon mentor et je l'admirais. J'étais devenue aveugle et j'avais oublié qui j'étais.

— Sainte mère ! T'a-t-il déjà battue ?

— Physiquement, non… moralement, oui.

— Pauvre Marielle…

— Lorsqu'il voyait que j'étais rendue au bout du rouleau, il me prenait dans ses bras en me disant que j'étais fatiguée.

— As-tu fait une dépression ?

— Oui. Deux. Et elles se sont échelonnées sur trois longues années. Des pilules, j'en ai avalé, Anne-Marie… Halcion, Ativan, antidépresseurs… J'étais fatiguée et je dormais à cœur de journée. Je dormais d'un sommeil si profond la nuit que j'en oubliais d'aller à la salle de bain et à mon réveil, je pleurais de honte.

— Mon Dieu ! Que faisais-tu de tes grandes journées à la maison, toi qui étais une femme si active avant ?

— Je lisais, je lisais et je lisais, ma belle. Un jour, le livre de Norwood Robin, *Ces femmes qui aiment trop*, m'est tombé entre les mains et il m'a libérée de mon emprisonnement.

— Il t'a beaucoup aidée, ce livre ?

— Il m'a fait prendre conscience que je ne dépendais que de Daniel. Il contrôlait mes émotions et mes comportements. Se retirer de cet amour malsain s'est avéré pour moi aussi dur que pour ceux qui essaient de se sortir de la drogue ou de l'alcool. Daniel m'ensorcelait.

Il ne m'aimait pas, il ne faisait que censurer ma vie. J'étais devenue une de ces femmes qui aimait trop son mari.

— Est-ce que tu penses que je pourrais être de ces femmes qui aiment trop un jour, Marielle ?

— Non, ma belle… Si c'était le cas, tu te verrais bien malheureuse dans ton bonheur. Et Charles t'aime.

— Pauvre Nicole…

— Oui, pauvre petite sœur… Pour le moment, j'attends que le temps passe avant de la voir me revenir en larmes. Si elle se présente devant moi, je lui fais don de ce livre. Pour l'instant, elle est enfermée dans sa bulle et elle ne voit que lui.

— Pauvre Nicole… Quand veux-tu t'installer dans ce petit nid qui n'attend que toi, Marielle ?

— Cette semaine…

— Si vite ?

— Oui. Mon père ne va pas bien et ma mère est fatiguée. Je veux déménager à leurs côtés pour prendre soin de lui et pour que maman puisse respirer de l'air frais. Elle m'a raconté pour le décès de la femme qui vivait ici avec sa petite fille… C'est effrayant de terminer sa vie ainsi !

— Une vraie catastrophe, Marielle… L'eau des rivières et des fleuves fredonne à l'oreille une douce mélodie, mais elle sait aussi se montrer mauvaise et bien meurtrière.

***

Sur la rue Provencher à Trois-Rivières, Benjamin Martin habitait un petit logement de trois pièces. Dans le salon étroit, il s'était installé confortablement dans une causeuse beige foncé ou peut-être couleur taupe. Il s'était faiblement vêtu d'un *boxer* noir et d'un tee-shirt noir montrant une sérigraphie de son groupe préféré : Dépêche Mode. Ce supposé salon ne comprenait qu'un vieux téléviseur Zenith et une table de centre sur lesquels avaient été déposés des cassettes de jeux vidéo et le plat de son repas durement cuisiné : un Kraft Dinner bien crémeux saupoudré de Bacon Bits. À sa gauche, un panier à linge rempli à ras bord de vêtements et une pyramide de livres mal empilés. Une manette dans la main, Benjamin était bien concentré sur sa partie de *The Legend of Zelda – Link to the Past.*

— Salut, J.-S. ! Ça fait longtemps que t'es planté dans l'entrée comme un piquet ?

— Salut, *dude* ! Ça fait déjà une demi-heure que je te regarde jouer à *Zelda*, Ben...

— Voyons, toi ! Es-tu sérieux ?

— Bien oui ! T'es prêt à manger une volée, mon Ben ?

— Hé ! T'as l'air confiant ce soir, toi !

— Certain ! Tiens, je t'ai rapporté *Final Fantasy 2.*

— T'en as déjà fait le tour, vieux ? Coudonc, l'as-tu avalé tout rond ? Quelle est la scène qui t'a marqué ?

— La scène des jumeaux Palom et Porom, quand ils se transforment en statue de pierre pour arrêter les murs avant qu'ils écrasent l'équipe au grand complet. Je les ai bien aimés, ces deux-là...

— Pareil pour moi, Jean-Sébastien. Un passage émouvant. Juste à me le remémorer, j'en ai la chair de poule, maudit !

— Crime que t'es sensible, toi !

Jean-Sébastien Boudreau, ce grand gaillard frêle, portait ses cheveux bien court, mais montrant une nuque très longue, coiffure communément appelée « coupe Longueuil ». Sur son nez très fin reposaient des lunettes rondes au contour de métal argenté. Il portait un jean bleu foncé et un tee-shirt blanc, celui-ci montrant une sérigraphie de son interprète préférée : Julie Masse.

— Je suis allé au Compucenter hier, mon J.-S., et Marco m'a montré un démo de *Final Fantasy 3*. Il dit qu'il devrait le recevoir d'ici l'an prochain.

— *Cool !*

— Tu te sens partant pour un *Mario Kart*, mon J.-S. ?

— Attends ! La dernière partie qu'on a jouée ensemble, je l'avais remportée haut la main. Ce soir, je te donne une chance de te reprendre, mon vieux.

— Hé ! Attends une seconde, je vais sauvegarder ma partie de *Zelda*. Bon, voilà la cassette de *Mario Kart*.

La partie fut engagée.

— *Shoot ! Shoot*, Ben ! Hé ! hé ! Voilà une plume bien utilisée, mon chum…

— Tiens, toi !

— Ah non ! T'as pété mes trois bulles avec ton étoile… Bravo, Ben ! As-tu reçu des nouvelles de Véronique ?

— Le facteur m'a laissé une lettre hier. Véronique m'explique que pour elle, l'amour à distance est difficile.

Je vois bien qu'elle veut m'oublier, je ne suis pas aveugle. Mais moi, je sais qu'elle m'aime encore.

— C'est difficile de bâtir une relation stable entre Trois-Rivières et Chicoutimi, mon chum…

— J'en suis conscient. Moi, je l'aime comme au premier jour, c'est-à-dire depuis huit mois.

— Pauvre vieux… Aimerais-tu sortir avec Cindy et moi ce soir ?

— Pour vous servir de chaperon ? Non, merci ! Je vais nettoyer ici ce soir…

— Tu penses que je vais te croire ? Je ne t'ai jamais vu ranger cet appartement, ce n'est pas ce soir que ça va changer, hein ? Viens prendre une petite bière-tomate, comme tu dis. Guy va venir nous rejoindre aussi.

— Ah ! merde ! Quatre à quatre !

— Si je gagne la prochaine, tu sors avec nous ?

— Bien oui, Jean-Sébastien… En attendant, on commence la course 1 !

— OK. Tiens, une petite verte… C'est rare, hein ?

— Attends, toi… *Yes !* Une rouge !

— Tiens, je te la vole avec mon fantôme, vieux. Et vlan, dans les dents ! Belle stratégie, hein… Ben ?

— Merde, tu m'as fait atterrir sur une peau de banane !

— Hé ! hé ! C'est fini, la partie, Ben. On sort, mon vieux.

***

Benjamin allait bientôt terminer sa première année en techniques policières et réintégrer le rang du Ruisseau à Contrecœur. Il avait rencontré Véronique au mois de septembre 1993 aux Promenades de Sorel sur le boulevard Poliquin. Un seul regard avait suffi. Benjamin s'était installé près d'elle sur un grand banc face à l'entrée du magasin Zellers.

— Allô ! Je suis Benjamin Martin…

— Bonjour, je suis Véronique Blouin.

— Tu demeures dans le coin ?

— Oui, sur la rue de Ramesay, juste en face du dépanneur Dauplaise.

— Excuse-moi, Véronique… je ne peux pas me situer, je demeure à Contrecœur.

— Ah, d'accord…

— Tu étudies à la polyvalente de Sorel ?

— Tu as tout deviné, Benjamin ! Toi, tu vas à la polyvalente Bernard-Gariépy ?

— Je ne peux pas te le cacher ! J'en suis à ma dernière année. Je vais entreprendre ma technique policière au cégep de Trois-Rivières en septembre. Et toi ?

— Moi, je vais quitter Sorel pour Chicoutimi.

— Oh là là ! Tu vas partir à l'autre bout du monde ! Pourquoi si loin ?

— Pour réaliser mon rêve en étudiant en technologie forestière.

— Une fille des bois ! J'aurais pensé, en te regardant, que tu étudiais en esthétique ou bien en mode…

— Les apparences sont trompeuses. Je suis très sensible à la protection de l'environnement et je suis à la recherche de nouvelles expériences de vie.

Chapitre 9

Une visite imprévue

En cette journée de juillet, Charles et Anne-Marie s'étaient rendus visiter le Biodôme de Montréal, ouvert depuis le mois de juin 1992, ce musée de l'environnement permettant aux visiteurs d'explorer la faune et la flore de quatre écosystèmes du continent américain : la forêt tropicale, la forêt laurentienne, le Saint-Laurent marin et le monde polaire.

— On se trouve au centre d'une forêt, Charles… C'est magique !

— Bien oui ! Ils se sont inspirés du parc de la Mauricie pour bâtir ces forêts. Il y a des bouleaux jaunes, des hêtres à grandes feuilles, des érables rouges, des sapins, de la pruche de l'Est et du tilleul d'Amérique.

— Comment sais-tu par cœur tous ces noms ?

— Ha ! ha ! Regarde, mon cœur… c'est écrit juste là, à ta droite.

— Hi ! hi ! Viens, allons visiter le monde polaire, mon chéri…

Une visite impressionnante. Ils avaient observé de drôles d'oiseaux au musée de l'Antarctique. Des dix-sept espèces de manchot, ils en avaient examiné quatre : le manchot royal, le papou, le gorfou sauteur et le gorfou doré. En parcourant le musée de l'Arctique, ils s'étaient pris d'affection pour les eiders à tête grise, les guillemots à miroir, les macareux moines et le petit pingouin.

— Hi ! hi ! Ils sont comiques, Charles. Les petits pingouins sont tous pareils.

— Oui, regarde ici, c'est écrit : « L'oiseau a le ventre blanc et le dos noir. Son bec est plus large que celui du guillemot marmette. Le mâle et la femelle sont identiques. » Viens, il nous reste à voir le Saint-Laurent marin et la forêt tropicale.

— Qu'est-ce qu'on va voir dans la forêt tropicale, Charles ?

— Ouf ! Une grande variété d'espèces, Anne-Marie... Regarde, des mammifères à ailes membraneuses de la famille des chéiroptères, comme les chauves-souris... Il y a aussi des plantes, des reptiles, des perroquets, des poissons, des lézards, des insectes, des serpents, des singes... Ils sont tous énumérés ici dans le livre...

— Une longue visite de deux heures ! Regarde, des crapauds géants ! Des grillons, des tortues... Allez, on y va, d'accord ? Je commence aussi à avoir un petit creux...

— D'accord. Si on allait casser la croûte au parc du Mont-Royal après ?

— Quelle merveilleuse idée !

— As-tu mis une bouteille de vin dans la glacière, Anne-Marie ?

— Est-ce que tu penses que j'aurais pu oublier le vin ?

— Non, mon cœur... Je ne crois pas.

Le parc du Mont-Royal est une montagne en pleine ville. Il fait partie de l'arrondissement historique et naturel du mont Royal. Depuis son inauguration en 1876, il a subi de nombreuses modifications. Il a connu des travaux de restauration qui ont su préserver son embellissement. Ce parc a été réalisé par le célèbre architecte paysagiste Frederick Law Olmsted. Ce dernier est également le concepteur du Central Park de New York. Ce « père » de l'architecture du paysage moderne espérait offrir aux Montréalais un environnement naturel.

— Hé ! C'est Bruno là-bas, Charles ? Il est avec Charles-Édouard...

— Il ne sortait pas avec un Jamaïcain, lui ?

— Pas un Jamaïcain, Charles... un Vénézuélien né à l'île de Margarita... Chut ! Les voilà.

— Bonjour, vous deux ! Comment allez-vous ? Que faites-vous sur le mont Royal ?

— On se porte à merveille, Bruno. On est venus visiter le Biodôme.

— Vous avez aimé ?

— Magnifique ! répliqua Anne-Marie. Vous avez repris ensemble ?

— On a renoué, Charles-Édouard et moi. Toi, mon amie, tu es resplendissante ! Tu as fait couper tes cheveux court ?

— En effet. J'avais passé l'âge de les porter si long, tu comprends ?

— Voyons, toi... Tu as cinquante-deux ans et tu en parais trente-cinq !

— Hi ! hi ! À ce que je vois, il y a une éternité que tu n'as pas coupé les tiens... As-tu l'intention de les attacher comme dans les années soixante-dix ?

— Ouf ! Je vais avoir une grosse décision à prendre...

— Ah bon ! Bonjour, Charles-Édouard. C'est pour toi que mon ami Bruno a décidé de laisser pousser ses cheveux ?

— Non, je n'y suis pour rien... Il se ferait raser la tête et je le trouverais encore séduisant...

— Tu as toujours ton salon de coiffure sur la rue Sainte-Catherine ? demanda Charles.

— Oui, mais j'ai commencé à déléguer. J'ai cinquante-cinq ans, tu sais. J'aimerais bien recommencer à voyager. Naturellement, si Bruno peut se libérer à sa clinique de denturologie. On aimerait entreprendre un séjour en Afrique du Sud.

— Oh là là ! répliqua Anne-Marie. Pour combien de temps ?

— Pour une période de trois mois. Si c'était pour un mois, le voyage n'en vaudrait pas la peine...

— Qui s'occupera de ta clinique de Boucherville durant ton absence ?

— Moi aussi, je vais déléguer, Anne-Marie. J'ai un employé exemplaire qui pourrait prendre la clinique en charge pour un bout. Christian, le frère de Denis Brière...

— Oui, oui... le beau-frère de Mélanie. Ouf ! Est-ce moi qui viens de dire cette phrase-là ?

— Mélanie ne ressemble plus à une enfant, hein ! Christian est doué et minutieux dans tout ce qu'il entreprend. Je n'aurais pas d'inquiétude à lui laisser les rênes de ma clinique. Toi, Charles, est-ce que tu fais l'école buissonnière à l'occasion à l'école Mère-Marie-Rose ?

— Ce n'est pas l'envie qui me manque, Bruno. Quel beau projet vous avez de partir à l'autre bout du monde ! J'ignore si on pourrait avoir cette occasion, Anne-Marie et moi, de voyager aussi loin… Tu ne parles pas, mon cœur ?

— Un rêve, Charles… un rêve !

— Qu'est-ce qui vous empêche de partir en vacances tous les deux ?

Charles soupira.

— Notre retraite, Charles-Édouard ! On court après elle et elle ne fait que se sauver de nous, tornon !

— Vous pourriez prendre une année sabbatique, non ?

— Tu oublies Mélanie, reprit Anne-Marie. On a ses frais de scolarité à débourser.

— Écoutez, vous deux…, reprit Bruno. Pourquoi ne pas prendre du recul par rapport à votre travail pour six mois ? Mélanie demeure à Saint-Hyacinthe et elle est bien entourée !

— Tu as raison ! Ce n'est pas six mois qui nous appauvriraient, Anne-Marie et moi…

— Tu pleures, ma chérie ?

— Désolée, Charles. Je nous vois nous baladant main dans la main sur la Côte d'Azur. J'affectionnerais cet endroit pour notre premier voyage…

— Viens là, mon cœur, et écoute ce que j'ai à t'offrir. On ne peut pas s'offrir six mois de vacances. Les études de Mélanie nous prennent beaucoup de nos économies... mais pas assez pour nous empêcher de partir durant un mois en Europe...

— Charles...

— Lundi, tu vas rencontrer monsieur Duchesne à ton travail et moi, je vais me rendre à la commission scolaire pour demander mon congé au directeur pour qu'il ait le temps de me trouver un remplaçant pour le mois de septembre.

— Si tôt que ça, Charles ?

— Le mois de septembre est un moment parfait pour se rendre en Europe, ma belle. Le climat là-bas se compare à celui d'ici au mois d'août.

— Sainte mère de sainte mère !

***

Le début du mois d'août se passa les deux pieds dans l'eau. À midi, le cœur du ciel refusait de s'ouvrir pour répandre sa douce lumière. Anne-Marie s'ennuyait de sa petite maison alors que les nuages se tourmentaient et que les éclairs projetaient leurs éclats dans l'au-delà. Un temps approprié pour rédiger une liste de voyage.

Charles avait obtenu son congé à l'école Mère-Marie-Rose et Anne-Marie avait obtenu la permission de quitter son travail la première semaine de septembre.

— Tu ne penses pas que tu surcharges les valises, mon cœur ? Il me reste juste quatre tee-shirts et trois bermudas pour traverser le mois d'août !

— Tu as raison, mon chéri. Mais l'agent de voyages nous a conseillé d'apporter des vêtements d'été, mais aussi du linge chaud. Les soirées sont fraîches au mois de septembre en France !

— Je veux bien te croire, mais pourquoi deux manteaux ?

— Je pourrais en retirer un… Il ne faut pas dépasser le poids que les balances de l'aéroport nous demandent, sinon on va devoir payer un surplus.

— Tu as acheté combien de films pour l'appareil photo ?

— Dix films de vingt-quatre poses. Est-ce assez ?

— Ha ! ha ! Oui, mon amour…

— J'ai entendu du bruit à la porte, Charles. Peux-tu répondre, s'il te plaît ? C'est madame Pauline qui me rapporte ma douille à biscuits.

Depuis quinze minutes, une voiture rouge était stationnée dans l'entrée des Jolicœur. La passagère, à l'état fébrile, en était sortie. Cette dernière s'était aventurée sur la grande véranda, où un parfum de menthe et d'eucalyptus embaumait l'espace. Cette femme au début de la cinquantaine, aux cheveux bruns mi-longs, arborait un tailleur couleur de pêche et de petites perles humides scintillaient aux extrémités de ses yeux noisette. Cette dernière devait-elle frapper à cette porte ou bien s'enfuir ?

— Oui ?

— Bonjour, Charles.

— Dites-moi que je rêve ! Anne-Marie ! Viens ici, mon cœur !

— Oui, Charles ? Non ! Annick ?

— Anne-Marie ! Tu m'as tellement manqué !

— Tu te rends compte que dix ans ont passé, Annick ?

Les deux amies s'étreignirent à s'en couper le souffle. Charles sortit sur la véranda dans le but de voir Louis. Malheureusement, celui-ci n'était pas du voyage.

— Où est Louis, Annick ? Il n'a pas pris ses vacances en même temps que toi ?

— Je suis navrée, Charles… Louis et moi ne sommes plus ensemble depuis trois mois.

— Ah non ! Quelle tristesse… Est-ce que… Non. Excuse-moi, votre histoire ne nous regarde pas…

— Louis m'a trompée lors d'un voyage dans l'État du Tennessee à Campbellsville.

— Tu l'as appris comment ? s'informa Anne-Marie.

— Sa maîtresse a téléphoné à la maison. Louis venait de rompre avec elle et elle a voulu se venger, comme on dit. Je ne connais que son prénom. Elle s'appelle Sandra.

— Il est parti de la maison ? lui demanda Charles.

— Oui. J'ai fait moi-même ses valises et il a déménagé le jour même. Je l'aime encore, oui… mais je ne pourrais plus vivre à ses côtés. Il m'a menti et je ne pourrai plus jamais lui faire confiance.

— Maudit cul !

— Voyons, Charles !

— Je ne comprends pas comment un homme peut devenir si faible lorsqu'il se retrouve devant une femme ! Pourquoi terminer une belle aventure de vie pour une heure de baise ? Maudit que Louis n'a pas été intelligent ! Il t'aimait, il t'aime encore et il a tout foutu en l'air !

— Je ne suis pas la première à subir l'adultère, tu sais…

— Qu'adviendra-t-il de votre maison au Kentucky ?

— Elle repose entre les mains d'une agence immobilière, Anne-Marie. Elle était devenue encombrante pour nous deux. Je veux revenir au Québec.

— Ah oui ? Est-ce que tu vas t'installer dans le coin ? On pourrait, comme on dit, rattraper le temps perdu…

— Tu es gentille, Anne-Marie. J'aimerais me trouver un logement à Trois-Rivières.

— Les enfants… où habitent-ils maintenant ?

— Avant, mon amie, je voudrais que tu me pardonnes de ne pas t'avoir écrit depuis 1984…

— Tu es là devant moi, non ?

— Oui. Je te remercie de m'accueillir aussi chaleureusement.

— Désirez-vous un café ? demanda Charles. Je vais vous le préparer avant de me rendre chez Mario. On avait prévu se rendre au Maxi centre à Tracy.

— C'est gentil, mon chéri. Merci.

Les gens faiblissent lorsqu'ils cessent d'apprendre et Annick avait terminé ses études sur la vie. De profonds sillons marquaient son visage et son épiderme était froissé. Pauvre Annick, elle n'avait pas su calculer les années de ses anniversaires, elle avait endossé dix ans de trop.

— Tu n'as pas changé, Anne-Marie. Tu es resplendissante !

— Merci. Mais toi…

— Je suis consciente qu'à côté de toi, j'ai plutôt l'air d'une grand-maman…

— Que s'est-il passé, Annick ? Je ne te reconnais plus ! Tu me parais au bout du rouleau et tu as perdu du poids. Je comprends que tu sois ébranlée depuis ta rupture avec Louis…

— J'ai eu un grand chagrin en 1985, Anne-Marie, et cette amertume m'a poursuivie depuis ce temps.

— Est-ce que tes enfants ont été malades ? Que sont devenus Mireille, Jacinthe et mon beau Constant ?

— Mireille a trente-deux ans.

— Sainte mère ! Le même âge que moi quand je suis arrivée ici dans le rang du Ruisseau ! Elle demeure où ?

— Mireille est mariée, elle dorlote deux beaux enfants et elle demeure sur la Côte-Nord.

— Hein ? Elle ne vivait pas aux États-Unis ?

— Bien non, elle demeure à Sept-Îles depuis sept ans. Elle a une petite fille de six ans et un garçon de quatre ans.

— Mon Dieu ! Comment se nomment-ils, ses enfants ?

— Mathieu et… Anne-Marie.

— Oh…

— Tu sais que Mireille t'aimait beaucoup !

— Moi aussi, je l'aimais. Et Jacinthe ?

— Jacinthe n'est pas mariée. Elle demeure avec Michel à Trois-Rivières. Elle travaille au Compucenter au centre Les Rivières et Michel gère un restaurant italien au centre-ville, sur la rue des Forges, à un coin de rue de l'ancien magasin Pollack, où on demeurait toi et moi dans les années soixante-dix.

— Eh bien ! Parle-moi de mon beau Constant, Annick. Il a… vingt-neuf ans ?

— Euh… Constant aurait vingt-neuf ans aujourd'hui, Anne-Marie…

Anne-Marie vacillait. Les larmes s'étaient mises à rouler sur ses petites taches de son pour choir sur ses lèvres entrouvertes.

— Non, Annick ! Tu veux dire qu'il a vingt-neuf ans aujourd'hui ?

— Constant est mort en 1985. Au début de ses vingt ans.

— Non et non ! Il est mort depuis 1985 et tu ne m'as jamais mise au courant ? Pourquoi, Annick ? J'aurais quitté Contrecœur pour me rendre à Grand Rivers !

— Écoute, Anne-Marie. La dernière lettre que je t'ai envoyée datait du mois de décembre 1984 et Constant est décédé le douze mars 1985. C'était le jour de l'anniversaire de Mélanie. Je ne pouvais pas t'annoncer cette nouvelle cette journée-là ! Ensuite, j'avais perdu la notion du temps… Je ne faisais que respirer. Et les années ont passé. À mon réveil, lorsque j'ai pu redécouvrir les fleurs de mon jardin et que les oiseaux fredonnaient les beautés de la vie, il était trop tard pour te chavirer le cœur.

— Que lui est-il arrivé ?

— Il s'est suicidé.

— Non ! Annick… Pas Constant ! Pourquoi ? Il a eu une peine d'amour ?

— Oui. La personne qui sortait avec lui l'a laissé tomber comme une vieille pantoufle.

— Cette fille avait un cœur de pierre ! Elle aurait pu lui expliquer !

— Il s'appelait Carlos, Anne-Marie, et il avait trente-six ans.

— Mon Dieu ! Tu savais que Constant était…

— … homosexuel ? Non. Quand je l'ai su, il était décédé. Il m'a laissé une lettre. Je n'avais jamais vu Constant en compagnie d'une fille. Deux fois, il m'avait annoncé qu'il était tombé amoureux. La première, avec une femme de Grand Rivers, et l'autre, je ne m'en souviens pas. Je n'ai jamais connu ces filles, elles ne vivaient que dans son imagination. Il cassait au moment de me les présenter. Vu qu'il avait une réputation de Don Juan, j'étais sûre qu'un jour il rencontrerait sa perle rare.

— S'il t'en avait parlé, il vivrait encore aujourd'hui...

— Il m'en a parlé, Anne-Marie, mais dans la lettre qu'il m'a écrite avant de partir. Il s'est pendu dans le cabanon.

— Non et non ! C'est toi qui l'as trouvé ?

— C'est Louis. J'étais sortie. Quand je suis rentrée, Constant reposait sur son lit. Louis lui avait joint les deux mains. Il était beau comme un ange. Je te dirais même qu'il souriait.

— Oh...

— Quand j'ai eu terminé de lire sa lettre, que Louis avait déposée sur son oreiller, j'ai pris mon fils dans mes bras pour lui dire adieu et lui souhaiter de faire un beau voyage. Et je lui ai confié que si un arc-en-ciel s'illuminait devant moi, je le gravirais pour le rejoindre dans son ciel. Je n'ai pas revu d'arc-en-ciel depuis 1985. Aujourd'hui, si un arc-en-ciel se dresse devant moi, je vais marcher sur ses couleurs pastel pour m'assurer qu'il soit en paix dans le monde où il a choisi de poursuivre sa vie. Et après, je vais redescendre, car j'ai deux beaux petits-enfants qui aiment se faire bercer sur mes genoux.

Annick demeura trois jours chez Anne-Marie et Charles. Avant de partir à la recherche d'un nouveau logis à Trois-Rivières, elle déposa une photographie dans la main de son amie, une photo de l'année 1967, où ils étaient allés visiter l'Exposition universelle Terre des Hommes de Montréal.

Chapitre 10

Une première destination

La journée se présentait chaude. Septembre avait refusé de s'aventurer vers le climat automnal. Le soleil dorait les fleurs et les grands feuillus s'entêtaient à exposer leurs teintes éclatantes avec fierté. Dans une petite heure, Charles et Anne-Marie quitteraient le tapis vert pour ne revenir qu'au mois d'octobre marcher sur un tapis orangé. Marielle Tessier prendrait en charge la récolte du courrier des Jolicœur et Mario verrait aux bons soins du terrain et nettoierait le jardin de ses derniers fruits en laissant grandir les courges et les potirons jusqu'à maturité.

— Turlututu, ti-minou poilu… C'est moi !

— Hi ! hi ! Allô, Mario. Sainte mère que je suis excitée !

— Tu te sens craintive de prendre l'avion, Anne-Marie ?

— Oui.

— Voyons, mon amie. Vous allez voyager à bord d'un Boeing 737, un gros appareil de deux cents places !

— Là, Mario, tu parles de ce que tu ne connais pas. Tu n'as jamais pris l'avion de ta sainte vie, sainte mère !

— Pardonnez-moi, madame ! J'ai déjà pris un Cessna 72 lors d'un voyage de pêche au doré pour me rendre au barrage Gouin au nord de La Tuque !

— Un gros avion ?

— Non, madame. Un avion quatre passagers. Laisse-moi te dire que ça brasse pas mal plus qu'un Boeing !

— Mon Dieu que tu me rassures, toi !

— Bien oui ! Dans l'avion que tu vas prendre, tu vas glisser comme sur une peau de banane. Où est Charles ?

— Dans la maison. Il est en train d'examiner la carte géographique de la France.

— D'accord, je vais le rejoindre. Est-ce que Mélanie va se servir de ta Ford Granada durant les fins de semaine à venir, Anne-Marie ?

— Oui, à l'occasion. Pourquoi tu me demandes ça ?

— Elle n'ira pas loin, ta puce, ta voiture a une crevaison…

— Hein ? Il faut la réparer !

— Je voudrais bien réparer la crevaison, mais il faut que vous vous présentiez à l'aéroport de Mirabel trois heures avant votre vol ! Il nous faut quitter Contrecœur dans dix minutes. J'ai bien peur que Mélanie doive prendre la Golf de Charles pendant votre séjour.

— Ah non ! Tu sais bien que Charles sera inquiet durant tout son voyage si Mélanie prend sa voiture !

— Il y a une autre solution ?

— Non.

Sur l'autoroute trente, dans l'auto de Mario, Anne-Marie révisait systématiquement les effets qu'elle avait emmagasinés dans leur valise. « On a nos passeports, les Imodium, les Gravol. Pourquoi ai-je apporté un livre, moi ? »

— Où es-tu, mon cœur ?

— Je capote, comme diraient les jeunes, Charles ! Et si l'avion avait un problème mécanique ?

— Voyons, ma chérie… Il ne décollera pas avant d'avoir subi une inspection complète !

***

Ils arrivèrent à l'aéroport de Mirabel à quinze heures et le vol pour la France était prévu à dix-huit heures quinze. Les quatre amis sirotèrent un breuvage dans un petit café et lorsque le moment de se dire au revoir arriva, Anne-Marie étreignit Solange, les yeux imbibés de larmes.

— Tu vas jeter un œil sur ma puce, Solange ?

— Tu sais bien que oui, ma vieille ! Je vais être une vraie mère pour elle ! Et je n'oublierai pas de nourrir Franklin et Charlemagne. Partez en paix… Aimez-vous et profitez de votre voyage au maximum, seigneur de Dieu !

***

Moi qui n'ai connu toute ma vie
Que le ciel du nord
J'aimerais débarbouiller ce gris
En virant de bord

Emmenez-moi au bout de la terre
Emmenez-moi au pays des merveilles
Il me semble que la misère
Serait moins pénible au soleil[3]

Le Boeing d'Air Transat s'était posé à treize heures, heure de l'Europe, à l'aéroport de Nice, Côte d'Azur. Après une halte au comptoir des douanes et un arrêt au département de la livraison des bagages, Charles avait communiqué avec le concessionnaire Renault sur le chemin du Vallon Barla pour prendre possession de leur voiture de location.

La charmante ville de Nice, *Nizza*, en italien, est située au sud-est de la France. Elle est établie sur les bords de la mer Méditerranée, le long de la baie des Anges et à l'embouchure du Paillon. Elle est renommée pour les couleurs de sa ville baroque, la saveur de sa cuisine et la richesse de ses grands musées. Le sol de Nice révèle une vie terrienne vieille de quatre mille ans. Les touristes peuvent y déambuler durant deux heures à partir de l'intersection promenade des Anglais et Gambetta.

Que de jolis sites à visiter, comme la place Masséna et le port, ce dernier ayant été creusé en 1750 dans les marécages de Lympia. Il est aussi conseillé de découvrir le Vieux-Nice. Celui-ci séduit les touristes avec son charme méridional, animé de ses commerces aux couleurs de la Provence, de ses bistrots et de ses petits restaurants offrant des plats typiques du pays. Près de

3 *Emmenez-moi*, paroles et musique de Charles Aznavour, 1973.

Nice, la ville de Saleya vous embaume de ses odeurs d'oeillets et de mesclun, et les variétés d'olives y sont un délice pour le palais. Les établissements religieux font aussi preuve de fierté, comme la chapelle de la Miséricorde de l'Annonciation, l'église Saint-Jacques, la cathédrale Sainte-Réparate, le palais Lascaris, la place Saint-François et la tour Bellanda.

Charles et Anne-Marie s'étaient dirigés vers Villefranche-sur-Mer, à l'hôtel Patricia, où ils avaient pris soin de réserver une chambre du Québec. Cet hôtel était situé à cinq minutes à pied des plages de Villefranche, Beaulieu et St-Jean-Cap-Ferrat. Un petit refuge de treize chambres à la devanture de béton rose saumon égayée d'une enseigne chaleureuse: « Entre montagnes et mer, entre ciel et terre, il existe un paradis. » Le maître d'hôtel accueillant leur avait offert une chambre avec vue sur un jardin fleuri de violettes et de palmiers centenaires. Par la suite, les amoureux avaient choisi de se rendre à la mer en empruntant un petit sentier où un muret de pierre était tapissé de mimosas. Sur la berge, un vieil homme crochetait de grands filets. Anne-Marie lui adressa la parole.

— Bonjour, monsieur!

— Bonjour! Je parie que vous êtes des Québécois!

— Bien oui! répondit Charles. Quel genre de poisson pêchez-vous avec ces grands filets, monsieur?

— Des loups! Ou bien des bars, c'est pareil.

— Des loups? reprit Charles. Moi, je suis habitué à la pêche au brochet et au doré. Le loup est un gros poisson?

— Il peut atteindre jusqu'à un mètre de long et peser dix kilos ! Il est reconnu pour être le poisson carnassier le plus recherché pour la pêche au leurre !

— Il est bon, ce poisson ?

— Bien sûr, ma petite dame ! C'est un poisson à grosse bouche. Il est gris et il peut tourner au vert olive. C'est un poisson qui se tient dans les roches et les algues.

— Comme notre esturgeon du fleuve Saint-Laurent au Québec !

La température réchauffait confortablement les touristes. Des gens se prélassaient sur des chaises de toile bleue en parcourant un magazine et d'autres, installés sur de grandes couvertures, captaient les derniers rayons de l'astre tamisé.

Ils prirent leur dîner à l'hôtel Patricia, un repas composé de *socca*, une pâte de farine de pois chiches, d'eau, de sel, de poivre et d'huile d'olive, frite dans une poêle à crêpes, et aussi d'une salade de homard et d'artichauts, le tout accompagné d'un vin rouge bien corsé.

— Je n'en reviens pas, Charles. On est à l'autre bout du monde !

— Oui, mon cœur ! Et moi, je suis au bout du rouleau ! Je veux dormir…

***

Le lendemain matin, ils sortirent du lit à huit heures, bien reposés. Pour leur première journée touristique, le maître du gîte leur avait suggéré de prendre le train pour s'aventurer dans les petits villages avoisinants, car les stationnements pour les voitures étaient rares.

Ils quittèrent l'hôtel Patricia chaussés d'espadrilles et portant un sac à dos. Après quinze minutes, ils posaient leurs pieds sur la galerie de la gare SNCF, à Beaulieu-sur-Mer. De là, le train les avait conduits entre Monaco et l'Italie, dans la ville de Menton, surnommée « la ville du citron », une municipalité où les rues étaient pavées de pierres, abritant une agglomération reconnue pour son microclimat permettant la croissance de plantes subtropicales dans des parcs et des jardins nichés sur une colline au cœur de la ville.

Ils avaient fait leur seconde escale à la principauté de Monaco et son imposant château, entouré de ses gardiens portant continuellement fusil à l'épaule. Ils visitèrent les boutiques pour rapporter avec eux des souvenirs du Grand Prix de Monaco, comme des casquettes et des porte-clefs. Le casino de Monaco, ils l'avaient laissé aux personnes plus à l'aise financièrement.

Le lendemain, malgré les ampoules aux pieds qui faisaient souffrir Anne-Marie, ils s'étaient rendus à Cannes, où les artistes célèbres séjournaient pour le Festival. Cannes date de 1834. Cette ville présente un port abrité par un rocher, le mont Chevalier, appelé « le Suquet ». Charles et Anne-Marie avaient déambulé durant deux heures sur le front de mer, sous les palmiers exotiques et les plages de sable sans fin sous un soleil lumineux. Ils avaient sillonné le port, situé entre le palais des Glaces et le Suquet, l'épicentre de l'activité cannoise. Des pêcheurs bazardaient leurs loups et leurs rougets, offerts aux restaurateurs du quai Saint-Pierre. Ils avaient exploré les musées, les chapelles et le chemin des Collines. À la fin de cette journée enrichissante, ils avaient repris le train pour retourner vers Nice.

La plage de la ville de Nice est lissée de roches d'une taille impressionnante, aussi grosses que des noix de macadam. Une dernière nuit à l'hôtel Patricia et prochaine destination: Saint-Tropez.

***

Dans le rang du Ruisseau à Contrecœur, Pauline Tessier laissa son conjoint partir pour l'hôpital général de Sorel. Pour Hubert Tessier, le sablier du temps venait de sonner les dernières heures de sa vie, car il ne subsistait plus qu'en étant accompagné d'une surveillance médicale continue.

À soixante-treize ans, Pauline Tessier avait refusé de vendre sa maison dans le rang du Ruisseau. «Je suis pas encore impotente, Marielle. Pis j'ai décidé de mourir icitte, moé! Pis quand ce sera le temps de partir, vous me sortirez, toé pis ta sœur Nicole, les deux pieds devant! La dernière place où j'vas rester après icitte, ça va être dans ma tombe, dans le cimetière de Contrecœur…»

À la bibliothèque de Tracy, comme la saison scolaire était commencée depuis deux semaines, le travail avait doublé. Les étudiants se présentaient au comptoir pour se procurer de la documentation pour leurs ouvrages et les enseignants sollicitaient les bibliothécaires pour des recherches qu'ils n'avaient pas eu le temps d'entreprendre. Solange se sentait fatiguée.

— Monsieur Duchesne, on n'y arrivera pas, Dieu du ciel! Anne-Marie est en vacances pour un mois… Remarquez, je suis heureuse pour elle, mais je ne peux pas me diviser en deux!

— Je ne peux pas embaucher un autre bibliothécaire seulement pour un mois, madame Martin ! Je voudrais bien m'attarder à la bibliothèque, mais je n'ai pas encore trouvé de logement à Tracy. Je voyage de Pierreville à Tracy tous les jours, ce qui n'est pas de tout repos.

— Vous n'étiez pas censé aller visiter un logement sur la rue des Jacinthes à la fin de votre quart de travail hier ?

— Est-ce que vous pensez que j'ai profité d'un moment pour le visiter, madame Martin ? J'ai passé la journée entière dans la salle de visionnement pour les élèves de quatrième année de l'école Laplume ! Je vais communiquer avec le propriétaire du logement à quatre heures et s'il n'a pas été loué, j'irai le visiter.

— Monsieur Duchesne…

— Appelez-moi Marcel, mad… Solange. Cela fait assez longtemps que nous sommes des collègues de travail, non ?

— Si vous y tenez, mons… Marcel. Marielle Tessier, qui demeure dans la maison d'Anne-Marie dans le rang du Ruisseau, désire emménager chez sa vieille mère et elle va demander à Anne-Marie si elle peut résilier son bail. Cette demeure serait parfaite pour vous !

— Je ne désire pas louer une maison, c'est trop grand pour un homme célibataire.

— La maison d'Anne-Marie est toute petite ! Un salon, une cuisine et une chambre à coucher.

— Ah oui ? Par contre, j'aurais aimé déménager à Tracy.

— Écoutez, Marcel, Anne-Marie va me téléphoner de l'Europe aujourd'hui ou au plus tard demain. Je pourrais lui en glisser un mot si vous voulez…

— D'accord.

— Combien de minutes prenez-vous en voiture pour faire le trajet de Pierreville à Tracy, Marcel ?

— Euh… Trente-cinq minutes, je demeure au fond du rang du Chenal-Tardif.

— D'accord… Pour vous rendre à Contrecœur en partant de Tracy, ça vous en prendrait quinze.

— Ah bon ! Alors, je vais patienter… J'attendrai que madam… qu'Anne-Marie communique avec vous, Solange, et vous m'aviserez.

Dans la soirée, à dix-neuf heures, Solange reçut un appel interurbain de la France.

« Vous avez un appel à frais virés de… »

— Anne-Marie Jolicœur.

« Acceptez-vous les frais ? »

— Oui ! ! ! Anne-Marie ?

— Salut, ma vieille ! Comment ça va au Québec ?

— Ça va bien, Anne-Marie. Où est-ce que vous vous trouvez présentement ?

— On visite Nice, mon amie.

— Maudits chanceux ! Il fait beau ?

— Je ne pourrais pas te le dire, ici il fait nuit, Solange. Il est une heure du matin.

— Hi ! hi ! Je ne pensais plus au décalage…

— Je te dirais que la température se maintient entre soixante-huit et soixante et onze degrés Fahrenheit.

— Wow ! C'est comme ici dans le rang du Ruisseau. Mélanie a téléphoné cet après-midi pour nous demander si vous aviez donné de vos nouvelles.

— Cré petite puce. Et vous deux ?

— Mario est rendu un athlète !

— Il a commencé à faire du conditionnement physique ?

— Non, il promène vos chiens et il court chez Marielle pour récupérer le gros Charlemagne.

— Eh bien !

— Je voudrais te parler, Anne-Marie, avant que je l'oublie, car ton appel va te coûter une fortune.

— Qu'est-ce qu'il y a ?

— C'est Marielle... Elle veut déménager chez sa mère Pauline. Son père, monsieur Tessier, est rentré à l'hôpital général de Sorel.

— Ah non ! Ce qui veut dire qu'il ne retournera plus dans sa maison ?

— Tu as deviné, mon amie. Marielle veut savoir si tu annulerais son bail si elle déménageait maintenant.

— Bien oui... On remettra la maison à louer à notre retour.

— Tu n'auras pas besoin de la relouer, Anne-Marie.

— Comment ça ?

— Euh... Je l'ai offerte à Marcel Duchesne, notre patron. Il désire se rapprocher de Tracy.

— Super, Solange ! Dis à Marielle qu'elle ne se gêne pas pour déménager avec sa mère. Je vais te laisser, ma vieille. Je vous embrasse. Et quand Mélanie téléphonera chez toi à nouveau, dis-lui de notre part qu'on l'aime et qu'elle nous manque beaucoup.

— Je n'y manquerai pas. On vous aime. Et prenez soin de vous...

— Attends une minute, Solange !

— Oui ?

— Demain matin, on se rend à Saint-Tropez. *Douliou Douliou Douliou Saint-Tropez... Douliou Douliou Douliou Saint-Tropez...On peut marcher pieds nus à Saint-Tropez. Pas besoin de costume à Saint-Tropez. Un vieux blue-jean suffit pour s'habiller yé! C'est la tenue rêvée à Saint-Tropez...*[4]

— Vous êtes de sacrés veinards, comme on dit ! Bye !

***

Saint-Tropez, affectueusement surnommée « Saint-Trop », est une ville séduisante fréquentée par les grandes vedettes et les Parisiens. Anne-Marie et Charles avaient déambulé dans les venelles étroites et avaient été ravis de découvrir le musée de l'Annonciade, abritant la Maison des papillons, où régnaient quatre mille cinq cents espèces différentes de lépidoptères, et la Citadelle.

Les touristes pouvaient également y revisiter les années soixante en visionnant les films *Et Dieu créa la femme*, avec la séduisante Brigitte Bardot, et *Les gendarmes de Saint-Tropez*, comédie interprétée par Louis de Funès, de son vrai nom Louis Germain David de Funès de Galarza, ce grand acteur loufoque des années soixante et soixante-dix décédé à Nantes le vingt-sept janvier 1983, à l'âge de soixante-neuf ans.

— De toute beauté, Charles !

— On va se rendre dans le port, mon cœur. J'aimerais voir les yachts amarrés. Je ne sais pas si on aura la chance d'en visiter un, mais on peut toujours rêver...

---

4 *Douliou, douliou Saint-Tropez*, interprétée par Geneviève Grad (France) et Jenny Rock (Québec), paroles et musique de Raymond Lefèvre, 1965.

— Oui, et j'aimerais aller voir les vitrines des petits cafés, les glaciers et les restaurants. Ils sont peints en jaune et rose et c'est écrit que le clocher de l'église est coloré de ces mêmes teintes.

En après-midi, les deux amoureux avaient pris une heure de leur temps pour marcher sur une plage nappée de poudre blanche entrecoupée de gros rochers formés de criques gorgées de pignons. Hélas! Le temps leur manqua pour tout visiter. Il aurait fallu qu'ils prennent un visa à vie.

À dix-neuf heures, ils étaient allés dîner au restaurant Au Caprice des Deux, situé au cœur de Saint-Tropez, celui-ci proposant une ambiance raffinée et une cuisine gastronomique aux couleurs de Provence. Anne-Marie avait choisi, comme entrée, une terrine de foie gras avec confit d'oignons et Charles avait opté pour un gratin d'escargots au beurre à l'ail. Rendu au plat de résistance, Charles s'était initié au poisson de la place, un filet de loup vapeur accompagné de légumes du printemps. Pour sa part, Anne-Marie avait apprécié son tartare de saumon.

— Ouf! Un plat identique aux plats que je cuisine à Contrecœur!

— Oh! Mon plat était divin aussi, mais je ne te cacherai pas que je m'ennuie de ton pâté chinois.

— Hi! hi! Cré amour, que je t'aime…

— On ne quittera pas ce restaurant avant d'avoir pris un dessert, ma douce.

— Ouf!

— Regarde, mon cœur… des croquants à la framboise, des tulipes de fruits rouges et des sorbets de champagne rosé…

— Voyons, toi… Des tulipes ?

— Bien oui ! Crème caramel cuisinée à la manière de nos grands-mères et brochettes d'ananas au sorbet. Qu'est-ce que tu choisis, Anne-Marie ? Moi, je vais prendre la crème caramel.

— Pour moi, le tout va se terminer avec un café.

À vingt-trois heures, avant de se retrouver dans les bras de Morphée, les deux amoureux s'étaient entendus pour se rendre au restaurant La Tarte tropézienne le lendemain, où ils dégusteraient cette châtaigne en forme de brioche fourrée de crème moelleuse.

***

— Tu as de la crème jusque sur le nez, Charles !

— Bien oui… Donne-moi une serviette, s'il te plaît. Est-ce que tu aimerais aller passer la journée à Gassin, Anne-Marie ?

— Oh… oui ! Je t'aime tant, Charles…

— Ce qui est magique, Anne-Marie, c'est que je profite de toutes ces beautés du monde en ta compagnie. Je t'aime, moi aussi…

— Dire qu'on avait gardé rancune à Madeleine après avoir lu sa lettre, Charles. Elle n'espérait que nous réunir…

— La vie nous a réservé bien des dénouements depuis notre enfance, ma belle. Ces derniers jours, j'ai songé à mes racines. À notre retour au Québec, je vais me rendre à Louiseville.

— Ah oui ?

— Je suis prêt à découvrir mes origines.

— Que je suis contente, Charles !

— Je vais me rendre au presbytère de l'église Saint-Antoine-de-Padoue et si le curé Ouellet est encore de ce monde, il va me dire pour quelle raison mes parents biologiques m'ont donné en adoption. Ce curé est au courant de quelque chose. Il m'a fait parvenir mon baptistère par la poste, en sachant que je n'étais pas un Jolicœur.

— Le père Ouellet est la personne qui pourrait t'éclairer. À l'hôpital Comtois, il n'y avait pas de document qui aurait pu prouver que tu étais né à ce centre hospitalier.

— Tu as raison, mon cœur. Tu es disposée à te rendre en Provence ?

— Et comment donc !

Chapitre 11

Le revenant

Octobre s'était approprié les verdures pour les recouvrir de givre et de couleurs resplendissantes. Sous les chênes, comme tous les automnes, les écureuils moissonnaient les derniers fruits tombés.

Pour certains citoyens, l'automne se présentait comme une saison de petits coups de vent affectueux et d'odeurs de bois d'érable dans les cheminées. D'autres habitants, plus nostalgiques, voyaient cette saison sombre pourvue de ces terrains rouillés dégageant une odeur de moisissure. Sur la rue Sicotte à Saint-Hyacinthe, le cercle d'amitié entre Mélanie, Louise et Julie venait de se dissoudre. Une querelle avait éclaté et Mélanie s'était réfugiée chez Denis au centre-ville.

Julie s'était mise à copier l'individualité de Mélanie dans l'espoir de lui ressembler. Elle avait teint ses cheveux en brun et elle s'était munie de lunettes, même si ses yeux n'en demandaient aucunement.

— Pourquoi essayer de me copier tout le temps, Julie ?

— Je n'essaie pas de te ressembler du tout, Mélanie, je suis la seule créatrice de ma vie…

— Vraiment ? Alors, dis-moi pourquoi tu as fait couper tes cheveux comme les miens… Et tu n'as même pas besoin de porter de verres, ta vue est parfaite !

— Premièrement, je ne porte pas de frange sur le front, et pour mes lunettes, je ne voulais que me donner un *look.*

— Un *look* à la Mélanie Sirois, tu veux dire ? Sans oublier ce que tu portes, aussi ! Des jeans Levi's identiques aux miens. Ton chandail Point Zéro, y a juste sa couleur qui le différencie du mien ! Pourquoi vouloir changer ta personnalité, Julie ?

— Laisse tomber… Et puis va donc au diable avec ta philosophie !

Louise avait tout bonnement courtisé Denis pendant qu'il attendait que Mélanie revienne de son cours de nutrition en santé dentaire.

— Je croyais qu'elles étaient mes amies, Denis… Pourtant, je n'ai rien provoqué ! Est-ce que Louise t'a embrassé ?

— Elle a essayé, oui… Mais je l'ai repoussée, je te le jure !

— Je te crois. Et c'est tout ?

— Il s'est déjà passé quelque chose, mais c'était bien avant qu'on sorte ensemble tous les deux.

— Pardon ?

— Je suis désolé. J'aurais dû t'en parler quand on a commencé à se fréquenter plus sérieusement.

— Est-ce que tu ressens encore quelque chose pour elle ?

— Je t'aime, Mélanie. Tu es la femme de ma vie.

Denis avait pris le visage de Mélanie entre ses mains pour estomper les larmes qui roulaient sur ses joues. Il lui retira ses verres et l'allongea sur le petit lit chancelant en l'embrassant tendrement. Pour la toute première fois, Mélanie consentit à ses caresses charnelles. Un amour réel venait de s'élever en eux, débordant d'une intensité émotive. En s'étreignant, ils avaient tous les deux atteint un sommet indéfinissable.

Mélanie était retournée sur la rue Sicotte pour prendre ses effets personnels, sous les regards noirs de ses deux supposées amies. Bien sûr, Denis pouvait l'héberger pour un moment, mais le logement était trop petit pour accueillir deux personnes.

— Si on prenait un logement de quatre pièces, Mélanie ?

— Mes parents n'accepteront jamais…

— Tu ne pourras pas faire les paiements d'un loyer toute seule, vous étiez trois à débourser le coût total !

— Je le sais bien.

— Ton nez est glacé, ma petite sirène… On pourrait feuilleter les journaux… Peut-être que tu te dénicherais une chambre dans une maison privée, comme dans le téléroman *Chambres en ville*… Il doit sûrement exister des chambres et pensions à Saint-Hyacinthe, non ?

— Probablement… Mais si je trouve dans un quartier résidentiel, je ne pourrai pas louer, je n'ai aucun moyen de transport.

— Tu voyagerais avec moi !

— Ouin… Est-ce que tu as *Le Courrier de Saint-Hyacinthe* ?

— Oui, il se trouve sur le comptoir.
— OK. On va le feuilleter.

***

Dans la matinée du samedi, sous un ciel voilé, madame Tessier s'était rendue au presbytère Sainte-Trinité avec sa fille Marielle pour faire don de linge usagé. Comme le curé Allard était absent, le vicaire Guillemettte les reçut en les conviant à prendre une tasse de thé dans la petite cuisine attribuée à Rachèle Soullières. Comme de raison, madame Pauline s'informait de tous les potins sans se préoccuper du regard de Marielle. La cuisine était d'une propreté impeccable et la cuisinière dégageait un doux fumet de gingembre.

— Qu'est-ce que ça sent icitte, père Guillemette ?

— Le bœuf au gingembre, madame Tessier.

— Eh ben ! Tenez, je vous ai apporté une poche de linge pis des cannages. Y en a-tu du monde pauvre s'a terre…

— Vous êtes une bonne paroissienne, madame Tessier. Nous allons distribuer le tout au mois de décembre, le jour de la guignolée. Comment se trouve la santé de votre mari Hubert ?

— Bof… Y me r'connaît même pus ! Y m'appelle pus mémère, c'est rendu qu'y me *cruise*, le pas fin !

— Voyons, maman…, répliqua Marielle. Papa est malade, ce n'est pas sa faute !

— Je sais ben qu'y est malade, ma fille, mais de là à pas reconnaître sa femme, y a une marge !

— Il n'est pas toujours comme ça, maman ! Il me reconnaît souvent et il m'appelle par mon prénom.

— Pis les autres fois, y t'appelle comment ?

— Euh... Nicole.

— Et ?

— Ti-Mine.

Lambroise Guillemette s'était mis à glousser en s'excusant auprès de ses deux paroissiennes. Ce dernier les invita dans la nef de l'église pour leur faire voir sa toute dernière acquisition, une statue de saint Antoine qu'il avait déposée sur un socle tout près de la Vierge Marie.

— Ça sent donc ben drôle icitte ! D'habitude ça sent l'encens, mais là on dirait que ça pue, cib... câline. Vous trouvez pas, mon père ?

— En effet. Je n'arrive pas à identifier cette odeur. Peut-être que la burette qui contenait le vin de l'eucharistie n'a pas été nettoyée depuis la dernière homélie ?

Une quinte de toux se fit entendre et tous les trois se dirigèrent vers les grands bancs fraîchement dépoussiérés. Le bedeau Lavoie y était allongé et dormait profondément.

— Cibole ! Y a pas de maison, lui ? Pis en plus, y est soûl comme un cochon ! Y sent le fond de tonne à plein nez !

— Monsieur Lavoie ! lança le vicaire.

En se retournant, Jacques Lavoie chuta la tête la première sur le prie-Dieu.

— Hein ! Qu'est-ce que vous faites icitte ? s'écria le bedeau.

— Ce serait plutôt à moi de vous poser la question !

— Je me suis juste endormi, mon père...

— Vous voulez dire que vous avez passé la nuit dans l'église à ingurgiter de l'alcool, bedeau...

— J'ai pris un ou deux verres, c'est toute...

— Que faites-vous ici un samedi matin ? Vous êtes en congé, non ?

Le bedeau bafouilla en passant sa main dans sa tignasse noire, où quelques cheveux raides comme des clous s'étaient élevés comme le dos d'un porc-épic.

— J'me suis pas rendu tu-suite à' maison en finissant de travailler hier...

— Vous êtes ici depuis six heures hier soir ?

— Ouais...

— Ne bougez pas, je reviens.

Suivi des deux femmes, le vicaire Guillemette se dirigea vers la sacristie, là où étaient rangés précieusement les vases sacrés et les vêtements sacerdotaux. Ses soupçons furent immédiatement confirmés. Sous le grand comptoir acajou où avaient été remisées huit bouteilles de vin destinées à la célébration de l'eucharistie, il n'en restait que quatre.

— Cibole ! Y a bu comme un trou toute la nuite !

— Maman, fais attention à ton langage...

Lorsque le curé Allard rentra, en fin d'après-midi, il salua le bedeau, attablé devant une tasse de café fumante. Sa cinquième tasse...

— Miséricorde ! Il est rare de voir des gens travaillants comme vous, bedeau ! Vous vous êtes présenté au presbytère un samedi en sachant que vous n'auriez aucun gage ?

— Oui, monsieur le curé ! J'aime ça aider mon prochain, moi ! Que voulez-vous… j'ai un grand cœur !

***

Sous les nuages gonflés, la pluie persistait toujours et à la bibliothèque de Tracy, comme on dit, Solange mettait les bouchées doubles. Elle s'était présentée au travail pour désencombrer le comptoir et vider les cartons remplis de livres et de magazines. Marcel Duchesne avait profité de l'occasion pour emménager dans le rang du Ruisseau.

Cette dernière avait remis à monsieur Talbot le livre qu'il avait pris soin de réserver trois semaines auparavant.

— Votre patron est donc ben *gratte-cennes* ! Y aurait pu en acheter au moins cinq ! Ç'a pas d'allure, viarge ! Ça faisait deux mois que j'attendais après ce livre-là, moé !

— Chut ! monsieur Talbot ! Vous êtes dans une bibliothèque et aujourd'hui il y a beaucoup d'enfants, c'est samedi. En plus, ce livre, vous l'avez réservé il y a trois semaines. Regardez… c'est écrit ici, sur la liste des réservations.

Des gens déambulaient dans les rayons à la recherche de romans historiques et d'autres réservaient des nouveautés.

— Jean-Claude ? Qu'est-ce que tu fais ici… tu n'as jamais lu de ta vie !

— Bonjour, Solange… Tu vas bien ?

— Euh… oui, très bien. Toi ?

— À merveille ! Tu n'as pas changé. Tu es resplendissante !

— Qu'est-ce que tu fais à Tracy ?

— Je demeure à Tracy depuis 1985.

— Ah ! Tu es à la recherche d'un livre ?

— Oui, j'aimerais emprunter *Quelqu'un pour m'écouter* de Réal Benoit.

— Mais ce livre date des années soixante, Jean-Claude !

— Oui, je sais… précisément de 1965.

— Tu es au courant ?

— Non, c'est un ami qui m'a conseillé ce livre.

— Si tu veux, je vais faire des recherches pour te le trouver. Je ne sais pas du tout si ce livre est dans les rayons de la bibliothèque. Tu peux me laisser ton numéro de téléphone et la bibliothèque va communiquer avec toi quand il aura été trouvé.

— D'accord.

Jean-Claude Robidoux avait atteint la sagesse. Il avait conservé son épaisse chevelure brune, mais avec les années, des cheveux blancs avaient commencé à s'y entrelacer et plusieurs rides aux coins de ses yeux marron révélaient des années difficiles. Malgré un air vieilli, il était encore très séduisant.

— Demeures-tu toujours dans notre maison ? Je veux dire… dans le rang du Ruisseau ?

— Oui, oui…

« Est-ce qu'il a réellement changé ? »

— Sans vouloir être indiscret…, poursuivit-il, tu vis avec quelqu'un ?

— Je suis remariée, Jean-Claude… et j'ai deux enfants.

— Vraiment ? Félicitations !

— Merci.

— Je suis heureux pour toi. Sincèrement. Tu méritais d'être heureuse.

— À ce que je peux voir, tu as beaucoup changé, Jean-Claude…

— Oui… Depuis que tu m'as quitté, je ne manque pas une assemblée des AA.

— C'est bien… Tu n'es pas avec Josée ?

— Non… Le jour où on t'avait croisée à la marina de Contrecœur, on s'est laissés.

— Désolée.

— Ce n'est rien. Tes enfants, quel âge ont-ils ?

— Benjamin a dix-huit ans, il étudie en techniques policières à Trois-Rivières et Lorie a dix-sept ans. Elle est en hôtellerie, ici, au cégep de Tracy.

— Un garçon et une fille. Wow ! Et ton mari, je le connais ?

— Je ne pense pas, il est natif de Saint-Basile-le-Grand.

— OK. Bon, je vais y aller, moi…

— Tu travailles toujours à la Sidbec-Dosco, Jean-Claude ?

— Oui, oui… Je souhaiterais prendre ma retraite, mais je ne pourrai pas avoir ce privilège avant cinq ans.

— Je vois… Alors bonne journée, Jean-Claude.

— Bonne journée, Solange. Puis-je espérer que l'appel viendra de toi quand vous recevrez le livre ?

— Ce sera moi, Marcel ou Anne-Marie qui va te contacter.

— Tu vois toujours Anne-Marie ?

— Bien sûr ! Est-ce que tu te souviens de comment tu la surnommais dans le temps, Jean-Claude ?

— Euh… oui… la catin. Dis-lui, quand tu la verras, que je suis désolé. J'étais en état d'ébriété et mes paroles dépassaient mes pensées.

— Je lui ferai le message quand elle rentrera de voyage.

***

Les nuages avaient entrepris une autre cavalcade pressée et avaient éclaté en une pluie torrentielle se jetant sur les terres inondées et les cours d'eau, qui ne cessaient de s'élever. « Si Anne-Marie était ici, elle se régalerait de ce spectacle incroyable ! Seigneur de Dieu… »

Mélanie avait déménagé sous cette pluie abondante dans un quartier résidentiel, sur l'avenue Saint-Simon, à Saint-Hyacinthe. Au sous-sol, dans la maison canadienne de Marie-Berthe et Léonard Lafontaine, elle disposerait d'une grande chambre, d'une salle de bain et d'une cuisine commune.

L'ameublement était tout blanc, sauf les tentures et l'édredon teinté de rose et de vert menthe. La salle de bain commune était au rez-de-chaussée, face à la grande cuisine parfaitement aménagée. Marie-Berthe lui avait expliqué qu'elle pouvait disposer de cette cuisine à sa guise, tout comme les deux autres étudiants, Frédéric Collard et Marie-Jeanne Ménard.

— Je te demanderais, ma fille, de toujours laver ton bain et ta douche.

— Certainement, madame Lafontaine. Je n'aimerais pas me retrouver dans une baignoire sale. C'est tout naturel, pour moi comme pour les deux autres étudiants, de bien nettoyer.

— Si tu veux, poursuivit Marie-Berthe, le soir, tu pourras écouter la télévision avec nous autres dans le salon. Mais je te préviens tout de suite que mon mari et moi, on changera pas le poste de la télévision pour tes programmes de jeunes ! Nous autres, on écoute toujours nos téléromans pis nos jeux-questionnaires.

— Je n'oserais pas vous demander ça, voyons ! Écoutez-vous *Chambres en ville* le lundi soir ?

— Certain ! Des fois, je me surprends à m'imaginer que je suis Louise. Tu sais, Louise Deschâtelets...

— Hi ! hi ! Et les deux étudiants qui logent ici, ils ressemblent à Pete et à Lola ?

— Ha ! ha ! Non, mais j'ai des doutes qu'y sortent ensemble, ces deux-là...

— Ah oui ?

— Mais inquiète-toi pas, mon petit puceron, j'ai l'œil ouvert toute la nuit et ils sont avertis de se tenir ben tranquilles. Sinon, ils vont devoir se trouver une autre chambre ailleurs. Tiens, te v'là, Léonard... Viens, je vais te présenter la petite fille de Contrecœur.

Léonard Lafontaine, retraité depuis six ans, s'avança vers Mélanie pour lui souhaiter la bienvenue en lui disant avec un regard espiègle : « T'as besoin de te tenir tranquille, ma fille ! Icitte, ça marche ben drette, pis ma femme pis moé, on veut pas avoir à vous surveiller comme des bébés ! »

— À soir, tu vas souper avec nous autres.

— Mais madame Lafontaine…

— Ce sera pas toujours de même, ma fille…, répliqua Léonard. Tu viens juste d'arriver pis on sait ben que t'as pas eu le temps de faire ton épicerie.

— Je vous suis très reconnaissante… Merci. Je peux vous poser une question ?

— Oui, ma fille, répondit Marie-Berthe.

— J'ai un chum. Est-ce que c'est permis qu'il vienne me visiter de temps en temps ?

Léonard reprit la parole immédiatement.

— Oui, mais pas trop souvent. Pis y est pas question une minute qu'y mette son gros orteil dans ta chambre en bas ! Si vous avez des cochonneries à faire, vous les ferez ailleurs que dans ma maison. Pauvre petite soie…, reprit Léonard. Je t'ai fait peur ? Je suis pas méchant pantoute, je parle juste un peu trop fort. Tu vas t'habituer. Va aider Marie-Berthe à éplucher les patates pis les carottes, je vais aller *settler* le thermostat dans ta chambre en bas. Pis que j'te voie pas y toucher ! Je vais le mettre à soixante-douze, pis si t'as trop frette le soir, tu mettras ton pyjama à grandes pattes.

— Hi ! hi ! D'accord, monsieur Lafontaine…

Chapitre 12

Georges Charland

« Et pourquoi pas la Provence, avec ses herbes aromatiques, ses jolies nappes colorées et sa lavande ? »

Anne-Marie et Charles arrivèrent dans la ville de Saint-Cannat dans la matinée du samedi. À leur grande déception, tous les gîtes affichaient complet. En circulant dans une venelle, ils s'étaient adressés à un homme qui parcourait son journal du matin, bien installé dans une vieille chaise de rotin devant la façade de sa boutique d'antiquités.

— Excusez-moi de vous déranger dans votre lecture, lui dit Charles…

— Vous êtes des Québécois, vous deux ?

— En effet, nous ne pouvons pas vous le cacher, monsieur…

— Que puis-je faire pour vous aider ?

— Voilà, ma femme et moi venons tout juste d'arriver dans votre belle ville et tous les gîtes sont complets. Connaîtriez-vous un endroit où nous pourrions dormir ce soir ?

— Euh... Si vous voulez attendre un moment, je fais un appel téléphonique pour voir si je ne vous dénicherais pas un petit nid pour ce soir...

— Merci, lui répondit Charles.

Le quinquagénaire, vêtu de linge dépareillé et d'un long tablier vert, revint vers les deux touristes désemparés.

— Mes amis sont prêts à vous recevoir dans leur maison, au 695, chemin des Ouides. Vous n'avez qu'à vous rendre à cette adresse, c'est à cinq minutes d'ici en voiture. Mes amis vous invitent à prendre le petit-déjeuner avec eux.

— D'accord, répondit Anne-Marie. Et merci infiniment, monsieur.

Nicole et Robert Auriol les accueillirent chaleureusement dans leur gîte enchanteur, un écrin de verdure où le calme régnait entre les champs de vigne et les oliviers. Charles et Anne-Marie se délectèrent de croissants, de fromage, de yaourt, de pommes et de compote de marrons. Vers dix heures, ils déposèrent leurs valises dans une chambre teintée de jaune doré d'une propreté impeccable.

Dans l'après-midi, sous un soleil voilé, ils s'aventurèrent vers la ville d'Avignon, une cité entourée de murs de pierre destinés à la protéger des nombreuses inondations. Ils s'émerveillèrent en visitant le palais des Papes, le Musée de l'œuvre et la Bouteillerie, où ils dégustèrent des vins des Côtes-du-Rhône. Ils se rendirent aussi sur le pont d'Avignon en fredonnant *Sur le pont d'Avignon, on y danse tout en rond...*

Le lendemain, après une courte nuit, ils quittèrent le Clos des Oliviers avec un croissant de lavande dans les mains. Ils s'arrêtèrent dans la ville d'Orange pour y admirer les plus grands théâtres antiques de la Rome impériale.

***

Dans la dernière semaine de leur voyage, Charles et Anne-Marie avaient séjourné à Cahors, une cité médiévale, à Bouzies, pour y découvrir les falaises et y admirer le village de Saint-Cirq-Lapopie, perché sur un piton rocheux. Ils s'étaient réservé une journée entière dans la Loire pour contempler le beau village d'Annecy, exhibant ses sentiers d'eau tout comme ceux de Venise. Ils s'étaient rendus à dix kilomètres d'Annecy, là où la nature avait signé l'une des plus grandes curiosités naturelles des Alpes : les gorges du Fier.

— C'est à en couper le souffle, Charles ! Mais j'ai de la difficulté à respirer avec cette humidité.

— Si tu ne te sens pas bien, mon cœur, on peut redescendre si tu veux…

— Non, non… Je veux tout voir, mon amour. La visite ne dure que quarante minutes.

— D'accord. Regarde ce qui est écrit : « À l'intérieur de cette gigantesque faille, vous découvrirez d'innombrables marmites de géants que la rivière a creusées pendant des millénaires. Les gorges du Fier sont classées parmi les plus grandes curiosités des Alpes. Depuis 1869, elles sont accessibles au public par une passerelle suspendue à vingt-sept mètres du torrent. »

— C'est incroyable ! s'exclama Anne-Marie.

Ils dormirent à Annecy, à l'hôtel Le Flamboyant, sur la rue des Mouettes, un petit refuge modeste de trente et une chambres où, sous un ciel étoilé, ils s'aimèrent comme au premier jour.

— Que je peux être heureux avec toi, mon amour !

— Je t'aime, Charles. Rassure-moi en me disant qu'on va vivre très vieux pour profiter de toutes ces beautés de la terre ensemble.

— Viens là... Moi, ça fait très longtemps que j'ai demandé au Bon Dieu de nous donner la chance de vivre jusqu'à cent ans pour reprendre les années qu'on a perdues depuis la lecture de la lettre de Madeleine.

— Cent ans ? Quand on va avoir atteint l'âge centenaire, on ne sera plus mariés à la terre, Charles. On aura grandi vers le ciel.

— Mon bel amour...

Au réveil, le ciel pâli venait de retrouver son teint d'azur et les oiseaux planaient au-dessus de leur fontaine attitrée. Un soupçon de brume marchait toujours au large des cours d'eau et à la suite de plusieurs petites caresses et de baisers dans le cou d'Anne-Marie, Charles sortit à regret de son lit tout chaud.

— Je vais dire comme Mario : « turlututu, ti-minou poilu, c'est l'heure du menu ! »

— J'ai une faim de loup, moi !

— Moi aussi ! Aujourd'hui, on va à Chamonix, chéri ?

— Oui... et je te conseille d'apporter ton manteau et tous les chandails que tu as mis dans les valises.

Le mont Blanc est le toit de l'Europe. Charles et Anne-Marie y empruntèrent le téléphérique pour se retrouver juchés à quatre mille huit cent dix mètres d'altitude. Ils remplirent leurs regards d'une vue imprenable sur le mont Tacul, sur le mont Maudit et naturellement, sur le mont Blanc. Au sommet de l'Aiguille du Midi, la télécabine planait à la hauteur du glacier du Géant. Elle poursuivit sa course sur cinq kilomètres, jusqu'à la pointe Helbronner, en Italie.

— Je n'en crois pas mes yeux, Charles ! Tu as pris plusieurs photos, mon amour ?

— Oui, une vingtaine. Tu es glacée, mon amour ! On va redescendre…

— D'accord, j'ai froid. Mais je n'ai pas encore vu la grotte de glace taillée au cœur du glacier et les galeries de cristaux !

— Je ne veux pas que tu attrapes froid pour les derniers jours de nos vacances, mon cœur. Allez, viens.

Leur toute dernière escale se fit dans la ville de Lyon où, le soir même, ils prirent le vol du retour à l'aéroport Saint-Exupéry.

***

Aujourd'hui, en ce quatorze octobre, à l'église Sainte-Trinité, le curé Allard avait célébré une messe d'adieu pour le repos éternel de l'ancien bedeau de la paroisse. Oscar Carignan était décédé à l'âge de soixante-quatorze ans. Un grand nombre de fidèles s'étaient présentés pour l'homélie, dont Georges Charland, accompagné de son épouse, Sylvianne Germain.

— Ah ben, cibole ! Je pensais jamais vous revoir, l'abbé !

— Vous voulez dire monsieur Charland, madame Tessier !

— Oui, c'est ça… « Elle a pas embelli, celle-là… Elle est encore plus laide qu'avant, verrat ! »

— Vous restez où à c't'heure, l'abbé ?

— Sylvianne et moi, nous demeurons à Sainte-Thérèse-de-Blainville.

— Ah bon ! Avez-vous eu de la misère à vous trouver un emploi après être sorti des prêtres ?

— Pas du tout ! J'enseigne le français à l'école Notre-Dame-de-l'Assomption sur le boulevard du Curé-Labelle.

— Cibole ! Un professeur ! Pis vous, mademoiselle Germain… « Ça se peut-tu être laide de même… » vous faites quoi à Blainville ?

— Je travaille au presbytère de l'église Sainte-Thérèse-d'Avila.

— Ah ! « Elle a pas honte, celle-là, de travailler pour la Sainte Église, après avoir fait défroquer un prêtre ? »

— Comment se trouve la santé de votre mari Hubert, madame Tessier ?

— Mon mari, y est à l'hôpital général de Sorel. Y fait de l'Alzheimer.

— Vous m'en voyez désolé… Où demeurez-vous maintenant ?

— J'ai pas bougé pantoute du rang du Ruisseau ! Mon Dieu, madame Sylvianne, vous êtes gelée ?

— En effet, j'aurais dû m'habiller plus chaudement…

— Attachez votre crémone aussi… Vous avez toute la fale à l'air !

— Vous avez bien raison, madame Pauline.

— Mon Dieu ! s'exclama madame Tessier. J'ai des bébites jusque dans mes poches de manteau !

— Des bébites ?

— Vous avez pas d'épidémie de tiquipues à Blainville, l'abbé ? Nous autres, dans le rang du Ruisseau, on est envahis, cibole !

— Qu'est-ce que c'est ? s'enquit Sylvianne Germain.

— Des *tiquipues* ? C'est des bébites à patates qui se collent dans les *screens* pis su'es maisons, pis ça pue en si vous plaît !

— Ha ! ha ! s'exclama l'ancien vicaire de la paroisse. Est-ce que vous vous rendez à la salle pour le buffet, madame Tessier ? Nous pourrions poursuivre notre conversation à cet endroit… Je vous avoue que je n'ai pas très chaud ici !

— Je pourrai pas, je monte à Sorel voir mon Hubert avec ma fille Marielle. Je suis ben contente de vous avoir vu… Pis si vous r'venez dans le coin un de ces jours, venez donc faire un tour dans le rang du Ruisseau !

— Merci pour l'invitation, madame Tessier. Nous allons faire un arrêt chez vous lors de notre prochaine visite à Contrecœur, c'est promis.

Chapitre 13

Louiseville

L'appareil d'Air Transat se posa sur le sol de Montréal le dix-neuf octobre à quatorze heures vingt.

— Dieu du ciel que vous m'avez manqué ! s'exclama Solange.

Sur le chemin du retour vers la ville de Contrecœur, sous l'oreille attentive de Mario et de Solange, Charles et Anne-Marie avaient raconté Nice, la Provence, Monaco et leur avaient parlé de la cuisine française et des nombreuses variétés de fleurs.

Mario et Solange les avaient déposés devant leur maison endormie, où quelques flocons incertains étoilaient la grande véranda frigorifiée. Immédiatement après qu'ils aient déposé leurs valises au pied de la grande table en merisier, Mélanie se manifesta.

— Maman !

— Allô, ma puce ! Comment vas-tu ? Tu m'as devancée, j'allais te téléphoner.

— Vous avez fait un beau voyage ?

— Un magnifique voyage, ma fille ! C'est certain

que ton père et moi, on est fatigués... Pour nous, il est onze heures du soir. Avec les journées de marche interminable, à dix heures on dormait...

— Vous avez pris beaucoup de photos ?

— Hi ! hi ! On a manqué de pellicule. On a racheté deux films de vingt-quatre poses à Chamonix.

Pendant que Charles libérait les sacs de voyage pour récupérer les souvenirs et les brosses à dents, Mélanie et Anne-Marie échangèrent encore pendant plusieurs minutes.

— Charles ! Mélanie est déménagée, sainte mère !

— Quoi ?

— Attends, Charles, je vais te raconter tout à l'heure. Où demeures-tu maintenant, Mélanie ?

— Ne t'inquiète pas, maman. Je suis dans une maison privée, chez monsieur et madame Lafontaine. Je te dirais que je préfère cet endroit à celui de la rue Sicotte. Je paie un plus petit montant que la part que je donnais à Louise et à Julie.

— Est-ce qu'il t'en reste assez pour ton épicerie ?

— Bien sûr... Et je peux t'assurer que je me nourris très bien.

— Tu as accès à la cuisine quand tu veux ?

— Oui. Et je mange très bien. Marie-Berthe, euh... je veux dire madame Lafontaine, me fait de très bons repas.

— Tu me rassures. Denis va bien ?

— Il va très bien et il me conduit au cégep tous les jours, même s'il n'a pas de cours.

À l'heure de Cendrillon, dans le lit douillet, Anne-Marie s'était blottie contre son mari. Franklin roupillait au pied du lit et Charlemagne se prélassait sur le grand tapis tressé aux teintes multicolores.

— La fatigue m'empêche de dormir, Anne-Marie...

— C'est une belle fatigue, chéri. On va se remettre du décalage horaire et, comme on dit, tout va rentrer dans l'ordre. Je t'aime, mon amour.

— Je t'adore, mon cœur. Anne-Marie...

— Oui ?

— J'aimerais me rendre à Louiseville.

— Vraiment ? Tu veux te rendre au presbytère Saint-Antoine-de-Padoue ?

— Oui. Je détiens le baptistère de Charles Jolicœur, mais pas celui de Christophe Gagnon. Si je ne récupère aucun document, je vais me rendre à Sainte-Ursule et je pourrai au moins dire que j'ai remis les pieds dans le patelin où je suis né en 1943.

— Si tu n'entreprends pas ces recherches, personne ne les effectuera pour toi. Il faut que tu saches. Tes parents biologiques vivent peut-être encore...

***

Décembre avait secrètement étalé son duvet blanc dans la nuit et ce matin, à l'aube, le paradis d'hiver scintillait dans le clair-obscur. Très vite, le vent froid glacerait tout sur son passage pour s'assurer que le paysage immaculé dépose sa carte de visite pour les quatre prochains mois. Charles avait emprunté prudemment la route pour Louiseville et Anne-Marie s'était dirigée vers Saint-Hyacinthe. Elle fut agréablement reçue par Marie-Berthe et Léonard Lafontaine.

— Merci pour votre invitation à dîner, madame Lafontaine, mais j'avais prévu emmener Mélanie et Denis manger un morceau en ville et visiter les boutiques sur la rue des Cascades. La fête de Noël est proche, qui sait si je ne dénicherai pas des petits trésors à déposer sous notre sapin.

— Votre arbre de Noël est déjà fait ? lui demanda Léonard.

— Non, non… Je vais cacher les présents, comme tous les ans, dans la garde-robe de notre chambre.

— Ah… OK. Ma femme pis moi, on fait notre arbre de Noël le vingt-quatre au soir, pas avant !

Marie-Berthe reprit la parole.

— On achète les cadeaux à la fine course dans l'après-midi… Après, je rembourre ma dinde pour le réveillon, puis dans la veillée, on décore notre arbre.

— Nous, on sert la dinde au réveillon du jour de l'An.

— Je voudrais ben la faire cuire au jour de l'An, ma dinde, mais les enfants sont jamais icitte !

— Combien d'enfants avez-vous eus ? la questionna Anne-Marie.

— Trois… La cigogne a arrêté de passer après la troisième. J'ai deux gars pis une fille, pis y restent toutes à l'autre bout du monde, *joualvert !* Bertrand reste à Vancouver, Charles à Mont-Laurier pis Solange à Val-Cartier.

— Quelle coïncidence !

— Quoi, ma fille ?

— Mon grand-père s'appelait Bertrand, le nom de mon mari est Charles et ma meilleure amie se prénomme Solange !

— Eh ben ! Mais la femme de mon gars, Charles, c'est tout le contraire de vous. Le feu pis l'eau ! Est corsetée comme une maîtresse d'école pis al' a le cul large comme…

— Voyons, ma femme ! Si Monique est grosse pis qu'a' se met un corset pour paraître plus petite, ça l'empêche pas d'être une bonne femme de maison !

— Je comprends ben, mon mari, mais notre gars, y est pas aveugle non plus, hein ? Changement de propos, madame Jolicœur… votre petite Mélanie, on l'aime ben gros. Pis toi aussi, Denis.

— Mélanie est notre rayon de soleil, madame Lafontaine. Sainte mère ! Onze heures et demie ! On va être dans l'obligation de vous laisser. Mais avant de vous quitter, je peux vous avouer que je suis très rassurée de vous avoir rencontrés. Si, pour les deux prochaines années, Mélanie pouvait demeurer dans votre maison…

— On l'a adoptée, crétaque !

***

Une déception attendait Charles au presbytère de la paroisse Saint-Antoine-de-Padoue. Un jeune curé à peine au début de la quarantaine l'avait reçu cordialement d'un large sourire en l'invitant à s'asseoir dans le grand bureau ayant appartenu au père Frédéric Ouellet.

— Veuillez excuser ma curiosité, mon père, mais qu'est-il arrivé au père Ouellet ?

— Le pauvre, il est…

— Il est mort ?

— Non, non, mon fils. Il avait une santé très fragile et il a dû s'installer au séminaire de Saint-Hyacinthe. Vous savez, le père Ouellet est rendu à soixante-dix-neuf ans... Sans vouloir trop vous effrayer, je dirais que seul son esprit vit toujours dans ce monde...

— C'est triste...

— En quoi puis-je vous aider, monsieur Jolicœur ?

— Voilà une longue histoire, mon père. Vous avez un peu de temps à m'accorder ?

— Une heure, mon garçon. Je dois me rendre au sanctuaire de Trois-Rivières. De quoi s'agit-il ?

— Voilà, je suis né à Sainte-Ursule en 1943. J'ai été adopté dès ma naissance par des gens d'ici, à Louiseville.

— Quel était le nom de vos parents adoptifs ?

— Vous ne les avez pas connus. Mon père est décédé dans les années soixante et ma mère est morte en 1972. Ils se nommaient Madeleine et Delphis Jolicœur.

— En effet, leurs noms ne m'éclairent en rien. Vous êtes venu à l'église pour récupérer votre baptistère, monsieur Jolicœur ?

— Mon baptistère est au nom de Charles Jolicœur. Je désirerais quérir des renseignements sur ma naissance, comme le jour où je suis venu au monde, où je portais le nom de Christophe Gagnon...

— Je vous conseillerais de vous rendre à l'hôpital Comtois, monsieur Jolicœur. Ici, nous ne détenons aucun document concernant les naissances. Il vous faudrait une attestation de naissance de l'hôpital où vous êtes venu au monde.

— J'avais entrepris des recherches, en 1973, à l'hôpital Comtois. Sœur Marie-Jésus n'avait aucun document du nom de Charles Jolicœur, ce qui était logique. Mon nom à la naissance était Christophe Gagnon, ce que je ne savais pas quand je suis allé rencontrer cette religieuse ! Elle m'a dit, cette journée-là, que je devais être né dans la maison familiale.

— Je ne vois pas comment je pourrais vous aider.

— Est-ce que le père Frédéric Ouellet pourrait me recevoir au séminaire de Saint-Hyacinthe ?

— Je vais le contacter. Si le curé Ouellet vous a remis votre baptistère, sur lequel est inscrit le nom de Charles Jolicœur, je ne vois pas comment il pourrait vous donner des renseignements sur vos parents biologiques. Comment avez-vous été mis au courant après tant d'années ?

— Par ma mère adoptive. Madeleine avait écrit une lettre à… Bon Dieu que ce n'est pas facile… Avant moi, elle a mis au monde une fille… Cette fille que j'ai recherchée portait un autre nom, celui d'Anne-Marie Sirois. À sa naissance, elle s'appelait Marie-Anne Jolicœur.

— Quand vous l'avez rencontrée, elle ignorait que vous étiez son frère ?

— Oui. Et on s'est aimés. Quand on a appris par une lettre de ma mère adoptive qu'on était frère et sœur, notre vie a basculé.

— Vous n'aviez commis aucun crime, vous n'étiez pas au courant des liens qui vous unissaient !

— Quand on s'est laissés, elle attendait un enfant. On ne s'est revus que pour les besoins de notre fille, Mélanie. En 1987, Anne-Marie a trouvé une lettre de notre mère dans son grenier. Celle-ci datait de 1945. Elle nous apprenait…

— Prenez votre temps, mon garçon…

— Madeleine nous apprenait qu'entre nous deux il n'y avait aucun lien de parenté. Anne-Marie s'avérait bien être sa fille légitime et moi, j'avais été adopté.

— Quelle histoire !

— Vous pouvez le dire, monsieur le curé !

— Aujourd'hui, vous avez gardé un contact avec l'enfant ?

— On est mariés, mon père, et on est très heureux.

— Voilà une merveilleuse nouvelle ! Si je comprends bien, il vous manque un morceau du casse-tête…

— Oui, et si je ne vais pas au fond des choses, comme on dit, je ne pourrai jamais avoir la conscience tranquille.

— Je vois… Je vais communiquer avec le père Ouellet, mais je ne peux rien vous promettre. Laissez-moi votre numéro de téléphone. Où demeurez-vous ?

— À Contrecœur.

— Vraiment ? Un de mes confrères habite Contrecœur. Il seconde le curé Allard à la paroisse Sainte-Trinité. Il a remplacé le pauvre abbé Desmarais.

— Oui, oui, le vicaire Guillemette.

— Exactement ! Il va bien ?

— Je ne l'ai pas croisé souvent, mais à ce que j'ai pu voir, il me donne l'image d'un homme rempli de bonté.

— Écoutez, je ne voudrais pas vous mettre à la porte, mais je dois me rendre à Trois-Rivières, comme je vous l'ai dit tout à l'heure. Je vous tiens au courant, monsieur Jolicœur.

***

Avant de reprendre la route pour Contrecœur, Charles s'était rendu au cimetière de Louiseville pour saluer celle qui avait tendrement animé les jours heureux de son enfance. Une neige collante avait adhéré à la pierre tombale et Charles frissonnait devant toutes ces années qui venaient de s'écouler. Il se sentait soulagé de voir que Madeleine ne respirait plus la poussière de l'automne, vu la beauté pure du tapis blanc qui la recouvrait.

***

En un clin d'œil, les cloches de l'église Sainte-Trinité se mirent à résonner dans tout le village pour inviter les citoyens à venir célébrer l'arrivée du Messie. Le firmament étalait ses étoiles et sur le parvis de l'abbatiale, un vicaire heureux accueillait les paroissiens endimanchés pour la messe chrétienne. Le curé Allard chanterait la messe de la journée de Noël.

Il y a toujours un foyer qui ouvre ses bras pour accueillir la parenté et les amis. Charles, Anne-Marie et Mélanie venaient d'ouvrir la porte de leur maison pour recevoir Solange, Mario, Benjamin, Lorie, Bruno, Charles-Édouard, madame Tessier, Laurence, Henri et Élodie Michon.

Enfin, la grand-maman d'Élodie, Rita Paradis, avait été retrouvée dans la grande ville de Sherbrooke. Vu le manque d'affection qu'elle éprouvait envers l'enfant de sa fille Angèle, elle avait refusé de prendre en charge cette fillette qui, aujourd'hui, suivait le sentier du bonheur, celui de vivre auprès de ses parents, qui l'adoraient et la chérissaient.

La nouvelle année 1995 avait emmené Hubert Tessier dans son ciel d'azur. Celui-ci était parti en silence, sans bagage. Seule son âme avait été accueillie par le Seigneur.

***

Le quatre janvier, Charles avait reçu un appel téléphonique de Louiseville au cours duquel le curé de l'église Saint-Antoine-de-Padoue lui annonçait le décès du père Frédéric Ouellet. Il accepta difficilement cette nouvelle, mais il ne se laissa pas abattre pour autant. À la fonte des neiges, il se rendrait à Sainte-Ursule pour découvrir ce village où sa mère biologique lui avait donné la vie. Il arpenterait aussi le cimetière de la place dans l'espoir de voir une pierre tombale gravée du nom de ses racines.

Chapitre 14

Les sucres

Vu la petitesse de la cabane à sucre des Brière pour accueillir une vingtaine d'invités, Anne-Marie avait pris soin de réserver à l'érablière Léveillée, à Saint-Antoine-sur-Richelieu. Le climat était parfait. Le souffle d'une petite brise apportait le parfum printanier et la toiture rouge de la vieille cabane se défaisait de son manteau blanc.

Le repas sucré d'eau d'érable s'était avéré un festin et déjà les invités s'émoustillaient sur le plancher de bois de la piste de danse.

— Dommage, Denis, il ne manque que tes parents…

— Oui, madame Jolicœur. Mais je crois qu'ils sont mieux que nous sous le soleil de la Floride.

— Tu as raison. Moi aussi, je préférerais me prélasser sous un palmier que de me retrouver les deux pieds dans la gadoue.

Carmen Brière reprit la parole :

— Ç'a changé ben gros, les cabanes à sucre. Dans mon temps, on se promenait en traîneau à chiens, en raquettes pis en calèche. Les chemins, y étaient pas comme aujourd'hui, pour aller à' cabane à sucre... Y avait même pas de garnotte dans les chemins ! C'était juste de la bouette, au printemps. On tapait les chemins avec les traîneaux pis les chevaux parce que le chasse-neige cassait tout le temps.

— La vie n'était pas facile dans ces années-là, de dire Charles.

— Elle était mauditement plus belle, par exemple ! Aujourd'hui, on comprend pus rien à la modernisation !

— Que voulez-vous, reprit Charles, il faut suivre le chemin de la technologie...

— Pas nous autres ! En tout cas, on est restés dans nos belles années pis on est ben contents ! Tout a changé boute pour boute ! Aujourd'hui, les jeunes niaisent à chauffer leur char comme des capotés. Y prennent un petit coup de fort, même si y savent qu'y ont pas le droit de chauffer en état d'briété.

— En état d'ébriété, grand-mère, reprit Denis.

— Tu m'avais compris pareil, mon petit gars. Pis les espèces de grands fous qui leur servaient de parents se tiennent dans leur châssis pour les voir faire les fous dans le grand chemin. Pis eux autres, y trouvent ça drôle, ces insignifiants-là ! Pis y dépensent toute leur argent, ces jeunes-là ! Y se ramassent juste quèques guédis qui servent à rien pantoute.

— Des guédis ?

— Oui, mon petit brûlot. C'est des petites affaires qui valent rien. Y seraient ben mieux, ces jeunes-là, de ratiboiser leur argent au lieu de la jeter par les fenêtres !

— Que vous êtes drôles, les grands-parents d'aujourd'hui !

— Peut-être, ma fille, mais nous autres, on a été capables de se ramasser notre vieillesse au moins. Mon Dieu, Denis, tu manges donc ben, aujourd'hui ! On dirait que tu crèves de faim chez vous !

— Je mange à ma faim, grand-mère. Puis regarde, j'ai grandi ! Je mesure cinq pieds neuf. Comme tu dis : je suis arrivé à te manger neuf pouces sur la tête.

— Ho ! ho ! Cré petit gars à sa grand-mère !

Laurier s'était présenté devant Carmen le visage rougi et le souffle court.

— T'es donc ben essoufflé, Laurier ! T'a-tu couru, coudonc ?

— Non, non…

— T'as encore fumé comme une cheminée ?

— J'en ai fumé juste deux, Marie-Catouche. Pourrais-tu venir dehors ?

— Pourquoi j'irais dehors quand chus ben au chaud, avec tout ce beau monde-là ?

— Je m'obstine avec monsieur Martin que dans l'érablière, y a pas juste des plaines pis des érables pis des sapins, qu'y a de la pruche itou.

— Pis ?

— Ben… je voudrais que tu y expliques qu'y a une différence entre la pruche pis le sapin, je m'en souviens jamais, bâtard !

— Dis-y que les branches de la pruche sont pleines d'épines, pis que su' les branches des sapins, y en a moins pis qu'y sont couchées su' le côté. Si y veut voir la différence, aussi, fais-y manger de la gomme de sapin pis après, qu'y mange de la gomme de pruche…

— Y va s'apercevoir que ç'a pas le même goût pantoute. Y va la recracher tu-suite.

Une odeur d'érable enveloppait l'intérieur de la cabane et le petit *guéritou,* appelé caribou, dégourdissait les aînés, qui s'étaient retrouvés sur le plancher de danse en train de danser le charleston. Anne-Marie et Solange étaient restées attablées, plongées dans une coquette conversation.

— Tu n'es pas sérieuse, Solange... Dis-moi que je rêve, sainte mère !

— C'était bien lui, Anne-Marie. Il a changé, il s'est initié à la lecture.

— Tu l'as cru ?

— Oui, il m'a paru sincère...

— Je suppose qu'il t'a dit qu'il avait mis une croix sur l'alcool aussi ?

— Il est membre des Alcooliques anonymes.

— Pauvre Solange... tu t'es fait remplir d'aplomb, comme on dit.

— Pourquoi ? Tu ne peux pas le savoir, tu étais sur la Côte d'Azur avec Charles ! Moi, je te raconte ce que j'ai vu. S'il m'a menti, tant pis pour lui ! Je change de sujet... As-tu remarqué que Marcel Duchesne visite les Tessier régulièrement ?

— Non, pourquoi ?

— Je soupçonne que lui et Marielle...

— Non ! Ils sortent ensemble, ces deux-là ?

— Je ne mettrais pas ma main au feu, ma vieille, mais je les ai aussi rencontrés au restaurant chez Gaby, à Contrecœur, quand j'y suis allée avec Mario samedi dernier.

— Et tu sais comme moi que ce restaurant est magique pour inviter les gens à tomber amoureux…

— Bien oui… Parlerais-tu de moi, ma vieille ?

— Bien non ! Tu sais bien.

— Moi, je te dis que oui, ç'a été un endroit magique pour Mario et moi. Mais le moment où notre amour est né, c'est quand on était au Mail Champlain, quand j'ai enfilé le petit *baby doll* pêche.

— Hi ! hi ! Tu le portes encore ?

— Non, il est trop décoloré. Mais je peux te confier que Mario aime me voir arborer un porte-jarretelles et des talons aiguilles.

— Hein ? Il va falloir que tu me fasses voir ce petit accessoire érotique, toi !

— Quand les hommes vont être partis à la pêche au doré sur le fleuve, demain matin, viens me voir et je t'initierai au port de la jarretelle, ma vieille.

— Quelle couleur, ton porte-jarretelles, Solange ?

— Noir ! Et j'ai le soutien-gorge et les bas de nylon de la même couleur.

— Wow ! Une couleur excitante ! Le mien est blanc.

— Anne-Marie Sirois ! Tu me fais marcher. Tu en as un, toi aussi ?

— Je l'ai acheté en Provence dans une boutique de lingerie fine.

— On pourrait les échanger pour donner un nouveau divertissement à nos hommes…

— Hi ! hi ! Je suis cent pour cent d'accord avec toi. Il ne te restera qu'à t'acheter une petite culotte de dentelle noire.

— Et toi, une blanche…

***

Le mois de mai exposait ses coloris floraux et les potagers dévoilaient les pousses de leurs légumes de terre. Les vieux tonneaux débordaient d'eau de pluie et la légère brise printanière dégageait des arômes de lilas et de muguet.

Mélanie avait réintégré le rang du Ruisseau, tout comme Benjamin, qui était rentré de Trois-Rivières. Celui-ci n'avait pas reçu de nouvelles de Véronique depuis septembre. Elle lui avait fait parvenir une lettre de Chicoutimi au cours de son premier trimestre et même aux lettres que Benjamin lui avait postées, elle n'avait pas donné suite. Il avait pris la décision de ne pas persévérer pour la revoir. L'amour n'était pas réciproque. Véronique représentait pour lui la femme de sa vie, mais le destin en avait décidé autrement.

Lorie avait elle aussi achevé son premier trimestre au cégep de Tracy, remportant une grande victoire sur sa timidité. Elle s'était trouvé un travail à plein temps au restaurant Gaby de Contrecœur pour ses vacances d'été. Elle s'était amoureusement attachée à un dénommé Mathieu Pellerin, de Tracy, un infirmier de vingt-six ans qui avait une affection particulière pour ses patients de l'hôpital Pierre-Boucher, situé sur le boulevard Jacques-Cartier Est à Longueuil.

Eh oui… Marcel Duchesne emménagerait dans la maison des Tessier au début du mois de juillet, après la déclaration « Oui, je le veux » de Marielle, au pied de l'autel de la sainte église Sainte-Trinité.

Charles n'avait pas encore visité le village de Sainte-Ursule. Un jour certain, le fil de la vie l'inviterait à s'y rendre d'un pas décidé.

À la bibliothèque de Tracy, Jean-Claude Robidoux était devenu un client assidu et Anne-Marie se voyait très sceptique. « Sainte mère qu'y a l'air hypocrite, celui-là ! Voilà que ma Solange croit dur comme fer qu'il est devenu une brebis du Bon Dieu ! »

***

La troisième semaine de mai, Charles et Mario plièrent bagage pour un voyage de pêche à la truite à Matawin dans la réserve faunique du Saint-Maurice, le pays des pionniers, des draveurs et des coureurs des bois. L'observation de l'ours noir y est populaire et on peut y découvrir des curiosités géomorphologiques dignes d'intérêt. Située à la confluence de la rivière Matawin et du Saint-Maurice, cette réserve faunique s'étend en une contrée sauvage et belle centrée sur la forêt, parcourue de sentiers de randonnée pédestre et ponctuée de chutes et d'une tourbière aménagée. Cette réserve possède également la plus belle rive sablonneuse de la Mauricie.

À seize heures, Charles et Mario s'installèrent dans une petite construction de bois rond sans électricité, sans téléviseur ni poste de radio. Ils prirent un repas équilibré avant de se rendre au chalet des gardes-pêche : de la soupe aux pois de Solange, un rôti de porc qu'Anne-Marie avait pris soin de bien badigeonner de beurre à l'ail, un pain croûté bien frais et, pour digérer le tout… une bonne bière froide.

— Regarde, Charles… là, on a pigé un lac de petites truites et c'est parfait. On va avoir un bon souper pour demain soir. La solution idéale pour notre dernière journée de pêche serait de piger le lac Saint-Thomas. Il est bondé de grosses truites qui pèsent jusqu'à quatre livres.

— Pourquoi ? Le soir n'a aucune importance !

— Oui, Charles ! Écoute, on a dit à nos femmes qu'on ne voulait pas qu'elles nous préparent nos repas et qu'on pourrait vivre de notre pêche pendant cinq jours. Pour ce soir, on avait apporté un repas maison parce qu'on savait qu'il était défendu de pêcher…

— Je suis d'accord.

— La raison est que si on avait pigé le Saint-Thomas ce soir, demain on aurait mangé de la grosse truite. Je préférerais pêcher la grosse truite la veille de notre départ pour qu'en rentrant, on puisse aller la porter chez monsieur Desmarteaux à Sainte-Anne-de-Sorel pour la faire fumer.

— Ah ! OK…

— Elle est savoureuse quand elle n'a pas été congelée.

— Je comprends maintenant !

— Tant mieux ! Tu veux jouer une petite partie de *Back Down*, mon Charles ?

— Deux si tu veux !

***

La nuit fraîche avait été parsemée de rosée et ce matin, le brouillard glissait toujours sur les lacs miroitants.

Charles et Mario avaient profité d'une journée de quiétude et de pêche miraculeuse.

— Encore deux, Charles, et on rentre avec notre quota.

— Déjà ? Ma montre n'indique que trois heures !

— En effet, mais avant qu'on soit sortis du lac, qu'on ait ramassé l'attirail de pêche et fait une heure de route dans le bois, ça va prendre un bon bout… On ne sera pas rentrés au chalet avant cinq heures. Il ne faut pas oublier qu'il faut arrêter au chalet du garde-pêche pour peser notre poisson et qu'on va devoir faire un autre arrêt au chalet de l'éviscération. Ensuite, on va profiter d'un souper digne d'un roi. Si tu veux bien accepter de déguster un souper dépourvu de patates, je les ai oubliées sur la galerie de la maison…

— Non !

— Désolé. Qui a décidé qu'il fallait manger des patates midi et soir ? On a de la salade, des oignons, des tomates, des radis et du fromage Riviera. Avec un vin blanc, on va avoir tout un festin, mon Charles !

***

À la sortie de son travail, Solange trouva la voiture de Jean-Claude stationnée à côté de la sienne. Celui-ci lui adressa un bonjour, lui disant qu'il était arrivé en retard pour prendre le livre qu'il avait réservé la semaine précédente.

— Je suis désolée, Jean-Claude, on vient de fermer la bibliothèque. Tu n'auras qu'à passer demain si tu veux.

— Tu ne contournerais pas les règles de la bibliothèque pour moi, Solange, pour une petite minute ?

— D'accord. Tu m'attends ici.

Jean-Claude l'avait suivie dans le portique. Ce dernier n'avait pas tenu promesse. Après avoir mis la main sur le roman, Solange fut surprise de se retrouver face à lui.

— Que fais-tu là, Jean-Claude ? Tu ne peux pas entrer, c'est fermé !

— Je voulais te voir de plus près, Solange.

— Tu as bu, seigneur de Dieu ! Sors d'ici, Jean-Claude !

— Je ne sortirai pas avant de t'avoir embrassée. Tu m'aimes encore et dans ta petite tête, t'as une envie folle de coucher avec moi ! Viens ici…

— Jean-Claude Robidoux… Si tu me touches, j'appelle la police.

— Le téléphone est loin et je te tiens.

— Lâche-moi, tu es soûl !

— Mmm… Tu sens aussi bon qu'avant, toi… Tu m'étourdis, *crisse* ! Laisse-toi faire, mon bébé…

Solange était sous l'emprise de Jean-Claude. Il l'avait poussée vers le comptoir et lui avait appuyé de force les deux mains sur un monceau de magazines. Avant qu'il n'ait le temps de lui relever la jupe, elle lui asséna un coup de pied et le talon pointu de son soulier lui cassa la troisième phalange du petit orteil.

— T'es juste une pute ! Je vais te défoncer, ma salope !

— Laisse-moi, Jean-Claude ! Tu ne sais pas ce que tu fais, tu es ivre !

Solange s'empara du vase en terre cuite qui se trouvait à sa droite et lui en asséna un coup sur le crâne. Jean-Claude s'écroula à ses pieds.

À la suite d'un appel téléphonique au poste de police, Gilbert Sirois se présenta à la bibliothèque, suivi de l'ambulance.

— Il faut que vous portiez plainte contre monsieur Robidoux, madame Martin.

— Si je porte plainte, il va me retrouver pour se venger…

— Je vous conseille de porter plainte, madame Martin. Je sais que vous avez peur pour l'avenir, mais ne le laissez pas s'en sortir gagnant. Il mérite d'être dénoncé, madame. Moi, un homme qui lève la main sur une femme… Je vous dis que si je ne portais pas mon uniforme, je l'achèverais de mes mains, cet innocent-là…

— D'accord, je vais signer les documents, monsieur Sirois.

Dans le rang du Ruisseau, Anne-Marie se trouvait, comme on dit, dans tous ses états.

— Je te l'avais dit que Jean-Claude était un hypocrite. Tu es chanceuse qu'il ne t'ait pas battue et violée, sainte mère ! Tu aurais pu encore te retrouver sur une civière à l'hôpital avec le visage tout défait.

— Oui, Anne-Marie. Je pensais qu'il avait changé…

— Tu m'as dit la vérité, Solange, quand tu m'as affirmé qu'il n'avait pas eu le temps de te violer ?

— J'ai été sauvée par le vase, Anne-Marie, juste avant qu'il me viole par en arriè…

— Pauvre Solange ! Viens dans mes bras. Tu trembles comme une feuille, ma vieille !

— Oh… et Mario ?

— Mario ? Il faudra qu'on le retienne. Quand il rentrera de son voyage de pêche avec Charles, il aura juste envie d'aller le voir pour lui sauter dessus.

En effet, à son retour de son voyage de pêche, Mario était devenu bleu, comme on dit, en apprenant la nouvelle. Charles avait fini par le raisonner en lui expliquant que battre un homme qui n'en valait pas la peine ne lui apporterait que des ennuis. « Solange a besoin de toi, Mario, ce n'est pas le temps d'aller côtoyer les barreaux d'une cellule… »

***

Décembre fit son entrée sous un climat glacial et les terres gelées n'espéraient que le déroulement d'un léger tapis blanc pour se couvrir afin de se réchauffer et de s'endormir sans frissonner.

Dans le crépuscule du douze décembre, le fumet blanchâtre des cheminées s'était mis à danser au travers des gros flocons blancs et les éminents feuillus avaient profité de cette opportunité pour revêtir leur corps dénudé.

Après l'incident à la bibliothèque de Tracy, Jean-Claude Robidoux avait quitté la ville sans laisser d'adresse.

Benjamin et Mélanie avaient réintégré le rang du Ruisseau pour leur congé des fêtes. Denis était aussi rentré chez lui, dans le village de Contrecœur. Lorie flottait sur un nuage, comme on dit, et pour elle, Mathieu représentait l'homme de sa vie et le futur père de ses cinq enfants. Mélanie retrouvait à l'occasion Marie-Josée Sirois, la fille de Gilbert, et Anne-Marie ainsi que Charles étaient heureux d'accueillir leur petite puce de dix-neuf ans pour deux longues semaines.

Pour la fête de Noël, les invités s'étaient présentés chez les Martin après s'être dégarnis des flocons blancs qui les avaient poursuivis depuis leur sortie de la sainte église Sainte-Trinité.

La nouvelle année 1996 se présenta sous une constellation de cristaux blancs et le festin qu'Anne-Marie et Charles avaient cuisiné fut divin.

« Que cette nouvelle année 1996 nous apporte la santé, la joie, le bonheur et la prospérité ! »

Chapitre 15

Sainte-Ursule

Mars arriva et Charles prit la ferme décision de se rendre à l'hôpital Comtois de Louiseville pour quérir à nouveau des renseignements au sujet de sa naissance. Bien sûr, il n'ignorait pas qu'il était né dans la maison des Gagnon à Sainte-Ursule, mais l'attestation de naissance devait se trouver aux archives de cet hôpital sur la rue Comtois.

Une femme au début de la quarantaine le reçut d'un sourire amical en l'invitant à s'asseoir devant son bureau encombré de lettres et de documents.

— Bonjour, monsieur Jolicœur. Je suis Élise Dupont.

— Bonjour, madame Dupont.

— Que puis-je pour vous, monsieur Jolicœur ?

— Avant, je veux vous dire que vous représentez la dernière personne qui pourrait me sauver la vie.

— Ouf ! Vous venez de m'en mettre sur la conscience, vous ! C'est à quel sujet, monsieur Jolicœur ?

— Voilà, je ne suis pas Charles Jolicœur.

— Pardon ?

— Je suis Charles Jolicœur, oui... voilà mon baptistère.

Madame Dupont prit connaissance du document en question et leva un regard interrogateur vers Charles.

— J'ai été adopté en 1943, madame Dupont... et mon patronyme se trouve dans cette lettre que ma mère adoptive a écrite à Marie-Anne Jolicœur en 1945.

— Qui est Marie-Anne Jolicœur ?

— Vous allez comprendre en lisant cette lettre, madame Dupont.

Élise Dupont posa son regard sur le papier défraîchi et parvenue à la ligne qui avait déchiré le cœur d'Anne-Marie, elle posa ses yeux sur Charles.

— Pauvres vous... Vous ne l'avez pas eu facile, tous les deux. Votre fille Mélanie, vous la voyez encore aujourd'hui ?

— Anne-Marie et moi sommes mariés, madame Dupont.

— Ouf ! Quel soulagement ! Et aujourd'hui, vous voulez savoir si Christophe Gagnon est né ici, à l'hôpital Comtois ?

— Oui, madame Dupont.

— Vous m'attendez un moment ?

— Oui, madame.

Élise Dupont revint dans son bureau, sous le regard inquiet de Charles.

— Vous avez les renseignements ?

— Oui. Voilà une attestation de naissance au nom de Christophe Gagnon.

Charles était devenu écarlate et des gouttelettes suintaient sur son front.

— Monsieur Jolicœur, vous n'êtes pas né à l'hôpital Comtois.

— Non ?

— Vous êtes bien né dans la maison familiale.

— Où ?

— Je suis désolée, je ne détiens pas ces renseignements.

— Ah non ? Mais qui pourrait m'aider, madame Dupont ?

— Le docteur Lefebvre.

— Il travaille ici ?

— Non. Le docteur Lefebvre est retraité. Aujourd'hui, il devrait avoir quatre-vingt-deux ans…

— S'il n'est pas mort…

— Je ne crois pas qu'il soit décédé, l'hôpital aurait été mis au courant.

— Où habite-t-il maintenant ?

— Si vous voulez patienter un moment, je vais aller voir le médecin Morin. Il est sur la liste de garde aujourd'hui. Il a côtoyé le docteur Lefebvre avant qu'il prenne sa retraite. Allez prendre un café à la cafétéria et revenez dans mon bureau dans une demi-heure si vous voulez. Je vais me rendre au rez-de-chaussée pour voir si le docteur Morin pourrait m'accorder un court entretien.

— Je vous remercie, madame Dupont.

S'il ne retrouvait pas ce médecin du nom de Lefebvre, Charles retournerait à Contrecœur bredouille, comme on dit. Il ne souhaitait pas entreprendre des recherches comme en 1972.

— Voilà, monsieur Jolicœur…

— Oui ?

— Le médecin Joachim Lefebvre demeure à la résidence Ursula, au 1324, rang Grande-Carrière à Sainte-Ursule.

— Et je peux me rendre à Sainte-Ursule pour m'entretenir avec lui ?

— Il n'en tient qu'à vous, monsieur Jolicœur. Je vous souhaite sincèrement de trouver réponse à vos questions.

— Merci, madame Dupont. Vous me sauvez la vie…

— De rien, monsieur Jolicœur. En espérant pour vous que le docteur Lefebvre ait encore toutes ses facultés mentales… Il est âgé, vous savez.

***

La ville de Sainte-Ursule fut fondée en 1855. Ce petit coin accueillant est situé au centre de la municipalité régionale du comté de Maskinongé, en Mauricie. Ce village séduit par la beauté de ses paysages, ses chutes et ses vénérables maisons ancestrales. On peut aussi y admirer l'église Saint-Léon-le-Grand, érigée en 1867, et l'imposant couvent des sœurs de la Providence qui, depuis 1973, abrite des logements résidentiels. Aussi, il est important de mentionner le moulin Saint-Louis, qui date de la seigneurie.

La localité fut fondée dans la seigneurie des Ursulines par le capitaine Ignace Lessard, originaire de Sainte-Anne-de-Beaupré. Celui-ci ouvrit le premier magasin du village et contribua au développement de la paroisse.

Aux habitations Ursula, Joachim Lefebvre, un homme fatigué agrippé à une marchette, pria Charles de s'asseoir sur une causeuse de cuir marron. Près de ce fauteuil, une petite table était encombrée de livres de médecine et d'une dizaine de bouteilles de gélules et de cachets différents.

— De quel endroit êtes-vous, mon garçon ?

— De Contrecœur, monsieur Lefebvre.

— Quel beau coin de pays !

— Vous connaissez Contrecœur ?

— J'y suis allé à deux reprises avec un groupe de l'Âge d'Or en autobus. Votre ville éprouve une grande fierté à l'égard de son patrimoine, monsieur Jolicœur.

— En effet, Contrecœur a un passé historique impressionnant.

— Cette ville a fêté son 325e anniversaire en 1993, je crois...

— Oui, monsieur Lefebvre. Vous avez assisté à cette fête ?

— Non, non... J'ai lu l'article dans le journal *L'Écho de Maskinongé.*

— Vraiment ? La fête s'était échelonnée de juin jusqu'en septembre.

— Oui, oui... J'ai lu l'article dans son entier. À quel sujet êtes-vous venu me voir, monsieur Jolicœur ?

— Ouf ! Par où dois-je commencer ?

En souriant, le docteur lui suggéra de commencer par le début.

— Je veux bien commencer par le début...

— Allez-y, mon garçon... et si je peux vous renseigner, je n'hésiterai pas.

— Voilà, je serais né un vendredi, le vingt-quatre décembre 1943, ici à Sainte-Ursule, et vous seriez le médecin qui aurait accouché ma mère.

— Ah ! J'ai bien peur de vous décevoir, je ne me souviens pas d'une famille ayant porté le nom de Jolicœur qui aurait habité Sainte-Ursule dans les années quarante. Vous m'en voyez bien désolé…

— À ma naissance, je portais le nom de Christophe Gagnon. Deux jours après, j'ai été baptisé à Louiseville du nom de Jolicœur à l'église Saint-Antoine-de-Padoue.

— Vous savez, monsieur Jolicœur, je suis devenu un vieil homme avec les années… Par contre, j'ai conservé ma mémoire d'éléphant.

— Mon Dieu !

— Pauvre vous…, reprit le médecin Lefebvre. Je continue ?

— Oui. Je veux savoir, même si je suis pour m'en trouver bouleversé. Vous savez, une plaie guérit avec le temps, mais l'ignorance se colle à une personne jusqu'à sa mort… Et je ne voudrais pas représenter cette personne.

— D'accord, Charles. Je peux vous appeler Charles ?

— Ça me ferait grand plaisir.

— Dans les années quarante, les moyens de transport pour se déplacer l'hiver se voyaient loin de ceux d'aujourd'hui. Les habitants glissaient dans les chemins en traîneau à chiens ou en calèche. Il n'y avait que les gens riches qui se permettaient de circuler en *snowmobile* ou en *ski-doser* et seuls les paysans très à l'aise financièrement pouvaient bénéficier d'une automobile. Moi, j'avais un petit boghei tiré par mon ami fidèle, Marius, un gros étalon noir canadien. L'hiver, les rangs de campagne étaient fermés. Pour me rendre chez les Gagnon, le vingt-quatre décembre 1943, j'avais dû ouvrir moi-même le chemin avec mon gros Marius. Malheureusement, Charles… je suis arrivé trop tard. Il y avait eu un décès.

— Donc, ce n'étaient pas les Gagnon dont je vous ai parlé, car je ne serais pas assis en face de vous aujourd'hui, monsieur Lefebvre.

— Laisse-moi poursuivre, si tu veux bien, Charles.

— Désolé…

— Quand je suis entré dans la chambre de madame Gagnon, elle venait de trépasser. Mais… merci mon Dieu, j'ai pu quand même pratiquer l'accouchement.

— Ma mère est morte en me donnant la vie ?

— Oui, monsieur Jolicœur. Cette pauvre fille n'avait que dix-sept ans…

— Non ! Comment s'appelait-elle ?

— Christiane. Attends, mon garçon…

— Bien sûr, docteur.

— Je prenais des notes dans ce temps-là. Si tu veux attendre que je fouille dans mes papiers, je pourrais te renseigner d'une manière plus professionnelle.

— D'accord, docteur Lefebvre.

Comme si les deux hommes s'étaient côtoyés depuis dix ans, Joachim Lefebvre avait invité Charles à brancher le percolateur pour qu'ils puissent prendre une tasse de café.

— Voilà, Charles. J'ai trouvé les documents. Ta mère se nommait bien Christiane. Elle est née ici même, à Sainte-Ursule, dans la demeure familiale du rang de la Petite-Carrière et c'est aussi à cet endroit qu'elle est décédée en 1943. Tu sais que dans ces années-là, les filles mères étaient vues comme des femmes de mauvaise vie et durant leur grossesse, les parents les cachaient pendant neuf mois dans leur maison. Aussitôt que l'enfant naissait, il était donné en adoption.

— Je comprends... Comment s'appelaient-ils, les parents de ma mère ?

— Attends... Voilà. Tes grands-parents se nommaient... Aristide et Gervaise Gagnon. Ils sont enterrés au cimetière de Sainte-Ursule. Et Christiane, ta mère, repose à leurs pieds. Ta grand-mère et ton grand-père étaient des gens heureux. Ils vivaient de leurs récoltes et de la viande de leurs bêtes à cornes, de leur porcherie et de leurs oiseaux de basse-cour. Ils symbolisaient, comme on disait dans ces temps-là, des gros travaillants. Je ne partais jamais de cette maison sans rapporter dans mon boghei un morceau de viande, une livre de beurre, des pots de ketchup ou des confitures de fraises.

— Les fermiers trimaient dur dans ces années-là... reprit Charles. Je sais ce que c'est que de travailler sur une ferme, croyez-moi. Je ne vous remercierai jamais assez pour tous les renseignements que vous m'avez donnés, docteur Lefebvre. Ce qui me peine, c'est que j'aurais aimé repartir avec une photo de ma mère entre les mains. Mon père, qui était-ce ?

— Ton père, Charles, la petite Christiane n'a jamais voulu divulguer son nom à ses parents.

— C'est dommage, j'aurais pu connaître mon père...

— Charles...

— Oui ?

— À ta naissance, tu n'as pas été le seul à franchir le tunnel de la vie. Il y a eu une double naissance...

— Pardon ?

— Tu as un jumeau qui porterait le prénom de Christian.

— Voyons, vous ! Un frère jumeau ? Où demeure-t-il ?

— Il a été adopté par des gens de Louiseville, tout comme toi.

— Qui ?

— Relaxe, Charles... tu vas écoper d'un infarctus ! Ton visage est tout rouge et tu cours après ton souffle. Prends une grande respiration. Attends, je te sers un brandy. Ça va te détendre...

Le vieil homme se leva difficilement pour aller rejoindre sa marchette et Charles lui offrit de préparer les coupes d'alcool.

— Laisse, Charles. Je vais le faire pour me forcer à me déplacer avant de devenir un vieil impotent.

Il se rendit dans la petite cuisinette, où il versa deux onces de brandy dans chacun des deux verres à eau.

— Voilà...

— Merci, monsieur Lefebvre... Attention !

— Ne t'inquiète pas, il m'arrive parfois d'avoir des vertiges de ce genre. Bon... Ton frère Christian a été donné en adoption à Olivette et Armand Laforge, de Louiseville. Ton frère a été baptisé à l'église Saint-Antoine-de-Padoue du nom de Christian Laforge. Si, naturellement, les parents adoptifs lui ont laissé le prénom de Christian...

— Un frère jumeau...

— Oui, mon garçon ! Et je peux te dire que tu es l'aîné.

— Ah oui ? Comment pouvez-vous vous souvenir de tout ce qui s'est passé il y a cinquante-trois ans ?

— Ce passage n'est pas inscrit dans mes notes, mais j'ai souvenir que lorsque tu as poussé ton premier souffle, tes grands-parents étaient bien tristes et ta grand-mère a dit, en te serrant dans ses bras : « Il va s'appeler Christophe, comme mon père ! »

— Oh…

— Ton frère est apparu derrière toi et elle l'a prénommé Christian en souvenir de ta mère. Pour la suite, à savoir s'il a gardé son prénom… ce sera à toi de le découvrir.

— Je ne vous remercierai jamais assez, monsieur Lefebvre…

— Je n'ai rien fait, mon garçon ! Tu m'as donné l'occasion de réintégrer mon passé et ce fut pour moi une belle nostalgie d'antan. Me rendras-tu visite à nouveau lors de ton prochain passage à Sainte-Ursule ?

— Je vous en donne ma parole, docteur Lefebvre.

Sur la route menant Charles au cimetière de Sainte-Ursule, le ciel s'était couché sur la terre et il emprunta le chemin cahoteux, là où les défunts reposaient en paix. Il se retrouva devant une pierre tombale à demi recouverte de neige portant l'épitaphe : *À la douce mémoire d'Aristide Gagnon (1902-1973) et de Gervaise Bérard (1906-1988).* Charles se pencha au pied du monument, où une simple dalle en granit venait d'être déneigée, celle de sa mère Christiane. *Ici repose en paix notre fille adorée, Christiane Gagnon (1926-1943).*

Charles avait pris soin d'arrêter dans une boutique en quittant la résidence Ursula pour acheter des fleurs, qu'il déposa sur la petite plaque de granit.

***

Anne-Marie l'avait reçu à bras ouverts et après l'avoir entendu raconter ce qu'il avait appris sur ses origines, elle s'était mise à pleurer doucement.

— Mon pauvre chéri... tu ne t'en remettras jamais !

— Oui, je vais m'en remettre, mon cœur, car maintenant, je suis à tes côtés. J'étais impatient de revenir vers toi. On aurait dit que ma voiture reculait au lieu d'avancer.

— Pauvre amour... Est-ce que tu vas essayer de retrouver ton frère ?

— Oui. Si seulement tu veux m'épauler... J'ai besoin de toi, tu sais.

— Je serai là, Charles. Je serai près de toi. Oncle Albert a téléphoné pendant que tu étais parti à Louiseville. Il était bien déçu que tu ne te sois pas arrêté chez lui...

— Quand j'ai quitté la tombe de ma mère et de mes grands-parents, tout ce que je voulais, c'était venir te rejoindre, mon amour. La journée où on partira à la recherche de mon frère, si naturellement, il demeure à Louiseville, on en profitera pour aller visiter ton oncle Albert, si tu veux.

— D'accord. Quand veux-tu retourner à Louiseville ?

— Le plus tôt possible. Te rends-tu compte ? Un frère jumeau... Reste toujours à mes côtés, Anne-Marie...

— Oui, Charles. Je te le jure.

À suivre...

Québec, Canada

Achevé d'imprimer le 24 février 2017